Tanya Atapattu
Liebe auf den nächsten Blick

PIPER

Zu diesem Buch

Die neunundzwanzigjährige Anjali ist Floristin und seit zehn Jahren in einer glücklichen Beziehung mit Jack. Denkt sie zumindest – bis sich eine gewisse Burlesquetänzerin in ihr Leben schlängelt. Von einem auf den anderen Tag ist alles anders. Für Anjali waren der Trost frischer Blumen und traditioneller srilankischer Currys noch nie so nötig wie jetzt; genau wie die Unterstützung von Clara, ihrer besten Freundin. Die rät ihr, sich auszutoben. Und so begegnet Anjali nach und nach den verschiedensten Männern. Ob es wohl etwas zu bedeuten hat, dass sie beim ersten One-Night-Stand an ihre Mutter denken muss, die ihr zuruft, sie solle etwas aus ihrem Leben machen? Und ob womöglich trotzdem irgendwo Anjalis Mr Right auf sie wartet?
Tanya Atapattu erzählt in »Liebe auf den nächsten Blick« eine warmherzige Komödie über Liebe, Familie und die Umwege, die uns zum Ziel führen.

Tanya Atapattu lebt gemeinsam mit ihrem Ehemann und ihren zwei Kindern in Bristol, England. Hauptberuflich ist sie als Ärztin und Psychiaterin tätig, doch wenn sie nicht gerade Patienten behandelt, ist vor allem das Schreiben ihre große Leidenschaft. »Liebe auf den nächsten Blick« ist ihr erster Roman.

Tanya Atapattu

Liebe auf den nächsten Blick

Roman

Aus dem Englischen
von Susanne Keller

PIPER

Mehr über unsere Autoren und Bücher:
www.piper.de

Wenn Ihnen dieser Roman gefallen hat, schreiben Sie uns unter Nennung des Titels »Liebe auf den nächsten Blick« an *empfehlungen@piper.de*, und wir empfehlen Ihnen gerne vergleichbare Bücher.

MIX
Papier aus verantwortungsvollen Quellen
FSC® C083411
FSC www.fsc.org

Deutsche Erstausgabe
ISBN 978-3-492-31464-0
Februar 2020

Titel der englischen Originalausgabe:
»Things My Mother Told Me«, Sphere, London 2018

Redaktion: Caro Kania
Umschlaggestaltung: FAVORITBUERO, München
Umschlagabbildung: Bilder unter Lizenzierung
von Shutterstock.com genutzt
Satz: Uhl + Massopust, Aalen
Gesetzt aus der Joanna
Druck und Bindung: CPI books GmbH, Leck
Printed in the EU

Für meine Mutter,
für die Schreibmaschine,
als ich zwölf war

PROLOG

Es gibt Dinge, die ich Mum niemals erzählen würde. Dass ich sentimental werde, wenn eine Brise Lavendel heranweht, vorbei an den Sonnenblumen, deren schwere Köpfe tief im Sonnenlicht hängen. Dass nicht ich, sondern Jack die Blumen in der angeschlagenen Vase auf ihrem Esstisch arrangiert hat. Wie ich mich damals fühlte, als sie mich vor ihm warnte. Als sie sagte, er würde mir das Herz brechen.

Dass ich jetzt ein gebrochenes Herz habe.

»Es war nur Sex, Anj, es hatte keine Bedeutung.«

Eigenartig. Er steht vor mir im Wohnzimmer, und offenbar sagt er etwas, denn sein Mund bewegt sich, aber ich habe das Gefühl, von einem anderen Stern aus zuzusehen, während seine Worte über uns wabern.

»Ich weiß nicht, was in mich gefahren ist.«

Wir sind zehn Jahre zusammen gewesen, aber jetzt erscheint er mir wie ein Fremder, dunkle Bartstoppeln wie Nadelspitzen unterhalb der Wangen, eine erste silberne Strähne, zart und glänzend in der Mitte seines gesenkten Kopfes. An seinem Ohr die Lippen einer anderen.

»Um Gottes willen, sag doch was, Anjali.«

Aber wenn ich Buddhistin bin, gibt es keinen Gott.

Die Muffins sind inzwischen trocken, die Espressos kalt, auf dem Couchtisch haben sich schwarze Ringe unter den

Tassen gebildet. Als wir eingezogen sind, habe ich den Tisch wie verrückt mit Essig geputzt, als wollte ich mein altes Leben wegschrubben. Sein Handy liegt zwischen Muffins und Kaffeetassen, und darin befindet sich diese Nachricht. *Baby, ich liebe die Wochenenden mit dir.*

»Du musst gehen«, flüstere ich.

»Was?«

»Du musst jetzt gehen.«

Auf dem Kaminsims stehen meine Familienfotos: meine Mutter, meine Schwester. Meine Schwester mit leuchtenden Augen. Seltsam, dass ich jetzt am liebsten Shanthi anrufen würde, um ihr zu sagen, was passiert ist. Vor zehn, fünfzehn Jahren hätte ich das vielleicht getan. Bevor ich bei Jack eingezogen bin, als der Couchtisch noch Flecken hatte. Aus unbekannten Tiefen taucht ein Bild von meiner Schwester und mir auf, magere Teenager, die in einem Meer aus Gras und Klee liegen. Wir hatten nie einen Garten und waren in der Schule zwei Jahrgangsstufen auseinander – ich kann mich nicht erinnern, wo das gewesen sein könnte. Die Worte von damals sind verflogen wie Löwenzahnschirmchen im Wind. Kaum zu glauben, dass wir uns einmal so nah waren.

»Darf ich zurückkommen?«

Jacks Haut ist weiß wie Milch, das Loch auf Höhe des Knies in seiner Jeans ein bisschen zu groß – die einzigen Dinge, die Mum ihm wirklich ankreiden könnte. Seine Augen wirken immer noch hypnotisierend, wie ein blitzblanker Himmel.

Die Rosen, die er mir vor zwei Wochen geschenkt hat, stehen auf unserer Kommode. Neunundzwanzig Apfelrosen, eine für jedes Lebensjahr. Ich starre die welken weißen Blüten an, die Ränder der abgefallenen Blütenblätter verschwimmen vor meinen Augen. Was tue ich, wenn er nicht zurückkommt?

»Du musst gehen«, flüstere ich wieder.

EINS

Eine Woche später. Unser Laden ist bis unter die Decke voll mit Dahlien. Die Eimer quellen über von ziselierten Federn in Scharlachrot, Magenta, Babyrosa, feurigem Orange. Ihr scharfer Duft hängt in der Luft. Dalia, die Schicksalsgöttin in der baltischen Mythologie. Sinnbild für Eleganz und Würde.

Und Verrat.

Versehentlich stoße ich mit dem Fuß gegen einen Eimer, und eine Dahlie fliegt durch den Raum.

»Huch«, sage ich, sowohl zu Clara als auch zu der Blume.

Clara rettet die Dahlie. Sie steckt sie sich in die Dreadlocks und verschwindet in der Kochnische. Statt Tee holt sie einen silbernen Flachmann hervor. Als sie meinen Gesichtsausdruck sieht, winkt sie ab. »Für Notfälle. Wie jetzt zum Beispiel.« Sie gießt zwei Fingerbreit einer goldfarbenen Flüssigkeit in ein dickes Whiskyglas, zeigt auf die Hocker hinter der Theke, und wir setzen uns.

»Trink«, befiehlt sie.

Wie eine orange Flamme sticht die Dahlie aus ihren dicken Haarbündeln heraus. Clara ist meine Chefin, ich muss tun, was sie sagt.

»Ein Jahr. Ich kann nicht glauben, dass das schon so lange ging«, sagt sie. »Stell dir vor, du hättest die Nachricht nicht gesehen!«

Ich kippe den Whisky runter, und mein Kopf explodiert.

Clara füllt das Glas wieder auf. »Kennst du sie?«

Ich nicke. Ein scharfer Schmerz bohrt sich in meinen Schädel. *Baby, ich liebe die Wochenenden mit dir.* Meine Kehle ist wie zugeschnürt, und ihr Name zerfällt in einzelne Silben, als mein Mund ihn mühsam hervorstößt. »Ju-li-a.«

Julia. Wir sind uns einmal begegnet. Ich stand da und starrte in das aufgerissene Maul des Drachen auf ihrer rechten Schulter. Seine Flügel zogen sich vermutlich über ihren ganzen Rücken, obwohl man, als sie sich umdrehte, nur dunkelblaue Linien oberhalb des tiefen Rückenausschnitts ihres schwarzen Kleids ausmachen konnte. Julia, eine Freundin von Jacks bestem Freund. Julia, die zufälligerweise – neben anderen Talenten – Burlesquetänzerin war. Vielleicht erinnert sich Clara gar nicht mehr.

»Oh, Anjali«, sagt sie.

Na gut, sie erinnert sich noch. Meinen vollen Namen benutzt sie so gut wie nie. Ich trinke noch etwas Whisky. Ich hasse Whisky. Aber Mum sagt, dass es Dads Lieblingsgetränk war, also kann ich ruhig noch einen Versuch wagen. Und wenn ich meinen Kopf zur Seite lege und ganz, ganz fest mit dem Zeigefinger auf meine rechte Schläfe drücke, schaffe ich es, nicht zu weinen.

»All die Male, als er behauptet hat, er müsse arbeiten … Was für ein mieses … Was hat er denn gedacht, wie du reagieren würdest?«

»Ich soll ihm verzeihen, sagt er.« Meine Stimme klingt, als käme sie von weit her, als würde sie jemand anderem gehören. Hier ist aber sonst niemand – Clara hat den Laden geschlossen. Die letzte Abendsonne brennt durch die Scheibe und lässt die Blumen leuchten. Ich hatte Urlaub genommen, eigentlich wollten Jack und ich diese Woche zum Zelten in die Berge von Cumbria fahren, um in Anoraks und mit Champagner aus Bechern mein letztes Lebensjahr mit einer Zwei vorne dran zu feiern. Am Tag vor dem geplanten Urlaub herrschten noch schüchternes Babyrosa und demütiges Zartblau im Laden. Jetzt veranstalten die Dahlien um mich herum ein Geschrei wie ein Heer greller Miniatur-Daleks aus *Doctor Who*.

Sind manche Seitensprünge leichter zu ertragen als andere? Wäre es anders, wenn sie nicht auf so einschüchternde Weise cool wirken würde? Wenn sie nicht Größe vierunddreißig hätte und elastisch wäre wie ein Gummiband? Wenn ihre Oberschenkel Dellen und ihr Bauch eine kleine Rundung zu viel hätten – wenn sie nur ein bisschen mehr wäre wie ich? Als ich die Nachricht entdeckte, wollte ich am liebsten so tun, als hätte ich nichts gesehen. Um morgens nicht allein mit Muffins aus dem Sonderangebot dazusitzen.

»Aber du kannst ihm nicht verzeihen, stimmt's?«, sagt Clara.

Manchmal kann dein Körper einfach nicht, was dein Kopf von ihm verlangt. Das weiß ich spätestens seit dem Bristol-Halbmarathon im Herbst 2012.

»Okay, genug davon.« Clara nimmt mein Glas und zieht mich hoch. Mit ihren beeindruckenden eins achtzig überragt sie mich um einiges. Sie zieht die Dahlie aus ihren Dreads, knipst ihr den feuerfarbenen Kopf ab und steckt ihn mir hinter das Ohr. »Wir gehen heute Abend aus.«

»Ich kann heute nicht, Clar. Ich muss nach Hause und mich umbringen.«

»Wir gehen aus«, beharrt sie.

»Sieh mich doch nur an!«

Sie sieht mich an. Heute ist wohl nicht der ideale Tag für

neue Bekanntschaften. Mein schwarzes Haar ist ein wildes Durcheinander, und meine Augen sind immer noch geschwollen. Dunkelbraune Haut kann eigentlich nicht fleckig werden, aber meine bemüht sich nach Kräften. Und gut möglich, dass das da auf meinem grauen Top Rotz ist.

Claras Blick bleibt erneut an dem winzigen Nichts von Rock mit Retroprint hängen. Sie wollte gerade den Laden schließen, als ich kam, und mir ist nicht entgangen, wie sie ihn registrierte. Ihr überraschter Gesichtsausdruck rührte nicht nur daher, dass sie nicht mit mir gerechnet hatte. Bei diesem Rock können die Betablocker meiner Mutter einpacken.

»Sieht schon ein bisschen so aus, als wolltest du Jungs aufreißen«, sagt sie.

Ich will aber keine Jungs aufreißen. Ich habe keine Ahnung, wie Goldstaub auf meine geschwollenen Augenlider kommt und wieso ich einen pflaumenfarbenen Lippenstift dabeihabe. Mein Freund hatte eine Affäre, und der Gedanke, dass es mir besser geht, wenn ich einen anderen kennenlerne, ist absurd. Es wäre genauso wie damals, als ich mir beim Friseur die Locken abschneiden ließ: ein triumphales Gefühl, bis meine Mutter konstatierte, mein Gesicht sei nicht symmetrisch.

Es ist Juli. Früher fand ich, der Sommer in Bristol hat etwas Magisches an sich. Der Hafen glitzert in der Abendsonne, die Leute drängen sich draußen in den Cafés am Wasser, essen Burger und trinken Wein, während sie dem Schaukeln der Boote zusehen und den Straßenmusikern und der Musik lauschen, die aus den Bars dröhnt.

Zwei Verliebte schlendern gerade über die Brücke, Hand in Hand, sie bücken sich und sehen sich die Vorhängeschlösser an, die andere an dem Stahlgeländer befestigt haben. Vor zwei Jahren sind Jack und ich über dieselbe Brücke gegangen und haben darüber geredet, ein Hausboot zu kaufen und anders zu leben als die anderen. Worüber man eben so redet, wenn zu Hause im Slowcooker das Gemüsechili wartet und man denkt, dass man für immer zusammenbleiben wird.

Ich sehe dem Pärchen nach, wie es die Brücke überquert und sich im Abendlicht auflöst. Ich will nicht, dass der Sommer ohne mich stattfindet. Ich will nicht auf das Wasser starren und zusehen, wie die Schatten darin zerfließen. Ich will nicht zusehen, wie meine Welt in tausend Stücke zerfällt.

»Komm schon, Anj.« Clara zieht sanft an meinem Ärmel.

»Ich kapier's einfach nicht – warum setzt er alles aufs Spiel, wenn es angeblich ohne Bedeutung ist?«

Clara schenkt gerade Wein nach, es ist unsere zweite Flasche. Es ist zwei Stunden später, und wir sitzen in einer Bar in der Park Street oberhalb des Hafens, eingeklemmt zwischen Menschen in Feierlaune.

»Wahrscheinlich hat sie ihm doch etwas bedeutet.«

Ich greife nach meinem Glas und konzentriere mich auf den Meniskus des Weins. Ein gutes Wort – »Meniskus«. Ich erinnere mich, wie Jack mir erklärt hat, dass es vom griechischen Begriff für Mond kommt. Und ich glaube, mir wird schlecht.

Es war nicht so schlimm, wie du vielleicht denkst, Anj. Es war nur das eine oder andere Wochenende.

Wie viele?

Was?

Wie oft, Jack?

Spielt das eine Rolle?

»Ja, verdammt, und ob das eine Rolle spielt.« Claras Stimme klingt ein wenig schrill. Ihre Rastalocken machen ein sirrendes Geräusch, wenn sie den Kopf schüttelt. Ich sehe sie an, die gerade Nase, die dunklen Ringe um die hellgrüne Iris ihrer Augen, die silbern glänzenden Piercings, die sich in Augenbraue und Unterlippe bohren, den Stecker in ihrer Wange. Zehn Jahre war ich mit Jack zusammen, und zehn Jahre ist es her, dass ich auf der Suche nach einem Job in Claras Blumenladen kam.

»Aber vielleicht hat er ja recht.« Ich schlucke. »Ob es nun fünfmal oder eine Million Mal passiert ist, Tatsache ist, es war kein Ausrutscher, weil er mal betrunken war. Also liegt es daran, dass mit uns etwas nicht stimmt. Dass mit mir etwas nicht stimmt.«

»So wie du bist, bist du genau richtig, Schätzchen.« Claras Augen schimmern. Mein Herz schlägt schneller – wenn sie jetzt anfängt zu heulen, höre ich überhaupt nicht mehr damit auf. »Schieß ihn einfach in den Wind.« Sie reibt sich die Augen. »Ist doch genug Frischfleisch auf dem Markt.«

Wir sehen uns in der Bar um. In einer Ecke hängt ein Pulk dünner Jungs herum, die Fußballhymnen singen und sich reihum Tequila hinter die Binde kippen, während ihnen der Zitronensaft aus dem Mund läuft.

»Genau das ist das Problem mit Beziehungen.« Clara schiebt die Weinflasche von sich weg, die einen Moment lang an der Tischkante kippelt, bevor sie zum Stehen kommt. »Sie nehmen, was sie kriegen können, und was bleibt am Schluss für dich? Ein Scheiß.«

Das ist ihr üblicher Sermon, wenn sie die nötige Menge Shiraz intus hat. Clara hatte bisher erst eine Beziehung, aber die dauerte immerhin von ihrem vierzehnten bis zum einundzwanzigsten Lebensjahr (sie ist jetzt zweiunddreißig, drei Jahre älter als ich). Als die Sache ihr natürliches Ende gefunden hatte, drehte sie völlig am Rad. Nicht weil die Trennung so furchtbar gewesen wäre. Sondern weil sie erst da so richtig merkte, wie unsäglich *gelangweilt* sie die ganze Zeit gewesen war. Jetzt geht sie zwar mit Typen aus, aber beim ersten Anzeichen, dass es etwas Ernsteres werden könnte, macht sie die Flatter – aus Angst, noch mehr Jahre zu vergeuden.

»Müssen denn alle Beziehungen so sein?« Dummerweise hilft der Alkohol nicht gegen die Bilder in meinem Kopf: die totenstille Wohnung, die Leere auf der anderen Seite des Betts, die Lebensmittel, die im Kühlschrank vor sich hin gammeln, der schuppige Schimmel auf dem Käse. Könnte alles werden wie früher, wenn ich einfach versuche, die Sache zwischen Jack und mir wieder in Ordnung zu bringen? Ich leere mein Glas. Das tief ausgeschnittene Kleid der Burlesquetänzerin flackert vor mir auf, der Ausschnitt mit dem züngelnden Drachen. Ich kann mir nicht vorstellen, dass irgendetwas wieder wie früher wird. In meinem Kopf dreht sich alles, es fühlt sich an, als ob meine Umgebung von mir wegdriften würde. »Clara, kann es sein, dass sich die Bank bewegt?«

Sie legt ihre Hand auf meine. Der Tisch hört auf zu schwanken. »Herrgott, Anj, tut mir leid. Das Letzte, was du jetzt gebrauchen kannst, ist, dass ich dich mit meinem Kram belästige.« Sie hat längere und breitere Finger als ich. Unter ihren Nägeln sind noch Spuren von Erde. »Sag mal, wie geht es denn jetzt weiter? Mit der Wohnung und all dem.«

»Er hat ein paar Sachen mitgenommen. Sie läuft auf meinen Namen.« Gedankenverloren zupfe ich einen winzigen Preisaufkleber vom Rand ihres Ärmels. »Aber allein kann ich mir die Wohnung nicht leisten. Ich muss mir etwas einfallen lassen.« Allerdings legt der Wein einen Schleier über alles, sodass eine Lösung gerade nicht in Sicht ist.

»Vergiss ihn einfach. Andere Mütter haben auch hübsche Söhne – worauf wartest du?«

Ich sehe sie an. Meint sie das jetzt ernst?

»Das bringt mich kaum weiter.«

»Und warum nicht?« Das Lächeln im Gesicht meiner Freundin wird breiter.

Wir sehen uns wieder in der Bar um. Die dünnen Jungs haben noch eine Runde Tequila bestellt. Einer hat sich offenbar gerade auf die Schuhe seines Kumpels übergeben.

»Warum nicht?«, wiederholt Clara und nimmt wieder meine Hand. »Das war vielleicht das Beste, was dir passieren konnte. All die Jahre hast du immer nur mit Jack herumgehangen, ihr seid ja kaum mal aus der Wohnung gekommen. Vielleicht ist es für dich *die* Gelegenheit, dich endlich mal ein bisschen auszutoben.«

Ich weiß, was sie da tut. Ich fahre exakt die gleiche Strategie, wenn Freunde am Rande der Verzweiflung sind. Es ist kaum auszuhalten, sie so niedergeschlagen zu sehen, und man tut alles, egal was, um wieder etwas Freude in ihr Leben zu bringen. Und dann geht man nach Hause, und die Sorge um den anderen mischt sich mit einem klitzekleinen Gefühl von Erleichterung, dass man selbst von einem solchen Schicksal verschont geblieben ist. Zu Hause wartet der Freund, mit dem man glücklich sein wird bis ans Lebensende, auf Netflix läuft eine neue Serie an, und die Käseplatte steht auch schon parat.

Nur dass jetzt ich es bin, der das passiert. In meinem Hirn forsche ich fieberhaft nach alten Freundinnen aus der Schule oder von der Uni, die eine solche Trennung überwanden, jemand Neues kennenlernten und denen am Ende neues Liebesglück winkte – das sich dann in Hochzeitskleidern aus meterweise Spitze und Tüll manifestierte, in ganzen Lkw-Ladungen bestem Porzellan und von Horden schreiender Babys ausgeleierten Vaginas.

»Anj, hörst du mich?« Claras Stimme kommt von weit her, als ob sie ganz oben am Rand des schwarzen Lochs stünde, in das ich gefallen bin. »Anjali!«

Mein Ohr brennt von der Dahlie. Ein Freund streicht dem dünnen Jungen, der sich erbrochen hat, über den Rücken, und ein bemitleidenswerter Angestellter nähert sich ihnen mit einem Wischmopp. »Aber ich weiß nicht einmal, wie das geht – sich austoben«, sage ich schließlich.

»Genau meine Worte.« Clara nickt.

Ich denke daran, wie meine Tage bisher ausgesehen haben: bis spätabends im Laden arbeiten, dann zu Hause mit Jack kochen, seine Entwürfe für einen neuen Artikel anhören, wie ein Hintergrundrauschen die ständigen Sorgen – um die Miete, darum, was ich mit meinem Leben anfangen sollte. Heirat und Kinder lagen in weiter Ferne. Es blieb nie viel Zeit, darüber nachzudenken, denn plötzlich kam der nächste Morgen, und alles ging wieder von vorne los.

»Es bringt nichts, jetzt darüber zu grübeln«, sagt Clara.

»Worüber?«

»Was du mit deinem Leben anfangen sollst.« So geht das schon seit Jahren: Clara liest meine Gedanken, und ich habe keine Ahnung, wie sie das anstellt. »Wie wär's, wenn du zur Abwechslung mal das Leben genießt? Vergiss die blöden Beziehungen.«

Gänsehaut zieht sich über meine bloßen Beine, ich friere inmitten der vielen Menschen. »Frieren« ist mein zweiter Vorname. Es geht uns allen so, mir, meiner Schwester, meiner Mum. Das ist der Nachteil, wenn man genetisch eigentlich am Äquator wohnt. Was wird Mum wohl sagen, wenn ich ihr das von Jack erzähle? Wird sie mich mit weit geöffneten Armen wieder in den Schoß der dunkelbraunen Familie aufnehmen? Oder wird sie hysterisch loskreischen und fragen, was denn nun bitte schön aus meinem lädierten Körper werden solle? Ein Schauer überläuft mich. Meine Strickjacke habe ich auf dem Tresen im Laden vergessen, meine Strumpfhose liegt zusammengeknüllt auf dem Schlafzimmerboden. Mir fällt ein, wie ich einmal einen ganzen Tag lang in dicken Socken herumgelaufen bin, bis ich sie abstreifte und merkte, dass sie Jack gehörten. Dieser Augenblick kam mir irgendwie bedeutungsvoller vor als jeder Jahrestag, den wir je gefeiert hatten.

»Clara?«, sagte ich. »Aber was ist mit Liebe?«

Clara greift nach ihrem Glas. Eine Weile bleibt sie stumm. Ich frage mich, ob sie an ihre erste und einzige Beziehung denkt, an den ausgebauten Van, in dem sie mit ihrem Freund wohnte, an die Nächte, in denen sie aufblieben, um den Gesang der Finken bei Sonnenaufgang zu hören.

Sie leert das Glas. »Denk an den Song von Tina Turner.«

Perplex versuche ich mich an die letzte *80's Night* zu erinnern, auf der ich war. »*We don't need another hero?*«

»Nein, Dummerchen. *What's love got to do with it?*«

Auf dem Weg zur Theke wird sie von der Menschenmenge verschluckt. Die dünnen Jungs sind hinauskomplimentiert worden, und der arme Typ von der Bar ist immer noch mit dem Beseitigen ihrer Hinterlassenschaft beschäftigt. Die Kneipe ist winzig und gerammelt voll mit Studenten. Ich war oft hier, als ich die Uni noch nicht geschmissen hatte. An der Wand hängen ein Bild von Che Guevara und ein altes Budweiser-Poster, die Margeriten in der Vase auf dem Fenster stehen stramm wie Soldaten. Ich betaste sie – sie sind aus Plastik.

Alles fühlt sich unecht an. Ich sehe wieder hinüber zur Theke. Clara ist verschwunden. Stattdessen fällt mein Blick auf eine magere Asiatin, die wie meine Schwester aussieht, und für einen Moment fühle ich unsägliche Erleichterung. Ich will mich schon zu ihr durchkämpfen: *Shanthi, ich bin's!* Aber die Frau dreht sich um: Ihre Augen sind dick mit Kajal umrandet, und an ihren Ohren hängen Glitzerkugeln – es ist nicht Shanthi. Sie sieht ihr überhaupt nicht ähnlich. Meine Schwester würde nie hierherkommen. Ich kenne hier keinen Menschen. Die Gitarrenmusik wird lauter, die Stimmen um mich herum steigern sich zu Grölen, und unter mir tut sich ein Abgrund auf. In meiner Brust beginnt es zu dröhnen, und mein Atem wird schneller. Ich hatte noch nie eine Panikattacke, aber offenbar wird es jeden Moment so weit sein.

»Alles in Ordnung?«

Jemand steht neben mir. Die Stimme klingt freundlich, die Hand ruht sanft auf meiner Schulter. Ich fühle die Stärke und Wärme, die die Hand ausstrahlt. Wie schön, wenn das jetzt Jack wäre.

Ich drehe den Kopf, und vor mir steht der Architekt.

Der Architekt ist noch grün hinter den Ohren, seine Grundsteinlegung ist gerade mal einundzwanzig Jahre her. Er ist im dritten von sieben Studienjahren. Jack hingegen ist ein paar Jahre älter als ich. Ich frage mich, ob das Alter eine Rolle spielt. Der Architekt hat ein herzförmiges Gesicht und sanfte, grüne Augen. Ganz behutsam spricht er mit mir, wie mit einem Kind, das sich das Knie aufgeschürft hat.

Er erzählt mir eine Geschichte über Architektur. Über eine faszinierende Welt, in der Wörter wie Wölbsteine, Arkadenzwickel und Strebepfeiler vorkommen. Er hat einen langen, weißen Hals und schlanke, ausdrucksstarke Hände – er benutzt sie, um all die Vorgänge wie Planung und Präsentation und Problemlösung zu untermalen. Und etwas, das Perlustration heißt und wie eine aufregende Kreuzung aus

Frustration und starkem sexuellen Verlangen klingt, sich aber nach entsprechender Erläuterung als bloße Untersuchung von irgendetwas herausstellt.

»Und was machst du so?«, werde ich gefragt.

Über dem Meer aus Köpfen an der Bar taucht ein Dreadlockknäuel auf. Clara ist nicht verschwunden. Das Dröhnen in meiner Brust wird allmählich schwächer.

»Ich bin ein Blumenmädchen«, antworte ich.

Er biegt seinen langen Hals zur Seite und sieht mich prüfend an. »Echt jetzt?«

Ich nicke. »Wie Eliza Doolittle.«

»Wer?«

Jack hätte gewusst, wen ich meine. Er hätte gewusst, dass, als wir noch klein waren, meine Schwester und ich jeden Samstagnachmittag *My Fair Lady* geguckt haben, während wir darauf warteten, dass meine Mutter von der Arbeit im Supermarkt zurückkam, voller Angst, jemand könnte mitbekommen, dass wir allein in der Wohnung waren, und uns in ein Kinderheim mit lauter weißen Erziehern stecken. *Öffnet niemandem die Tür!*, ermahnte uns Mum jeden Samstagmorgen, während sie den Kühlschrank mit genug Curry füllte, um uns bis ans Ende unserer Tage davon zu ernähren – man wusste ja nie.

»Hier, für dich.« Der Architekt gießt das restliche Bier in sein Glas und reicht es mir. Ich starre das Glas an und fühle mich seltsam berührt von seiner Geste. Ich schaue ihn an und nehme auf einmal die sanften Rundungen seiner Wangen wahr, das Grübchen an seinem Kinn, den kleinen Schnitt, den ihm die Rasierklinge an der Backe zugefügt hat. Er weiß also nicht, wer Eliza Doolittle ist, na, wenn schon. Dafür hat er etwas Fürsorgliches. Er ist der Typ, der mir eine Wärmflasche unter meine Bettdecke legen oder Hühnersuppe aufwärmen würde, wenn ich nach einem langen Arbeitstag nach Hause komme. Dass ich Vegetarierin bin, tut dabei nichts zur Sache. Plötzlich habe ich das Gefühl, dass es genau das ist, was ich jetzt brauche – nur ein bisschen Wärme, weiter nichts.

»Siehst du das dort drüben?« Er deutet auf eine Nische unterhalb der Treppe, über der sich zwei Holzbalken in der Mitte treffen. »Das nennt man einen Kielbogen.«

Das wiederum hätte Jack wahrscheinlich nicht gewusst.

»Erzähl mir mehr darüber.« Ich drehe mich zu ihm und merke, dass unsere Oberschenkel einander berühren. Aber es fühlt sich überraschend okay an, sogar gut, ein bisschen Körperkontakt mit jemandem zu haben. Es gibt mir ein wenig Halt. Obwohl sein Bein ganz anders als das von Jack ist, obwohl es irgendwie kantiger ist und seine Jeans aus dickerem Stoff ist und nicht weich von jahrelangem Tragen. Ich sehe mir das Gesicht des Architekten noch einmal genauer an, und mir fällt auf, dass da Falten fehlen. Die Haut unter seinen Augen ist vollkommen glatt.

Clara erscheint in der Menschenmenge und ist in ein intensives Gespräch mit einem ebenfalls sehr jungen Mann vertieft. Ich habe noch nie viel über unser Alter nachgedacht, aber wenn ich mich hier so umsehe, wird mir klar, dass Clara und ich praktisch todgeweiht sind.

»Ein römisches Profil erkennt man zum Beispiel daran, dass die untere Wölbung konvex und die obere konkav ist.«

»Ah, alles klar.« Sehe ich so alt aus, wie ich mich fühle? Starren die Leute mich und den Architekten schon an, weil sie mich für eine alte Schachtel halten, die auf kleine Jungs steht?

»Warte – Moment – oder war es andersherum?« Der Architekt runzelt die Stirn und kratzt sich zwischen den Augen.

»Ist doch nicht so wichtig«, schlage ich vor.

»Ja klar, du hast recht.« Er hört auf zu kratzen, sichtlich erleichtert. »Also, wie sieht's aus? Hast du jetzt Lust, mir zu sagen, was mit dir los ist?«

In einem entfernten Winkel meines Hirns windet sich der durchstochene, tintenverzierte Körper der Burlesquetänzerin von der Bildfläche.

Ich zögere.

Vielleicht sollte ich diesem Fremden erzählen, was mir passiert ist. Vielleicht sagt er dann: *Komm, lass uns gehen*, und lädt mich irgendwo auf einen Tee ein. Vielleicht legt er seine Architektenmaske ab, entpuppt sich als strahlendes Orakel und lindert meine Kopfschmerzen mit weisen, strebepfeilerförmigen Sätzen.

»Alles in Ordnung?«, fragt er wieder.

Mein Blick bleibt erneut an dem Bierglas hängen, und ich sehe meinen Gedanken zu, wie sie in der goldfarbenen Flüssigkeit im Kreis herumwirbeln. Nein, ich kann nicht über Jack reden. Mir fehlt die Kraft, über all das nachzudenken. Ich muss unbedingt aus diesem Abgrund herausfinden, ich brauche jemanden, der mir auf die andere Seite hilft.

Ich trinke das Bier aus und stelle das Glas ab.

»Es ist nichts, ich habe nur zu viel getrunken.« Ich spreche ein wenig lauter, um zuversichtlicher zu wirken. »Egal – warum bist du heute Abend hier unterwegs?«

Der Architekt sieht mich prüfend an, als würde er überlegen, ob er doch noch ein bisschen nachbohren sollte. Was er wohl sieht? Die tiefen Ringe unter meinen dunkelbraunen Augen, vielleicht das Zittern meiner zerbissenen (aber pflaumenfarbenen) Lippen? Er deutet auf eine andere Gruppe junger Männer an der Bar.

»Wir haben die Prüfungen hinter uns. Die Jungs haben

darauf bestanden, dass ich mitkomme.« Ich schaue hinüber zu seinen Freunden. Sie feuern einander beim Leeren der Bierkrüge an. Das löst bei mir die Vorstellung von Jack und seinen Kumpels aus, wie sie ein Bier nach dem anderen kippen und sich um Julia drängen, die sich im eng anliegenden Mieder und mit Netzstrümpfen an den langen, schlanken Beinen zwischen ihnen wiegt. Die Bilder in meinem Kopf sind mehr, als ich ertragen kann – ich muss augenblicklich damit aufhören, mir solche Dinge vorzustellen.

»Sag mal, ist wirklich alles in Ordnung mit dir?«, fragt der Architekt.

Tatsache ist, dass ich spüre, wie Schmerz und Elend und abgrundtiefe Verzweiflung in Kürze über mich herfallen werden, aber vielleicht gewähren sie mir einen Aufschub – wie die Regierung beim Bewilligen von Geldern für einen Hochgeschwindigkeitszug. Vielleicht kann man seiner Lebensgeschichte entgehen, wenn man sich stattdessen für einen Bus oder eine andere sich langsam fortbewegende Metapher entscheidet. Oder man lässt ganz die Finger von Analogien mit Transportmitteln und erfindet einfach eine völlig neue Geschichte, zum Beispiel mit einem blutjungen Architekten in kratziger Jeans als Helden.

»Du hattest also gar keine Lust auszugehen?« Ich wende mich wieder dem Architekten zu und nehme seine Hand. An den Spitzen seiner schlanken Finger sind Schwielen, als ob er Gitarre spielen würde. Als ich den Kopf hebe und in seine grünen Augen blicke, sehe ich, dass sie so warm wie die von Clara sind.

»Jetzt schon.«

Kann es sein, dass ich mit diesem Mann Sex haben werde? Weil er sich in der überfüllten Kneipe neben mich auf die Bank setzen durfte und weil ich sein Bier getrunken habe?

Weil wir ein Gespräch über römische Baustile geführt haben? Weil ich meine Hand in seine gelegt habe? Seine Finger sind knochiger als die von Jack, aber seine Hand mit ihrem festen Druck vermittelt Sicherheit.

Bei Jack und mir war es anders. Wir hatten uns schon eine Zeit lang gekannt, bevor wir das erste Mal miteinander schliefen. Ich war neunzehn. Vor ihm hatte es nur einen anderen Jungen gegeben, eine kurze Romanze während der Oberstufe, die dank der Argusaugen meiner Mutter zum Scheitern verurteilt war. Wir hatten nur zweimal Sex, in seinem Stockbett. Aber es hatte Wochen gedauert, bis wir so weit waren, und hinterher, auf dem Nachhauseweg zurück zu Mum, habe ich geheult. Ich war sicher, dass sie, sobald sie mich sah, Bescheid wissen und dann einmal mehr Enttäuschung aus ihrem Blick sprechen würde.

Ich muss an Mums wachsamen Blick denken, als der Architekt mich ansieht, dieser freundliche, ehrgeizige Stubenhocker, der eines Tages neue Fundamente legen will und der mich offensichtlich – trotz meines verschwollenen Gesichts und des zerzausten Haars – attraktiv findet.

Ich soll mich austoben, meint Clara.

»Lust auf einen Spaziergang?«, schlägt der Architekt vor. Und schon sind wir aufgestanden, meine Hand immer noch fest in seiner. Ich lächele Clara zu, die mir winkt, und während wir die Bar unauffällig verlassen, bemühe ich mich, die schrille Stimme in meinem Kopf zu ignorieren: *Anjali, willst du das jetzt wirklich tun?*

Es ist früher Morgen. Der Juli ist kalt, und ich verfluche meinen kurzen Rock. Die Straßen von Bristol sind gepflastert mit Betrunkenen, die überall auf der Straße herumliegen wie in einer Szene aus einer postapokalyptischen HBO-Serie. Alles wirkt leicht verschwommen, und es riecht nach schalem Bier und Erbrochenem. Am oberen Ende der Park Street erhebt sich majestätisch das Wills Memorial Building, dessen Sandsteinfassade im Licht der Straßenlaternen leuchtet. Der Architekt richtet mein Gesicht sanft mit seinen Händen auf die Turmspitze und klärt mich über den achteckigen Glockenturm auf, der die sechstgrößte Glocke Englands beherbergt.

»Bist du single?«, fügt er hinzu.

Auf meinem Handy sind drei verpasste Anrufe und vier unbeantwortete Nachrichten von Jack. Ich bin nicht völlig sicher, ob ich single bin oder nicht. Die schrille Stimme lässt irgendwie nicht locker: *Warum tust du das, Anjali?*

Als der Architekt seine Lippen auf meine presst, sollte eigentlich die Glocke läuten. Aber wo auch immer sie da oben am trüben Himmel sein mag, sie gibt keinen Ton von sich.

Es ist das erste Mal seit elf Jahren, dass ich einen anderen küsse. Jacks Gesicht macht sich in meinem Kopf breit, seine blauen Augen starren mich durchdringend an und lassen sich auch von vorsichtigen Annäherungsversuchen seitens der Zunge des Architekten nicht vertreiben.

Nach einigen Sekunden mache ich mich los.

»Es ist so schön hier«, sagt mein Begleiter. Er macht eine ausholende Bewegung mit dem Arm und zeigt auf die Lichter, die unterhalb von uns über die Stadt verstreut sind. »Da unten herrscht reiner Brutalismus.«

Der Kuss hat mich ganz durcheinandergebracht. Er war warm und gefühlvoll, aber ich kenne diese Lippen nicht, ihre Form ist mir so fremd. Wie hat es sich wohl für Jack angefühlt, als er die Burlesquetänzerin zum ersten Mal geküsst hat? Wo haben sie sich geküsst? Vielleicht in einer Bar, im Haus eines Freundes oder auf einer Party, zu der ich nicht mitgegangen bin. Ich werde dieses Bild nicht los: Ihre straffen Arme um Jacks Hals geschlungen, rot lackierte Nägel treffen sich in seinem Nacken, ihre vollen Lippen auf seinen, und Jack küsst sie leidenschaftlich, ohne einen Gedanken an mich zu verschwenden.

Lass das, Anjali. Die schrille Stimme hält einen Moment inne und ändert die Taktik, sie wird leiser, ein wenig sanfter. Sie lockt mich weg von diesem dunklen Ort. Denn wenn ich erst einmal dort gefangen bin, werde ich mich so schnell nicht wieder befreien können.

Der Architekt beobachtet mich erwartungsvoll. Er reicht mir die Hand.

Warum nicht?

Und überhaupt, Mum hat immer gesagt, ich soll zu Fremden höflich sein.

Ich nehme seine Hand und winke ein Taxi heran.

»Ich wohne da unten. Kommst du mit?«

Im Brutalismus liegt auch Schönheit. Wer weiß.

»Ich bin gespannt, wie es bei dir aussieht«, sagt der Architekt, als wir durch die Wohnungstür stolpern.

Bei mir sieht es aus, als hätte eine Bombe eingeschlagen. Seit einer Woche habe ich nicht mehr aufgeräumt, auf dem Boden liegt alles Mögliche, das da nichts zu suchen hat, unter anderem gerahmte Fotos, billiges Geschirr und drei Elefanten aus Ebenholz. Seit Jack weg ist, verschwimmt alles ein wenig. Gut möglich, dass hier und da sogar ein paar Sachen zu Bruch gegangen sind.

Im Wohnzimmer hebt der Architekt einen der Elefanten auf und streicht mit langen Fingern über sein Hinterbein. »Wo ist der her?«

»Sri Lanka.«

»Kommt deine Familie von da?«

Ich nicke und fühle mich plötzlich ein wenig nackt. Erst jetzt fällt mir auf, dass ich diesen Typen gar nicht richtig kenne. Ich bin nicht sicher, ob ich will, dass er meine Sachen anfasst. Meinen Körper vielleicht, aber nicht meinen Elefanten.

»Bist du dort geboren?«, fragt er.

»Meine Mutter und meine Schwester. Ich bin in Bristol geboren.«

»Ist das deine Mum?« Der Architekt hat eines der Bilder aufgehoben. Die zimtfarbenen Augen meiner Mutter blitzen aus dem kaputten Rahmen hervor, und für einen Moment könnte ich schwören, dass ich ihre Stimme höre. *Wer ist dieser weiße Mann, Anjali?* Behutsam nehme ich dem Architekten das Bild aus der Hand. Die Familie hebt man sich besser für eine richtige Beziehung auf, wenn die Flitterwochen vorbei sind und es an der Zeit ist, näher auf seine Neurosen einzugehen.

»Und das ist deine Schwester?« Meine Schwester habe ich nicht auf den Boden geschmissen, doch der Architekt hat sich zum Kaminsims vorgearbeitet. »Sie ist hübsch. Ist sie älter als du?«

Zwei Jahre älter, aber ich denke nicht daran, das jetzt und hier mit dem Architekten zu diskutieren. Meine Schwester lässt mich nicht aus den Augen. *Anjali, was hast du vor?* O Gott, nicht sie auch noch. Meine Schwester und ich reden eher selten miteinander, und das scheint mir nicht der richtige Moment zu sein, um damit anzufangen.

Es bleibt mir nichts anderes übrig, als langsam zum Sex überzugehen. Es ist die einzige Möglichkeit, das Thema zu wechseln. Ich lotse den Architekten weg vom forschenden Blick meiner Schwester, hinein ins Schlafzimmer, wo die olivfarbene Bettdecke halb auf dem Boden liegt und das

Laken auf einer Seite immer noch ganz zerdrückt ist von Jacks Gewicht.

Als ich den Architekten auf Jacks Seite manövriere, fällt mein Blick auf die Vertiefung im Kissen, wo eigentlich Jacks Kopf sein sollte.

Ich schiebe den Architekten ein wenig in die andere Richtung, weg vom Kissen.

Okay, und jetzt?

Der Moment ist gekommen, und ich bin mir nicht sicher, wie ich vorgehen soll. Ich weiß, ich muss mich aus meinem Rock schälen und mich meines Slips entledigen, und wahrscheinlich sollte ich irgendwas mit seinem Penis machen. Aber die Vorstellung, ihn in mich hineinzustecken, erscheint mir etwas abwegig. Ehrlich gesagt erscheint mir die ganze Sexsache unbegreiflich und schleierhaft, wie die Ebolakrise oder ein Tory als Premierminister.

Der Architekt legt sein T-Shirt ab. Die Perlustration seiner Körpermitte weist ganz erstaunliche Bauchmuskeln auf. Mein Blick bleibt für einen Moment gebannt an ihnen haften.

Irgendwie nimmt dann doch alles seinen Gang.

Als ich erst mal auf dem Architekten sitze, fange ich auch an, auf ihm herumzuhopsen.

»Wow«, sagt der Architekt. »Du bist toll.«

»Echt?« Geschmeichelt halte ich inne.

»O ja, wow, aber mach weiter. Das ist besser als der Petersdom.«

Nein, Quatsch, das war ein Witz. Das hat er so nicht gesagt.

Aber er findet mich gut.

Er braucht *ewig*.

Jack und ich waren immer ziemlich zackig, wenn wir erst mal in Fahrt waren. Das hat mir aber nie etwas ausgemacht. Im Laufe der Jahre wurde unser Sexleben für mich etwas eher Alltägliches, Selbstverständliches. Und irgendetwas war immer: Ich musste arbeiten oder einkaufen oder meine Mutter besuchen. Nach zehn Jahren hatte Sex einfach keinen so hohen Stellenwert mehr. Ich muss wieder an die Burlesquetänzerin denken. Beine, Arme, Brust – geformt vom Tanzen. Die Rippen sind zu sehen, die Brüste schön fest, silberne Troddeln baumeln von den Nippeln. Wie macht man das eigentlich, dass die Troddeln an den Brustwarzen halten? Klebt man die irgendwie an, oder funktioniert das mit einer Art Saugnapftechnik, oder werden die drangeklemmt?

Denk an was anderes, Anjali, denk an was anderes.

Das Problem ist, außer Denken gibt es nicht viel anderes zu tun. Denken und Hopsen, denn für den Architekten kann es offenbar ewig so weitergehen und weiter und weiter. Ob er es wohl merkt, wenn ich Clara schnell eine Nachricht schicke, nur um sicherzugehen, dass es das ist, was sie mit Austoben meint? Und um zu hören, wie sie über die Troddelsache denkt.

Außerdem frage ich mich, was Mum sagen wird, wenn sie von mir und Jack erfährt. Jetzt ist möglicherweise auch nicht der beste Zeitpunkt, an meine Mutter zu denken, aber der Architekt ist da unten ganz gut beschäftigt, und ehrlich gesagt gibt es keinen idealen Moment, an meine Mutter zu denken.

Mum hielt nie viel von Jack. Obwohl wir uns Besuche in Sri Lanka nur selten leisten können und in England nicht viel Familie haben, hält sie hartnäckig an traditionellen srilankischen Werten fest. Sie hat sich nie damit abfinden können, dass ich mit einem Engländer zusammen war, und fand Jacks Beruf als Journalist überaus suspekt. »Warum konntest du nicht einen netten Arzt kennenlernen? Oder einen Steuerberater? Oder einen Anwalt?«, jammerte sie unentwegt.

Diese Berufe gehören zu den Top Five der erstrebenswerten Laufbahnen in den Augen von Südasiaten: Jeder südasiatische Einwanderer in zweiter Generation kann das bestätigen.

Ich frage mich gerade, welchen Stellenwert wohl ein Architekt in der Liste hat, als der unter mir ein eindrucksvolles akrobatisches Manöver vollzieht, um unsere Positionen zu tauschen. Ich lande auf Jacks Bettseite, Penis *in situ*, und mein Kopf auf seinem Kissen. Mir wird ein wenig flau. Was würde Jack sagen, wenn er mich jetzt sehen könnte? Ich versuche, den Gedanken an ihn wegzuschieben, und prompt nimmt meine Mutter seinen Platz ein. Die Vorstellung, wie meine Mutter neben dem Architekten schwebt und missbilligend den Kopf schüttelt – *Du musst etwas aus deinem Leben machen, Anjali!* –, ist auf einmal übermächtig.

Vielleicht hat der Architekt etwas davon mitbekommen, denn er legt eine kurze Pause ein. »Alles in Ordnung?«, keucht er.

»Alles bestens«, nicke ich energisch. »Weitermachen.«

Moment, nein, ich glaube nicht, dass ich das gesagt habe. Aber der Architekt widmet sich wieder seinen Stößen.

Es ist so: Mum wollte immer, dass ich und Shanthi auch Ärztinnen, Steuerberaterinnen oder Anwältinnen werden und dass wir asiatische Kollegen heiraten, um kleine dunkelbraune Kinder zu bekommen, die nichts lieber wollen, als Ärzte oder Anwälte zu werden. Aber schon sehr früh war sie gezwungen, sich von dieser Hoffnung zu verabschieden, denn ich las immer nur Romane, und Shanthi malte immer nur Bilder. Immerhin habe ich es auf die Universität geschafft, wenn auch nur, um Englisch zu studieren.

»Noch ist nicht alles verloren, Anjali. Du kannst es immer noch zu etwas bringen!« Das waren ihre euphorischen Worte vor meiner Einführungswoche an der Uni.

Ich habe sie also in jeder Hinsicht enttäuscht, als ich die Uni geschmissen, mir einen Job in einem Blumenladen gesucht habe und bei einem kaukasischen Nichtwissenschaftler eingezogen bin.

»Fühlt sich das so gut an für dich?«, schnauft der Architekt.

Im Ernst? Ein abgebrochenes Studium und ein gebrochenes Herz?

»Ja! Ja!«, versichere ich ihm.

Im selben Augenblick fängt er an zu röcheln, was entweder bedeutet, dass er am Ende seiner Performance angekommen ist, oder, wie ich plötzlich befürchte, am Ende seines jungen Lebens.

Gleichzeitig fängt auf dem Nachttisch mein Handy an zu klingeln. Clara. Sie will sicher hören, ob es mir gut geht. Ich versuche mir nicht anmerken zu lassen, dass ich auf das Display schiele.

Jack.

O Gott.

»Achte einfach nicht auf das Telefon«, weise ich den Architekten an und versuche, sowohl Jack als auch meine Mutter zur Seite zu schieben und mich schleunigst wieder dorthin zu begeben, wo ich bin, nämlich unter einem massiven Muskelpaket. Ich versuche, meine Stellung ein wenig zu verändern und meine Genitalien zu entlasten.

Klingeling. Klingeling.

Fick dich, Jack, ich ficke gerade mit einem anderen.

Nein, o nein, das kann ich so nicht sagen, nicht einmal in Gedanken.

Irgendwann hört das Handy auf zu klingeln, und der Architekt kommt endlich. Als wir uns voneinander lösen, machen unsere Körper ein komisch schmatzendes Geräusch.

Der Schweiß hat uns zusammengeklebt. Ich sehe zu, wie er das Kondom abzieht. Irgendwie komisch, der Anblick der Samenpfütze. Ein eher mickriges Ergebnis für ein solches Maß an Anstrengung.

»Hast du einen Mülleimer?«, fragt er.

Nach der ganzen Übung bin ich wieder einigermaßen nüchtern, dafür ist mein Magen jetzt ein einziger dicker Klumpen. Mein Handy ist still: keine Nachricht, keine Voicemail. Der Architekt und ich liegen Seite an Seite, aber wir berühren einander nicht mehr. Obwohl nun jemand bei mir ist, ist mir auf einmal kälter als in den letzten Nächten, in denen ich allein im Bett lag. Ich schließe die Augen. Erst letzten Samstag bin ich hier neben Jack wach geworden. Habe seinen Nacken geküsst, bin mit der Hand die Wölbung seines breiten Rückens entlanggefahren. Habe wie immer kurz an dem Muttermal unterhalb seines rechten Schulterblatts angehalten, nur um sicherzugehen, dass es noch an seinem Platz war. Wie warm sich die Haut eines Menschen anfühlt, wenn man ihn gut kennt.

»Ich dachte, ich kenne dich«, sagt der Architekt.

»Was?« Ich blinzele. Hat er eben meine Gedanken gelesen?

»Als ich dich in der Bar gesehen habe.« Er konzentriert sich auf die Zimmerdecke. »Einen Moment lang dachte ich, dass ich dich von irgendwoher kenne.«

»Ach so.« Ich starre ebenfalls die Decke an und folge den Wirbeln der vergilbten Tapete.

»Irgendwie sahst du so aus, als ob du da nicht hingehörst.« Er spricht leise, die Worte kommen langsam, während meine Augen erst einen Kreis nachfahren, dann einen anderen. »Aber dann war mir klar, dass nicht du als Person es warst, die mir bekannt vorkam. Sondern wie du dich fühlst.«

Er erzählt mir ein bisschen von sich: von der Scheidung seiner Eltern, dass er bei seiner Mum in einer Siedlung mit Sozialwohnungen aufgewachsen ist, dass sein Dad sich nie gekümmert hat, wie er jeden einzelnen Tag seines Studiums gepaukt hat, weil er es eines Tags zu etwas bringen will. Seine Mum träumt davon, einmal nach San Francisco zu fahren – auch wenn er keine Ahnung hat, wieso. Aber er will so viel Geld verdienen, dass er bis an ihr Lebensende jedes Jahr mit ihr dorthin fahren kann, wenn sie das möchte. Er schluckt, sein Adamsapfel hüpft auf und ab. Das Studium ist hart. Es besteht nicht nur aus Mathematik und Naturwissenschaften, sondern es gehört auch Kunst dazu und Geschichte und Geografie und alle möglichen andere Fächer. Er muss sich alles erarbeiten. Er lernt die Nächte durch, während seine Freunde Bier trinken gehen. Er fährt sich mit einer Hand durch das feine braune Haar. Oberhalb seines Ohrs wächst ein eigenwilliges kleines Büschel, darunter sitzt eine winzige Narbe.

Eine Weile sage ich nichts. Erst als die Stille zu laut wird, erzähle ich ihm auch ein paar Dinge von mir. Von meiner Mutter, die bei *Tesco* an der Kasse arbeitet, Spätschicht, und die Einkäufe der Leute scannt und Regale einräumt, solange ich denken kann. Davon, dass ich dort auch manchmal einkaufe und dann hinten in der Schlange stehe, während die Kunden vorne ihre Sachen einpacken, ohne der Frau an der Kasse Beachtung zu schenken. Ich flüstere beinahe, als wollten die Worte nicht heraus. Ich erzähle ihm, dass man als Hilfsfloristin auch nicht gerade reich wird – meine Mum wird also nie San Francisco sehen. Ich bin kurz davor, ihm zu erzählen, dass ich mein Studium abgebrochen habe, aber mein Kopf fängt wieder an wehzutun. Ich denke an das Foto von meiner Schwester im Wohnzimmer. Ich erzähle nichts über sie, ich wüsste nicht, wo ich anfangen sollte.

»So habe ich noch nie mit jemandem geredet«, sagt der Architekt.

Mich überkommt ein eigenartiges Gefühl. Wenn ich unsere Körper betrachte, wie sie einen Zentimeter voneinander entfernt daliegen, ist es, als würde unsere Einsamkeit in dieser Lücke greifbar werden. Wenn wir uns berührten, könnte das vielleicht der Anfang einer ernsteren Geschichte sein, einer, in der ich nicht das Opfer von Jacks Eskapaden bin. Ein Teil von mir möchte dem Architekten näherkommen, seinen festen Schenkel an meinem weichen spüren. Aber ich sehe immer noch Jacks blaue Augen vor mir, und als ich den Mund aufmache, will nichts mehr herauskommen. Die Worte hängen zusammengeknüllt in meiner Kehle fest.

Außerdem ist es völlig ausgeschlossen, dass ich noch einmal mit diesem Mann Sex habe. Nicht ohne Personal Trainer.

Wir bleiben bewegungslos liegen.

»Soll ich dir ein Taxi rufen?«, frage ich ihn nach einer Weile.

»Nicht nötig, ich kann zu Fuß gehen«, sagt er. »Ich wohne nicht weit von hier.«

In seiner Stimme klingt Enttäuschung mit. Ich hätte auf meine Mum hören und höflicher sein sollen.

»Möchtest du einen Kaffee?«, frage ich.

Vielleicht hat er herausgehört, dass es nur ein halbherziges Angebot ist, denn er schüttelt den Kopf. Er streift seine Kleidung über den inzwischen wieder trockenen Körper, und ich kann noch einmal kurz seine glänzenden Muskeln betrachten. Irgendwann einmal muss ich ihm sagen, dass sie wirklich nicht übel sind.

»Bis die Tage«, sagt er.

»Bis die Tage.« Diesen Ausdruck habe ich noch nie zuvor

benutzt, und das Echo der Worte hallt in meinem Kopf nach. Sie haben etwas Beruhigendes.

»Nächste Woche gehe ich zu einer Veranstaltung über gotische Architektur«, sagt er noch. »Ein paar von uns nehmen an einer Führung durch Bristol teil.«

»Aha.«

»Du kannst ja einen Schirm mitnehmen, falls es regnet.«

»Du willst, dass ich mitkomme?«

»Warum nicht?«

Der Architekt steht an der Tür. Er hat ein so freundliches Gesicht. Es ist sensibel und symmetrisch, und unter anderen Umständen würde ich gern einen Kaffee mit ihm trinken.

»Es tut mir leid«, sage ich. »Es ist nur … ich habe gerade erst eine Trennung hinter mir.«

Und kaum habe ich es laut ausgesprochen, ist es wahr geworden. Unsere Beziehung ist vorbei.

»Dann war das nur ein One-Night-Stand?«, fragt der Architekt.

»Ich denke schon.« Mir fällt ein, wie Clara die Unbeschwertheit genießt, jemanden nie wiederzusehen, sich nie mit jemandem herumschlagen zu müssen. Ob sie sich je so gefühlt hat wie ich jetzt, als ob sich ein Teil von mir mit diesem Fremden zur Tür hinausstiehlt und nie wieder zurückkommt?

»Nur Sex und sonst nichts?«

Sonst nichts. Das Ende dieses Jahrzehnts in meinem Leben verliert sich in Leere. Vor mir ragt drohend die Zukunft auf wie eine klaffende Höhle.

»Ich denke schon.«

»Und du möchtest, dass ich jetzt gehe?«

Wenn man jemanden wegschickt, kommt er dann wieder?

»Tut mir leid.«

Er schweigt. Dann, als hätte er eine Entscheidung getroffen, ändert sich sein Gesichtsausdruck und wirkt auf einmal fast vergnügt.

»Es muss dir nicht leidtun. Es war toll. Die Jungs werden ganz begeistert sein.«

»Tatsächlich?«

»O ja.« Er nimmt ein Buch von dem Stapel auf dem Fensterbrett. »So viele Kerben habe ich noch nicht.«

»Freut mich, wenn ich behilflich sein konnte.«

Er klappt das Buch auf. Es ist mein Exemplar von *Handbuch für Floristen.*

»Du bist überhaupt nicht wie Eliza Doolittle.«

»Was?«

»Sie hat nie wieder etwas mit Blumen zu tun gehabt, stimmt's? Das war keine echte Leidenschaft bei ihr.«

»Ich dachte ...«

»Das Lieblingsmusical meiner Mutter. Ich muss es vorhin komplett ausgeblendet haben. Eben fiel es mir wieder ein.«

Moment mal – denken etwa alle beim Sex an ihre Mutter?

Er legt das Buch wieder hin und zieht seine Jacke an. »Tja ... bis die Tage.«

»Bis die Tage.«

Es tut gut, es noch mal zu sagen.

Als die Wohnungstür ins Schloss fällt, hoppele ich in meine Bettdecke gewickelt zur Tür und lege die Kette vor. Ich hoppele ins Schlafzimmer zurück und sehe vom Fenster aus dem Architekten nach, wie er die Straße entlanggeht, ein breiter Schatten im Schein der Laternen. Ob seine Freunde ihn schon zu Hause erwarten, um ihm anerkennend auf die Schulter zu klopfen? Aber vielleicht wohnt er gar nicht mit ihnen zusammen. Vielleicht haust er allein in einem Studentenzimmer und macht sich erst einmal einen Toast und einen

Instantkaffee, bevor er sein schmales Bett ansteuert. Auf dem Nachttisch daneben türmt sich ein Stapel Bücher über Kunstgeschichte. Die Gitarre, die für die Schwielen an seinen Fingerspitzen verantwortlich ist, lehnt an der Wand. Auf dem Regal ein Foto von seiner Mutter, das gleiche herzförmige Gesicht, müde grüne Augen. *Warst du im Fitnessstudio, Junge?*

Ich gehe in mein kleines Bad und dusche, lasse die Wasserstrahlen auf mich herabfallen. Obwohl ich die Temperatur ganz hochgedreht habe, kommt das heiße Wasser nicht gegen die kleinen Gewissensbisse an, die sich jetzt wie Nadelstiche bemerkbar machen und von denen ich weiß, dass ich sie nicht mehr loswerde. Ich trockne mich ab, gehe wieder ins Schlafzimmer und ziehe meinen Schlafanzug an. Ein Elefant hat sich hierherverirrt. Ich hebe ihn auf und setze seinen glatten Ebenholzkörper behutsam auf das Fensterbrett. Seine stolzen schwarzen Augen beobachten mich neugierig.

Ich sehe mich um, betrachte die Stapel von Büchern – einige von mir, einige von Jack. Die Kommode, in der meine Pullover sind, aber auch Jacks Jeans, seine T-Shirts. Er hat nur einige wenige Sachen eingepackt, als er ging. Das Hemd, das er letzten Freitagabend getragen hat, liegt noch zusammengeknüllt im Wäschekorb. Ich lasse mich auf den Teppich sinken, ziehe das karierte Stück Stoff heraus und atme den Geruch ein, der nur von Jack sein kann. Ein Hauch von Schweiß, der ledrige Duft seines Rasierwassers, seine Zigaretten. Ich habe einen Knoten im Hals. Wenn ich die Nachricht auf seinem Handy nicht gelesen hätte, wäre nichts von alldem passiert. Jedenfalls noch nicht. Wir würden im Schneidersitz im Gras vor seinem Zweimannzelt sitzen, uns vom Lagerfeuer und den kleinen Lichtern unserer Stirnlampen bescheinen lassen, vielleicht wären wir die Einzigen auf dem Zeltplatz, im Schatten der Berge unter dem Himmel von Cumbria.

Zu meinen Füßen liegt die orange Dahlie, mausetot.

Ein Klopfen an der Tür.

Ich springe auf, und auf dem Weg in den Flur sehe ich mich um, ob der Architekt vielleicht irgendetwas liegen gelassen hat: sein Portemonnaie oder seine Schlüssel.

Als ich zur Tür komme, bleibe ich abrupt stehen.

»Anjali.« Jacks Stimme, leise und beschwörend. »Bist du da?«

ZWEI

Als Jack und ich in die Wohnung einzogen, wuchs in dem kleinen Garten fast nichts, abgesehen von Unkraut und einem dürren Lavendelbusch. Der Garten war ein Fleckchen Erde und Beton. Wochenlang habe ich draußen geschuftet. Jetzt blühen Vergissmeinnicht, Lupinen und Levkojen zwischen den verwitterten Gartenmöbeln. Aber am meisten liebe ich den Lavendel. Er steht nun voll in der Sonne und hat sich ein üppiges graues Blätterkleid zugelegt, aus dem bei den ersten Anzeichen von Sommer lila Spitzen treiben.

Ich erklärte Jack, dass Lavendel seit frühester Zeit hoch geschätzt wird, nicht nur wegen seines Dufts, sondern als Heilpflanze und um seiner betörenden Wirkung willen. Es heißt, die Pflanze schütze und stimuliere. Man sagt auch, dass Kleopatra auf diese Weise Cäsar und Antonius rumgekriegt hat.

Und jetzt will er mich damit rumkriegen, sagt Jack.

Ich sitze mit dem Rücken gegen die Wohnungstür und lausche seiner Stimme auf der anderen Seite. Ich halte meine Hand vor das Schlüsselloch. Vielleicht sickert der Duft seines Lavendelstraußes da hindurch und legt sich auf meine Finger. Fließt von dort über meine Haut und durchströmt meine Brust. Kreist um mein Herz.

»Ich weiß, dass du da bist, Anj. Ich habe dich durch die Scheibe gesehen.«

Er hat noch seine Schlüssel. Die Wohnung ist zur Hälfte seine. Die Kette ist noch an ihrem Platz, aber wenn er aufschließt, nehme ich sie ab.

»Mach die Tür auf, Anj, bitte. Wir können doch über alles sprechen.«

Können wir das wirklich? Mein Herz schlägt wie verrückt, meine Augen brennen. Wäre er nur eine Viertelstunde früher gekommen, wäre er dem Architekten über den Weg gelaufen.

»Ich habe eine Riesendummheit gemacht. Lass mich dir das erklären.«

Was wird er sagen, wenn ich ihm von dieser Nacht erzähle? Mein karierter Schlafanzug kann die Spuren darunter nicht verbergen. Ich fühle mich schmutzig, als ob ich es wäre, die fremdgegangen ist. Wie wird es jetzt mit uns beiden weitergehen? Das Brennen hinter meinen Augenlidern will einfach nicht aufhören.

Ein Geräusch, als ob etwas Schweres an der Tür entlangstreift. Er hat sich auf der anderen Seite vor die Tür gesetzt. Ein metallisches Schmatzen und ein Zischeln. Jetzt zündet er sich eine Zigarette an. Wäre nicht die dicke Holztür zwischen uns, säßen wir aneinandergelehnt, Rücken an Rücken. Ich würde gern ein paarmal ziehen, obwohl ich gar nicht rauche.

»Willst du eine?«, fragt er durch das Holz. Ich sehe seine schlanken Finger vor mir, wie sie die Zigarette halten. Ich sehe, wie die vollen Lippen sich um den Filter schließen, die steile Falte auf seiner Stirn, wenn er inhaliert. Ich denke an seinen breiten Rücken, und meine Hand sehnt sich danach, nach dem Muttermal unterhalb seines Schulterblatts zu tasten. Ich denke an die Zeit vor einer Woche, zwei Wochen, drei, als er mich in den Armen hielt und nichts auf dieses grauenhafte Schwindelgefühl hindeutete, gegen das weder Alkohol noch ein Architekt helfen.

Ich muss damit aufhören. Wenn ich so weitermache, werde ich am Ende noch aufstehen und ihn hereinlassen.

»Weißt du noch, wie du meine Zigaretten ins Meer geschmissen hast?«

Früh am Morgen in Porthclaw, Wales, vor drei Jahren. *Wenn sie untergehen, hörst du auf!* Aber mein Übermut wich augenblicklich blanker Panik bei dem Gedanken, was den Meeressäugern und Seevögeln passieren könnte, wenn sie die Zigaretten für etwas Essbares hielten. Ich warf mich in voller Montur ins Wasser, um das nasse Päckchen wieder herauszuholen, während Jack die Jeans hochkrempelte und mir hinterhersprang. Als wir danach wieder am Strand saßen, inmitten von angespülten Quallen, und der Sand unter uns sich dunkel färbte von unserer triefenden Kleidung, versuchte Jack, eine durchweichte Zigarette anzuzünden. *Sie sind nicht untergegangen.*

»Das war einer unserer schönsten Tage, Anj. Und wir hatten so viele schöne Tage.«

Gegen meinen Willen ziehen Bilder an mir vorbei: eine kleine Kette aus Gänseblümchen an meinem Fußgelenk, Butterblumen, über einen Teller Scones gestreut, Vergissmeinnicht auf meinem Kissen. Jack hat so viele Dinge für mich getan.

»Vergiss den Lavendel. Was hältst du von einem Tattoo? Ich lass mir deinen Namen tätowieren – wohin du willst. Gib mir einfach ein Zeichen.«

Und dann ist da noch die andere Sache, die, die er mir angetan hat.

Noch ein Bild schiebt sich vor mein geistiges Auge. Julia, mal wieder.

Ich erinnere mich an die Hausparty, auf der ich sie kennengelernt habe. Das war vor zwei Jahren. Musik, viele unbekannte Gesichter, Rauch. Alle drehten sich um, als Julia vorbeiging, der Rock ihres tief ausgeschnittenen, schwarzen Satinkleids raschelte über ihren Knien. Das Schlimmste ist, dass ich sie sympathisch fand. Sie war witzig, herzlich und konnte über sich selbst lachen. Ich musste mich zusammenreißen, um nicht dauernd den Drachen auf ihrer Schulter anzustarren oder immer wieder zu der Schlange an ihrer schmalen, blassen Wade hinunterzusehen.

Ich bin mir nicht mal sicher, ob ich Tattoos mag, aber ich war voller Bewunderung für jemanden, der imstande war, seinen Körper auf ebenso elegante wie endgültige Weise zu verwandeln.

»Soll ich mir eins stechen lassen? Deinen kompletten Namen, wenn du willst. Das sind jede Menge Buchstaben. Das wird wehtun.«

Mein Körper ist schmucklos. Ich werde auch nie Burlesquetänzerin werden. Mein Tanzstil ist eher bewegungsarm. Ich besitze nicht einmal ein tief ausgeschnittenes Kleid. Die meisten meiner Outfits kaschieren die Rundungen an Bauch und Hintern, und mein Rücken verdient es nicht, mit Tinte verziert zu werden.

»Anj, sag was.«

Ich glaube, wenn der Partner fremdgeht, bedeutet das, dass man nie wieder zu zweit sein wird. Diese andere Person wird einem für immer auf Schritt und Tritt folgen, einem ständig auf der Schulter sitzen. Für sie ist Sex nie alltäglich oder selbstverständlich, sie ist eine Athletin im Bett, und ihre straffen Schenkel sind hart wie Diamanten. Vor allem, wenn sie Burlesquetänzerin ist.

Er seufzt. »Du kannst mich nicht ewig ignorieren.«

Ich drehe mich leicht zur Seite und lege meine Hand an den Türrahmen. Ich stelle mir vor, wie es wäre, die Wärme seiner Haut an meiner zu spüren. Aber ich habe es nicht mehr in der Hand. Eine andere Person bestimmt jetzt über mich, eine mit orange loderndem Feueratem über dem starken Arm und einem blaugrauen Reptil, das sich an ihrem Oberschenkel entlang unter ihr Kleid schlängelt. Eine, die mich nicht kennt und der ich völlig gleichgültig bin.

Erneut streift Stoff gegen Holz: Jack steht auf.

Ich drehe mich wieder zurück und halte die Beine angezogen hinter der Tür, damit er meinen Schatten nicht durch die Scheibe sehen kann. Von hier aus schaue ich direkt ins Schlafzimmer. Ein Nichts von einem Rock liegt auf dem Boden, die Laken sind feucht vom Schweiß eines anderen Mannes, im Müll liegt ein Kondom.

Eine Welle von Schuldgefühlen schwappt über mich hinweg. Ich kann mir nicht vorstellen, wie wir wieder zueinanderfinden sollen.

Auf dem Weg vor dem Haus liegt Kies. Ich lausche Jacks Schritten, wie sie sich langsam entfernen.

Am Sonntagabend mache ich mich mit dem Lavendelstrauß, den ich vor der Tür gefunden habe, auf den Weg zu meiner Mutter.

Die meisten Sonntage meines Lebens habe ich mit meiner Mutter und meiner Schwester verbracht. Mein Dad starb, als ich drei war, sodass es seit Langem nur uns gibt. Ich kann mich eigentlich nicht an meinen Vater erinnern, aber manchmal unterhalte ich mich im Stillen mit ihm. *Du kannst aus deinem Leben machen, was du willst. Du bist stark. Du bist stärker als die Burlesquetänzerin.* Solche Sachen. Wenn man schon mit Toten spricht, sollten sie wenigstens solidarisch sein.

Mum und meine Schwester leben in der Zweizimmerwohnung, in der ich aufgewachsen bin, fast am Ende von Ashley Hill im Norden von Bristol. Die Straße besteht hauptsächlich aus viktorianischen Reihenhäusern und ist bei der schickeren

Mittelklasse heute recht begehrt, aber zu Mums Zeiten war die Gegend eher heruntergekommen. Das Gebäude ist immer noch ziemlich verwahrlost. Das Tor, das ich aufstoße, um in den Vorgarten zu gelangen, wird von Isolierband zusammengehalten.

Shanthi sitzt auf der Stufe vorm Haus und raucht. Bei ihr bin ich ebenfalls gescheitert – ich konnte sie nicht dazu bringen aufzuhören. Sie ist schmal, noch kleiner als ich und in Baggy Jeans und einen viel zu großen Pulli gehüllt. Ihre Jeans sind voller Farbspritzer. Ihre dunklen Locken sind genauso wenig zu bändigen wie meine. Seit unserer Kindheit trägt sie sie in dem immer gleichen, achtlos zusammengebundenen Knoten. Ihr Gesicht ist schmaler als meines, ihre dunklen Augen sind mandelförmig, darüber wölben sich starke Brauen, die Haut spannt sich über den Wangenknochen. Auch ihre zierlichen Handgelenke sind mit Farbspritzern bedeckt.

Als wir noch Kinder waren und uns nicht gerade vor weißen Erwachsenen verstecken mussten, die uns ins Heim bringen wollten, war ich oft hier draußen und habe mit den Kindern aus den anderen Wohnungen gespielt. Shanthi saß immer drinnen und zeichnete. In meinen allerersten Erinnerungen an sie hält sie einen Bleistift, und der Boden unseres Zimmers ist übersät mit Zeichnungen. Meine Freunde fragten mich, ob es mich nicht störe, dass ihre Bilder die Wände zupflasterten und gar keinen Platz für Poster ließen. Aber es hat mir nie etwas ausgemacht. Die schönste Zeit des Tages war immer, wenn wir im Bett lagen und darauf warteten, dass Mum das Licht ausmachte, und Shanthi mir die Geschichten erzählte, die ihre Hände illustriert hatten.

»Hat Mum dich nach draußen verbannt?« Als ich mich neben sie auf die Stufe setze, bröckelt ein Stück Beton ab. Der Himmel ist ein graues Tuch, das Pflaster ist dunkel vom Nieselregen. Die Wettervorhersage verspricht einen launischen Juli.

Shanthi sieht zum ersten Stock hinauf. »Sie hat wahrscheinlich gar nicht bemerkt, dass ich raus bin. Sie ist völlig in ihr Curry vertieft.«

Seit ich ausgezogen bin, hat sich das wöchentliche Curryessen zu einer Art Ritual entwickelt. Sonntags arbeitet Mum nie – ihre Chefs sind davon überzeugt, dass es der buddhistische Sabbat ist. Wie gut, dass sie sich offenbar nie näher mit diesen Sachen beschäftigt haben, sonst hätten sie gemerkt, dass Buddha eigentlich ein ziemlich gechillter Typ war, der wahrscheinlich kaum etwas gegen sonntägliche Öffnungszeiten einzuwenden gehabt hätte.

»Alles gut?« Shanthi betrachtet mich prüfend. Mir ist bewusst, dass meine Augen rot geädert und von dunklen Ringen umrandet sind. Nachdem Jack gestern Abend weg war, habe ich das Bett neu bezogen, aber die Dellen im Kissen wollten einfach nicht verschwinden, und ich musste ständig daran denken, was ich mit dem Architekten getan hatte. Ich hätte heute absagen und Mum anschwindeln können, dass ich zu müde vom Zelten sei. Doch aus verschiedenen Gründen war ich schon die letzten zwei Sonntage nicht da, und wenn ich heute wieder nicht gekommen wäre, hätte das das Fass zum Überlaufen gebracht.

»Spät ins Bett«, erwiderte ich. »Was gibt es bei dir Neues?«

Shanthi antwortet nicht gleich, sie sieht mich immer noch prüfend an.

»Nichts Besonderes«, sagt sie schließlich. »Außer dass ich gleich noch wegmuss.«

»Oh.« Mir sinkt ein wenig der Mut. »Du bleibst nicht zum Abendessen?«

»Ich treffe mich mit jemandem.«

»Wirklich? Mit wem?«

Sie bleibt stumm. Jetzt ist es an mir, meine Schwester zu mustern. An ihren Jeans ist zwar Farbe, aber der dunkelsmaragdgrüne Oversizepulli muss neu sein, wenigstens secondhand, den habe ich noch nie an ihr gesehen. Statt ihrer verschlissenen Turnschuhe hat sie ihre Schnürboots an, die sonst selten den Schuhschrank verlassen – wenn sie aufsteht, wird sie mit ihnen so groß sein wie ich. Ich muss daran denken, wie wir uns als Teenager durch Mums goldene Sandalen gewühlt haben, die Köpfe in einem wirren Lockengewühl zusammengesteckt. Seit ich mit Jack zusammen gewesen bin, scheint es solche Momente kaum noch gegeben zu haben.

»Sag doch, mit wem triffst du dich?«

»Niemand, den du kennst.« Sie drückt ihre Zigarette aus.

Shanthi ist zwei Jahre älter als ich, aber seit ihrem Diplom in Bildender Kunst am Goldsmiths in London vor einigen Jahren wohnt sie wieder zu Hause. Alles, was ich über ihre Zeit an der Uni weiß, steht auf dem Summa-cum-laude-Zeugnis, das gerahmt im Flur hängt. Es gibt kein Foto von der Abschlussfeier, keine Sachen, die irgendwie mit dem Studium zu tun haben, keine Freunde, mit denen sie in Verbindung geblieben ist. Als sie wieder zu Hause eingezogen ist, ist für sie eine Weile lang alles zum Stillstand gekommen. Vor zwei Jahren hat sie dann einen Job als Kellnerin in einem Nachbarschaftscafé gefunden und darüber die Möglichkeit, ein Atelier mitzunutzen, wo sie malen kann. Die ganze übrige Zeit aber vergräbt sie sich mit Papier und Bleistift in der Wohnung, während Mum mit ihren Dauerpredigten die Hintergrundmusik liefert. Sollte sie damals je davon geträumt haben, von zu Hause wegzugehen, so wie ich, hat sie sich das nie anmerken lassen. Aber manchmal betrachte ich das Diplom an der Wand, den glänzenden Goldrahmen, den Mum jede Woche poliert, und überlege, wie es wohl wäre, sich im Vorbeigehen darin zu spiegeln und sich vorzustellen, wie das Leben anders hätte laufen können.

»Ist es jemand aus dem Atelier?«, frage ich.

Shanthi nickt.

»Wie heißt der Jemand?«

»Du stellst ganz schön viele Fragen.« Sie zieht die dichten Brauen hoch.

Ihre Augen leuchten. Auf den Lidern ist ein Hauch graues Puder zu erahnen. Dabei benutzt meine Schwester gar kein Make-up. Als ich Teenager war und mit Klamotten und Lidschatten und Haargel experimentieren wollte, habe ich ihre Schubladen durchwühlt und nichts als Papier, Stifte und Farbtuben aus Miss Harrisons Kunstraum gefunden. Shanthi ging nie zur Schuldisco, drückte sich nie verlegen mit den anderen Mädchen an der Wand herum – sie hatte nie das Bedürfnis dazuzugehören. Nicht sie, sondern ich war immer irgendwie unangenehm berührt, wenn ich sah, wie sie sich am Rand der Menge hielt und mittags in der Mensa allein an einem Tisch saß.

»Es ist ein Typ, stimmt's?« So langsam werde ich wirklich neugierig. »Sag schon, mit wem triffst du dich?«

»Anjali! Lässt du dich auch mal wieder blicken?«

Wir fahren vor Schreck zusammen. Mum steht in der Tür.

Facebook, Spotify, Mum. All das sollte man meiden, wenn man gerade frisch getrennt ist.

Mum nimmt mich mit nach oben, Shanthi folgt uns. In der Wohnung tauche ich augenblicklich ein in die vertrauten Gerüche. Alles übertönend ist der Duft von Curry, natürlich.

Kreuzkümmel, Koriander und Kurkuma haben sich untrennbar mit dem Teppichboden aus den Siebzigern, der verblichenen Tapete, den geblümten Vorhängen, der durchgesessenen braunen Couch und wahrscheinlich unserer DNA verbunden. Unmöglich, dem zu entkommen. Nicht einmal die Sandelholzräucherstäbchen, die neben jeder möbelpflegepolierten Buddhastatue kokeln, können dagegen etwas ausrichten. Und es gibt viele Buddhas. Sogar neben dem Katzenkorb steht einer.

Ich nehme die Katze hoch und streiche über ihr weiches graues Fell. Ordie ist bestimmt keine Buddhistin – so wie sie die Tauben beobachtet. In ihrem schütteren Fell sind kahle Stellen. Sie ist dreiundzwanzig Jahre alt. Ihr voller Name ist Ordinary. Warum, kann ich beim besten Willen nicht sagen, offenbar war ich eine ziemlich frühreife Sechsjährige.

»Du hast dich also entschlossen, uns mit einem Besuch zu beehren?«

Okay, genug gestreichelt, jetzt muss ich mich wohl oder übel meiner Mutter widmen.

»Hier, für dich.« Ich strecke ihr Jacks Lavendelstrauß hin. Inzwischen sieht er reichlich mitgenommen aus, von dem Nieselregen ist er ganz nass. Aber ich konnte ihn einfach nicht wegwerfen. Außerdem bringe ich meiner Mutter sonntags meistens Blumen aus dem Laden mit, aber ich war offiziell ja noch im Urlaub.

Heute Morgen hat es mir gefehlt, in den Laden zu gehen. Mum nimmt den Lavendel, ohne seinem Duft die geringste Aufmerksamkeit zu schenken, und ich muss an meinen ersten Arbeitstag vor zehn Jahren denken. Der ganze Raum war voller Sonnenblumen, die nach Freiheit rochen, und die Gespräche mit Clara waren meilenweit von der currydurchtränkten Enge meines Zuhauses und den hochgesteckten

Erwartungen in den Hörsälen an der Uni entfernt. Eigentlich von allen Erwartungen. Clara schien nie etwas anderes von mir zu verlangen als die Liebe zu Blumen. (Okay, streng genommen vielleicht auch gelegentlich zum Großhandel zu fahren, Ware einzuräumen und auszufahren, die Website zu aktualisieren, die Bücher zu führen und fünfzehn Stunden am Tag zu arbeiten.) Ich wünschte, ich wäre jetzt im Laden und müsste nichts tun, als mich Claras Whisky zu erwehren und abgefallene Blütenblätter aufzusammeln.

»Ich verstehe einfach nicht, dass du dich nie um deine Familie kümmerst.« Mums Vorwürfe wummern in Endlosschleife durch meine ziellos umherwandernden Gedanken.

»O bitte, Mum, gib Ruhe.« Ich setze Ordie auf ihren Lieblingsplatz neben dem Kamin und sehe mich Hilfe suchend nach Shanthi um. Doch die ist in ihrem Zimmer verschwunden.

»Sieh an, welch feiner englischer Worte sie sich bedient.« Mum drückt die Längsseite des Zeigefingers an den oberen Rand der Stirn – ihre bevorzugte Geste, wenn ihre jüngste Tochter ihr mal wieder zu westlich geraten scheint.

Ich hasse es, wenn sie in der dritten Person von mir spricht. »Welche Worte soll ich denn sonst benutzen?«

Wir haben einander sofort auf dem falschen Fuß erwischt, aber ehrlich gesagt ist das nicht ungewöhnlich. Mum stampft in die winzige Küche, wirft den Lavendel auf die Küchentheke, schaltet den Wasserkocher ein und beginnt, einen Topf nach dem anderen auf die Arbeitsplatte zu knallen, als wollte sie sie lieber mir auf den Kopf schmettern.

Tja, das ist meine Mum: Sie trägt ein zeltartiges Kleid, das sich über ihrem ausladenden Hintern und den üppigen Schenkeln spannt und rot-blau gemustert ist, sodass man sie von Weitem für einen Perserteppich halten könnte. Das ist seit zehn Jahren ihr Lieblingslook, nachdem sie festgestellt hat, dass Saris für die regennassen Straßen von Bristol nicht geeignet sind. Sie trägt das Haar sehr kurz und sehr dunkel – *Tescos* hauseigenem Haarfärbemittel (Farbton »pechschwarz«) sei Dank. Wir mögen alle drei die gleichen mandelförmigen Augen haben, aber Mums Iris ist ein loderndes Feuer, das sich mit jedem ihrer Worte in ihr Gegenüber frisst.

»Womit habe ich es verdient, dass du mit mir sprichst wie diese frechen englischen Mädchen?« Über die Teebecher hinweg starrt Mum mich grimmig an. Dreifachkinn und Oberarme wackeln, als sie Milch hinzugießt.

Meine Schwester kommt in die Küche, über der Schulter eine braune Cordjacke, die ebenfalls neu aussieht.

»Gehst du essen?«, frage ich, um das Thema zu wechseln.

»Und jetzt geht sie auch noch weg!« Mum drückt uns die Becher in die Hand und wirft die Hände in die Luft, an denen das sri-lankische Gold glänzt, das sie von meiner verstorbenen Großmutter geerbt hat. »Wo, um alles in der Welt, treiben sich meine Töchter heutzutage nur herum?«

Mums Art zu reden tendiert zum Melodramatischen. Seit sie nach Großbritannien gekommen ist, hat sie verschiedene Quellen zum Englischlernen benutzt: *Radio Bristol*, Poster in Wartezimmern und die Soap *EastEnders Omnibus*.

Shanthi und ich wechseln einen vielsagenden Blick.

»Ich bin ja noch gar nicht weg«, protestiert Shanthi.

»Und warum du ausgerechnet heute Abend ausgehen musst, ist mir ebenfalls ein Rätsel«, fährt Mum nahtlos fort, greift nach ihrem Teebecher und nimmt mehrere große Schlucke, um sich wieder zu fangen. »Wenn Anjali uns ausnahmsweise mal mit ihrer Anwesenheit beglückt.«

»Lass gut sein, Mum«, seufze ich. »Shanthi ist ja nun nicht gerade jeden Abend unterwegs.«

»Außerdem kann ich diese Kunstleute nicht leiden.«

Von meinem Platz in der Küche aus kann ich das neue Bild sehen, das im Flur hängt. Es zeigt die St. Mary Redcliffe Church in Bristol, dunkel und mächtig, Türme und Spitzen in dicken grauen Linien. Der Architekt wäre begeistert, schließlich ist die Kirche ein Paradebeispiel gotischer Baukunst. Ich war froh, als Shanthi das Atelier fand. Sie teilt es sich mit anderen und zahlt weniger, weil sie im Café arbeitet. Sie hatte davor viel zu lange in dieser Wohnung festgesessen und ihr Talent vor der Welt verborgen. Während ich sie damals in der Schulmensa mit besorgten Blicken bedachte, hatte sie nichts anderes im Kopf, als so rasch wie möglich Mums Rote-Bete-Möhren-Sandwiches hinunterzuschlingen, damit sie wieder zurück in Miss Harrisons Kunstraum konnte. Miss Harrison mit ihrem üppigen mahagonifarbenen Haar und ihrer Samtschalkollektion war vielleicht der einzige Mensch, der meine Schwester je verstanden hat. Shanthi verbrachte jede freie Minute bei ihr, auch wenn sie eigentlich eine Doppelstunde Mathe hatte.

»Du kennst die Leute doch gar nicht«, erinnert Shanthi Mum.

»Ich weiß, was sie tun.« Mum schüttelt den Kopf, und der Tee in ihrem Becher schwappt hin und her. »Sie malen *außen* auf Gebäude.«

»Das nennt man Street-Art.« Auf Shanthis Lippen liegt ein kleines Lächeln. Aus irgendeinem Grund macht ihr Mums Kritik immer nur halb so viel aus wie mir.

»Haben sie denn kein Papier?«

Mum war außer sich, als sie mitbekam, dass Shanthi Unterricht schwänzte. Bei Elternabenden blieben die anderen Mütter (und Väter) immer bewundernd vor den Bildern meiner Schwester stehen, die im Kunstraum ausgestellt waren.

Miss Harrison hob jedes Mal hoffnungsfroh ihren glänzenden Mahagonikopf, wenn wir drei eintrudelten. *Mrs Chandana* … Aber Mum blieb nie lange. Sie warf der Lehrerin, die – davon war sie überzeugt – die wissenschaftliche Karriere ihrer ältesten Tochter aufs Spiel setzte, einen kurzen Blick zu und verschwand wieder.

»Ist doch toll, dass du im Atelier Freunde gefunden hast«, sage ich und registriere einmal mehr die neue Jacke, den neuen Pulli, den festen, ungewohnten Klang ihrer Stiefel auf dem Linoleumboden der Küche und die Tatsache, dass ich immer noch nicht weiß, mit wem sie sich trifft.

»Das ist ganz und gar nicht toll.« Mum leert ihre Tasse. »Wer kümmert sich denn dann um mich alte Frau, wenn ihr euch jetzt alle beide ständig irgendwo herumtreibt?«

»Es ist doch nur *ein* Abendessen«, sagt Shanthi sanft.

»Darum geht es nicht.« Mum fuchtelt mit einem Schneidebrett herum, natürlich vor meinem Gesicht und nicht vor Shanthis. »Es geht darum, wohin das führen wird.«

»Und das wäre?«, frage ich, da die Fuchtelei offenbar mir gilt.

»Dazu, dass eure Mutter einsam und verlassen auf dem Sterbebett liegen wird.« Sie knallt das Brett auf die Arbeitsplatte.

Ich sollte erwähnen, dass Mum fünfzig ist, in Vollzeit arbeitet und ihr Mindesthaltbarkeitsdatum vermutlich noch einige Jahre in der Zukunft liegt.

Es gibt unzählige Geschichten über asiatische Mütter, die ich ausnahmslos gelesen habe, im Fernsehen habe ich alle möglichen Parodien über sie gesehen, und natürlich kenne ich sämtliche Standardfilme über das Erwachsenwerden in asiatischen Familien. Überhaupt habe ich jede Menge Sketches und Parodien auf Mütter im Allgemeinen gesehen, ob nun aus Asien oder nicht. Und meine Mutter wie eine dieser Karikaturen darzustellen ist so ziemlich das Letzte, was ich will. Aber sie kann es einem manchmal verdammt schwer machen.

»Okay, ich muss noch mein Portemonnaie suchen.« Shanthi wirft mir einen schuldbewussten Blick zu, und ich wappne mich innerlich für den Abend, der vor mir liegt.

»Was kann ich noch tun?«, frage ich meine Mutter fröhlich und bekomme eine Aubergine in die Hand gedrückt. Eine Weile herrscht himmlische Stille, nur das einträchtige Hacken der Messer auf den Schneidebrettern ist zu hören. Gleich gibt es Auberginencurry, Linsen und frittierte Chilikartoffeln mit feuerrotem Kokossambal. Das könnte die erste Mahlzeit werden, die ich seit einer Woche bei mir behalte. Vielleicht wird der Abend ja doch ganz nett. Es wird höchste Zeit, dass ich mal wieder etwas Richtiges esse.

Jacks Lavendelzweige liegen immer noch auf der Küchentheke. Ob Jack jetzt wohl gerade auf die Uhr sieht und an das Abendessen bei meiner Mutter denkt? Obwohl sie ohne Fleisch kocht, konnte er vom Essen meiner Mutter nie genug bekommen.

»Wo ist Jack?«, fragt meine Mutter plötzlich, als hätte sie den Gedanken mitgelesen, der mir eben durch den Kopf ging.

»Hat zu tun«, murmele ich und mache mich an die nächste Aubergine.

»Der Junge hat ja nie Zeit«, brummelt Mum.

Ich warte auf die üblichen Fragen, die meine Mutter gleich vom Stapel lassen wird. Ich nenne sie »Fragen«, auch wenn sie immer von einem mehr als offensichtlichen Subtext begleitet sind.

»Besucht Jack seine Familie auch mal?« (Oder ist er der undankbare, gefühllose Sohn, für den ich ihn halte?)

»Ja. Hier und da. Seinen Vater. Du weißt doch, dass seine Eltern geschieden sind.«

»Und seine Mutter … arbeitet als Putzfrau, nicht wahr?« (Ich weiß, dass ich auch nur im Supermarkt arbeite und früher zusätzlich noch alle möglichen Gelegenheitsjobs hatte, aber das war nur, weil ich meine zwei Kinder allein durchbringen musste. Andernfalls hätte ich selbstverständlich richtig Karriere gemacht. Welche Entschuldigung hat Jacks Mutter?)

»Sie *leitet* eine Reinigungs*firma*. Und ist sehr erfolgreich. Und selbst wenn sie Putzfrau wäre – hat Dad nicht auch als Reinigungskraft gearbeitet?«

»Hast du Jacks Familie das etwa gesagt?« (Hoffentlich hast du diesen Fremden nicht die Wahrheit gesagt, denen kann man so etwas nicht anvertrauen. Dein Vater hätte noch richtig Karriere gemacht, wenn er nicht gestorben wäre.)

»Das ist kein Problem für sie. Sie haben keine Vorurteile.«

»Du glaubst im Ernst, diese Leute haben keine Vorurteile?« (Ich schäme mich für dein leichtfertiges Vertrauen in diese Fremden, die meinetwegen vielleicht ganz nett sind, aber trotzdem nur auf eine Gelegenheit warten, mich zu vernichten.)

»Mum, ›diese Leute‹ haben nicht halb so viele Vorurteile wie du.«

»Du hältst dich wohl für sehr schlau, du mit deinem englischen Sarkasmus.« (Ich habe dafür gesorgt, dass du Bildung erwerben konntest, und jetzt benutzt du sie, um mich zu vernichten.)

»Hör auf damit, Mum. Du bist jetzt seit fast dreißig Jahren hier. Hör endlich auf mit diesem ewigen ›Diese Leute‹-Quatsch und dem Blödsinn von wegen englischem Sarkasmus, und überhaupt – kannst du nicht endlich mal hier ankommen?«

»Glaubst du etwa, ich bin freiwillig hierhergekommen?« (Bist du wirklich so dumm, dass du nicht verstehst, dass diese Leute einen Keil in unser Volk getrieben haben, sodass wir uns schließlich gegenseitig bekämpft und unsere Wirtschaft in den Ruin getrieben haben und irgendwann keine andere Wahl hatten, als um unserer Kinder willen hierherzuziehen, und sie jetzt nichts anderes im Sinn haben, als mich zu vernichten?)

»Mum, lass uns nicht schon wieder davon anfangen. Ich weiß, was ihr alles für uns getan habt, aber können wir jetzt bitte von etwas anderem reden?«

»Ja, sieh nur, was wir alles für euch getan haben, und was tust du? Wirfst deine ganze Karriere weg und lebst in Sünde mit einem weißen Mann.« Ab diesem Stadium kommt sie auch wunderbar ohne ihre Fragen aus.

»Hör doch bitte auf, immer von Sünde zu sprechen. Wir leben im einundzwanzigsten Jahrhundert, Mum.«

»Es ist eine Sünde. Die größte Sünde überhaupt.«

»Dann kannst du ja jetzt beruhigt sein. Es ist nämlich vorbei.«

»Was heißt das?«

»Ich lebe nicht mehr mit Jack zusammen.«

»Wo lebst du dann?«

»Ich wohne noch dort, aber Jack ist ausgezogen.«

»Er hat dich verlassen?«

»Ich habe ihn verlassen.«

Shanthis schwere Stiefel sind an der Tür zu hören. Ich halte meine Augen auf das Schneidebrett geheftet.

»Er ist ausgezogen?«

»Ich habe ihm gesagt, dass er gehen soll.«

»Du hast ihm gesagt, er soll gehen?«

»Ja.«

»Du hast ihn weggeschickt?«

»Ja.«

Für einen Augenblick herrscht vollkommene Stille. Ich zwinge mich, Mum anzusehen. Ich bin nicht sicher, ob das möglich ist, aber es sieht so aus, als ob ihre dunkelbraune Gesichtsfarbe nun grau ist. Sie drückt die Seite ihres Zeigefingers oben an die Stirn.

»*Anay*. O nein. O *anay*, *anay*.« *Anay* steht bei ihr wahlweise für Schmerz, Verwunderung oder Fassungslosigkeit.

»Was? Wo liegt das Problem? Ich dachte, du bist jetzt glücklich, weil ich nicht mehr in Sünde lebe.«

»Aber du hattest wenigstens einen Mann.«

»Wie meinst du das?« Aber natürlich weiß ich genau, was sie meint. Sie stellt sich vor, wie ich in einer Art Zauberer-von-Oz-Land strande, nur dass die Straße nicht aus gelben Ziegeln, sondern aus Beton ist und an ihrem Ende eine verödete Stadt wartet, in der alte Jungfern von fliegenden Affen entführt werden. Das Gesicht des Architekten erscheint vor meinem inneren Auge. Es ist ein bisschen verschwommen, was womöglich auf das Konto einiger abgestorbener Gehirnzellen geht, aber es wirkt sanft und freundlich. Ich spüre einen Knoten in meiner Kehle. Ich hätte mir seine Nummer geben lassen sollen.

»*Anay*, meine Anjali.« Mum presst ihren Zeigefinger noch tiefer in die Haut – wahrscheinlich malt sie sich gerade aus, wie ich mit einem kreischenden, geflügelten Primaten durch die Luft fliege und meine Beine herunterbaumeln. »Und bald wirst du dreißig.«

»Das reicht, Mum«, geht Shanthi leise dazwischen. Ich drehe den Kopf zu ihr und sehe, wie sie mich aus ihrem kleinen Gesicht heraus sorgenvoll mustert.

Aber Mum kennt kein Halten. »Was soll sie denn jetzt nur

tun? Nachdem sie so lange mit diesem Jungen zusammengelebt hat? Sie wird doch niemanden mehr finden!«

Der saubere, kiefernartige Geruch des Lavendels steigt mir in die Nase. Mein Kopf tut weh. Das Öl dieser Pflanze wird manchmal bei Migräne eingesetzt. Doch gegen meine Mutter ist kein Kraut gewachsen.

Ich will meine Mutter nicht als Karikatur darstellen. Aber wie ich schon sagte, das kann manchmal verdammt schwierig sein.

Natürlich ist mir klar, dass es albern ist, was sie sagt. Mir ist bewusst, dass ich auch mit fast dreißig noch ein neues Glück finden kann. Ich weiß das so genau, weil ich, kaum dass ich mit einem Fuß aus der Wohnungstür bin, *Kann ich mit fast dreißig noch ein neues Glück finden?* in die Suchmaschine meines Handys eintippe und zur Antwort bekomme: Was deine Mum sagt, ist albern, und nach heutigen Maßstäben bist du praktisch noch in den Windeln. Oder so ähnlich. Genau genommen poppen mehrere Seiten über soziale Netzwerke und Midlife-Crisis auf. Eine davon trägt den Titel: *Warum Glück nicht alles ist!*

Ich weiß, Mum ist eine kleine Frau, die wie ein Perserteppich aussieht und bestimmten Leuten misstraut, weil diese in der Vergangenheit und in der Gegenwart ihren eigenen Leuten ziemlich schlimme Dinge angetan haben. Ich weiß, sie stammt nicht nur aus einem anderen Land, sondern auch aus einer völlig anderen Generation, in der vermutlich alle mit zweiunddreißig das Zeitliche segnen. Daher ist es durchaus wahrscheinlich, dass deren Lebenserwartung nicht mit meiner vergleichbar und es gut möglich ist, dass ich, sagen wir, mindestens das vierunddreißigste Lebensjahr erreichen werde. Und wenn ich diese Gewissheiten zusammenfüge, *weiß* ich, dass ich getrost alle ihre düsteren Voraussagen in den Wind schlagen und unbeschwert in die Zukunft schauen kann.

Aber ich kann nicht.

Sie ist meine Mum. Und sie ist völlig überzeugt von dem, was sie sagt. Und doch – auch wenn ich dagegen anzugehen versuche und ständig auf ihren Perserteppich-Klamotten herumhacke, um mich davor zu bewahren, sie ernst zu nehmen –, irgendwo tief in mir drin bin ich völlig überzeugt von dem, was sie sagt.

Wer wird mich denn jetzt noch wollen?

»Anjali?«

Meine Schwester steht in der Tür und sieht mich wieder mit diesem sorgenvollen Blick an.

»Mir geht's gut«, sage ich. »Kannst du Mum sagen, es tut mir leid, dass ich wieder gegangen bin?«

»Magst du wieder mit reinkommen? Ich kann meine Pläne auch verschieben.«

Aber wir reden doch gar nicht mehr miteinander, will ich sagen. Du erzählst mir ja nicht einmal mehr, was deine Pläne sind.

»Alles gut. Ich bin okay. Mach dir bitte keine Sorgen.« Ich drücke das Tor auf, und Stücke vom Isolierband fallen auf meine Hand.

»Du weißt doch, wie deine Mum ist.«

Clara beobachtet, wie ich noch einen Schluck aus meinem Weinglas nehme. Sie hat dicke Ränder um die Augen von unserer langen Nacht gestern und einem langen Arbeitstag danach. Als ich von Mum zurückkam, hätte ich auf kürzestem Weg nach Hause und ins Bett gehen sollen. Ich hätte etwas essen sollen. Ich hätte nicht Clara von ihrer Buchhaltung wegholen und sie überreden sollen, mit mir noch einen trinken zu gehen. Ich hätte nicht noch ein zweites Glas bestellen sollen. Oder das Glas danach.

»Vielleicht hat sie ja recht«, sage ich.

»Du weißt genau, dass das nicht stimmt.«

»Wie soll ich denn noch jemanden kennenlernen?«

»Letzte Nacht hattest du in dieser Hinsicht aber keine Probleme.«

Es versetzt mir einen kleinen Stich, als ich daran denke, wie der Architekt an der Tür stand und sich mit seinem freundlichen Gesicht nach mir umsah. Wie wäre es gewesen, wenn ich ihn um seine Nummer gebeten hätte – würde ich dann jetzt die Ziffern anstarren und überlegen, ob ich ihn anrufen soll?

»Aber nach letzter Nacht ging es mir nicht besser«, sage ich schließlich.

Wieder fühle ich einen Stich, aber dieses Mal ist es Scham. Mit jeder Stunde, die vergeht, macht es weniger Sinn, dass ich mit dem Architekten geschlafen habe. Was auch immer ich mir davon versprochen habe, es hat nicht gewirkt. Meinen Kopf umschließt immer noch ein eiserner Ring, in meiner Brust tut es immer noch weh.

Clara fährt mit den Fingern den dünnen Stiel ihres Glases entlang. »Es ist noch zu früh, Anjali. Und du darfst nicht zulassen, dass deine Mutter so viel Macht über dich hat.«

»Aber es stimmt ja, dass ich schon fast dreißig bin.« Der Wein sammelt sich in meinem leeren Magen, und der Raum beginnt leicht zu schwanken.

»Ich bin zweiunddreißig.«

»Aber bei dir ist es anders.«

»Ach ja?«

»Du hast dich von diesen ganzen Konventionen schon vor Jahren verabschiedet.«

»Und du willst diese ganzen Konventionen?« Clara verschränkt die Arme.

»Wir haben mal davon geredet.«

»Du meinst, du und Jack? Übers Heiraten?«

Ich nicke. Vor vier Jahren, das war auch so ein Julitag. Wir lagen auf dem kleinen Hang im St.-Andrews-Park im Gras. Die Worte kamen so selbstverständlich, als würden wir darüber reden, was es zum Abendessen geben sollte. Warum nicht?, sagte Jack. Wir sind seit sechs Jahren zusammen. Der nächste logische Schritt.

»Aber du wolltest nicht?«

Damals nicht. Damals war ich noch zu sehr damit beschäftigt, darüber nachzudenken, was ich mit meinem Leben anfangen sollte. Bei Jack ging es jedes Jahr weiter voran, sein Master, seine Praktika, seine ersten Aufträge als Journalist. Wie war es für ihn mit mir, die schon so viele Jahre in dem Laden jobbt und noch immer ihren Weg sucht? Ich frage mich, wo er wohl untergekommen ist. Julia liegt heute Abend schwer auf meiner Schulter. Ihre Beine umschlingen meinen Arm, während die Schlange mit aufgerissenem Maul über ihre Wade gleitet.

Etwas später stehe ich vor einem alten Gebäude in der Nähe der Gloucester Road. Plastik löst sich von der Regenrinne, die Außenmauern starren vor Schmutz und sind mit Punk-Graffitis besprüht, die meine Mutter nicht gutheißen würde. Neben der Eingangstür sind mehrere Klingeln. Das Atelier ist in der ersten Etage. Durch das Fenster oben ist nur ein schummriges Licht zu erkennen, kaum die richtige Beleuchtung, um zu arbeiten. Vielleicht ein Nachtlicht. Sicher ist meine Schwester nach ihrer Verabredung nach Hause gegangen. Es ist nach zehn. Niemand scheint da zu sein.

Auf einmal steht jemand hinter mir. Ich drehe mich um und denke, vielleicht ist es Shanthi, und mir gehen alle möglichen Erklärungen dazu, warum ich hier bin, durch den Kopf. Meine Schwester hat mir das Atelier nie gezeigt, sie lässt weder mich noch Mum an diesem Ort teilhaben. Ehrlich gesagt weiß ich selbst nicht, warum ich hergekommen bin.

Aber es ist nicht Shanthi. Es ist eine andere Frau, groß, dünn, mit kurzem, feuerrotem Haar im Stachelschnitt, die Art von Frisur, die dich bedeutungsvoll ansieht und sagt: *Sorry, dein Kopf ist für diesen Style nicht gemacht, du bist definitiv nicht cool genug.*

»Ja?«, fragt sie. Sie holt einen Schlüsselbund hervor und macht Anstalten, die Tür aufzuschließen. Mir wird bewusst, dass ich sie anstarre.

»Sorry«, murmele ich. »Ich wollte … ich dachte … dass meine Schwester vielleicht hier ist.«

Die Frau kneift die Augen leicht zusammen. »Du meinst Shanthi?«

Jetzt sieht sie mich direkt an. Augenblicklich habe ich das Bedürfnis, mich zu verteidigen. Okay, okay, du hast ja recht, aber ich trage meine Haare praktisch so, seit ich zwölf bin, weil meine Mutter mich davor jedes Jahr nackt in die Badewanne gesetzt und alle meine Locken abgeschnitten hat, bis ich aussah wie ein kleines asiatisches Bandmitglied bei den Beatles. Kein Wunder also, dass ich mich nicht an etwas Exotischeres herantraue. Mit langen Haaren kann man nichts falsch machen, mein Mädchen.

»Sie ist nicht da.« Die Frau schaut zum Fenster hoch.

»Ah, alles klar.«

»Morgen kommt sie sicher wieder.«

Ich frage mich erneut, was ich hier will und was ich zu finden hoffte.

»Ich bin Donna«, sagt die Frau.

»Ah, alles klar.«

Kurze Stille, dann fallen mir meine Manieren ein. »Oh, sorry, ich bin Anjali.«

»Anjali.« Donna nickt. »Shanthi hat von dir gesprochen.«

»Wirklich?« Das überrascht mich. Ich kann mir nicht vorstellen, was meine Schwester über mich erzählen könnte.

Donna öffnet die Tür. Sie zögert, vielleicht, weil ich immer noch wie angewurzelt hier stehe und sie überlegt, was, um alles in der Welt, sie mit mir machen soll. Ich frage mich, warum ich mich nicht von der Stelle rühre. Vielleicht hätte ich nicht vier Gläser Wein trinken sollen. Oder ich hätte mir wenigstens Pommes holen und nach Hause gehen sollen wie Clara.

»Willst du mit nach oben kommen?«

Ich folge ihr die Treppe hinauf, unsere Stiefel poltern auf den Holzstufen. Vier Leute teilen sich das Atelier, erfahre ich, und als ich hineingehe, bin ich verblüfft, wie klein es ist. Ich kann mir nicht vorstellen, wie es meine Schwester auf diesem beengten Raum mit drei anderen aushält. Erdige und scharfe Gerüche liegen in der Luft: Es riecht nach Farbe, Öl und Brennspiritus, Lehm, Holz und Leim. In jede Ecke ist ein Tisch gezwängt, zwei sind mit Flaschen und Pinseln und Paletten bedeckt, an den Wänden drängen sich Staffeleien und Leinwände, ein Tisch ist von einer Nähmaschine und zusammengefalteten Stoffen belegt, während der vierte zur Seite geschoben worden ist, um Platz zu schaffen für einen aufgeblasenen Frauenkopf mit riesengroßem Mund.

»Das ist Shanthis Tisch.« Donna zeigt auf einen der Malertische in der Nähe des Fensters.

Die letzten schmalen Lichtstreifen haben sich vom Himmel gestohlen. Ich berühre den Tisch meiner Schwester, lasse meine Finger über die steifen Pinselhaare gleiten, über das dicke Papier für ihre Skizzen. Die Bilder neben der Staffelei sind anders als die, die sie mit nach Hause bringt, die grellen Farben sind dick aufgetragen und bilden dicke Quader und Linien, die in mir etwas in Bewegung bringen, das ich nicht verstehe. Etwas, das mir einen Schauer über den Rücken laufen lässt und ein Gefühl von Panik auslöst, als stünde ich am Rand einer Klippe und die Steine unter mir gäben nach. Das Herz klopft mir bis zum Hals, und ich kann mir nicht erklären, wieso.

Ich habe hier nichts verloren, ich sollte die Privatsphäre meiner Schwester respektieren. Sie hat mich nie hierhergebeten, sie will mich hier nicht haben.

Ich bewege mich rückwärts in Richtung Tür und vergesse ganz, mich nach Hinweisen auf die Person umzusehen, mit der Shanthi heute Abend essen gegangen ist. Um ein Haar stoße ich gegen die Skulptur – ich drehe mich um und blicke in das klaffende Loch zwischen ihren Lippen.

»Alles in Ordnung mit dir?«, erkundigt sich Donna. Die feinen Konturen ihres Gesichts wirken auch wie von einem Bildhauer geformt, die Augenbrauen bilden hohe Bögen, und die bernsteinfarbenen Augen glühen wir ihr Haar. Sie hat die Jacke ausgezogen, und über ihrem Schlüsselbein kann ich eine schillernde Pfauenfeder erkennen. Feine, schwarze Ästchen ranken sich um das gelbgrüne Auge, in dessen Mitte ein tiefblauer Kern sitzt.

»Danke, dass ich mit hochkommen durfte.« Ich versuche ein Lächeln, während ich nach der Türklinke taste.

»Ich richte Shanthi aus, dass du vorbeigeschaut hast.«

»Nein.« Offenbar sind wir beide überrascht von der Heftigkeit meiner Reaktion. Ich schlucke. »Nein«, wiederhole ich, etwas sanfter dieses Mal. »Könntest du vielleicht … wärst du so nett, ihr nichts davon zu sagen?«

»Warum?« Drei Augen sind auf mich gerichtet – Donnas zwei und das des Pfaus. Meine Wangen glühen, und ich habe irrwitzigerweise das Gefühl, der Burlesquetänzerin gegenüberzustehen.

»Weil das hier ihre Privatsache ist. Entschuldige.« Ich bekomme die Klinke zu fassen und verlasse das Atelier, renne die Treppe hinunter und laufe hinaus in die Nacht.

DREI

Die Tage vergehen. Auf die Dahlien folgen die zarten blauen Blüten von Rittersporn, auf Rittersporn folgen Astern mit ihren sternförmigen lila Köpfen. Die Nachrichten von Jack werden seltener. Manchmal logge ich mich bei Facebook, Twitter oder Instagram ein, um eine Art Verbindung zu ihm zu bekommen, und sei es auch nur ein Bild oder eine Statusangabe, die er gelikt hat. Aber er hinterlässt keinerlei Spuren. Außerdem sind die sozialen Medien gefährlich, jeden Moment könnte dort irgendetwas Grauenvolles aufpoppen, zum Beispiel ein Foto von ihm und Julia.

Ich deaktiviere meine Accounts.

Ich arbeite, so viel es geht, bitte Clara, mich auch an meinen freien Tagen einzuteilen. So verpasse ich wieder zwei Sonntagsessen bei Mum. Ich verkrieche mich hinter Blumenduft, Wasser und braunem Papier.

Anfang August reiße ich mir an einem Stachel die Handfläche auf.

Ich starre den Tropfen Blut an, der auf die schneeweiße Damaszenerrose gefallen ist. Der Duft ihrer Blütenblätter erinnert ganz leise an Honig und lässt mich in Gedanken einige Wochen zurückreisen, in meinen winzigen Garten, wo Jacks Hemden an der ausgefransten Wäscheleine tanzen. Ich bin damit beschäftigt, die Damaszenerrose, die ich im Topf ziehe, zurückzuschneiden, und währenddessen erzähle ich Jack aus der griechischen Mythologie: Aphrodite hat der Rose ihren Namen gegeben, die sie aus dem Blut und den Tränen ihres Geliebten, Adonis, geschaffen hat. Ich kann sehen, wie Jack diese Tatsache in seinem Kopf speichert, und dann habe ich das Bild vor Augen, wie Jack mir einen Strauß seines Bluts und seiner Tränen zum Geburtstag schenkt. Neunundzwanzig Rosen, eine für jedes Lebensjahr. Ich stelle die Blumen in unsere Vintagevase und bin überzeugt, dass ich glücklich bin.

War das wirklich Glück? Kann man es Glück nennen, wenn Jack es die Woche davor und die Woche danach mit der Burlesquetänzerin getrieben hat? Selbst wenn ich keine Ahnung davon hatte?

»Jetzt reicht's. Das mache ich keinen Tag länger mit.«

»Was?« Claras Worte reißen mich aus meinen Erinnerungen. Ich sauge das Blut von meiner Handfläche, auf meiner Zunge der Geschmack von Metall. Ich sehe, wie Clara mich von der Ladentheke aus beobachtet, die grünen Augen zusammengekniffen, silberne Ringe glänzen in Braue und Lippe. »Du schmeißt mich raus?«, frage ich.

»Quatsch, dumme Gans. Wir verreisen zusammen.«

»Du bist hier die dumme Gans. Was ist mit dem Laden, wenn wir beide gleichzeitig weg sind?«

»Kein Problem. Meine Mum hat gesagt, sie springt ein, und ich habe Anna angehauen.« Anna ist die Studentin, die uns gelegentlich am Wochenende und an besonders hektischen Tagen aushilft. »Sie hat nächste Woche sowieso nur eine Lektürewoche von der Uni aus. Sie kann sich also um den Laden kümmern, während wir weg sind.«

»Was für Lektüre?« Aus heiterem Himmel scheine ich mich von Anjali Chandana in Professor Chandana verwandelt zu haben, Annas akademische Mentorin.

»Herrgott noch mal. Kommst du nun mit oder nicht?«

»Wohin denn überhaupt?«

»Rom. Habe ich als Last-minute-Angebot gefunden.«

»Ich kann nicht.«

»Du kannst.«

»Ich bin im Moment echt keine gute Gesellschaft, Clar. Das siehst du doch.«

»Allerdings. Und da ich so oder so die meiste Zeit mit dir verbringen muss, kann ich das genauso gut an einem Ort tun, wo es ein bisschen spannender zugeht.«

»Wann?«

»Montag.«

»Montag?« (Ich sollte vielleicht erwähnen, dass heute Freitag ist.)

»Ich gebe dir exakt drei Minuten Bedenkzeit.«

Und in genau diesem Augenblick leuchtet auf der Ladentheke mein Handy auf.

> Ich weiß, du willst keine Nachrichten von mir.
> Aber ich muss meine Sachen holen. Ich komme
> nächste Woche vorbei. Können wir reden,
> wenn du da bist? ☺

Mein Herz fängt an, wie wild zu trommeln. Manchmal verschwört sich das gesamte Universum gegen dich, nur damit du dich leichter entscheiden kannst.

»Okay, Montag also.«

Ich war noch nie mit einer Freundin auf Reisen. Abgesehen von Jack bin ich immer nur mit Mum und meiner Schwester unterwegs gewesen. Und selbst Shanthis sanfte Gesellschaft konnte nichts daran ändern, dass Urlaub mit Mum sich eher so anfühlte, als wäre einem für irgendein Vergehen gemeinnützige Arbeit aufgebrummt worden.

Ich bin nicht sicher, ob das Ganze eine gute Idee ist. Seit ich mit Jack Schluss gemacht habe, bin ich einigermaßen schwer zu ertragen. Bei allem und jedem, jeder Unterhaltung, jeder Blume lande ich unweigerlich bei meiner kaputten Beziehung. Vermutlich geht es jedem nach einer Trennung so, vermutlich reduziert sich die ganze große Welt bloß noch auf die eigene jammervolle Existenz, aber ich denke mal, dass das von außen gesehen auf die Dauer unendlich öde ist.

Und wie ich schon sagte – Clara hasst alles, was öde ist.

Aber offenbar ist sie in meinem Fall gewillt, darüber hinwegzusehen.

»Anjali Chandana, deine Mission – solltest du dich dafür entscheiden – wird es sein, täglich eine halbe Stunde lang nicht an Jack oder Julia zu denken. Nur eine halbe Stunde. Wenn du das schaffst, bin ich still.«

Ich ziehe die Augenbrauen hoch.

»Okay, vielleicht nicht ›still‹ im wortwörtlichen Sinne.«

Ich nehme die Mission an.

»Außerdem – man weiß ja nie.« Clara zwinkert. »Ich habe gehört, dass es da in Rom ganz hübsche Männer geben soll.«

Der Architekt wählt diesen Moment, um in meinem Kopf aufzutauchen. Er steht in der Ecke und macht sich schwer. Ich versuche ihn abzuschütteln. »Kein Interesse.«

»Wir werden sehen.«

»Vergiss es, Clar, die Italiener können mir gestohlen bleiben.«

An diese Worte werde ich noch zurückdenken.

Wir wohnen im Stadtteil Trastevere, auf der anderen Seite des Tibers und etwas abseits vom Stadtzentrum. Clara will da sein, wo die Künstler sind und es unkonventioneller zugeht, weil das besser zu unserer unkonventionellen Künstlernatur passt. Hinsichtlich meiner Natur bin ich mir da nicht so sicher, aber ich lasse sie machen.

Unser Apartment stellt sich als winziger, umfunktionierter Stall heraus. Ein Refugium mit ausgetretenen Steinfliesen und verstaubten Holzbalken. Die Möbel sind dunkel und schwer, und über allem liegt der papierene Geruch nach alten Dingen. Der einzige Nachteil unseres neuen Zuhauses ist das fehlende zweite Bett.

»Das ist jetzt nicht deren Ernst.« Clara präsentiert den Ausdruck der E-Mail, in der ausdrücklich steht, dass die Wohnung für zwei Personen gedacht ist.

Ich nehme ihr das Blatt aus der Hand und lese den Text noch mal genau. »Ich glaube, mit zwei Personen meinen die ein Paar.«

Wir mustern das schmale Bett.

»Das wird uns definitiv einander näherbringen«, stellt Clara fest.

Also verbringen wir die Nächte in Rom zusammengequetscht. In den ersten Tagen schlendern wir durch die alte Stadt, beieinander eingehakt wie ein altes Ehepaar. Wir tun, was alte Ehepaare eben so tun: Wir heben ehrfürchtig staunend unsere Gesichter im Pantheon, essen Eis an der Fontana di Trevi, klettern die Spanische Treppe hinauf und knipsen viel zu viele Fotos vom Petersdom (der, nebenbei bemerkt, um Klassen eindrucksvoller war als meine sexuelle Performance mit dem Architekten). Wir besuchen das Kolosseum, damit ich mit eigenen Augen sehen kann, wo früher Menschen in Stücke gerissen wurden, und meine Probleme sich ein wenig relativieren. Und wo ich mir auch ganz bestimmt nicht mal für einen klitzekleinen Augenblick eine Burlesquetänzerin vorstelle, deren Herz von dem Schwert eines Gladiators durchbohrt wird.

Wir verbringen viel Zeit in Cafés und trinken starken Kaffee aus kleinen Tassen, während ich Clara mit meinem Wissen beeindrucke.

»Das da drüben sind übrigens Kielbögen«, informiere ich sie und deute auf das Portal gegenüber. Ich kann den Architekten förmlich vor mir sehen, wie er mit seinem durchtrainierten Körper am Türrahmen lehnt und anerkennend nickt. Zum ersten Mal schlägt keine Welle von Schuldgefühlen über mir zusammen. Oder wenn, dann nur eine kleine. Er sieht mich an, wie ein Freund mich ansehen würde, es schwingt vielleicht sogar ein wenig Stolz mit.

Clara ist auch stolz auf mich, wenngleich aus anderen Gründen.

»Du bist auf dem Weg der Besserung«, sagt sie.

»Meinst du?« Ich halte meine Tasse ins Licht, auf die der Schatten meiner großzügig geratenen Nase fällt.

»Allerdings.«

Aber sosehr ich auch versuche, Jack aus meinen Gedanken zu verbannen, so wenig gelingt es mir. Ich habe keine Ahnung, wie es mir besser gehen soll ohne ihn.

»Weißt du, Clar, ich frage mich dauernd, wie lange das so weitergegangen wäre, wenn ich es nicht herausgefunden hätte? Hätte er die Sache je beendet?«

»Hast du ihn danach gefragt?«

»Ich wollte ihn fragen.«

»Und warum hast du nicht?«

»Ich hatte Angst, er würde mir die Wahrheit sagen.«

»Anj, Schätzchen. Hör auf, dir das Hirn zu zermartern. Du

wirst dich doch wegen einem Typen nicht von der Brücke stürzen.«

Ich starre Claras silbernen Wangenstecker an und finde, dass das gar keine schlechte Idee ist.

»Und weißt du was? Am Ende hilft dir die ganze Geschichte vielleicht, endlich deinen Weg zu finden.«

»Wie das?«

»Na ja, du hast doch immer gesagt, du brauchst mehr Freiraum, um herauszufinden, was du mit dem Rest deines Lebens anfangen willst.«

»Oder um mich zu betrinken, bis ich dieses Jahrzehnt voll habe.«

»Anj.« Clara legt ihre Hand auf meine. Sie sieht immer nur das Gute in mir, anders als ich selbst.

Ich nehme ihre Hand und drücke einen Kuss darauf. »Im Moment will ich nichts anderes als für den Rest meines Lebens in deinem Laden arbeiten.«

Eigentlich sollten wir jetzt an einem Tischchen auf einem sonnengefluteten, kopfsteingepflasterten Bürgersteig sitzen und Espresso aus zierlichen Tässchen nippen. Passend dazu könnten wir vielleicht verträumt dabei zusehen, wie kleine Wasserfontänen aus den Genitalien steinerner Cherubim schießen.

Aber Clara verabscheut die überlaufenen Cafés und Restaurants an den beliebten Plätzen der Stadt, sie hasst es, überteuerten Kaffee in Gegenwart von Akkordeonspielern, Meisterporträtisten und vergoldeten Pantomimen zu trinken. Immer wenn wir etwas trinken oder essen gehen, wird es sorgfältig so inszeniert, dass es fernab der Massen geschieht und zu einer authentischen Erfahrung wird. Das ist der Grund, weshalb wir auf kaputten Plastikstühlen in einer menschenleeren Gasse sitzen, in der es etwas streng riecht – und zwar nach …

»Fisch?«, überlegt Clara und schnuppert.

»Urin«, korrigiere ich.

»Wie auch immer«, Clara hält ihre angeschlagene Tasse hoch und signalisiert dem gelangweilten Kellner, dass sie Nachschub möchte, »es ist ja nicht gesagt, dass ich den Blumenladen für den Rest deines Lebens haben werde.«

Die Blumen und Clara haben unerwartet zueinandergefunden. Das Geschäft auf der Gloucester Road hatte viele Jahre ihrer Tante Samantha gehört. Da die oft auf sie aufpasste, hatte Clara als Mädchen dort viele Nachmittage und Wochenenden zwischen Blütenblättern verbracht. Noch bevor sie in die Schule kam, kannte sie die Namen sämtlicher Blumen. Aber dann gingen die Jahre ins Land, sie studierte, reiste eine Weile durch die Welt und dachte nicht mehr an Blumen und Gräser, bis ein Telefonanruf sie aus Bali zurückholte, wo sie um ein Haar ihr Beziehung-nein-danke-Gebot für einen einarmigen Schlagzeuger gebrochen hatte. Der Anruf kam von ihrer Mutter, die ihr mitteilte, dass Tante Sammy gestorben war.

Clara hätte nie gedacht, dass sie das Blumengeschäft erben würde. Anfangs dachte sie darüber nach, den Laden zu verkaufen. Aber sie wollte ihrer Tante einen Gefallen tun. Und sich selbst, bevor sie am Ende noch schwach wurde und den Schlagzeuger heiratete. Das Geschäft erschien ihr schließlich wie eine Fügung, die ihr nicht nur Arbeit, sondern auch ein Zuhause schenkte – in der Wohnung über dem ganzen Grünzeug.

Seitdem sind zehn Jahre vergangen.

»Manchmal denke ich, dass es an der Zeit ist, etwas Neues anzufangen«, sagt Clara.

Die letzten Jahre waren nicht immer leicht. Blumen sind wie Menschen – sie leiden, wenn sie darben. Clara hat endlose Stunden über der Buchhaltung verbracht und nicht mehr weitergewusst. Aber wir haben hart gearbeitet. Clara hat mir bei meiner Ausbildung zur Floristin geholfen, und irgendwie ist es uns beiden gelungen, mit regionalen Blumen, einer ziemlich hübschen Website und einer Art nicht geplanter psychologischer Beratungsstelle (erstaunlich viele aus dem Gleichgewicht geratene Gemüter suchen Blumenläden auf) das Geschäft auf Erfolgskurs zu bringen.

Auch als ich noch mit Jack zusammen war, sprach Clara gelegentlich davon, das Geschäft aufzugeben, und obwohl mir bewusst war, dass ich mich langsam nach etwas anderem umsehen sollte, wurde mir bei der Vorstellung immer ganz anders. Jetzt, in diesen postapokalyptischen Tagen, ist der Laden mit seinen tausend Düften das Einzige, was mich aufrecht hält.

Ich fahre mit dem Finger an dem rauen, abgeplatzten Rand meiner Untertasse entlang. »Wahrscheinlich solltest du wirklich nicht für alle Zeiten Blumen verkaufen.«

»Du aber auch nicht«, sagt Clara. »Ohne dich hätte ich den Laden bestimmt schon vor Jahren dichtgemacht.«

Andächtig trinken wir unseren Espresso. Ich denke zurück an den Tag, an dem ich zum ersten Mal in den Laden kam. Ich war auf der Suche nach einem Job für den Sommer, irgendetwas, das mich zwischen den Semestern über Wasser halten könnte. Damals ahnte ich nicht, dass ich nicht wieder zur Uni zurückkehren würde. Damals, mit Jack, war es so leicht, einfach alles laufen zu lassen.

»Vielleicht ist er ja deswegen bei ihr gelandet«, sage ich.

»Jack? Bei der Tänzerin? Wieso?«

»Na ja, bei mir tat sich ja nichts, weißt du? Ich habe immer das Gleiche gemacht, tagaus, tagein.«

»Ich habe dir schon tausendmal gesagt, du kannst nichts dafür.«

»Aber es ist doch so – das Aufregendste, was passieren konnte, war eine neue Serie im Fernsehen.«

»Anj …«

»Glaubst du, die haben zusammen ferngesehen?« Dieser völlig neue Gedanke lässt mich in der warmen Augustluft frösteln. »Stell dir vor, die haben vielleicht all diese normalen Schatzi-Sachen gemacht! Ob sie ihm zum Beispiel Spaghetti bolognese gekocht hat? Echte Bolognese, mit richtigem Fleisch drin?«

»Du musst endlich …«

»Wie kann ich denn da mithalten, Clar? Mit einer Burlesquetänzerin? Mit der er auch Netflix gucken kann und die kein Problem mit Kühen im Essen hat?«

Clara nimmt mir die Tasse aus der Hand und knallt sie auf den Tisch. »Denk nicht mal daran, dich mit anderen zu vergleichen. Du musst unbedingt damit aufhören.«

Der Kellner bringt noch einmal zwei Tassen Espresso. Er muss gespürt haben, dass wir sie nötig haben. Seine Schürze ist eine Italienflagge mit Kaffeeflecken, die mit grün-rot gestreiften Bändern an seinem Körper befestigt ist. Ich wüsste gern, wie lange er schon in dieser Gasse arbeitet, in die sich kaum jemand verläuft.

»Irgendwie hatte ich endlich das Gefühl, dass ich weiß, wie alles läuft«, sage ich und sehe zu, wie er gemächlich zurück ins Café schlendert. »Das Leben und all das.«

»Ging mir genauso.«

Wir leeren die Espressotassen in einem Zug.

»Ich wüsste zu gern, was eines Tages aus uns wird«, sagt Clara nachdenklich und starrt auf das Baugerüst vor uns. Dann dreht sie sich zu mir. »Was wolltest du als Kind gern werden?«

Das ist so eine Sache. Wenn man im Schatten großer

Erwartungen von jemand anderem aufwächst, bleibt nicht besonders viel Raum für eigene Vorstellungen von dem, was man einmal werden möchte. Ich nahm einfach an, dass es so kommen würde, wie Mum immer sagte, und ich eines Tages Ärztin oder Steuerberaterin oder Anwältin sein würde. Und jetzt, wo nichts davon eingetroffen ist, ist es schwer, sich nicht verloren zu fühlen.

»Aber gab es denn nichts, wovon du selbst geträumt hast?«, will Clara wissen. »Als du in der Schule warst? Etwas, das *du* unbedingt werden wolltest?«

Ich greife nach dem Flyer, den jemand auf unseren Tisch gelegt hat. Es ist Werbung für einen Jazzabend in einer unkonventionellen Künstlerkneipe, nicht weit entfernt von unserer unkonventionellen Künstlerunterkunft. Es gab da einmal eine sehr vage, kaum ausformulierte Idee, die ich irgendwann als Teenager hatte und die mir in einer Musikstunde gekommen war.

»Saxofonistin«, antworte ich.

Das einzige Fach, das ich während meiner Schullaufbahn wirklich ernst genommen habe, war jedoch nicht Musik gewesen, sondern Englisch. Es lag also auf der Hand, dass dieser Traum unweigerlich auf dem gleichen Friedhof landen würde, auf dem die Illusionen meiner Mutter ihr Ende fanden. Ich bezweifle sehr, dass aus mir eine Saxofonistin geworden wäre, schon weil ich nie besonders musikalisch war. Und kein Saxofon hatte.

Clara und ich studieren den Flyer und versuchen herauszufinden, wie weit die Bar von unserem Apartment entfernt ist. Es ist also durchaus möglich, dass wir heute immerhin einen Saxofonisten kennenlernen.

Oder auch zwei.

Es ist Freitag, unser letzter Abend in Rom, und wir sitzen im Keller einer überfüllten, muffigen Kneipe. Die Ziegelsteinwände sind tropfnass vom Schweiß der Gäste. Auch wir sind klatschnass geschwitzt. Clara hat ihre Rastalocken zu einem riesigen Dutt auf dem Kopf zusammengebunden, sodass die Leute hinter uns hochspringen müssen, um die Bands zu sehen. Das scheint aber niemanden zu stören. Überhaupt stört sich hier niemand an irgendetwas. Alle scheinen einfach happy zu sein, dass es draußen noch warm ist und den ganzen Abend Jazz gespielt wird.

Die Bands haben um zehn angefangen, und jetzt ist es fast schon früher Morgen. Es sind keine bekannten Namen dabei, nur ein Haufen talentierter Musiker, die ab und zu Verstärkung von Leuten aus dem Publikum bekommen, wenn jemand plötzlich ein Blechblasinstrument hinter dem verschwitzten Rücken hervorzieht und auf die Bühne klettert. Ich schaue zu, wie Clara lächelnd tanzt und der Rest des Publikums begeistert jubelt.

Jack wäre hin und weg. Das hier ist genau sein Ding, eine versteckte Undergroundbar, die nicht den Eindruck macht, als wäre sie auf Touristen aus. Ich weiß noch, wie wir mal in einer ganz ähnlichen Kneipe waren, irgendwo anders, vielleicht Paris oder Berlin oder Prag, in einer der Städte, die wir zusammen besucht haben. Er steht neben mir, ein Bier in der Hand, und sein Körper bewegt sich zur Musik, eng an mich geschmiegt, eine Hand an meiner Taille. Ich kann immer noch die Wärme seiner Hand spüren, die rhythmische Bewegung seines Oberschenkels.

Sein Blick ist auf die Band gerichtet, aber nach einiger Zeit wandert er zum Publikum, zu den Frauen. Kurz danach geht er hinüber zur Bar. Während er auf sein Bier wartet, spricht er mit einer hübschen Frau mit Pferdeschwanz. Ich sehe ab und zu hinüber. Jack lacht, die Frau lacht ebenfalls, ihr rot geschminkter Mund ist weit geöffnet. Er habe nicht mit ihr geflirtet, sagt er nachher, als ich ihn darauf anspreche – er sei einfach nur gut drauf.

Ich schließe die Augen. Die intensiven Tonfolgen bohren sich in mein Inneres und bringen Schmerzhaftes zutage. Ich wollte so gern glücklich sein. An dem Tag, an dem wir in unsere gemeinsame Wohnung eingezogen sind, mit unserem eigenen kleinen Garten, war ich euphorisch. Ich war so begeistert von meinen Levkojen, meinem Lavendel und dem Topf mit den Damaszenerrosen. Ich sagte mir, dass ich bloß eifersüchtig war, und ein paar Tage später hatte ich die Frau mit dem Pferdeschwanz auch schon vergessen, genau wie die anderen Frauen, die sich manchmal in mein Leben zu drängen schienen. Ich musste mir nur versichern, dass ich glücklich sei, dann war alles gut.

Ich merke, wie meine Augen zu brennen beginnen. Ich lasse sie geschlossen, atme den Geruch der schwitzigen Ziegelsteine ein und konzentriere mich ganz auf das Schlagzeug, die Trompete, das Klavier.

Ich bin so tief versunken, dass ich die Hände auf meinen Schultern kaum registriere. Ich fühle, wie ich umgedreht werde, und lasse es zu.

Ein Mund legt sich auf meinen. Ich öffne die Augen.

Vor mir steht ein Mann. Sehr schlank, Ziegenbärtchen, funkelnde, dunkle Augen.

Er ist Saxofonist. Das wird mir im nächsten Moment klar, als er zu dem Case greift, das an der Wand lehnt, und die Stufen zur Bühne hochläuft. Er holt sein Instrument heraus und steigt mit einem Notenwirbel in das Stück ein.

»Hat der dich gerade geküsst?«, fragt Clara, die auf einmal neben mir steht.

»Ich bin mir nicht sicher«, antworte ich verwundert.

Er scheint nur für mich zu spielen. (Was ich mir in diesem Fall nicht einbilde. Der Raum leert sich, die Leute sind offenbar auf dem Weg in den nächsten Club.) Ich sehe zu, wie der Mann, der mich vielleicht geküsst hat, sich mit fest geschlossenen Augen zurückbeugt, wie die Muskeln seiner schmalen Arme spielen, wie seine Hände den goldenen Korpus des Saxofons umschließen, und lausche, wie sich tiefes Brummen zu einem Crescendo aufschwingt – und für einen Augenblick scheint alles möglich. Vielleicht ist das mein Ticket heraus aus meinen schmerzhaften Erinnerungen. Vielleicht kann der Typ dort oben mir die Antwort geben, die der Architekt nicht hatte.

Der Saxofonist hat einen Bruder. Bedauerlicherweise stellt sich heraus, dass die beiden Briten sind, wenn auch chinesischer Abstammung. Sie sind Straßenmusiker aus Basingstoke, die es leid waren, sich vor Supermärkten mit einigen dürren Almosen abspeisen zu lassen, und beschlossen haben, ihre Instrumente einzupacken und durch die Welt zu tingeln. Sie haben ein Flugzeug nach Rom bestiegen, weil es der erstbeste easyJet-Flug war, den sie finden konnten, und haben sich seither noch nicht wirklich von hier wegbewegt.

»Die Touristen hier sind ziemlich großzügig«, erklärt der Bruder Clara, während er fasziniert ihre eindrucksvolle Haarkonstruktion anstarrt. »Und unser Hostel ist echt cool. Außerdem gibt es immer genügend Dope.«

Sie haben vor, so lange zu bleiben, bis ihnen entweder das Gras ausgeht oder die Touristen, wobei beides eher unwahrscheinlich erscheint.

All das erfahren wir, während der Saxofonist noch mitten im Spielen ist. Der Bruder bietet uns einen Joint an, und

Clara geht mit ihm mit. Damit bin ich so ziemlich die Letzte, die noch vor der Bühne auf dem Boden sitzt, als der Saxofonist zur finalen Kadenz ansetzt. Irgendwie tut er mir leid – er hat Talent.

Ich klatsche so enthusiastisch wie möglich.

Er packt sein Saxofon weg und lässt sich neben mir auf den Boden fallen.

»Ich glaube, du hast mich vorhin geküsst«, sage ich.

»Stimmt«, antwortet er.

Es gibt schlechtere Intros.

Wir werfen eine Euromünze, und Clara und der Bruder bekommen unser Apartment für die Nacht. Mein Saxofonist nimmt seinen Instrumentenkoffer und zieht mich aus dem Club und über die Brücke, die über den Tiber führt.

Sind wir auf dem Weg zu seinem Hostel? Links und rechts von uns rauscht das Wasser, und die kühle Luft des frühen Morgens trocknet unsere Haut. Wir rennen über die Brücke, und mit jedem Schritt löst sich ein Stück Erinnerung an Jack und landet im Strom des Flusses. Ich kann förmlich fühlen, wie der Schmerz von mir abfällt und ich mich mit einem Mal leichter, schneller fühle. Ich könnte ewig so weiterlaufen.

Er nimmt meine Hand, und wir gehen langsamer.

Ab und zu werfe ich einen verstohlenen Blick auf den Fremden an meiner Seite. Seine schmale Silhouette hat etwas Elegantes, er ist dünner als Jack, und ich spüre die langen Künstlerfinger in meiner Hand. Sie bringen mich dazu, seltsame Sachen sagen zu wollen. *Spiel auf mir, als wäre ich dein Instrument. Lass mich dein Mundstück sein. Ich möchte auch mal blasen …*

»Schön, dass du lächelst«, sagt der Saxofonist. »Dort im Club hast du so traurig ausgesehen.«

»Hast du mich deshalb geküsst?«

»Hat es funktioniert?«

»Ein bisschen.«

»Warum bist du traurig?«

»Wegen einem Typ.«

»Das ist er nicht wert«, sagt der Saxofonist augenblicklich.

»Ich weiß.«

»Mich hat ein Mädchen traurig gemacht«, sagt der Saxofonist. »Deswegen bin ich weg aus Basingstoke. Deswegen und weil da ein Kreisverkehr am anderen ist.«

»Und, hat es geholfen? Bist du über sie hinweg?«

»Würde ich nach Hause zurückgehen, würde die Antwort wahrscheinlich Nein lauten.«

»Und das bedeutet?«

»Das bedeutet, dass ich in Rom bleibe.«

»Hast du Kontakt mit ihr?«

»Dann kann ich mir gleich die Kugel geben. Bist du in Kontakt mit deinem Ex?«

»Nein.«

»Wäre es vielleicht besser?«

Auf diese Frage bin ich nicht vorbereitet. Ich habe keine Ahnung, was ich darauf erwidern soll, und um einer Antwort auszuweichen, küsse ich ihn. Ich muss nur immer weiter diesen Mann küssen, dann kann ich Jack von mir fernhalten. Und der Saxofonist hat etwas Sanftes an sich, er hält mein Gesicht auf so eine bestimmte Art mit seinen langen Musikerfingern und gibt mir Halt. Obwohl Jack das eigentlich ganz ähnlich gemacht hat.

Mir wird bewusst, dass – auch wenn ich meine Arme gerade um einen Fremden lege – ich irgendwann anfangen muss, mir ernsthaft über Jack und mich klar zu werden. Schließlich hat das Kolosseum mich daran erinnert, wie Tausende von wilden Tieren zerrissen und von Speeren durchbohrt wurden. Auf dem Forum haben wir die Stelle gesehen, an der Cäsar eingeäschert wurde, nachdem der Senat sich gegen ihn gewandt hatte. Die Geschichte unserer Welt setzt sich aus den schrecklichen Ereignissen zusammen, die Menschen zustoßen und für eine kleine Weile aufleuchten, um dann gleich wieder vergessen zu werden. Wenn ich die Dinge in Relation setze, ist das, was mir passiert ist, im Grunde gar nicht so furchtbar. Eine Affäre mit einer Burlesquetänzerin. Es hätte sich überhaupt nicht *echt* angefühlt, hat Jack gesagt – wie etwas, das gar nichts mit seinem Leben zu tun hatte, ohne richtige Bedeutung. Bis ihm klar wurde, was das mit uns gemacht hat.

Wie leicht ist es mir gefallen, den Architekten nach einer gemeinsamen Nacht hinter mir zu lassen. Ich war kaum noch bei Mum, obwohl ich weiß, dass sie mich gern sehen würde. Vielleicht ist keiner besser als der andere, jeder tut anderen weh. Vielleicht sollte ich Jack endlich Gelegenheit geben, alles zu erklären. Ich weiß nicht, warum ich nicht einmal am Telefon mit ihm sprechen kann.

Der Saxofonist streift eine lose Strähne hinter mein Ohr. Erneut berühren mich seine Lippen. Und obwohl mein Mund das mit festem Druck erwidert, weigert sich mein Exfreund, uns in Ruhe zu lassen.

Ich denke daran, was ich Jack über mich erzählt habe. Meine guten Seiten, aber auch meine schlechten. Mein Mangel an Ehrgeiz zum Beispiel. Dass ich für Mum eine Enttäuschung bin und nichts zuwege bringe. Dass ich nie wirklich für meine Mutter und meine Schwester da gewesen bin, und das, obwohl Dad nicht mehr da war. Manchmal habe ich das Gefühl, als ob da, wo all diese Dinge einmal waren, jetzt ein großes Loch in mir klafft, irgendwo in meiner Brust.

Es tut weh, darüber nachzudenken.

Der Saxofonist lässt die Hände sinken und rückt ein wenig von mir ab. »Du bist auch auf der Flucht«, stellt er fest.

Scheiße, er wird mich noch zum Reden bringen.

Ich kapituliere. Dann reden wir eben. Wir sind an der Piazza Navona angelangt, und selbst Clara hätte jetzt nichts gegen diesen Ort einzuwenden. Der Platz ist menschenleer. Die Kellner stellen die Tische zusammen. Auf einem der Stühle hat jemand eine langstielige rote Rose liegen gelassen. Nicht einmal hier entkommt man den Rosen. Die Straßenhändler verfolgen einen hartnäckig durch ganz Rom, sie wollen einem unbedingt romantische Gefühle andrehen (und Schirme). Ich beobachte einen Kellner, wie er die Rose aufhebt und sich in den Hosenbund steckt. Bei jeder seiner Bewegungen blitzt nun etwas Rotes auf. Bei wem wird sie wohl heute Nacht noch landen – bei seiner Geliebten, bei seiner Mutter? Außer ihm sind noch ein paar versprengte Nachtschwärmer unterwegs, sie rauchen und lachen. Wir gehen zu einem der Brunnen und lassen uns gegenüber einem Seeungeheuer nieder, das unbarmherzig von einem Speer durchbohrt wird.

Also erzähle ich dem Saxofonisten von Jack. Von den anderen attraktiven Frauen, die uns während unserer Beziehung mitunter begegneten, und davon, wie verstörend ich meine Eifersucht fand. Ich erzähle dem Saxofonisten, dass ich nicht weiß, wie ich jemandem verzeihen soll, der mir eine Burlesquetänzerin zugemutet hat, mit der ich mich nun ständig vergleiche.

»Ist das der Grund, warum du ihn nicht sehen willst?«, fragt mein Begleiter.

Mein Blick senkt sich auf meinen Schoß, auf die verblassenden Blätter, mit denen mein Kleid bedruckt ist. »Kann schon sein. Wahrscheinlich. Ich glaube, ich bin einfach wütend. Dass alles nach so langer Zeit auf diese Weise enden muss.«

»Es ist dein gutes Recht, wütend zu sein«, versichert mir der Saxofonist.

Ich sehe auf. »Aber so wie ich es darstelle, klingt es, als sei alles schlecht gewesen. Und das stimmt nicht.«

Schließlich erzähle ich ihm von den guten Zeiten. Von frühen Morgenstunden, in denen wir ineinander verschlungen dalagen, mein Kopf auf seiner Brust. Wie Jack mir das Gefühl gab, schön zu sein. Wie einfach es war, mit ihm zu reden. Wie gut er zuhören konnte.

Als ich fertig bin, umschließt der Saxofonist meine rechte Hand mit seinen Händen und wärmt sie mit seinen langen, schmalen Fingern. Einen Moment lang sagt er nichts, dann fragt er mich: »Wie kommt es, dass du einsam bist, Anjali?«

Auf diese Frage war ich nicht gefasst. Es ist, als lägen alle meine verborgenen, empfindlichen Stellen auf einmal nackt und bloß vor ihm. Bilder strömen auf mich ein, von meiner Mutter, wie sie am Esstisch sitzt und darauf wartet, dass Shanthi und ich nach Hause kommen. Von meiner Schwester in unserem Zimmer, in den ersten Nächten nachdem ich ausgezogen war. Vielleicht hat sie sie damit verbracht, mein leeres Bett, meinen leeren Schrank, meine leeren Regale anzustarren. Ich beantworte seine Frage mit Schweigen, während er weiter meine Hand festhält.

»Es ist sicher schön, dass du mit deinem Bruder hier bist«, sage ich nach einer Weile.

»Es ist praktisch«, sagt der Saxofonist. »Er sorgt dafür, dass Geld reinkommt. Er war schon immer der Gutaussehende von uns beiden.«

»Wer warst du dann?«

»Der, der das Geld ausgegeben hat.«

Ich lächele. »Wie viele Jahre seid ihr auseinander?«

»Zwei. Er ist älter.«

»Wie ich und meine Schwester«, sage ich. »Aber wir würden uns nie zusammen aufmachen, um in der Welt herumzureisen.«

»Steht ihr euch nicht nahe?«

Ich zögere. »Früher vielleicht mal. Bevor Jack kam.«

»Lag es an Jack?«

Ich zögere wieder. Ich denke daran, wie ich vor zehn Jahren meinen Koffer in die Hand genommen und Mums Wohnung verlassen habe. Die Treppe runter, die Haustür hinaus, den Weg mit den Betonplatten entlang und durch das Tor vom Vorgarten. Ohne mich auch nur einmal umzusehen. Geradewegs in Jacks Arme, obwohl wir da noch gar nicht zusammen waren. Damals war er nur jemand, den ich gerade kennengelernt hatte, ein Fremder.

»Nein, ich glaube nicht.«

Ich sehe den Saxofonisten an. »Was ist mit dir? Jetzt bist du dran mit Reden.«

Er streckt die Hände in die Luft und ergibt sich seinem Schicksal. Er erzählt von seiner Freundin. Das Mädchen empfindet viel für ihn, so viel steht fest, aber sie ist mit seiner Art zu leben nicht einverstanden. Sie will nicht zusehen, wie er vor dem Supermarkt ignoriert wird, aber sie will auch nicht zusehen, wie er in Italien bewundert wird. Sie will Ernst machen, mit allem Drum und Dran. Hochzeit, Kinder, Sicherheit. Sie will, dass er sein Saxofon oben auf den Schrank legt und nur gelegentlich herunterholt, für eine Party vielleicht. Oder den Kindern vor dem Schlafengehen noch ein Liedchen vorspielt. Oder etwas für sie spielt, wenn sie nicht schlafen kann.

»Aber selbst wenn bei dem hier nichts herauskommt«,

sagt er, »wenn ich bis an mein Lebensende hierbleibe, ohne einen Penny zu verdienen, würde ich es trotzdem nicht bereuen. Ich würde nie bereuen, es versucht zu haben. Das hat sie akzeptiert.«

Wie fühlt sich das wohl an, wenn man so genau weiß, was man will?

Am Ende haben sie sich in aller Freundschaft getrennt: Der Saxofonist und seine Freundin wollten unterschiedliche Dinge. Es hätte nicht funktioniert.

Und nun spielt er für die Touristen, mit einer klaffenden Wunde in der Brust.

Die Kellner haben alles weggeräumt und löschen die Lichter. Die Nachtschwärmer sind gegangen. Die rote Rose ist ebenfalls fort. Ohne die Menschenmassen, die Akkordeonspieler und die ständig rasenden Autos und Busse klingt Rom ganz seltsam. Es ist nichts zu hören außer dem Plätschern des Brunnens. Das Wasser fließt Tag und Nacht.

»Ich will nicht wieder nach Hause«, sage ich. Ich stelle mir vor, wie ich zurück zum Apartment gehe, Clara und ich unsere Koffer packen und auf das Taxi warten. Zum Flughafen fahren, uns in die Schlange zum Boarding einreihen. Bei der Ankunft kein Jack, der mit einer Thermoskanne Tee gekommen ist – falls sein alter Fiesta auf der A38 den Geist aufgeben würde.

»Dann bleib. Wir können zusammen weiterreisen.«

»Ich habe nicht genug Unterwäsche dabei.«

Der Saxofonist lächelt. Ich sehe ihn an, seine glänzenden Augen, die runde Knopfnase, die feinen dunklen Haare seines Ziegenbarts. Seine Haut ist olivfarben, einige Schattierungen heller als meine. Ich frage mich, ob Mum das braun genug wäre. Ich frage mich, wie es wäre, seinem Traum zu folgen, ohne zu wissen, wie die Sache ausgehen wird.

Doch es ist sein Traum.

Auf dem verlassenen Platz sitzen wir an dem Brunnen, hören dem Wasser zu und küssen uns. Unsere Herzen sind immer noch gebrochen, aber das Leben gönnt uns eine kleine Atempause.

In wenigen Stunden werde ich im Flugzeug sitzen und aus dem Fenster blicken. Ich werde daran denken, wie es sich angefühlt hat, in den schlanken Armen dieses Mannes zu liegen, wie er mein Gesicht in seine Hände genommen hat. Es wird einer dieser Momente sein, die für eine kleine Weile aufleuchten und dann wieder verblassen.

In Bristol scheint die Sommersonne, die Bürgersteige in meiner Straße glänzen, das Licht wird von den Scheiben der eng geparkten Autos und dicht an dicht gebauten Häuser reflektiert. Ich stelle meine Tasche ab und höre, wie die Brise durch die dürre Birke vor meiner Wohnung fährt. Mein Herz ist nicht mehr ganz so schwer wie vor der Reise, der dumpfe Schmerz hat ein wenig nachgelassen.

Ich stecke den Schlüssel ins Schloss.

Die Wohnung ist nicht, wie ich sie verlassen habe. Ich spüre es, bevor ich es sehe.

Ich mache einige Schritte ins Wohnzimmer. Wo der Fernseher stand, ist nun gähnende Leere. Die Espressomaschine ist auch nicht mehr da. Einige Schubladen der Kommode im Schlafzimmer sind geleert, Jacks Schrank ist ausgeräumt, meine Fingerspitzen streichen über blanke Bretter. Seine Bücher und Unterlagen sind fort, und von seinem alten Fußballposter ist nur ein Umriss an der Wand geblieben.

Langsam gehe ich zurück ins Wohnzimmer, mein Herz klopft heftig. Die drei Elefanten aus Ebenholz sind auch verschwunden. Ich berühre die staubfreien Stellen auf dem

Kaminsims, auf dem sie immer gestanden haben und wo ich so oft ihre massiven Hinterbeine gestreichelt habe. Wir haben die Elefanten zusammen in Sri Lanka gekauft. Es war das einzige Mal, dass Jack mit mir dorthin gefahren ist, das einzige Mal, dass ich nicht mit meiner Mutter dort war, als ich das Land durch seine Augen gesehen habe und nicht mit dem Scheuklappenblick meiner Mutter. Meine Beine geben unter mir nach. Ich lasse mich auf das Sofa sinken und denke an den Tag, an dem ich die fein geschnitzten Holztiere zum ersten Mal in den Händen hielt. Die sollen auf dich aufpassen, sagte er.

VIER

»Du bist da?«

Ich schlüpfe an meiner Mutter vorbei in ihr Wohnzimmer und lasse mich auf die durchgesessene Couch fallen. Ich presse das Gesicht in die braunen Kissen und atme den Currygeruch mehrerer Jahrzehnte ein. »Ja, ich bin da.« Die Aussage erscheint zwar einigermaßen überflüssig, aber ich weiß nicht, wie ich es sonst formulieren soll. Ordie sitzt vor meinen Füßen und miaut. Ich nehme sie auf den Arm und drücke sie an mich.

»Du bist nicht in Italien?«

»Ich bin nicht in Italien.«

»Du warst nicht in Italien?«

»Doch, ich war in Italien.«

»Du bist zurück aus Italien?«

Ich darf nicht ungerecht sein, ich war die ganze Nacht wach und habe einen Saxofonisten geküsst. Ich bin die Erste, die zugibt, dass ich an dieser unbefriedigenden Unterhaltung genauso schuld bin wie meine Mutter.

»Mum, ich bin am Montag nach Italien geflogen. Und ich bin heute, Samstag, zurückgekommen. Und jetzt bin ich hier.«

»Du bist direkt vom Flughafen hergekommen?«

Mir war noch nie ganz klar, wozu meine Mutter all diese

Details wissen muss. Möglicherweise werde ich in Kürze erfahren, dass sie Teil eines hochgeheimen Projekts ist, für das sie die exakte Anzahl der Schritte ihrer jüngeren Tochter von deren Geburt bis zu ihrem dreißigsten Lebensjahr zählen muss, und die Tatsache, dass ich ihr in dieser Hinsicht grundlegende Informationen vorenthalte, ihr seit drei Jahrzehnten enormen Stress bereitet.

»Ich war vorher noch zu Hause.« Ich kuschele das Gesicht in Ordies Fell und schließe die Augen. Ich versuche, nicht an meine Wohnung zu denken, daran, wie leer und trostlos sie nun wirkt. Dass sie sich nicht mehr wie mein Zuhause anfühlt.

»Das sieht dir aber gar nicht ähnlich, einfach so hier vorbeizukommen.« Ich muss gar nicht erst hinsehen, um zu wissen, dass meine Mutter mich misstrauisch beäugt. »Ist im Urlaub irgendetwas vorgefallen?«

Was sie wohl sagen würde, wenn sie wüsste, dass ich die Nacht damit verbracht habe, auf einem öffentlichen Platz zu sitzen und mit einem Straßenmusiker aus Basingstoke zu knutschen. Schon jetzt scheint es ganz unwirklich. Ich atme tief ein und probiere, noch einmal das Gefühl von Geborgenheit zu empfinden. Seine Umarmung schützte mich vor all dem, was mich bei meiner Rückkehr erwarten würde.

»Es ist nichts vorgefallen.«

»Ist Clara auch wieder zurück?«

»Clara ist auch wieder zurück.«

»Dann geht es dir also gut?«

»Mir geht es gut.« Ich gebe mir einen Ruck und sehe sie an. Ihre Stirn besteht aus einer einzigen tiefen Kummerfalte, die sich dort permanent eingegraben hat. Tiefe, dunkle Schatten liegen unter ihren Augen, die voller Sorge um ihre Töchter und deren Zukunft sind. Wie bin ich nur auf die Idee gekommen, dass es besser ist, hier zu sein, als zu Hause zu bleiben? »Meine Dusche funktioniert nicht.« Eine Welle der Erleichterung durchflutet mich, die Notlüge hat der Himmel geschickt. »Ich brauche ganz dringend eine Dusche.« Mit neu erwachter Energie setze ich Ordie auf das Sofakissen und springe auf. Mein Rock und mein T-Shirt sind verdreckt, meine Haare völlig verfilzt, und eingetrockneter Schweiß überzieht meine Haut. Ich werde mich so lange unter kochend heißes Wasser stellen, bis es ganz offiziell Zeit ist, ins Bett zu gehen. Auf diese Weise entgehe ich jeglichem Kreuzverhör.

»Du siehst müde aus«, sagt Mum, als ich gerade aus dem Zimmer gehen will.

»Alles in Ordnung.«

»Du gefällst mir gar nicht.«

»Mir geht's gut, Mum.«

»Dein Gesicht sieht ganz alt aus …«

In den Zeiten, als ich noch bei Facebook unterwegs war, gab es dort unendlich viele Posts über Kindererziehung und darüber, wie man alles richtig macht. Welche Nahrungsmittel gut für dein Kind sind, welche Bücher man ihm vorlesen soll, wie viel man es loben und ermutigen soll, wie man sie zu selbstständigen Wesen werden lassen soll. Bei meiner Mum habe ich das Gefühl, dass sie, schon bevor es das Internet gab, Zugang zu einer Art *Dark Web* hatte, das die exakt gegenteiligen Botschaften vermittelt hat. *Lesen Sie, wie Sie Ihr Kind so richtig verkorksen können. Und vergessen Sie nie: Hartnäckigkeit ist der Schlüssel zum Erfolg!*

»Das liegt wahrscheinlich daran, dass ich alt bin, Mum.«

»Du musst deine Dusche reparieren.«

Ich verlasse den Raum.

Shanthi hat heute wieder etwas vor. Nach dem Duschen

trockne ich mich ab und gehe in ihr Zimmer, wo ich sie einmal mehr in ihrem smaragdgrünen Pulli und mit dem ungewohnten grauen Puder auf den Augenlidern vorfinde.

»Triffst du dich wieder mit jemandem?« Ich bearbeite meine nassen Haare mit dem Handtuch.

Sie nickt. Meine Schwester war immer schon wortkarg, aber etwas an ihren knappen Antworten erscheint mir noch abwehrender und verschlossener als sonst. Dieses Mal hüte ich mich, weiter nachzubohren, und hoffe, dass Donna ihr nichts von meinem Besuch im Atelier erzählt hat. Ich wüsste zu gern mehr über diesen »Jemand«, über die drei anderen Tische dort, über den anderen Maler, den Textildesigner und den Bildhauer. Was sind das für Leute, die mit dem Pinsel arbeiten, Garn in Nadelöhre einfädeln und Lehm formen?

»Wie war dein Urlaub?« Shanthi reicht mir ihren Kamm. Ich gehe hinter den verzierten Paravent, den Mum als Raumteiler aus Sri Lanka mitgebracht hat, und setze mich auf das Bett am Fenster, das früher einmal meins war. Shanthi hat es stehen gelassen, nachdem ich ausgezogen war. Ich fange an, mein Haar auszukämmen. Schwarze, widerspenstige Knoten bleiben an den Zähnen des Kamms hängen.

»Ganz okay«, sage ich. »Es tat gut, mal rauszukommen.«

Sie greift nach ihrem Portemonnaie. »Was ist passiert, Anjali?« Für einen Augenblick denke ich, sie meint den Saxofonisten. Dass sie wissen will, was das soll, warum ich fremde Typen in Bars aufgabele, was ich eigentlich finden will. Die gleichen Fragen, die ich im Flugzeug nicht aus dem Kopf bekommen habe, die mich nicht schlafen ließen. Clara war sofort weg, ihr Zungenpiercing blitzte in ihrem Mund. Sie war sichtlich unbekümmert nach ihrer Nacht mit dem Saxofonistenbruder.

Aber Shanthi meint natürlich Jack.

»Du meinst, warum wir uns getrennt haben?«

Meine Schwester nickt.

»Er hat mit einer anderen geschlafen.«

Ich kann hören, wie sie scharf einatmet, und sehe, wie sie ihre zierlichen Finger zur Faust ballt.

»Scheiße.«

Ich muss beinahe lächeln. Shanthi flucht so gut wie nie – ich war immer diejenige mit den bösen Wörtern.

»Das kann ich gar nicht glauben«, sagt sie.

»Ich habe auch eine Weile gebraucht.«

»Ist er noch mit ihr zusammen?«

»Keine Ahnung.«

»Hast du ihn seitdem noch einmal gesehen?«

Ich schüttele den Kopf.

»Das tut mir leid«, sagt Shanthi.

»Ist schon in Ordnung.« Ich starre die losen weißen Fäden am Saum ihrer Jeans an und denke daran, wie viel Angst mir die Leinwände in ihrem Atelier eingejagt haben. Meine Augen fangen wieder an zu brennen.

»Kann ich irgendetwas für dich tun?«

Ich schaue meine Schwester an, das leichte Kräuseln zwischen den Brauen, die markanten Wangenknochen, die gleiche zerbissene Unterlippe wie bei mir. »Hättest du etwas dagegen, wenn ich heute Nacht hier schlafe?«

»Natürlich nicht.« Und, nach einer kurzen Pause: »Soll ich heute Abend zu Hause bleiben?«

Sie hält immer noch ihr Portemonnaie umklammert. Ich weiß noch, wie wir als Kinder im Bett lagen, zwischen uns der Wandschirm. Sieht man genau hin, besteht das Muster aus winzigen glänzenden Schlangen, die sich über den Paravent krümmen und winden. Es hat uns damals aber nichts ausgemacht – wir haben jeden Abend mit einem ausgeklügelten

Geheimcode gegen die Schlangen geklopft, bis Mum reinkam, um zu schimpfen, weil wir immer noch nicht schliefen. Wenn sie wieder gegangen war, tauschten wir immer noch ein, zwei Signale aus, bis wir schließlich einschliefen, ich mit einem warmen Gefühl in der Brust, weil ich wusste, dass Shanthi auf der anderen Seite der Trennwand war.

Ich betrachte meine Schwester noch einmal, die Mulde zwischen ihren Schlüsselbeinen, ihre Wangen, die in ihren Augen verborgenen Geheimnisse, und frage mich, wann ich aufgehört habe, unsere Geheimsprache zu verstehen.

»Nein, du gehst auf jeden Fall. Ich brauche sowieso dringend Schlaf.«

»Okay, wenn du dir sicher bist. Nacht, Anjali.«

Als sie gegangen ist, liege ich unter den blassen Laken und sehe mich um. Es ist viel ordentlicher, seitdem ich nicht mehr hier wohne. Shanthi hat nicht viele Sachen, ihre Kleidung ist fein säuberlich im Schrank zusammengelegt, ihre wenigen Bücher über Kunst stapeln sich ordentlich in ihrem Regal. Auf einem Teller auf ihrer Kommode liegen zwei Zigarettenstummel, ein leichter Geruch nach Rauch liegt über dem Raum. Sie hat damit angefangen, als sie auf der Uni war, und ist dabei geblieben, auch wenn Mum ihr deswegen in den Ohren gelegen hat. Ich finde, dass ihr das wirklich zu gönnen ist. Einunddreißig Jahre mit meiner Mum würden so ziemlich jeden in den Nikotinmissbrauch treiben.

Früher wurden die Wände von einer alten Tapete mit Blümchenmuster geziert, an die sie ihre Entwürfe geheftet hat. Jetzt ist alles grün gestrichen, und nur noch zwei Leinwände hängen an der Wand: eine Brücke vor einem trostlosen Himmel und ein winziges Boot auf glattem Meer.

Mum kommt ins Zimmer.

»Du liegst im Bett?«

Mühsam verkneife ich mir eine sarkastische Antwort.

»Ich bin müde, Mum.«

Sie kommt zu mir und legt mir ihre schwere Hand auf die Stirn.

»Bevor du fragst, Mum, mir geht's gut.«

»Schon gut, schon gut«, sagt Mum. Dann seufzt sie: »Wenigstens weiß ich, wo eine meiner beiden Töchter gerade steckt.«

»Ist Shanthi zurzeit viel unterwegs?«

»Ja. Und ich weiß nie, ob sie später noch etwas essen möchte oder nicht.«

Mums Kummer kommt nicht von ungefähr. Man kann Shanthi nämlich nicht anrufen. Sie muss das letzte Wesen der westlichen Hemisphäre sein, das kein Handy besitzt, seine E-Mails nicht checkt und keine sozialen Medien nutzt. Einmal hat sie mir gesagt, dass sie es nicht aushielte, ständig mit der Welt in Kontakt zu sein.

»Weißt du, mit wem sie unterwegs ist?«

»Ich weiß es nicht, mit jemandem von diesen Künstlern.« Ganz offensichtlich ist Mum noch nicht der Gedanke gekommen, dass diese Beziehung romantischer Natur sein könnte, und ich beschließe, ihr diese Idee nicht in den Kopf zu setzen und ihr so eine Herzattacke zu ersparen. »Ich weiß nicht, Anjali. Ich bin nicht sicher, was ich von diesen Leuten halten soll.«

»Aber vielleicht tut ihr der Umgang mit ihnen gut, Mum.«

Mums Dreifachkinn beginnt zu beben, sie will gerade zu einer neuen Tirade ansetzen.

»Gut möglich, dass das Vegetarier sind.«

Ihr Kiefer entspannt sich wieder etwas.

»Vielleicht sind es sogar Buddhisten.«

Jetzt ist eine deutliche Entkrampfung im Schulterbereich zu verzeichnen.

»Wie auch immer, du musst jetzt schlafen«, sagt sie mit einer gewissen Entschiedenheit. »Arbeitest du morgen?«

»Ja, Frühschicht.«

»Also dann, gute Nacht. Und denk daran, dich morgen um deine Dusche zu kümmern.«

»Okay, Mum.«

»Diese Sachen darf man nicht schleifen lassen.«

»Werde ich nicht.«

»Einmal war die Dusche im Stockwerk über uns undicht, und die Decke ist uns auf den Kopf gefallen.«

»Wem?« Ich kann mich an eine solche Kopfverletzung gar nicht erinnern.

»Wären wir zu Hause gewesen, hätte sie uns erschlagen können.«

»Nacht, Mum.«

»Gute Nacht, Anjali.«

Im Hinausgehen hält sie vor einem der Bilder an der Wand inne, dem mit dem Boot auf dem Meer. »Dann werde ich mal auf deine Schwester warten«, sagt sie leise. »Wie früher auf euren Vater.«

Ich liege mucksmäuschenstill da. Über Dad wird sehr selten gesprochen, sodass ich so viel wie möglich über ihn mitbekommen will, wenn er doch mal erwähnt wird. Doch Mum sagt nichts mehr, sie geht hinaus und schließt die Tür hinter sich.

Ich mache das Licht aus. Die Vorhänge sind offen, und die Schlangenkörper glänzen im fahlen Mondlicht. Mir fallen die Augen zu, aber die Schlangen gehen nicht weg, sie nisten sich am Rand meines Bewusstseins ein. Ich warte darauf, dass ich einschlafe, mein Körper wünscht sich nichts sehnlicher, aber es passiert nicht. Ich öffne die Augen wieder und starre an den Reptilien vorbei auf den blauen Ozean auf dem Bild an der Wand. In meinem Kopf drängen sich Bilder von jemandem, den ich nicht sehen, aber irgendwie fühlen kann, einem Mann, der vielleicht einmal meine kleinen Kinderhände in seinen großen Händen gehalten hat, der mich vielleicht sanft in den Schlaf gewiegt hat.

Mein Vater liebte Boote. Nicht dass er segeln konnte oder so. Er beobachtete sie einfach gern. Er hat meine Mutter, meine Schwester und mich immer mit hinunter zum Hafen genommen, um den Seglern zuzusehen. Wir konnten es uns nicht leisten, die *SS Great Britain* von innen zu erkunden, eine von Bristols Touristenattraktionen. Das ist ein ehemaliger Passagierdampfer, der zu einer Art Museum umgewandelt wurde. Das erste Dampfschiff aus Eisen, das je den Atlantik überquerte. Aber Dad interessierte sich nicht so sehr dafür. Er sah sich lieber die kleinen Boote an.

Das ist alles, was ich Mum in all den Jahren aus der Nase ziehen konnte. Ich weiß nicht, ob in ihrer Brust auch so ein Hohlraum ist wie in meiner oder in der Brust des Saxofonisten, weil sie gut darin ist, solche Dinge zu verbergen. Doch es gibt Momente, in denen ihre Augen und ihr Mund einen ganz bestimmten Ausdruck haben, ganz so, als trüge sie auch ein klaffendes Loch in sich. Manchmal meine ich, den gleichen Blick bei meiner Schwester zu entdecken, und beobachte sie genau. Aber dann geht der Augenblick vorbei, und ich bin mir nicht mehr sicher, was ich gesehen habe – auch sie kann Dinge gut verbergen.

Dad wollte immer Segeln lernen. Er wollte eine Jacht kaufen und uns alle auf das Wasser mitnehmen.

»Wo wollte er denn das Geld dafür herbekommen, hm?«

Ich weiß noch, wie Mum einmal kurz in ihrer rasereiartigen Hausarbeit innehielt. »Er hatte doch nur diese Putzstelle.«

Ich kann mich an den Tag erinnern, an dem sie das wahrscheinlich gesagt hat. Es war ein Jahr nach Dads Tod, und ich war vier – eine meiner frühesten Erinnerungen. Sie war dabei gewesen, Schränke sauber zu machen, und ein altes Foto fiel heraus. Ein Foto von mir, Shanthi und Dad unten am Hafen. Mum sank auf die Knie und betrachtete es sehr lange. Ich kann mich nicht mehr an die genauen Worte erinnern, aber ich weiß noch, wie ich sie am Ärmel berührt habe, aus Angst, dass sie nicht mehr aufstehen würde.

Das Bild ist jetzt in einem der Fotoalben. Ich habe es als Teenager wiedergefunden. Mein Vater war sehr dunkel, mit dichtem, lockigem Haar, so wie meines. Er hatte ziemlich grauenvolle Koteletten. Und er hatte blaue Augen. Auf dem Foto kann man das nicht erkennen, aber Mum hat gesagt, dass ein genetischer Unfall in der Kolonialzeit daran schuld war, ein Europäer unter seinen Vorfahren, und dass seine Augen so blau waren wie der Morgenhimmel über Sri Lanka.

Mein Vater war ein gut aussehender Mann.

Auf dem Bild hat er die Arme um uns gelegt, einen um mich und einen um meine Schwester. Ich versuche gerade, mich aus der Umarmung zu befreien. Mum sagt, ich konnte als Kind keine zwei Sekunden stillhalten. Ich schaue nicht in die Kamera, sondern irgendwohin in die Ferne, vielleicht sehe ich einen Fremden, der gerade ein Eis isst. Doch der andere Arm liegt fest um Shanthi. Sie vergräbt ihren Kopf an seiner Schulter, sodass ihr Gesicht nicht richtig zu erkennen ist. Sie wirkt sicher und beschützt, wie sie sich so an ihn kuschelt.

Diese Szene geht mir zwei Wochen später an einem Sonntagmorgen durch den Kopf, als ich in einem Pub mit Blick auf den Hafen sitze. Es ist Ende August. Ich habe einige Schichten getauscht und nun mehrere Sonntage frei. Am Nachbartisch ist ein Paar, an dem Tisch dahinter eine Familie mit drei Kindern. Ich schaue zu, wie die kleinen, mit Essen verschmierten Gesichter gespannt ihren Vater beobachten, der Bierdeckel in die Höhe schnippt und mit derselben Hand wieder auffängt. Ihr vergnügtes Lachen weht zu mir hinüber.

In einem kleinen Glas auf meinem Tisch stecken ein paar Stiele Iris, blauviolett mit gelber Zunge in der Mitte. Ein leichter Nieselregen setzt ein, und winzige Tröpfchen sammeln sich auf den Blütenblättern. Clara arrangiert wahrscheinlich gerade die Iris in unserem Laden, die Rastalocken schwingen mit, während sie die Eimer hin und her schiebt. Ich denke an die Blumenzwiebeln, die ich letztes Jahr im Garten gesetzt habe, und wie ich mir dabei das schöne Gefühl vorgestellt habe, wenn sich die erste violette Blüte zeigt. Aber meine Iris sind nicht gekommen.

Mein Handy klingelt. Das Foto meiner Mutter erscheint auf dem Display, ihr Gesicht ist so rund und ihr Ausdruck so eindringlich, dass es ist, als erschiene sie höchstpersönlich auf dem Tisch. Ich kann hören, was sie sagt, ohne dranzugehen. *Kommst du heute Abend, Anjali? Warum warst du letzte Woche nicht zum Abendessen da? Hast du deine Familie schon wieder vergessen?*

Ich stelle das Telefon auf stumm, ich bringe es nicht über mich, sie wegzudrücken.

Das kleinste der Kinder versucht, auch einen Bierdeckel in die Luft zu katapultieren, und wirft dabei ein Glas Saft um.

Es beginnt kühler zu werden. Ob es in Italien wohl noch warm ist, ob der Saxofonist noch auf einer Piazza spielt und Münzen auf der Samtverkleidung seines Instrumentenkoffers schimmern? Später wird er mit seinem Bruder durch die Stadt streifen, die Saxofone über der Schulter, und sich nach neuen Spielorten umsehen. Er hat mich gefragt, was ich tun würde, wenn ich wieder in Bristol wäre. »Rom verändert einen, weißt du«, erklärte er. »Niemand geht, wie er gekommen ist.«

»Wirklich?«, habe ich verwundert gesagt.

»Wahrscheinlich nicht. Habe ich mir gerade so ausgedacht. Aber nehmen wir mal an, es wäre so, was würdest du tun, wenn du zurück bist?«

Ich wusste nicht, dass ich in meiner kleinen, bescheidenen Wohnung stehen und die Lücken anstarren würde, die Jack hinterlassen hat. Die leeren Stellen zwischen meinen Büchern, seine abwesenden Kaffeebecher im Küchenschrank, die fehlenden Fotos seiner Familie auf dem Kaminsims.

»Jeder braucht einen Traum«, hat der Saxofonist gesagt und gelächelt. Als ich in seine übermütigen, glänzenden Augen sah, fühlte ich ein leises Sehnen danach, etwas mehr aus dieser kurzen Zufallsbekanntschaft zu machen, um Kummer und trübe Gedanken noch ein bisschen länger auf Distanz zu halten.

Ich würde nach meinem Traum suchen, wenn ich wieder zu Hause wäre, habe ich ihm gesagt.

Die Familie hat den Tisch wieder in Ordnung gebracht und bricht auf. Die Kinder bummeln hinter ihren Eltern her, nur das jüngste läuft voraus, um nach der Hand des Vaters zu greifen. Hinter dem Tisch, an dem sie gesessen haben, wird ein quadratisches Schild von der blassen Sonne beschienen.

Segelschule und Ruderclub Bristol. Ermäßigte Kursgebühren nach Vereinbarung. Kommen Sie und informieren Sie sich!

Ich sehe der Familie nach. Der Vater hebt die Tochter hoch in die Luft und setzt sie auf seine Schultern.

Ich überlege, ob ich vielleicht da weitermachen sollte, wo mein Vater aufgehört hat. (Damit keine Missverständnisse aufkommen: Ich denke nicht an den Einsatz von *Ajax* oder *Meister Proper*. Ich denke daran, Segeln zu lernen.)

Der Segelclub ist eine Art Schuppen mit Neoprenanzügen an der Wand und einem Mann mittleren Alters mit rotem Bart hinter einem Schreibtisch. Ich gehe hinein und erkundige mich nach Segelkursen. Barbarossa durchstöbert die Papierberge auf seinem Tisch und überreicht mir eine Broschüre. Mich verlässt augenblicklich der Mut. Meine erste Lektion beim Segeln: Ermäßigung hin oder her, es ist verdammt teuer. Mein Konto hat sich noch nicht von Rom erholt. Möglicherweise hat Barbarossa erfasst, dass die Frau vor ihm gerade mit einem geplatzten Traum fertigzuwerden versucht, denn als ich ihm die Broschüre mit bedauerndem Kopfschütteln zurückgebe, holt er mir einen Papierbecher heißen Tee aus dem Automaten. Mir geht es gleich ein wenig besser.

»Kommen Sie einfach wieder, wenn es für Sie besser passt.« Sein Gesicht ist wettergegerbt, aber freundlich.

Ich schleiche mich aus dem Club und überlege, welches andere Hobby ich mir suchen könnte und ob es wohl online günstige Saxofone zu kaufen gibt, als mich ein anderer älterer Mann anspricht, der unseren Austausch eben offenbar mitbekommen hat.

»Sorry, dass das Ganze so kostspielig ist«, sagt er.

Er hat keinen roten Bart, dafür ist die obere Hälfte seines Neoprenanzugs heruntergezogen und gibt den Blick auf leicht ergrautes Brusthaar, aber auch eine ganz erstaunliche Brustmuskulatur frei. Fasziniert sehe ich zu, wie er sich an der linken Brustwarze kratzt.

»Kein Problem.« Ich bemühe mich, nicht auf diese Muskeln zu starren. Allerdings ist der Mann ziemlich groß, sodass das gar nicht so einfach ist. »Ich suche mir einfach eine günstigere Freizeitbeschäftigung.« (Mit dem Saxofon wird das nichts, wie ich später bei *eBay* feststelle.)

»Ich könnte Ihnen eine Schnupperstunde anbieten, wenn Sie wollen.« Die Worte, die mich von oberhalb der rosa Nippel erreichen, sind auffallend sorgfältig gesprochen, die Vokale so wohlgeformt wie bei Eliza Doolittle.

»Tut mir leid, aber die kann ich mir auch nicht leisten.« Jetzt wird es mir allmählich peinlich. Mit neunundzwanzig ist es irgendwie beschämend, nicht mal eben fünfundachtzig Pfund (FÜNFUNDACHTZIG PFUND) für einen halben Tag auf einem Boot lockermachen zu können.

»Nein, ich meine gratis.«

»Was?«

»Ich will gerade rausfahren. Wollen Sie mit?«

»Jetzt?«

»Warum nicht? Sie sind ja richtig angezogen dafür.«

Ich betrachte meine Jeans und Turnschuhe.

»Sind Sie sicher, dass Sie mich dabeihaben wollen?«

»Ja, klar, warum denn nicht?«

»Auch wenn ich nicht segeln kann?«

Ein leises Schnauben, das an Donner in der Ferne erinnert, ertönt von oberhalb der gewaltigen Brustmuskeln. Ich blicke auf und sehe eine gerade Nase und schmale, amüsiert gekräuselte Lippen. »Ich bin ja nicht verpflichtet, Sicherheitsvorschriften zu beachten, also könnte ich Sie notfalls einfach über Bord werfen.«

An diese Worte werde ich noch denken.

»Wie ist es, kommen Sie mit?«

Seine Augen sind so ansprechend wie sein Oberkörper. Hellgrau, mit dichten, dunklen Wimpern. Ich sehe mich um und bemerke zwei Frauen, die uns von einer Ecke des Vorraums aus beobachten. Sie sind jünger als ich, schlank und langbeinig, in eng anliegenden schwarzen Sweatshirts – die Art Frauen, die in Neoprenanzügen gut aussehen.

Ich drehe mich in meinen Billigturnschuhen wieder zu ihm um. »Ja, gern.«

Da wären wir also, nur ich, der Segler, ein Boot und Wasser.

Obwohl – es ist kein richtiges Boot, nur eine Jolle. Außerdem ist er nicht Segler, sondern Steuerberater, aber das klingt nicht halb so gut. Er ist vierundvierzig, hat seine eigene Firma, und wenn ich ihn mir so ansehe, wie er das Großsegel mit den Händen eines erfolgreichen Mannes setzt, könnte ich mir vorstellen, dass meine Mutter sehr begeistert wäre, wenn ich sie jetzt zurückriefe.

»Sind wir startklar?«, fragt der Segler.

Meine Schwimmweste sitzt, meine Hände umklammern den orange gestrichenen Rand des Boots, und der Wind fährt mir in die Ohren.

»Absolut!«, bestätige ich.

»Denken Sie daran, dass das Seil an Bord Schot heißt, das Ruder das Boot steuert, die Pinne das Ruder steuert und man den Wind immer im Rücken haben sollte.«

Die Jolle schießt über das Wasser, und ich rutsche nach hinten. Das erinnert mich an das Wochenende in Newquay, als Jack versucht hat, mir das Surfen beizubringen. Die halbmondförmige Bucht, gesäumt von steilen Klippen. Es war auch August. Ich sehe die Sandkruste auf der Wölbung des leuchtend blauen Boards, fühle, wie das Gewicht des kalten Neoprenanzugs an mir zieht, und höre uns über mein mangelndes Gefühl für Balance lachen.

»Steuerbord!«, ruft der Segler und gestikuliert zur rechten Seite hin.

»Steuerbord«, wiederhole ich.

»Backbord!« Der Segler deutet nach links.

»Backbord«, wiederhole ich gehorsam, denn das scheint den Segler zu erfreuen.

Eine Brise streicht über mein Gesicht. Ich denke an Jacks Schlüsselbund, den ich auf dem Tisch im Flur gefunden habe. Wie kalt er sich angefühlt hat, weil Jack ihn nicht mehr in seinen warmen, hellen Händen hielt.

»Wende«, sagt der Segler, während er das Boot in die andere Richtung dreht.

»Wende«, bestätige ich und greife nach dem Rand des Boots, um nicht den Halt zu verlieren.

Der Wind ist stärker geworden, Schatten fliegen und lösen sich im Wasser auf, der Geruch nach Hafen ist intensiver denn je. Ich setze mich so, dass ich nach vorne blicke, und versuche, Jack aus meinen Gedanken zu vertreiben. Hätte ich heute Morgen gedacht, dass ich wenige Stunden später segeln würde? Die ganze Zukunft liegt vor mir und hält so viele Dinge bereit, von denen ich noch nichts ahne.

»Gehen Sie an die Pinne«, ruft der Segler.

»Gehen Sie an … Oh, verstehe.« Meine Finger schließen sich um den kühlen Hebel aus Kunststoff und Metall. Die Jolle schneidet durch das dunkle Wasser, wenn auch in leichtem Zickzackkurs.

Bist du stolz auf mich, Dad?

Sehr sogar.

Was? Der Wind, Dad, ich kann dich nicht verstehen!

Sehr sogar, duwa!

Duwa bedeutet Tochter auf Singhalesisch. Ich liebe diese erfundenen Gespräche mit meinem Vater.

Der Segler übernimmt die Pinne, die Stirn konzentriert in Falten gelegt. Der Reißverschluss seines Neoprenanzugs ist hochgezogen, und seine sportliche Gestalt zeigt nur eine kaum wahrnehmbare Andeutung künftiger Erschlaffung. Der Großbaum schwingt auf die andere Seite und verfehlt meinen Kopf nur knapp. Der Segler nimmt meine Hand und zieht mich ans andere Ende der Jolle.

»Wir sind vor dem Wind gesegelt«, erklärt er.

Ich habe keine Ahnung, was genau er meint und ob das gut oder schlecht ist. Aber für einen Augenblick hält er meine Hand. Seine Hände sind groß und warm, meine liegt in ihnen wie die Hand eines Kindes.

Zurück am Anleger macht der Segler das Boot fest. *Steuerbord, Schwert, Freibord.* Eine völlig neue Sprache, nur dass die Worte angenehm vertraut klingen und irgendwie sicher und verlässlich, wie der Seewetterbericht. Ich stelle mir vor, wie es wäre, wenn ich auch Steuerberaterin wäre oder Ärztin oder Anwältin oder Moderatorin eines anspruchsvollen Hörfunkprogramms wie Radio 4 und ich es mir leisten könnte, Segeln zu lernen.

Der Segler springt hinunter auf den Anleger. Die zwei langbeinigen Frauen kommen aus dem Clubhaus und versetzen sich gegenseitig einen Stoß in die Rippen. Beide haben ovale Gesichter und schnittlauchglattes schwarzes Haar. Vielleicht sind sie Schwestern. Der Segler streckt seine väterlichen Hände nach meinen aus.

»Haben Sie Lust, wiederzukommen?«

So kommt es, dass ich mich noch einmal mit ihm treffe. Und dann ein drittes Mal. Es läuft immer gleich ab, eine Mischung aus Segelstunde und Sprachkurs, während ich in keiner der beiden Disziplinen besonders glänze. Es stellt sich heraus, dass ich weder die geborene Seglerin bin noch einen besonders ausgeprägten Gleichgewichtssinn habe, aber sollte das den Segler irritieren, behält er es für sich. Stattdessen erklärt er mir sorgfältig die Regeln, hält meinen Finger in den Wind, um damit die Richtung zu bestimmen. Mit vierundvierzig ist er nur sechs Jahre jünger als mein Dad, wenn mein Dad nicht tot wäre. Seine Stimme und Gestik sind sanft, ganz so, wie ich sie mir bei meinem Vater vorstelle. Außerdem segelt er, genau wie mein Dad es getan hätte, wenn ihn nicht Krebs im Endstadium und ein Mangel an finanziellen Mitteln daran gehindert hätten. So betrachtet sind die Parallelen geradezu unheimlich. Zugegebenermaßen fühlt es sich ein wenig unbehaglich an, sich mit dem Segler das enge Boot zu teilen, aber meinen Vater habe ich ja auch nicht richtig gekannt, sodass das nicht so überraschend ist. Außerdem habe ich es nicht besonders eilig damit, diesen Ersatzvater wieder zu verlassen und in meine leere Wohnung und zu meiner ausgesprochen realen Mutter zurückzukehren, die nicht aufhört, mich mit Anrufen zu bombardieren.

Bei unserem vierten Treffen helfe ich dem Segler gerade dabei, die Jolle zum Ablegen fertig zu machen, als die beiden Frauen hinter dem Clubhaus hervorkommen. In ihren schwarzen Leggings und Sportschuhen und mit dem riesigen Aufdruck auf ihren schwarzen Hoodies könnten sie entweder einer Werbung für Designer-Sportkleidung entsprungen sein oder auf dem Weg zu einer Halloween-Hafenparty. Sie bleiben am Wasser stehen und beraten sich, ab und zu sehen sie direkt zu uns hinüber.

»Dann wollen wir mal«, sagt der Segler. Er hat sich nicht anmerken lassen, ob er die Frauen zur Kenntnis genommen hat, aber etwas in seinen fahrigen Bewegungen lässt mich vermuten, dass er sie absichtlich ignoriert. Ich gucke auf meine abgetragenen Turnschuhe hinunter und frage mich, ob es ihm vielleicht peinlich ist, mit mir gesehen zu werden.

»Wer sind die beiden?«, frage ich ihn flüsternd, als wir auf dem Wasser sind. Die schmalen Gestalten sind nur noch Silhouetten am Ufer, und trotzdem habe ich das Gefühl, sie könnten mich hören.

»Die rudern«, antwortet der Segler. Ich warte, aber mehr kommt nicht.

»Sie scheinen sich für Sie zu interessieren.« Vielleicht sind die beiden ja in den Segler verliebt. Oder eine von ihnen, möglicherweise auch beide, ist eine Exfreundin. Obwohl beide jung genug sind, dass sie seine Töchter sein könnten. Ich betrachte den Segler genauer und stelle fest, dass sein weiches, kastanienbraunes Haar erste Spuren von Grau aufweist, das sich auch in seinen Augenbrauen breitzumachen beginnt. Die Haut seines sonnengebräunten Gesichts verliert bereits ein wenig an Spannkraft, um Mund und Augen ziehen sich tiefe Linien.

Der Segler zuckt nur die Achseln.

Auf diesem Trip durch den Hafen reden wir noch weniger als sonst. Wenn er mir eine Aufgabe zuweist, erledige ich sie mehr schlecht als recht und sehe mich immer wieder nach den Frauen am Ufer um, die immer noch dastehen und uns beobachten. Der Segler richtet die Augen mit den langen Wimpern unbeirrt nach vorn. Ich wüsste zu gern, was er denkt. Ein Stück weiter um die Ecke, gerade außerhalb unserer Sichtweite, steht die Clifton Suspension Bridge, die den schiefergrauen Himmel zwischen den steil abfallenden Felsen des Avon umspannt. Sie ist eines der Wahrzeichen von Bristol und auf Platzdeckchen, Postkarten, Teetassen allgegenwärtig. Er hat mir erzählt, dass er in einem der stattlichen Gebäude an dem Hügel wohnt, von denen man Aussicht auf die Brücke hat. Mein Blick fällt auf die teure Sportuhr am Handgelenk des Seglers. Und wandert von da zu meiner Leggings aus dem Supermarkt. Ersatzvater hin oder her, die Tatsache, dass ich hier bin, ergibt zunehmend weniger Sinn.

Manche sagen, Schweigen mache ihnen nichts aus. Zu denen gehöre ich jedoch nicht. Unbehagen schnürt mir die Kehle zu wie ein panisch flatternder Vogel.

Der Segler streicht sein Haar zurück und fixiert irgendetwas in der Ferne.

Meine Hände umklammern den Rand des Boots. Unerklärlicherweise muss ich plötzlich an meine Schwester denken, als sie noch klein war, fünf Jahre alt, und allein in einem viel zu großen blauen Pullover im Schneidersitz auf dem Boden in unserem Zimmer sitzt. Wann immer ich meine Schwester sehe, ist für gewöhnlich ein Stift und ein Blatt Papier in der Nähe, aber nicht in diesem Fall. Ich sehe, wie Shanthi mit dem Finger ein kreisförmiges Muster auf dem durchgescheuerten Teppich nachfährt, immer und immer wieder.

»Haben Sie etwas dagegen, wenn wir für heute Schluss machen?«, fragt der Segler auf einmal.

»Was?« Blinzelnd verscheuche ich meinen Tagtraum. »Oh – ja klar, natürlich. Kein Problem. Es ist wirklich nett von Ihnen, dass Sie Ihre Sonntage geopfert haben.« Ich spüre ein Gefühl von Erleichterung in mir aufsteigen. So langsam kommt es mir seltsam vor, das Boot mit diesem Typen zu teilen, der mein Vater sein könnte.

»Nein, kommen Sie nächste Woche ruhig wieder.«

»Sie meinen …«

»Ich muss nur für heute Schluss machen.«

Eine tiefe Falte gräbt sich in die Stirn des Seglers, während er wieder den Steg ansteuert, und ich habe den Eindruck, dass er etwas sagen will. Aber die Ruderschwestern beobachten uns unentwegt, und zurück an Land trennen wir uns wortlos. Mein Rücken verkrampft sich unter ihren Blicken, Unbehagen läuft an meiner Wirbelsäule entlang. Vielleicht sind es ja tatsächlich seine Töchter. Die von ihrem Vater getrennt wurden, als sie noch ganz klein waren, und ihn seither verfolgen, weil sie ihn vermissen – so wie Shanthi und ich unseren Vater vermisst haben. Vielleicht überlegen sie, wie sie mich beseitigen können. Am anderen Ende des Hafens drehe ich mich noch einmal nach meinem Segler um, der nach wie vor am Anleger steht und auf das Wasser starrt.

»Anjali, wo bist du?«

»Ich bin zu Hause, Mum.«

Eigentlich braucht meine Mutter kein Telefon. Sie könnte sich auch einfach aus dem Fenster lehnen und in genau dieser Lautstärke reden.

»Warum kommst du nicht zum Essen? Es steht fertig auf dem Tisch.«

»Aber ich habe dir doch gesagt, dass ich heute nicht komme, Mum.« Schuldgefühle kriechen mir in die Glieder. Der Gedanke an das vergeudete Essen drückt mich tiefer in das Kunstledersofa. Andererseits wusste sie, dass ich nicht mitessen würde. Zu dem Schuldgefühl gesellt sich Verärgerung, zwei alte Bekannte, die sich gut verstehen. Ich senke meine Nase in den kleinen Irisstrauß, den ich in der Hand halte, und atme tief ein.

»Warum kommst du nicht?«

Die Leere in meinem Wohnzimmer ist ohrenbetäubend – jedes einzelne Möbelstück scheint auf die Stelle zu deuten, an der der Plasmabildschirm gehangen hat. Er ist viel zu groß, habe ich Jack damals gesagt. Und das ist er immer noch. »Ich hab's dir doch erklärt, Mum. Ich bin einfach zu müde.«

»Warum bist du so müde?«

Die Gespräche mit meiner Mutter ähneln von Mal zu Mal mehr den Unterhaltungen, die ich mit Claras drei Jahre altem Patenkind führe. Außer dass Mum das mit den Warum-Fragen deutlich besser raushat.

»Ich habe …« Mein Blick schweift durch das Zimmer und bleibt an der Stelle hängen, wo die Espressomaschine gestanden hat, weil die Küche zu klein für sie war, und wandert dann hinüber zum Kaminsims, der ohne die Elefanten trostlos wirkt. Meine Mutter und meine Schwester sehen mich aus ihren Eichenholzrahmen an. Jetzt, da die Elefanten und Jacks Bilder weg sind, ist es fast unmöglich, ihren dunklen Augen auszuweichen.

»Anjali?«

Mums schrille Stimme holt mich zurück zu unserem Telefonat.

»Ich lerne jetzt Segeln.« Eine andere Ausrede fällt mir beim besten Willen nicht ein.

»Du lernst Segeln?«

»Ja. Am Hafen. Sonntags.«

Ich schließe die Augen und wappne mich für das Kreuzverhör.

Stille.

Ich öffne die Augen wieder.

»Mum?«

Stille.

Ich sehe wieder zu den Fotos auf dem Kaminsims und frage mich, warum ich keines von meinem Vater habe. Ich denke an Mums Wohnung und wie wenig auch dort an ihn erinnert. Der einzige Schmuck sind die Buddhas, die sich über die Jahre dort eingeschlichen haben, und diverser Deko-Schnickschnack, den Mum auf Flohmärkten gefunden hat. Und trotzdem ist seine Abwesenheit immer noch zu spüren.

Man kann seine Wohnung noch so vollstellen und die Stille übertönen – was wehtut, lässt sich nicht vertreiben.

»Mum? Alles in Ordnung mit dir?« Jetzt fange ich an, mir Sorgen zu machen. Vielleicht hat sie sich tatsächlich aus dem Fenster gelehnt und ist rausgefallen.

»Ich bin hier«, sagte sie nach einer Weile. Dann: »Also kommst du dann nächste Woche?«

Der Sommer hat sich still und leise davongestohlen, auf der Straße spielen die Kinder schon mit winzigen Kastanien, die Ränder der Jahreszeiten verschwimmen von Jahr zu Jahr immer mehr. Eines Tages werden vielleicht gar keine Blätter mehr fallen, und die zurückhaltenderen Blumen werden erst gar nicht mehr blühen. Ich streiche über die blauen Blütenblätter der Iris, über die feinen Adern, die aus dem kurzen gelben Mittelstreifen entspringen. Ich war seit Wochen nicht mehr bei Mum. Ich kann ihr kaum übel nehmen, dass ihre Stimme schrill klingt.

»Nächsten Sonntag«, verspreche ich.

Am folgenden Sonntag findet ein Segelausflug zu den Scilly-Inseln statt, sodass der Club so gut wie verlassen ist. Möglicherweise sind die Ruderinnen mitgefahren, denn von ihnen fehlt jede Spur. Die Jolle des Seglers scheint beschwingter durchs Wasser zu gleiten, es lässt sich viel leichter atmen. Nur meine Segelkünste machen keinerlei Fortschritte.

»Wieso sind Sie nicht auch zu den Scilly-Inseln gefahren?«, frage ich den Segler am Schluss. Das Boot ist schon festgemacht, und ich warte darauf, dass ich an Land springen kann. Aber er rührt sich nicht.

»Arbeit«, sagt er.

»Ah, okay. Dann haben Sie gerade ein dringendes Projekt oder etwas in der Art?« Small Talk ist nicht gerade seine

Stärke, aber Mum hat immer gesagt, dass Dad auch eher einer von der stillen Sorte war. Vielleicht sollte man seine Lebensgeschichte einfach in Comic Sans ausdrucken, damit sie die Leute zu Hause in Ruhe bei einem Glas Whisky lesen können.

»Nein, nur das Übliche«, sagt er.

»Ah, okay.« Ich rappele mich auf.

»Wollen Sie mit zu mir?«, fragt er.

Erschrocken sehe ich ihn an.

Es ist später Nachmittag. In zwei Stunden muss ich bei Mum sein. Aber genau genommen wünsche ich mir nichts sehnlicher, als mich hinzulegen. Ich habe das Gefühl, seit Wochen nicht mehr geschlafen zu haben. Und der Gedanke, den Segler nach Hause zu begleiten, macht mir Angst. Solange wir auf dem Boot sind, dient uns das Segeln als Ablenkung. Ich weiß nicht, wo wir ohne Pinne landen würden.

»Ich habe eigentlich noch etwas vor«, lüge ich.

Der Segler richtet seine grauen Augen mit den dunklen Wimpern auf mich. Tatsache ist, dass er, genau wie mein Vater, auffällig schöne Augen hat. Sie haben etwas Hundeartiges, am liebsten will man die Hand ausstrecken, um ihm den Nacken zu streicheln und ihn hinter den Ohren zu kraulen.

»Und Sie haben doch bestimmt noch zu tun«, stelle ich fest. »Müssen Sie sich nicht im Club nützlich machen?«

In diesem Moment kommt Barbarossa aus dem Schuppen und schließt seinen Toyota auf. Er zwinkert mir zu, und mir kommt der Gedanke, dass er mich womöglich für eine Art Seemannsschlampe hält. Ich schenke ihm ein Lächeln und nicke ihm zu, um ihn wissen zu lassen, dass ich die Schwimmweste immer anbehalte. Barbarossa setzt sich ins Auto und fährt davon.

»Nicht unbedingt.« Der Segler zuckt die breiten Schultern. »Heute ist es ja ruhig.«

Schiefergraue Wolken rücken näher und verdunkeln den Himmel. Die ersten Regentropfen fallen, laut Vorhersage soll der Regen noch stärker werden. Der Hafen ist menschenleer, außer uns sind hier nur noch Enten und Schwäne und Möwen. Keine Segler auf dem Wasser und keine Spaziergänger am Ufer.

»Wir sollten dann mal los.« Ich versuche wieder aufzustehen.

»Bleib doch. Bitte«, sagt der Segler. Ich sehe in seine traurigen, schönen Augen und setze mich wieder hin.

Dieser Mann spricht wirklich kaum ein Wort. Und doch scheint er über etwas reden zu wollen. Dieses Bedürfnis fühle ich so deutlich auf der Haut wie die Regentropfen.

»Woran denken Sie gerade?«, frage ich schließlich.

Der Segler schaut mich überrascht an, als hätte er vergessen, dass ich in seinem Boot sitze.

»Ich war mal verheiratet«, sagt er.

»Oh.« Das ist nicht ganz, was ich erwartet hatte. »Was ist passiert?«

»Sie hat mich verlassen«, antwortet der Segler. »Sie meinte, ich müsse lockerer werden.«

Ich habe so eine Ahnung, was sie damit meinte. Ich will gerade fragen, ob er Kinder hat – Töchter, die rudern? –, als er sagt: »Und weißt du was? Sie hatte recht. Sieh mich doch nur an.«

Ich sehe ihn an. »In meinen Augen scheint alles in Ordnung zu sein mit Ihnen. Die Firma, die Wohnung. Schönes Auto. Mercedes, sagten Sie?«

»Und warum bin ich dann nur von Leere umgeben?«

»Vielen Dank auch.«

»So habe ich es nicht gemeint.« Er mustert mich und artikuliert seine Worte sehr sorgfältig. »Du bist vielleicht das Beste, das mir je passiert ist.«

»Wieso?«

»Na, man muss dich doch nur ansehen. Du steckst so voller Leben. Du überlegst dir, Segeln zu lernen, und gehst einfach in den nächsten Segelclub und fängst an.«

»Kann mir aber die Stunden nicht leisten und schnorre Unterricht bei Ihnen.«

»Und du hast Humor!«

»Aber keinen Schimmer von Windenergiepotenzial.«

»So witzig!«

»Und einen desaströsen Mangel an Verständnis, wie ein Kompass funktioniert.«

»Genial!«

Ich finde es zunehmend beunruhigend, wie sehr sich der Segler für meine fehlenden Talente begeistert.

»Weißt du, als ich sie kennengelernt habe, meine Ex, meine ich, war das hier alles, was ich wollte.« Er sieht auf das Wasser hinaus. »Segeln war mein Leben. Dann habe ich mich nur noch ums Geld gekümmert. Und jetzt sieh, was aus mir geworden ist. Ich bin mehr in Konferenzräumen zu Hause als in einem …«

»Schanzkleid?«, schlage ich vor.

Er blinzelt. Ich blinzele auch. Ehrlich gesagt habe ich nicht die leiseste Ahnung, was ein Schanzkleid ist, außer dass es in *Moby Dick* vorkommt.

»Ich sag Ihnen was.« Ich versuche, die Unterhaltung voranzutreiben. »Segeln ist doch immer noch Ihr Leben. Nur weil Sie das nicht vierundzwanzig Stunden am Tag machen, heißt das ja noch lange nicht, dass es weniger Bedeutung für Sie hat.«

»Ich wollte bei der Olympiade mitsegeln«, sagt er.

»Haben Sie es versucht?«

Er schüttelt den Kopf. »Meine Eltern wollten, dass ich damit aufhöre. Sie fanden, das sei nicht sicher genug. Sie hatten einmal eine Werft, haben dann aber alles verloren. Sie wollten nicht, dass mir das Gleiche passiert. Eine ganze Weile dachte ich, dass alles gut ist, wie es ist. Aber in letzter Zeit … Ich glaube, dass ich das alles nur für sie getan habe. Und jetzt weiß ich nicht mehr weiter.« Er blickt nach oben. Es regnet jetzt ziemlich heftig, und seine hellblaue Regenjacke wird zusehends dunkler. Er sieht mich an. »Offen gestanden, habe ich irgendwie die Orientierung verloren.«

Sein Geständnis empfinde ich als ermutigend – ich bin offenbar nicht die Einzige. Ich betrachte den regennassen, menschenleeren Hafen und stelle mir all die Leute vor, die jetzt gerade zu Hause oder in Büros, Bars, Büchereien oder Indoorspielplätzen sitzen und sich mit Dingen abmühen, die sich jemand anders für sie ausgedacht hat. Wie viele von uns verbringen ihr Leben wohl damit, die Erwartungen ihrer Eltern zu erfüllen?

Ich denke an den Architekten, der sich die Nächte um die Ohren schlägt, um eines Tages mit seiner Mutter nach San Francisco fahren zu können. Ich denke daran, wie ich jeden Sonntag hierherkomme, um den Traum meines toten Vaters zu erfüllen. Ich denke an das Diplom meiner Schwester, das an der Wand hängt und längst völlig verstaubt wäre, wenn Mum es nicht unablässig wienern würde. Ich denke daran, wie meine Schwester als kleines, fünfjähriges Mädchen auf dem Boden hockte und mit dem Finger die Kreise auf dem Teppich nachzeichnete. *Wie kommt es, dass du einsam bist, Anjali?* Die Frage des Saxofonisten hallt durch meine Gedanken. Ich denke an all die verpassten Anrufe von Mum, daran, wie selten ich sie besuche, wie ich mich die letzten Male bei ihr immer an den Tag erinnert fühlte, an dem ich ausgezogen bin.

»Wissen Sie«, sage ich, »Sie sind nicht der Einzige, der gerade nicht weiß, wo es langgeht.«

»Du auch?«, fragt er.

»Was glauben Sie, warum ich hier bin?«

»Ich weiß es nicht, vielleicht hast du mit deinem Freund Schluss gemacht?«

Eigenartig. Ich merke, dass ich zum ersten Mal seit langer Zeit nicht an Jack gedacht habe. In letzter Zeit habe ich immer nur an meine Familie gedacht.

Es schüttet weiter. Ich nehme die feuchten Hände des Seglers in meine. Sie sind groß und warm und väterlich. Wären sie nicht so hell und die Finger nicht so lang, wäre unsere Vater-Tochter-Beziehung schon geritzt. »Sie haben einfach eine Midlife-Crisis, wissen Sie«, lasse ich ihn wissen.

»Meinst du?«

»Yep.« Ich lehne mich gegen seine Schulter, es fühlt sich gut an, wie unsere nassen Köpfe aneinanderliegen.

»Und was ist es dann bei dir?«, fragt er mich.

»Eine Viertel-vor-Midlife-Crisis. Das ist jetzt der letzte Schrei.«

Er dreht mein Gesicht zu sich und küsst mich. Für eine akute Midlife-Crisis ist der Kuss gar nicht so übel, erstaunlich entschlossen. Dennoch trifft er mich irgendwie unvorbereitet.

»Schlaf mit mir«, sagt er, als ich mich von ihm löse.

»Was?«

»Ich möchte deine Energie einfangen.«

»Ich bin aber nicht der Wind.«

»Schlaf mit mir.«

Einen Moment lang denke ich ernsthaft darüber nach. Er strahlt eine gewisse Autorität aus. Und wenn ich es recht bedenke, hätte ich vielleicht gar nichts dagegen, eine Seemannsschlampe zu sein (das macht dann £ 425 Grundpauschale plus psychologische Beratung an Bord). Vielleicht fühle ich in diesen Augenblicken aber auch eine Verbundenheit mit dem Segler, die ich nicht für möglich gehalten hätte. Er bietet mir einen Ausweg an, nicht nur den Platz an der Pinne. Einen neuen Weg aus meinem Labyrinth der Verlorenheit. Aber dann fällt mir wieder der verletzte Blick des Architekten ein, als er an meiner Wohnungstür stand, ich spüre wieder die Kälte, die mich überkam, als der Saxofonist seine Arme sinken ließ.

Doch das ist es nicht, was ich jetzt brauche, auch wenn mir nicht klar ist, was genau es ist, sosehr ich auch bei Sex und Saxofonen und Segelbooten danach gesucht habe.

Hinzu kommt, dass Sex auf einer Jolle komplizierter werden könnte, als man denken sollte. Mal ganz abgesehen von der vagen Möglichkeit, dass der Segler mein Vater ist.

»Danke, aber ich habe im Moment keinen Bedarf«, antworte ich leicht verlegen, »sexmäßig, meine ich.«

Der Segler sackt in sich zusammen. Der Regen hat sein kastanienbraunes Haar flach gedrückt. »Ich habe niemandem etwas zu bieten«, seufzt er.

»Doch, aber ja«, beeile ich mich zu widersprechen.

»Ich schaffe es einfach nicht, jemanden für mich zu gewinnen.«

»Natürlich schaffen Sie das!« So allmählich klinge ich wie eine Coverband für *A Tribe Called Quest – Can I kick it? – Yes, you can.*

»Ich wollte so gern, dass du mich magst.«

»Aber ich mag Sie doch.«

Was dann passiert, kann ich nicht genau sagen. Ich stehe auf, und er steht auf, und ich strecke meine Hand aus, um ihn irgendwie zu trösten, gleichzeitig denke ich aber auch, dass die Sache in ein richtiges Unwetter ausartet und wir langsam zusehen sollten, das Ufer zu erreichen, und mir ist schleierhaft, wie es dazu kommen konnte, es sei denn, er wollte mich umbringen, aber warum sollte Daddy mich umbringen wollen? Tatsache ist jedenfalls, dass mein Kopf irgendwie auf den Großbaum trifft und ich merke, wie ich über Bord gehe. Das Ganze läuft in einer Art Slow Motion ab – der Himmel und der Segelclub und zwei herannahende Gestalten drehen sich in Zeitlupe zur Seite, während mein Körper zunächst die Oberfläche des Wassers berührt, um dann wie ein Lot in die eiskalten Tiefen zu stürzen.

Als ich durch das trübe Wasser gleite, umtanzen mich flüchtige Schatten von Dahlien, Lavendel, Rosen und Iris. Dann sehe ich meine Schwester vor mir, wie sie als Kind in unserem Zimmer sitzt, den Kopf zwischen den Händen.

Das ist mein Tod. Und wahrscheinlich habe ich ihn verdient.

Glücklicherweise – darauf habe ich ja auch schon Barbarossa aufmerksam gemacht – habe ich zur Not immer noch meine Schwimmweste.

Die mich wieder an die Oberfläche drückt.

»Nimm meine Hand«, ruft der Segler. Die herannahenden Gestalten sind jetzt näher gekommen, aber es sind keine Spaziergänger. Es sind die Ruderinnen, die doch nicht auf den Scilly-Inseln sind, sondern in ihren glänzenden schwarzen Anoraks hier am Ufer stehen und deren Miene unschlüssig zwischen Belustigung und Neugier schwankt.

»Jetzt!«, schreit der Segler, knallpink im Gesicht, und streckt seinen Arm aus.

Wie bei da Vinci berühren sich unsere Finger beinahe, dann verschränken sie sich ineinander. Ich fühle, wie etwas in meiner Schulter reißt, als er mich hochzieht und ich unbeholfen zurück ins Boot glitsche.

Die Ruderinnen nicken. Sie sind nicht älter als zwanzig, doch sie wirken so abgeklärt, wie ich es wohl nie sein werde. Ihre dunklen Augen durchbohren mich. Ist der Segler wirklich ihr Vater? War das von Anfang an so geplant? Wollten sie mich alle zusammen umbringen?

Ein brennender Schmerz durchzieht meine Schulter.

»Tut mir leid.« Der Segler sieht mich fassungslos an. »Ich weiß gar nicht …«

»Schon okay«, sage ich. »Ich war sowieso schon klatschnass.«

Der Regen hat aufgehört oder ist zumindest nicht mehr als ein leichtes Nieseln auf unseren Gesichtern.

Ich greife nach meiner Tasche. »Das war toll«, sage ich so munter wie möglich. »Wir sehen uns.«

»Nächsten Sonntag?«, fragt der Segler.

»Oh, nein, ab nächster Woche muss ich wieder sonntags arbeiten.«

»Samstag?«

»Wenn ich dran bin, geht meine Schicht immer das komplette Wochenende.«

»Du kommst doch wieder, oder?«

Tropfnass klettere ich auf den Anleger. Es tut gut, wieder festen Boden unter den Füßen zu haben. Auf dem Wasser ist alles ständig in Bewegung, Boote haben so etwas Unberechenbares.

»Alles wird gut«, sage ich zu ihm.

»Meinst du?« Seine Stimme versagt, und sein Kiefer wirkt plötzlich angespannt.

Ich bleibe stehen. Was auch immer passiert, ich kann nicht zulassen, dass dieser Mann jetzt weint.

»Ja, ganz bestimmt.« Ich spreche etwas lauter – so zuversichtlich habe ich in meinem ganzen Leben noch nicht geklungen. »Außerdem haben Sie doch noch Zeit, all das nachzuholen, was Sie gern tun wollen. Dafür ist immer Zeit.« Ich befreie mich von meiner Schwimmweste und lege sie auf den Steg. Ich hänge mir meine nasse Tasche über die brennende Schulter, das viele Wasser zieht sie nach unten. Ich wringe Wasser aus meinem Hoodie.

»Meinst du?«, fragt er.

»Ja, sicher. Sie müssen einfach nur anfangen. Alles wird gut«, wiederhole ich. »Das weiß ich.«

»Lass uns wieder einmal segeln«, sagt er.

Ich zögere. Der Zusammenstoß mit dem Großbaum scheint sich auf mein Denkvermögen auszuwirken. Aber ich weiß, dass es etwas anderes ist, wonach ich suche, auch wenn ich keine Ahnung habe, was das sein soll.

»Nein.« Ich schüttele den Kopf. »Ich muss meinen eigenen Weg finden. Außerdem kann ich gar nicht segeln.«

Der Segler schweigt. Dann sagt er: »Danke.«

Ich tippe zum Abschied an einen imaginären Hut. »Bis die Tage.«

Mit leicht betäubtem Gesichtsausdruck setzt er sich in sein Boot. Ich sehe hinüber zur Segelschule, die immer noch verlassen ist, die Boote bilden eine stumme, orange Reihe. Dann drehe ich mich zu den Ruderinnen in ihren atemberaubenden schwarzen Anzügen um, die mich nicht einen Sonntag aus den Augen gelassen haben. Höchste Zeit, mich meinen Dämonen zu stellen.

»Kann ich euch helfen?«, frage ich.

Überrascht sehen sie mich an. Dann macht die größere

einen Schritt auf mich zu. Sie überragt mich um einiges, und ich sehe nur noch schwarzes Haar und Elfenbeinhaut.

»Wir haben zu wenig Leute. Wir sind auf der Suche nach Verstärkung.« Sie spricht einen erstaunlich breiten West-Country-Dialekt.

»Verstärkung?«

Sie nickt. »Für unser Ruderteam.« Ihre Schwester tritt enthusiastisch an ihre Seite.

Verblüfft blicke ich von der einen zur anderen und versuche, die Situation zu erfassen.

»Aber ich bin noch nie gerudert«, erkläre ich.

»Du siehst aus, als könntest du einiges aushalten«, sagt die Größere.

»Du hast so etwas Resolutes«, drängt Nummer zwei.

Ich blinzele.

»Also – was sagst du?«, fragen beide wie aus einem Mund. Aus der Nähe gesehen bedeckt ihr Make-up ihre Akne mehr schlecht als recht, und der Haaransatz lässt ein verräterisches Hellbraun erkennen. Ihre wasserfesten Jacken und Hosen kenne ich doch irgendwoher – bei *Tesco* gibt es jede Menge davon. Erwartungsvoll lächeln sie mich an, wie Kinder. Ich glaube nicht, dass sie zum Segler gehören. Mir wird ein wenig schwindelig, vielleicht das Anzeichen für eine Gehirnerschütterung.

Ich antworte nicht gleich. »Ich fühle mich geschmeichelt. Das ist wirklich echt nett von euch. Aber wisst ihr, Rudern ist wirklich nicht das, wovon ich träume.« Sie reagieren synchron mit einer Geste, die wohl Verständnis signalisieren soll.

Ich mache mich auf den Rückweg, den Hafen entlang. Meine nassen Turnschuhe quietschen bei jedem Schritt.

So wie ich bin, mit nassen Haaren und Kleidern und schmerzender Schulter, treffe ich bei Mum ein. Bei dem Gedanken an das Verhör, das mir zweifellos bevorsteht, möchte ich am liebsten einen Rückzieher machen und nach Hause gehen, aber meine Wohnung ertrage ich von Tag zu Tag weniger. Ich verstehe nicht, wie das kommt. Sollte es mit der Zeit nicht leichter werden? Das sagen zumindest alle, wenn ich erzähle, dass Jack und ich uns getrennt haben. Außerdem liegen inzwischen drei verschiedene Männer zwischen uns. Man sollte doch meinen, dass das einen Unterschied macht.

»Du hast dich also durchgerungen, uns mal wieder ein bisschen Zeit zu opfern, anstatt dich herumzutreiben?«, kreischt sie los, sobald ich die Tür aufschließe.

»Bitte, Mum.« Todmüde wie ich bin, steuere ich, ohne ihr einen Begrüßungskuss zu geben, gleich das Wohnzimmer an und lasse mich auf die Couch fallen. Ordie versucht auf meinen Schoss zu springen, aber ihre altersschwachen Beine schaffen es nicht. Ich beuge mich hinunter, nehme sie hoch und vergrabe die Nase in ihr Fell. Sie hat an Gewicht verloren, ich kann ihre kleinen Rippen fühlen.

»Warum bist du so nass?«, fragt Mum. »Und was ist das da in deinem Gesicht?«

»Was?« Ich fasse an meine Stirn und stelle fest, dass sich an der Stelle, wo mich der Großbaum getroffen hat, eine Beule bildet. »Oh. Ich bin aus dem Boot gefallen.«

»Du bist aus dem Boot gefallen?« Wenn ich bloß wüsste, weshalb Mum immer alles wiederholen muss.

»Ja, und bevor du anfängst, dich aufzuregen – ich werde nicht wieder segeln. Wo ist Shanthi?«

»Sie hat sich hingelegt.«

Ich warte ergeben auf das nun unweigerlich folgende Klagelied und bereue jetzt schon zutiefst, gekommen zu sein. Doch das Jammern bleibt aus. Stattdessen merke ich zu meiner Überraschung, wie sich das Kissen bewegt und Mum sich auf der Armlehne des Sofas niederlässt. Sie berührt meine wunde Schulter. Es fühlt sich gut an.

»Dein Vater wollte immer segeln.«

»Ich weiß.«

»Er liebte es, nachts den Fischern zuzusehen«, sagte sie. »In Sri Lanka. Immer wenn er nicht schlafen konnte, ging er zum Strand und hat sie aus der Ferne beobachtet. Deswegen war ich auch immer wach, weil ich auf ihn gewartet habe.«

Ich bleibe stumm. Das hat Mum mir noch nie erzählt.

»Ich habe mir Sorgen gemacht, ich wachte auf und wusste nicht, wo er war.« Ich kann spüren, wie sie lächelt. »Aber er ist immer zurückgekommen.«

Ihre Stimme verliert sich.

Ich denke an die letzten Wochen mit dem Segler und dass es schön war, mich Dad auf diese Weise ein wenig näher zu fühlen. Auch wenn das nur in meiner Vorstellung war. »Ich war nicht besonders gut im Segeln, Mum.«

Sie beugt sich zu mir hinunter und küsst mich auf den Scheitel. »Er hätte gesagt, dass das keine Rolle spielt, *duwa*.«

Wir bleiben eine Zeit lang, wo wir sind, Mum hält meine Schulter, und ich halte Ordie. Diesen Augenblick würde ich gern auf einem Foto festhalten.

Nachdem ich geduscht und gegessen habe, gehe ich zu Shanthi ins Zimmer. Sie schläft auf ihrem Bett.

Auf dem Fenstersims steht eine neue Keramikvase. Zu meiner Freude gucken leuchtend gelbe Iris über ihren Rand. Ich bücke mich und atme ihren erdigen Duft ein. Ob sich meine Schwester noch an die Geschichte erinnert, die ich ihr über diese Blume erzählt habe, dass sie nach der Göttin des Regenbogens benannt ist? Ich sehe noch, wie Shanthi in ihren fleckigen, ausgefransten Jeans im Schneidersitz und mit geschlossenen Augen auf der braunen Couch sitzt und zuhört, wie ich ihr von Iris und ihrem Regenbogen erzähle, von der Brücke zwischen Himmel und Erde.

Jetzt liegt sie eingerollt auf ihrer Bettdecke. Die Mulde zwischen ihren Schulterblättern ist tiefer geworden – ein Schauer von Besorgnis läuft mir über den Rücken. Würde ich sie berühren, könnte ich wahrscheinlich ihre Rippen fühlen, wie bei Ordie. Ihr Gesicht ist in die Kissen gedrückt, ihr Haar hat sich wie ein Fächer um ihren Kopf verteilt. Dicke, unbändige Locken, wie bei Dad, wie bei mir. Wir hatten alle drei damit zu kämpfen. Für mich teilt sich meine Lebenszeit in zwei Phasen: die vor der Benutzung eines Glätteisens und die danach. Als wir noch Teenager waren, habe ich einmal versucht, Shanthis Haare glatt zu föhnen, aber hinterher sahen sie nicht richtig aus. Sie hat die Angewohnheit, sich Bleistifte oder Malstifte in ihre Locken zu stecken, und ohne Locken war sie einfach nicht sie selbst.

Auf ihrem Handrücken entdecke ich eine winzige Spur dunkelblauer Farbe. Irgendwo in meinem Kopf hält sich hartnäckig dieses Bild versteckt, wie sie als Kind in einem zu großen Pullover auf dem Boden sitzt und die roten Kreise auf dem Teppich nachfährt.

In dem Jahr, in dem sie ihr Diplom machte, wurde sie krank. Es war das Jahr, in dem ich Jack kennenlernte. Die Krankheit griff ihre Psyche an, nicht ihren Körper, obwohl sie auch viel Gewicht verlor und das Kettenrauchen ihren Bronchien nicht guttat. Ich hatte gerade mein erstes Jahr an der Uni hinter mir, und wann immer ich von Freunden zurückkam, fand ich meine Schwester in unserem Zimmer, als hätte sie es tagelang nicht mehr verlassen. Erst eine Packung Zigaretten, dann eine zweite, eine dritte, während die Kippen sich auf Untertellern türmten und über die Ränder auf den Teppich fielen. Meine Schwester stand neben dem Schlangenparavent oder am Fenster. Ihre Wangen fielen zunehmend ein, und von ihrer Kleidung, die sie nicht mehr wechselte, ging ein muffiger Geruch aus. Sie fing an, seltsame Sachen zu mir zu sagen.

Wir werden beobachtet, Anjali.

»Was ist mit ihr?«, fragte ich Mum. Mein Kopf und mein Herz pochten vor Angst, und ich hoffte inständig, dass sie eine Antwort hatte, mit der sich dieser Spuk in Luft auflösen würde. Aber sie hatte keine Antwort.

Die seltsamen Worte begannen zu wuchern. Die winzigen roten Äderchen in den Augen meiner Mutter nahmen zu. Ich begann, unser Zuhause zu meiden, und übernachtete bei Freunden, weil ich es nicht ertrug, neben meiner Schwester zu schlafen. Am frühen Morgen stahl ich mich zurück in die Wohnung, suchte auf Zehenspitzen meine Sachen zusammen und ging in den Laden, während der Tee, den Mum für mich gemacht hatte, auf der Küchentheke kalt wurde.

Als es Shanthi endlich wieder besser ging, war ich ausgezogen. Vielleicht hatten sich die Abgründe zwischen uns damals schon aufgetan, vielleicht war der Abstand zwischen uns damals schon unüberbrückbar. Schwer zu glauben, dass es Zeiten gab, als ich mit Föhn und Bürste hinter meiner Schwester stand und mich über ihren ungläubigen Gesichtsausdruck amüsierte, während ihre Locken immer glatter wurden.

Shanthi bewegt sich im Schlaf und dreht sich auf die andere Seite. Ich nehme die blaue Decke vom Fußende ihres Betts und falte sie auseinander. Mit klopfendem Herzen lege ich sie über ihren schmalen Körper und irgendwie auch über diese Erinnerungen.

Ich kann jetzt nicht über die Vergangenheit grübeln.

Leise lege ich mich in mein eigenes Bett. Die Schlangen auf der Trennwand erwidern meinen Blick und schlagen mit den Schwanzspitzen. Ein Bild, das Shanthi einmal in der Schule gemalt hat, fällt mir ein: graue Schlangen auf kohleschwarzem Hintergrund, deren dicke Körper sich zu einer aschfarbenen Wolke verknäulen. Ich schließe die Augen, aber das Bild geht nicht weg. Ich ziehe die Decke über mich und konzentriere mich auf den regelmäßigen, tiefen Atem meiner Schwester, bis auch mein Atem ruhiger wird. Wie viele Stunden habe ich in diesem Bett gelegen und meiner Schwester beim Atmen zugehört. Bis ihr gleichmäßiger Atem durch den von Jack ersetzt wurde.

Es hat sich so seltsam angefühlt in der letzten Zeit – allein zu schlafen. Ich habe Geräusche viel deutlicher wahrgenommen, als wenn sie von der Anwesenheit einer anderen Person gedämpft werden: das Ächzen eines Heizkörpers, das Rascheln eines Baums, die Rotkehlchen am frühen Morgen.

Meine Augenlider fallen zu, das Bild der Schlangen verblasst allmählich. Mit einem Hauch von *Benson & Hedges* und einer Andeutung von Iris in der Nase finde ich zum ersten Mal seit vielen Tagen in den Schlaf.

Am nächsten Morgen brauche ich eine Weile, bevor ich weiß, wo ich bin. Noch ehe ich die Augen öffne, registriere ich, dass das Licht in einem anderen Winkel hereinfällt, und kann mit der Hand den Bettrand fühlen, obwohl ich eine Doppelmatratze gewöhnt bin. In meiner Schulter spüre ich einen dumpfen Schmerz. Vor meinen noch geschlossenen Augen tauchen Momentaufnahmen von gestern auf. Der Schock, ins Hafenwasser zu fallen, der mühsame Kampf zurück in die Jolle. Die Niedergeschlagenheit, die im dichten Wimpernkranz des Seglers lag, seine schmale, gerade Nase, seine dünnen Lippen. Der letzte Blick zurück, wie er durchnässt im Boot hockte und dennoch wirkte, als käme so etwas wie Frieden über ihn. Er ist nicht mein Vater. Und er steckt auch nicht für den Rest seiner Tage in der Falle. Vielleicht öffnet er genau wie ich in diesem Moment die Augen, sieht sich blinzelnd in seiner blitzsauberen Wohnung um und ist bereit, die zweite Hälfte seines Lebens in Angriff zu nehmen. Und vielleicht ist es an der Zeit, dass auch ich mir überlege, wonach ich eigentlich suche.

Mum wird schon zu *Tesco* gegangen sein, sie hat Frühschicht. Ich muss auch bald zum Laden aufbrechen, aber ich habe noch Zeit, mit meiner Schwester einen Kaffee zu trinken. Ob wir miteinander reden können, ich meine, richtig reden? Ob es uns gelingt, einander wieder zu vertrauen?

Ich setze mich auf und spähe um den Paravent herum. Shanthis Bett ist leer. Auf der Kommode liegt ein Zettel mit ihrer sorgfältigen Handschrift. *Bin früh los ins Atelier. Wollte dich nicht wecken.*

Die Blumen sind auch nicht mehr da. Nur die graue, von unbekannten Händen geformte Vase steht noch auf dem Fensterbrett.

FÜNF

Aus September wird Oktober, aus Oktober wird November. Kürbisse leuchten vor den Haustüren, der Guy Fawkes Day badet den Himmel in Feuerwerk, rote und goldene Blätter fallen. Die Irisblüten welken, die Rosen blühen unbeirrt weiter, unser ganzer Laden versinkt in roten Weihnachtssternen. Mitte November geben wir unseren Widerstand auf – Lichterketten schmücken die Schaufenster, und Silberlametta ziert die Blumen. Ich hänge einen Mistelzweig über die Tür und bewundere die prallen Beeren, die wie kleine weiße Himmelskörper dicht an dicht über mir schweben. Irgendwie vergeht ein Tag nach dem anderen. Nicht mehr lang, und auch der November wird Geschichte sein, und wir müssen uns Weihnachten stellen.

Die Sache mit Jack tut nicht mehr ganz so weh. In manchen Momenten glaube ich fast, dass ich über ihn hinweg bin, obwohl seine Abwesenheit immer noch sehr real ist, wenn ich nachts die Augen schließe. Doch die Begegnung mit dem Segler hat mich auch auf andere Menschen aufmerksam gemacht, die in meinem Leben fehlen. Die Lücke, die mein Vater früher gefüllt hat. Der Platz am Esstisch, der so oft leer bleibt, wenn ich mich zwinge, sonntags Mum zu besuchen. Meine Schwester ist kaum noch da. Wenigstens an Weihnachten kann sie sich nicht drücken, auch wenn ich ihr das eigentlich lieber nicht wünsche. Mum ist nämlich jetzt schon ganz aufgeregt, dass wir dann ausnahmsweise einmal zu dritt sein könnten, und sammelt genügend Energie für neue Kreuzverhöre. Ich bin nicht sicher, ob ich das durchstehe.

»Wie findest du es?«, rufe ich Clara zu – ich bin mit dem Mistelzweig fertig.

Aus dem hinteren Teil des Ladens späht sie in Richtung Tür, wischt sich die Hände an ihrer gelben Schürze ab und deutet mit dem Daumen nach oben.

In dem Augenblick, in dem ich von der Trittleiter steigen will, geht die Tür auf. Sicherheit am Arbeitsplatz ist ein schwieriges Thema, außerdem neige ich zu unfallträchtigen Aktionen, wie mein letztes Zusammentreffen mit dem Segler anschaulich gezeigt hat. Ich vollführe einen eher unglücklichen Sprung von der Leiter, um von der Tür wegzukommen, und es gelingt mir, in den Armen des Kunden zu landen, der eben hereinkommt.

Genau unter dem Mistelzweig.

»Hi«, sagt er.

O Gott, und natürlich ist es ein Mann. Ein Mann mit starken Armen, mindestens eins achtzig groß, und einem freundlichen Lächeln im Gesicht.

»Ernie!« Clara hat die Blumen fallen gelassen, die sie gerade bindet, und stürzt auf ihn zu. Verlegen mache ich einen Schritt zurück. Sie umarmt ihn. »Du bist zurück!«

Die beiden vertiefen sich augenblicklich in eine angeregte Unterhaltung, während ich mich im Hintergrund halte und überlege, wer der Fremde wohl sein mag. Nachdem sie eine Weile geredet haben, kann ich mir zusammenreimen, dass es sich um Ernest handelt, einen Freund von Claras Familie, der seit Kurzem wieder in Bristol wohnt, nachdem er einige Jahre auf Reisen war. Wenn ich an Reisen denke, denke ich an schicke Bars in aufregenden Städten, vielleicht an Wodkacocktails in Regenbogenfarben mit Lychee-Einlage. Ernie hingegen hat sich, wie ich höre, in die Pampa geschlagen, wo er Häuser, Schulen und Möbel gebaut, Englisch unterrichtet und jungen Leuten handwerkliche Dinge beigebracht hat. Er ist gelernter Ingenieur, aber noch viel mehr als das – Gitarrist, Naturschriftsteller und Träumer, der nichts mehr liebt als die freie Natur, einen selbst gemachten Grill und den Geruch von kokelndem Brennholz, wenn er sich mit Märchen und Geschichten mischt.

Wenn man genau hinschaut, kann man ihm all das tatsächlich ansehen. Ich weiß nicht, wie, aber man sieht es.

»Wir kennen uns noch nicht.« Er unterbricht den Austausch von Neuigkeiten mit Clara und dreht sich mit strahlendem Gesicht zu mir. Er steht immer noch unter dem Mistelzweig. Ich finde die Situation leicht verstörend. Nach der Seglergeschichte bin ich finster entschlossen, fürs Erste einen großen Bogen um alles Männliche zu machen.

Andererseits kann ich hier nicht ewig stocksteif stehen bleiben.

»Anjali«, sage ich und strecke meine Hand aus.

»An-ja-li.« Er spricht meinen Namen nicht, er singt ihn. Er nimmt meine Hand und betrachtet die Innenseite. »Starke Linien«, stellt er fest, und wider Willen fühle ich einen gewissen Stolz, dass mein Körper solche Linien vorzuweisen hat. »Wo kommst du her? Deine Familie, meine ich.«

»Sri Lanka«, antworte ich.

Er weiß mehr über Sri Lanka als ich. Wenige Minuten und zwei unbeachtet gebliebene Kunden später bin ich völlig im Bilde über Vipassana-Meditation und die buddhistische Schule des Theravada.

Ich fühle mich erleuchtet, wie Buddha persönlich.

Nein, natürlich nicht wie Buddha, denn der erlangte Erleuchtung, indem er vierzig Tage unter dem Bodhibaum meditiert hatte und daraufhin in der Lage war, seine eigenen vergangenen Leben und die anderer Menschen zu sehen. Er verstand, was Leiden bedeutete. Sein Geist durchdrang das Leben dieser Welt und anderer Planeten und erfasste den Sinn des Lebens.

Während ich nichts weiter tue, als ein interessantes Gespräch zu führen.

»Komm doch mal im Buddhistischen Zentrum vorbei.« Ernie angelt eine zerknitterte Broschüre aus seiner Hosentasche. Wir haben uns in Richtung Ladentheke vorgearbeitet, wo er sie auseinanderfaltet. *Spirituelles Zentrum – Ihr Rückzugsort in Bristol. Den Sinn des Daseins leben – das alltägliche Überwinden des Bewusstseins lernen.*

»Oh, alles klar.« Gebannt starre ich auf die Worte. Ist es das, wonach ich suche? Vielleicht ist Ernie nicht zufällig hier. Vielleicht ist er gekommen, um mir die wahre Antwort auf meine Probleme zu liefern.

»Was meinst du?«

»So etwas habe ich noch nie gemacht.«

»Wenn es dich interessiert, ist das gar kein schlechter Einstieg. Es ist gleich gegenüber. Eine Mittagsveranstaltung. Kein Schweigeseminar oder etwas in der Art.«

»Schweigeseminar?« Ich sehe ihn an.

Er berührt ein feuerrotes Blatt des Dekoweihnachtssterns an der Kasse und lächelt. In der Mitte seines Kinns hat er ein tiefes Grübchen, das ich einigermaßen verwirrend finde. »Hättest du Interesse? Weihnachten wird eines angeboten, soweit ich weiß. Drei Wochen ohne ein einziges Wort.«

Ich schließe die Augen und atme die Vorstellung von Glückseligkeit ein.

»Kennst du ihn gut?«, frage ich Clara später, als Ernie bereits wieder nach draußen in die Kälte verschwunden ist, auf zu neuen Abenteuern, obwohl er nur ein T-Shirt trug.

»Ernie?« Clara hat inzwischen die Kunden bedient, die ich ignoriert habe, und betrachtet nachdenklich einen traurig wirkenden Eukalyptusstrauch. »Oh, schon ewig. Er war immer fester Bestandteil vom Sonntagsbraten.« Sie zupft ein abgestorbenes Blatt ab und mustert es. »Ich meine nicht, dass wir ihn mitgegessen haben – er kam nur oft dazu. Na ja, jedenfalls bis er Vegetarier wurde.«

Eine weitere Kerbe im Pfahl der Vollkommenheit.

Clara sieht mich an.

»Oh, verstehe«, sagt sie. »Dich hat es erwischt.«

»Nein, gar nicht wahr.«

»Ich habe gehört, dass du so getan hast, als wärst du Buddhistin.«

»Ich bin Buddhistin.«

»Und ich der Papst.«

»Meine Mutter.«

»Hä?«

»Meine Mutter kann es dir bestätigen.«

»Ist doch schön für dich.« Clara widmet sich wieder ihrem Eukalyptus. »Ernie ist eine Seele von Mensch. Ich war auch mal ein bisschen in ihn verknallt.«

»Und dann?«

»Man kann nicht einfach so mit ihm vögeln.« Claras Rastalocken fallen über eine Sukkulente. »Er ist nicht der Typ für so was.«

»Was für ein Typ ist er denn?« Vor meinem geistigen Auge sehe ich Ernie in mönchsartiger Robe, wie er alte Sanskrittexte bei (Fairtrade-)Kerzenlicht studiert.

»Einer, der richtig liebt, natürlich.«

Ich interessiere mich lediglich für Meditation. Es hat mich keine Spur erwischt. Ganz ehrlich.

Am darauffolgenden Samstagmittag beschließe ich, dem Buddhistischen Zentrum einen Besuch abzustatten, denn da versammeln sich die ernsthaften Bürger von Bristol zu Meditation und Reflexion. Danach gehen wir wieder hinaus in die Welt und leben unser Leben so meditativ und reflektiert wie möglich. Das kündigt zumindest Ernies Broschüre an, die meine eiskalten Finger umklammert halten, als ich die Gloucester Road in Richtung Zentrum entlanglaufe. Ich bin spät dran. Selber schuld, warum muss ich mich auch zu einer hitzigen Diskussion über Disteln hinreißen lassen (lästiges Unkraut oder unverstandene Schönheit?)? Wie üblich bin ich auf den Wintereinbruch nicht vorbereitet – ich vergesse jedes Mal, wie die Kälte uns physisch attackiert, wie sie ihre scharfen Krallen in unsere Haut schlägt. Laut Wetterbericht soll es nächsten Monat schneien. Ich weiß noch, wie Jack und ich eines Morgens wach wurden und die Welt unter einer weißen Decke lag, wie wir aus einem Pappkarton aus dem Laden einen Schlitten gebastelt haben und dann auf der Suche nach einem Abhang durch den Schneematsch gelaufen sind. Aber das Letzte, was ich jetzt brauche, ist, an Jack zu denken. Ich hasse Schnee.

Und ich bin spät dran.

Aber ich glaube, das sagte ich schon.

Ich stürme in das Gebäude. Mein Spiegelbild in den Fenstern verrät mir, dass mein Haar ein wildes Durcheinander ist (die Wirkung von Glätteisen hält nie lange vor), dass meine Augen rot sind (äquatornahe Gene im Widerstreit mit arktischem Klima) und dass ich in den verschiedenen Schichten Funktions-Outdoorbekleidung leicht aufgepumpt wirke. Bei dem Begriff »Rückzugsort« musste ich irgendwie an Bergwandern denken, und ich kann nur hoffen, dass mehrere Fleecelagen angemessen sind.

Blöd nur, dass alle anderen fließende Kleider oder schlafanzugartige Hosen tragen. Vom Boden des Saals aus sehen sie zu mir auf.

»Willkommen.« Ein Herr in Pyjama, der im Schneidersitz an der Stirnseite sitzt, schenkt mir ein Lächeln. »Setz dich zu uns.«

In meinen schweren Stiefeln stapfe ich zu einem freien Platz auf dem Boden und versuche, mich wenigstens einiger meiner Schichten zu entledigen, wobei ich die Entdeckung mache, dass das lauteste Geräusch der Welt von Reißverschlüssen verursacht wird.

In der Zwischenzeit erklärt der Pyjamamann den Anwesenden, wie man atmet, was sich als komplexer herausstellt, als ich bisher angenommen hatte. Ich suche den Raum nach Ernie ab. Ich fahre leicht zusammen, als ich feststelle, dass er direkt neben mir sitzt. »Hey«, flüstert er.

Ernie hat unterschiedliche Wurzeln, seine Mutter ist Nigerianerin, sein Vater Ire. Seine Haut ist richtig dunkelbraun, viel dunkler als meine. Als er in den Laden kam, war er frisch rasiert, was sein verwirrendes Kinngrübchen zur Geltung brachte. Ich suche danach, aber es versteckt sich unter dunklen Bartstoppeln, in die sich erstes Grau mischt. Sein dichtes, kurz geschorenes Haar ist kohlrabenschwarz mit karamellfarbenen Einsprengseln. Und auch ein bisschen Grau. Er ist vielleicht Mitte dreißig.

Atmen. Das ist es, was ich eigentlich tun sollte.

Alle sitzen im Schneidersitz und haben die Augen geschlossen. Der Pyjamamann führt uns in die Meditation. »Versucht, eine Stelle zu finden, wo ihr den Atem besonders spürt.« Ich konzentriere mich auf die Rückseite meiner Kehle, die sich allmählich zuzieht. »Wenn ihr wollt, könnt ihr eure Atemzüge zählen. Einatmen, ausatmen, eins. Einatmen, ausatmen, zwei. Zählt bis zehn, und fangt dann wieder bei eins an.«

Einatmen, ausatmen, eins. Einatmen, ausatmen, zwei. Einatmen, ausatmen, drei. Atmen ist schön. *Ich kann Ernies Aftershave riechen, ein bisschen Zitrone, würzig irgendwie. Einatmen, ausatmen, fünf.* Ich verspüre einen winzigen Impuls, meine Nase an Ernies Hals zu drücken, um herauszufinden, wonach er sonst noch riecht. *Einatmen, ausatmen, sieben.* Ist das sein Atem, den ich an meinem rechten Arm fühle? Ob er wohl zählt? Und wenn ja, bei welcher Zahl ist er gerade? *Einatmen, ausatmen, neun.* Ich mag Meditation, glaube ich. Auch wenn es ein bisschen unbequem ist, im Schneidersitz auf dem harten Boden zu sitzen. Und verdammt kalt. *Einatmen, ausatmen, zwölf.* Mist, ich soll doch bloß bis zehn zählen.

Einatmen, ausatmen, eins. Wenn Jack mich jetzt so sehen könnte, wäre er vielleicht beeindruckt, wie weit ich es schon gebracht habe. *Einatmen, ausatmen, zwei.* Auch wenn es gerade mal meine erste Meditation ist. Ganz so weit habe ich es natürlich noch nicht gebracht. *Einatmen, ausatmen, vier.* Und was habe ich denn sonst schon bisher auf die Beine gestellt, außer diverse Kontakte zu unpassenden Männern? Dieser Teil würde Jack wohl eher nicht gefallen. *Einatmen, ausatmen, acht.* Andererseits ist Jack der Letzte, der hier den ersten Stein werfen sollte. Wer hat denn über ein Jahr lang mit einer Burlesquetänzerin geschlafen? Wer hat mich denn Tag für Tag angelogen, sogar an meinem Geburtstag? Wie konnte er mir das antun, nach all den Jahren, die wir zusammen waren? *Einatmen, ausatmen, zweiunddreißig.* Mist. Und das Ganze von vorn.

Einatmen, ausatmen, eins. Ich kann immer noch nicht glauben, dass unsere Beziehung so zu Ende gegangen ist. *Einatmen, ausatmen, zwei.* Nicht mit einmal Fremdgehen, sondern mit einer ganzen Serie, Hunderte Male, ganze Wochenenden lang, wenn ich dachte, dass er mit Freunden unterwegs ist oder in einem Hotelzimmer und sich auf einen Job vorbereitet. *Einatmen, ausatmen, acht.* Würde ich je erfahren, in wie vielen dieser Hotelzimmer er mit Julia war? Ob er an sie gedacht hat, wenn er bei mir war, während wir zusammen Spaghetti gekocht oder gemütlich auf dem Sofa gesessen und *Die Sopranos* geguckt haben, wo sich Leute andauernd gegenseitig betrügen? Ob er überhaupt an mich gedacht hat, wenn er mit ihr zusammen war? Und warum ist da ständig diese Stimme in meinem Kopf, die wissen will, ob ich vielleicht meinen Teil dazu beigetragen habe? Sie fragt, warum es mir so schwergefallen ist, Jack nah an mich heranzulassen, ich meine, wirklich nah. Und warum ich davor weggelaufen bin. Verdammt, jetzt habe ich ganz aufgehört zu zählen.

Einatmen, ausatmen, eins. Aber wenn ich ehrlich bin, ist es das, was ich immer tue. Weglaufen. Meine Schwester dagegen benutzt ihre Bilder, um sich mit dem auseinanderzusetzen, was sie durchgemacht hat. All diese großen Farbflächen und Linien, sie haben eine Bedeutung. Sie geben ihre Erfahrungen wieder, zeigen, was sie heute durchlebt, wie die Welt jetzt für sie ist. Und ich verstehe die Bilder nicht. Sie trifft sich neuerdings mit jemandem und macht keine Anstalten, ihn uns vorzustellen. Aber warum sollte sie auch? Habe ich mir die Mühe gemacht, ihr und Mum Jack vorzustellen, als wir uns kennengelernt hatten? Habe ich je an jemand anderen als mich selbst gedacht? Scheiße, jetzt habe ich auch noch aufgehört zu atmen.

Atmen, einfach nur atmen! Ich muss husten. Es hallt durch den ganzen Saal. Einige Leute öffnen die Augen. *Hör auf zu husten, und konzentriere dich auf deinen Atem!* Aber es ist zwecklos. Mein Hals ist kurz davor zu explodieren.

Eine Hand legt sich auf meinen Arm, und als ich mich zur Seite drehe, sehe ich, wie Ernie mich besorgt anschaut. »Alles okay?«, flüstert er.

»Alles okay«, antworte ich lautlos mit Lippenbewegungen, aber es will nicht aufhören. Immer mehr Leute bewegen sich unruhig auf ihren Plätzen, während ich ihre Geistesruhe mit Hustensalven attackiere.

Du musst aus dem Saal raus!

Ich versuche, mich so leise wie möglich hinauszustehlen, was sich mit meiner Husterei aber als unmöglich erweist, und dann trete ich einer Frau auch noch auf ihren beringten Fuß, woraufhin sie erschrocken einen gänzlich unmeditativen Schmerzensschrei ausstößt. *O Gott*. Aber wir sind ja alle Buddhisten hier, es ist also sinnlos, sich jetzt ausgerechnet an Ihn zu wenden.

Draußen finde ich eine Küche und trinke hastig ein Glas Wasser. Mein Gesicht glüht. Großartig. Die weltbeste Methode, sich bei den örtlichen Zufluchtsuchenden beliebt zu machen.

»Gar nicht so leicht, das erste Mal.«

»Was?« Ich fahre herum – Ernie ist mir gefolgt. Der Husten geht wieder los. Er wartet, bis ich aufhöre, und sagt: »Beim ersten Mal können alle möglichen Sachen hochkommen.«

»Wirklich?«

»Klar.« Sein Lächeln legt den Blick durch die Bartstoppeln auf das Grübchen in seinem Kinn frei. »Entweder kommt eine starke körperliche Reaktion, oder es fallen einem auf einmal alle möglichen Sachen ein, die man bis dahin erfolgreich verdrängt hatte.«

Kann er in mich hineinsehen? Woher weiß er, wie ich mich fühle?

»Das geht jedem so«, erklärt er. »Mehr oder weniger.«

»Warum sollte man das Ganze dann überhaupt tun?«, frage ich ihn. »Ich meine, warum setzt man sich freiwillig etwas aus, das wehtut?«

»Ich weiß nicht.« Ernie zuckt mit seinen breiten Schultern, und ich wünsche mir sehnlichst einen Mistelzweig herbei, um noch einmal von seinen starken Armen gehalten werden zu dürfen. »Aber ich vermute mal, dass es genau darum geht, oder? Sich bewusst zu werden, was in einem vorgeht. Das ist der erste Schritt, unser Ich hinter uns zu lassen.«

»Und was passiert, wenn wir unser Ich hinter uns gelassen haben?«

Ich finde Ernies Lächeln wunderschön. Es lässt seine freundlichen Augen leuchten und erreicht jeden Winkel seines Gesichts, sodass man gar nicht anders kann, als zurückzulächeln. »Dann finden wir heraus, dass da draußen auch alles kacke ist.«

Er fragt, ob ich ihn einmal zum Großmarkt mitnehmen könnte. Wenn das ein Date sein soll, ist es das seltsamste, das ich je hatte. In Claras Lieferwagen fahren wir um vier Uhr morgens mit vom zu kurzen Schlaf kleinen Augen durch die Stadt und unterhalten uns nur flüsternd, als wollten wir den Rest der Welt nicht wecken. Die Dunkelheit der frühen Morgenstunden wird nur vom dunkelgelben Licht der Straßenlaternen und den wenigen vorbeifahrenden Autos erleuchtet. Wir lassen die Fenster ein wenig herunter, um das erste Trällern der Rotkehlchen zu hören, den Fluss Avon zu riechen und Gänsehaut auf den Armen zu bekommen. Erschrocken von den Scheinwerfern des Lieferwagens bleibt ein Fuchs für einen Augenblick wie erstarrt stehen, sein rotes Fell schimmert im Licht. Wir halten ebenfalls an und blicken in seine orangen Feueraugen. Dann springt er davon, und wir sehen seinen buschigen Schwanz in einem Garten verschwinden. Ich werfe einen Blick auf Ernie und betrachte die tiefe Falte auf seiner Stirn, seine vollen, leicht geöffneten Lippen. Ich spüre ein Ziehen in meiner Brust und schon wieder einen Kloß im Hals. Wie gut es tut, die Natur wieder wahrzunehmen. Es fühlt sich an, als würde ich aufwachen.

Am St Philips' Market angekommen, zieht sich Ernie vorschriftsgemäß eine Warnweste über und bestaunt im Neonlicht das riesige Angebot von Blumen an den Ständen, Eimer an Eimer voller zarter pinkfarbener Kamelien, stark duftender lila Freesien und purpurroter Winterrosen.

Während ich von Stand zu Stand laufe und unsere Bestellungen bei den Händlern abhole, fange ich hier und da seinen Blick auf. Er wirkt irgendwie deplatziert, wie er dasitzt, viel zu groß für den viel zu niedrigen Hocker und viel zu ruhig inmitten des allgemeinen Trubels, aber es scheint ihn nicht zu stören. Er sieht ausgesprochen zufrieden aus. Ein bisschen wie ich mir meinen Vater vorstellen würde, wenn ich ihn je hierher hätte mitbringen können. Wie seltsam, diesen Ausschnitt meiner Welt mit jemandem zu teilen. Ich frage mich, warum ich Jack nie hierhergebracht habe.

»Ich mag dieses Leben«, sagt Ernie, als wir im Lieferwagen vor dem Markt sitzen und warmes Brot aus einer Bäckerei essen, die gerade aufgemacht hat. »Ich mag eure Blumen.«

»Magst du deine Arbeit?«

Er überlegt. »Manchmal. Sie kann spannend sein.«

»Ist das die Arbeit, die du immer schon machen wolltest?«

Er schüttelt den Kopf. »Eltern.«

Ha, noch einer.

»Verstehe.« Ich lächele.

»Für meine Mum würde eine Welt zusammenbrechen, wenn sie wüsste, dass ich alles hingeworfen habe und auf Reisen gegangen bin.«

»Würde …?«

Er erzählt mir, dass seine Eltern schon älter waren und chronisch krank – seine Mutter hatte an Multipler Sklerose und sein Vater an einer Herzerkrankung gelitten. Sie sind vor einigen Jahren kurz nacheinander gestorben.

»Das tut mir leid.« Ich versuche mir vorzustellen, wie einsam man sich fühlt, wenn beide Eltern tot sind, und mich überkommt ein plötzliches Bedürfnis, meine Mutter zu beschützen, ein Bedürfnis, das ich nicht mehr verspürt habe, seit ich ein Kind war, trotz ihrer ständigen Vorwürfe, dass ich sie eines Tages noch ins Grab bringen werde.

»Was ist mit deinen Eltern?«, will Ernie wissen.

Ich erzähle ihm von meiner Familie, von dem Vater, den ich nie richtig kennengelernt habe.

»Dafür habe ich ihn mir irgendwie erfunden«, sage ich. »In Gedanken rede ich viel mit ihm. Er spricht mir immer Mut zu.«

Mir fällt auf, dass ich noch nie jemandem davon erzählt habe, nicht einmal Jack.

Ernie lacht. »Aber du erfindest ihn doch nicht«, sagt er. »Du bist ja schließlich ein Teil von ihm.« Er schweigt einen Moment. »Ich rede auch dauernd mit meinen Eltern. Es ist unglaublich, wie viel besser meine Mutter zuhören kann.«

»Und dein Vater?«

»Unverändert. Immer ein Auge beim Rugby.«

»Hast du jemals daran geglaubt, dass es den Himmel gibt?«

»Nein. Du?«

»Irgendwie wollte ich gern. Es schien einfacher als Reinkarnation.«

»Die Hölle ist natürlich ein klarer Nachteil«, bemerkt er.

»Was glaubst du, wo deine Eltern und mein Vater jetzt sind?«, frage ich ihn.

Er schluckt einen Bissen herunter und reicht mir das Brot. Das erste Licht sucht sich leise seinen Weg in den Tag, und die Schatten weichen aus Ernies eckigem Gesicht. Ich würde gern die tiefen Linien um seinen Mund berühren, das Grübchen in seinem Kinn, meine Lippen an die weichen Stellen seiner Wangen drücken.

»Sie sind überall, Anjali«, sagt er.

Mein Name klingt immer noch wie Musik.

»Und – hilft Meditieren eigentlich?«, erkundigt sich Clara zwei Wochen später im Laden.

Ich überlege, während wir eine neue Lieferung Weihnachtssterne aufstellen. »Wenn ich das wüsste.«

»Weil du noch nicht so lange dabei bist?«

»Weil es sich anfühlt, als hätte ich etwas mit den Bronchien. Meinst du, dass das gut ist?«

Clara greift nach der Etikettierpistole. »Wenn es dir hilft, Jack zu vergessen, würde ich sagen, dass du dafür ruhig ein Stückchen Lunge opfern kannst.«

Ich denke darüber nach. Eigentlich kann ich nicht behaupten, dass ich Jack beim Meditieren vergesse. Es sei denn, bei jedem einzelnen Atemzug an jemanden zu denken zählt als Vergessen. Und dann sind da noch die ganzen anderen Sachen mit meiner Familie, die dabei jedes Mal hochkommen. Aber vielleicht hat Ernie ja recht, dass man auch das Gute ausblendet, wenn man das Unangenehme verdrängt.

»Er ist ganz schön klug, nicht?«

»Jack?«

»Ernie, du Pflaume.«

Clara lächelt und ballert weiter Preisschilder auf die Weihnachtssterne.

»Was?« Ich gehe um sie herum und baue mich vor ihr auf.

»Du.«

»Was ist mit mir?«

»Du bist eine Vollniete, wenn es um das Verbergen von Gefühlen geht. Erniebaby hat es dir so richtig angetan.«

Ich will protestieren, überlege es mir dann aber anders. In ein paar Minuten holt Ernie mich ab, und wir gehen gemeinsam zum Buddhistischen Zentrum. Ich kann nicht leugnen, dass meine Handflächen kribbeln, kurz bevor er kommt, und dass ich es kaum erwarten kann, bis wir dort im Café etwas zusammen trinken gehen. Auch wenn es nur Pfefferminztee ist.

»Es ist überhaupt nichts passiert.«

»Noch nicht.«

»Er ist ganz anders als ich, Clar.«

»Das ist ja kein Fehler.«

»Ich bin nicht sicher, ob Meditieren so mein Ding ist.«

»Spielt das eine Rolle?«

»Für ihn schon.«

»Früher hatte er damit auch nichts am Hut.«

»Ach nein? Wieso hat er damit angefangen?«, frage ich.

Wir werden unterbrochen, weil die Tür aufgeht. Herein kommt Ernie, wie gewöhnlich nur im T-Shirt, weil ihm nie kalt ist, den Rucksack über die Schulter geworfen. Es ist seltsam, immer wenn ich ihn sehe, fühle ich mich irgendwie benommen.

»Ich bin zu früh«, entschuldigt er sich.

»Das passt prima, du kannst uns hiermit helfen«, erklärt Clara.

»Ich wollte mich eigentlich in eine Ecke setzen und lesen.« Er deutet auf seinen Rucksack.

»Hier.« Sie drückt ihm einen Weihnachtsstern in die Hand.

Ernie sieht mich an und hebt protestierend die freie Hand. Ich bin froh, dass Clara ihn gleich beschäftigt, denn wie jedes Mal, wenn wir uns begegnen, bleibt meine Stimme erst mal tief in meiner Luftröhre stecken. Und zum Glück sind die Weihnachtssterne groß genug, dass ich mich dahinter verstecken kann.

Ich höre zu, wie Clara und Ernie sich gegenseitig aufziehen, während sie die Ware im Laden verteilen. Übermütig und vertraut necken sie einander, wie Bruder und Schwester. Es hat etwas, die Außenstehende zu sein und diese andere Seite an ihm zu beobachten. Er hilft Clara, die restlichen Weihnachtssterne hereinzutragen, und streicht mit seinen kantigen Fingern über die pelzigen roten Blätter. Sie erinnern sich an ein Weihnachtsfest, das ihre Familien zusammen verbracht haben, erzählen, wie sich alle um einen winzigen Tisch drängten, sie beide, ihre Eltern, sein Bruder und seine Schwester, beide älter als er, und Claras jüngere Schwester. Ich wünsche mir, ich wäre auch dabei gewesen. Ich denke an die ersten Weihnachtsfeste mit Mum und Shanthi zurück, als Mum wie eine Wahnsinnige Curry kochte und uns mit identischen Kleidern aufdonnerte, mit dem Schlimmsten, was der sri-lankische Modemarkt zu bieten hatte. Wir spielten jedes Mal Monopoly, und Mum verlor jedes Mal. Es gab Geschenke und auch einen Baum, aber ich ging immer mit dem Gefühl ins Bett, dass irgendetwas fehlte. Und fragte mich, ob es Mum genauso ging, wenn sie so allein in dem großen Bett lag.

»Hey«, sagt Ernie.

Ich sehe hoch und merke, dass ich schon seit einer Weile denselben Weihnachtsstern anstarre. Clara ist im Hinterzimmer und wühlt in den Schubladen. Zwischen Ernies Brauen hat sich eine tiefe Falte gebildet, und er betrachtet mich mit leicht besorgtem Ausdruck. »Wir haben dich verloren«, sagt er.

Es ist Zeit, zum Meditationszentrum aufzubrechen. Ich schlüpfe in meinen Mantel, und wir winken Clara zum Abschied zu. Als wir losgehen, berühren sich für einen Moment unsere Hände. Unsicher lösen sie sich augenblicklich wieder voneinander. Mir wird ganz warm ums Herz. Ich weiß nicht, woran es liegt, aber wenn Ernie in meiner Nähe ist, habe ich das Gefühl, gefunden worden zu sein.

Einige Tage später besuche ich Mum und bringe ihr einen Weihnachtsstern mit. Es sind noch drei Wochen bis Weihnachten, aber sie hat schon den alten Baum aufgestellt, der die Hälfte seiner Nadeln in seinem Karton abgeworfen hat und deshalb ein bisschen schief steht. Mum fällt das nicht auf, sie wirbelt mit zerdrückten Papiergirlanden durch die Wohnung, die wir in der Schule gemacht haben. Es ist das erste Weihnachten seit zehn Jahren, das ich zu Hause verbringen werde. Wenn Mum so weitermacht, wird sie vor Aufregung noch der Schlag treffen.

»Hier? Oder lieber hier?« Sie zieht eine lila Lamettaschlange aus dem Beutel mit der Weihnachtsdeko und legt sie probeweise erst auf die Anrichte, dann auf das Fensterbrett.

»Glaubst du an Engel?«, frage ich sie.

Sie überlegt. »Irgendwo muss sie hin, schließlich hat sie Geld gekostet«, beschließt sie dann. Sie reicht mir die völlig verhedderte Lichterkette für den Baum. Die ganze Deko ist ein einziges Durcheinander. Mir fällt ein, dass sie und Shanthi in den letzten Jahren gar keinen Weihnachtsschmuck mehr verwendet haben.

»Du arbeitest an Heiligabend?«, erkundigt sich Mum zum hundertsten Mal.

»Ja.«

»Und danach kommst du zu uns?«

»Ja.«

»Vergiss nicht, deine Wohnung abzuschließen.«

»Nein.«

»Und ein Licht anzulassen.«

»Okay, Mum.«

»Du musst mehr auf deine Sicherheit achten, Anjali. Du weißt nie, ob nicht jemand kommt und dich umbringt.«

»Sie können mich ja schlecht umbringen, wenn ich hier bin.«

»Wie lange ist der Laden dann geschlossen?«

»Wir machen am 27. wieder auf.«

»Schon wieder ein Jahr um.« Mum verstummt für einen Moment und stellt einen Plastikweihnachtsmann auf den Tisch. »Und welche Pläne hast du für nächstes Jahr?«

Ich mühe mich mit der Lichterkette ab und stöhne innerlich auf. Hatte ich wirklich geglaubt, dass ein bisschen Weihnachtsschmuckverteilen sie von dieser Frage abhalten würde? Meine Mutter lässt sich durch nichts von ihrer Fährte abbringen.

»Das Übliche, Mum. Zur Arbeit gehen und wieder zurück nach Hause.«

»Du musst an deine Zukunft denken, Anjali. Du kannst nicht für immer in diesem Geschäft bleiben.«

Ich fange an, die roten und grünen Kugeln aufzuhängen.

»Und was ist mit deiner Wohnung? Willst du da für immer allein wohnen? Du wirst nie einen guten Ehemann finden, wenn du dich dort ständig einigelst.«

Mum schwadroniert weiter vor sich hin, während ich mich sehr beherrschen muss, ihr keine Weihnachtskugel an den Kopf zu werfen. Und gleichzeitig zu rufen: »Ich habe jemanden kennengelernt! Und du könntest ihn sogar mögen!« Ich frage mich, was sie zu Ernie sagen würde, ob er sie mit seiner Herzlichkeit und dem Lächeln, das sein eigenes Gesicht und jedes andere in seiner Umgebung strahlen lässt, für sich gewinnen würde. Vielleicht ist er jemand, von dem ich Mum tatsächlich erzählen könnte.

»... und sie sagt mir nie, wo sie hingeht. Ich weiß nie, wo sie ist«, erklärt Mum gerade. Ich stutze und merke, dass sie inzwischen bei Shanthi ist. Sie lässt sich weiter über Shanthis Abwesenheiten aus, während sie immer noch versucht, die Lamettagirlanden zu entwirren, und ich beschließe, dass ich lieber noch nichts von Ernie erzähle. Und überhaupt – schon möglich, dass sich unsere Hände ein-, zweimal berührt haben, aber es wäre übertrieben zu behaupten, dass irgendetwas passiert sei. Ich muss mich in Geduld üben, auch mit mir selbst.

Die letzte Kugel hängt, und ich trete einen Schritt zurück, um den Baum zu betrachten. Er bietet einen erbarmungswürdigen Anblick, grellbunt und ausgemergelt. Mein Blick schweift über all den Nippes, der in der Wohnung verteilt ist: die verblichenen Teller mit der königlichen Familie darauf, die Glasvitrine, die von Porzellanballerinas vom Flohmarkt bewohnt wird. Die Buddhas, hocken gelassen in ihren Ecken, verfolgen interessiert das Verteilen der Weihnachtsdeko. Mum ist so ganz anders als die Buddhisten, die ich im Zentrum treffe. Sie spricht nie von Achtsamkeit, sie erwähnt weder edle Wahrheiten noch Erleuchtung. Und ich müsste mich sehr irren, wenn sie ihre Atemzüge zählt. Als ich klein war, war der Buddhismus einfach da, er war Teil unseres Lebens, ohne dass ich ihn je ganz verstanden oder hinterfragt hätte. Als Kind habe ich nur darüber nachgedacht, wenn Mum mir etwas über Reinkarnation beibringen wollte, was meist nur der Fall war, wenn ich nicht brav gewesen war. »In deinem nächsten Leben wirst du eine Kuh!«, kreischte sie dann.

Ich ziehe meinen Mantel an, um wieder nach Hause zu gehen. Der Weihnachtsstern steht immer noch an derselben Stelle auf dem Esstisch und wirkt inmitten des ganzen billigen Flitters ein wenig fehl am Platz. Ich gebe Mum einen Kuss – sie ist immer noch mitten in ihrer Tirade. Draußen ist es schon dunkel, die Tage werden kürzer und kürzer. Mein Handy klingelt, Ernies Name leuchtet auf. Meine Handflächen fangen augenblicklich an zu kribbeln.

»Hey du«, sagt er.

»Hey.«

»Bist du noch bei deiner Mum?«

»Ich mache mich gerade auf den Weg nach Hause.«

»Allein?«

»Ja.«

»Ich leiste dir Gesellschaft.«

»Wie geht es dir? Warum rufst du an?«

Er antwortet nicht sofort. »Aus keinem bestimmten Grund. Mir war einfach danach, mit dir zu reden.«

Ihm war einfach danach, mit mir zu reden.

In den nächsten Tagen verbringe ich so viel Zeit mit Ernie wie möglich und erfahre mehr über das Meditieren und mehr über ihn. Ich kann mich nicht erinnern, wann ich zuletzt so glücklich war. Mein Körper fühlt sich leichter an denn je. Es ist die Art von Gefühl, die ich am liebsten in einer Bildmontage umsetzen möchte. Ich weiß nicht, ob klar ist, was ich meine. So etwas in Richtung *A-Team, Rocky, Dirty Dancing* … Eine Aneinanderreihung von Szenen, die verblüffenden Erfindergeist, bemerkenswerte Fitness oder besonders ausgefeilte Dance-Moves zeigen, die die Zuschauer – insbesondere solche, die Opfer von Untreue oder eines anderen Unglücks geworden sind – mit der Tatsache versöhnen, dass es ihrem eigenen Leben an ebenjenen Dingen mangelt.

In meiner Bildmontage schlendern wir die St Marks Road in Easton entlang, wo Ernie wohnt, ich hake mich bei ihm unter, und wir bewundern die sanft geschwungenen Wolken, die changierenden Grautöne im Gefieder der Ringeltauben, den Chicorée in der Auslage vor *Sweet Mart*. Und wenn wir schon dabei sind, könnte Ernie sich doch drei von den Dingern schnappen und mit ihnen jonglieren, woraufhin wir natürlich in unbändiges Montage-Gelächter ausbrechen würden.

Schnitt – und wir sitzen im T-Shirt in der herrlichsten Dezembersonne im örtlichen *Sugar Loaf Pub*, wo Ernie mir (sehr ernsthaft) über seine Erfahrungen mit dem Meditieren berichtet (natürlich hört man seine Worte nicht, aber die Art, wie er den Kopf neigt und ich erwartungsvoll die Augenbrauen hochziehe, sagt alles), und ich nicke und lasse seine Weisheit auf mich wirken – jedes verständige Nicken meines Kopfs bringt mich der Erleuchtung einen Schritt näher.

Dann eine Straße, auf die sich wie ein Teppich blütenweißer Schnee breitet und die Spuren unseres improvisierten Pappkartonschlittens, den wir hinter uns herziehen. Ich lächele Ernie unentwegt an, ohne den Schlitten eines Blickes zu würdigen oder einen Gedanken daran zu verschwenden, wie Jack und ich uns damals auf unseren Pappkarton gequetscht haben und hügelabwärts mit den Köpfen zusammengeknallt sind und die ganze Zeit Tränen gelacht haben, obwohl es echt wehtat. Nicht einen Gedanken. Echt nicht.

Und schon schwenkt die Kamera zu Ernie bei dem Versuch, in seinem Wohnzimmer zu meditieren, in dem Zimmer mit dem aus Holz geschnitzten Krieger und dem Wollteppich und der Kiste mit Secondhand-Vinyl und einem kleinen, glänzenden Buddha. Ich trete von hinten an ihn heran und lege ihm die Hände auf die Augen.

Und während der Soundtrack (hier ist das letzte Wort noch nicht gesprochen, aber es könnte auf etwas von *The Cat Empire* hinauslaufen, Claras und meiner Lieblingsband) sich dem finalen Höhepunkt nähert, sieht man uns beide, immer noch in seinem Wohnzimmer, doch mit neuem Gesichtsausdruck, weniger Lachen, ernster jetzt, und Schluss. Und dann der Kuss.

Es wird so gut wie in meiner Bildmontage. Einige Einzelheiten weichen ab. Der *Sweet Mart* ist offenbar auf Sparkurs, und Chicorée ist aus, und wir können keinen Schlitten über die Straße ziehen, weil blöderweise kein Schnee liegt. Und von Sonne kann diesen Dezember auch kaum die Rede sein. Hinzu kommt, dass Ernie noch nie von *The Cat Empire* gehört hat. Aber ansonsten ist es perfekt. Ich habe das Gefühl, meine Augen sind endlich wieder ganz offen. Ich muss nicht für immer in der Dunkelheit der letzten Monate verharren. Ich kann wieder hinaus in die Welt gehen und ein Teil von ihr sein.

»Wie bist du eigentlich zum Meditieren gekommen?«, frage ich Ernie, als wir auf Kissen in seinem Wohnzimmer neben dem holzgeschnitzten Krieger und der Kiste mit den Schallplatten sitzen. Mir ist eingefallen, was Clara gesagt hat – dass Meditieren nicht immer sein Ding gewesen ist.

Durch das gekippte obere Teil des Fensters dringt kühle Dezemberluft ins Zimmer. Es sind noch zwei Tage bis Weihnachten, und ganz Bristol ist erfüllt von dem Duft nach Nelken, Orangen und guten Taten. Zwischen uns steht ein Weihnachtsstern, den ich aus dem Laden mitgebracht habe. Ernie streicht über ein herabhängendes samtiges Blatt. »Tja, du weißt schon. Das macht halt jeder, wenn er durch die Welt reist.«

Die winzigen Karamellspritzer schimmern in seinem kohlrabenschwarzen Haar. Ich spüre, dass das nur die halbe Wahrheit ist. »Clara nicht«, sage ich.

»Clara ist so tiefenentspannt, sie braucht das nicht.«

»Du warst also nicht immer so entspannt?«

»Ich bin Ingenieur. Ich bringe es fertig, von Exceltabellen zu träumen.«

»Aber du trinkst Pfefferminztee.«

»Meine Mum hat mir das gesagt. Sie hat mir auf ihrem Sterbebett das Versprechen abgenommen.«

Ich sehe ihn an.

»Okay, okay, hat sie nicht. Aber sie hat das Zeug kistenweise gekauft. Meine Schränke sind voll davon.«

»Vermisst du sie sehr?«

Ernie reibt sich eine lange, blasse Narbe auf der Rückseite seines Oberarms.

»Wo hast du die her?«

Er lächelt, und ich sehe, dass ein unterer Schneidezahn ganz schief ist. »Du stellst ganz schön viele Fragen, hat dir das schon mal jemand gesagt?«

»Schlechte Angewohnheit«, gebe ich zu.

»Armbruch.« Er berührt die Narbe. »Ich war acht und wollte mir ein Spatzennest näher ansehen. Nächste Frage?«

Mich überfällt eine unbändige Lust, wieder Kind zu sein und auf Bäumen herumzuklettern. Aus den Tiefen meines Gedächtnisses arbeitet sich eine verschüttete Erinnerung in mein Bewusstsein: Einmal sind Shanthi und ich im Wald auf der anderen Seite der Hängebrücke auf Ästen herumgeklettert, bis unsere Sonntagskleider voller Dreck waren, während Mum unten stand und schrie, wir sollten sofort herunterkommen.

Ich konzentriere mich wieder auf Ernie. »Du wolltest mir gerade von deinen Eltern erzählen«, sage ich.

»Ach ja?« Da ist er wieder, der schiefe Zahn.

»Und wie du zum Meditieren gekommen bist.«

»Na gut, Anjali, ich gebe dir alles, was du willst.« Er streckt die Hände in die Luft. »Aber nicht ohne Pfefferminztee.«

Kurz darauf stehen zwei dampfende Becher vor uns, an denen wir uns die Hände wärmen. Ernie starrt nachdenklich in seinen Tee, als müsse er überlegen, wie viel er preisgeben will. »Nachdem meine Eltern gestorben waren, habe ich angefangen, Drogen zu nehmen.« Er sieht mich nicht an. »Zuerst hauptsächlich Kokain.« Er sagt, dass das anfangs nur eine vorübergehende Flucht war, bis die Dinge zu eskalieren begannen. Diese dunkle Phase in seinem Leben dauerte zwei Jahre, auch wenn er sich der Dunkelheit gar nicht so bewusst war – er dachte, alles sei in Ordnung, auch als die Drogen sich irgendwann nicht mehr auf die Wochenenden beschränkten, sondern auch auf die übrigen Tage übergriffen und er seinen Job verlor. »Ich habe dir ja schon erzählt, dass mein Bruder und meine Schwester im Ausland leben.« Er nimmt einen Schluck Tee, und die Furche zwischen seinen

Brauen wird tiefer. »Sie sind deutlich älter als ich. Mit der Zeit hatte ich nur noch Freunde, die so lebten wie ich. Mir war eigentlich alles egal.«

Bis er eines Tages eine Überdosis nahm. Er hatte es nicht geplant, aber er war high und wollte seiner Einsamkeit ein Ende bereiten. Er weiß nicht mehr, wer ihn gefunden hat, nur dass er in einem Krankenhausbett aufwachte, angeschlossen an einen Herzmonitor.

Ich werfe einen verstohlenen Blick auf seine warmen braunen Augen, betrachte die tiefen Linien in seinem kantigen Gesicht. Ich stelle mir vor, wie er die Augen öffnet und sich allein im Krankenhaus wiederfindet, eine Infusionsnadel im Arm. Ich betrachte die verzweigten Adern auf seinem Handrücken und würde gern mit dem Finger an ihnen entlangfahren.

»Und dann bist du auf Reisen gegangen?«

»Um von alldem wegzukommen«, sagt er und nickt.

»Und dabei hast du das Meditieren entdeckt?«

»Na ja, erst einmal war ich auf ausgiebiger internationaler Sauftour«, gesteht er.

»Was den Pfefferminztee erklärt.«

Er lacht schallend. Ich mag sein tiefes, warmes Lachen. Er erzählt, dass sich erst in Indien die Dinge für ihn veränderten und er dort viel länger blieb als geplant. Das war auch der Grund, weshalb er später dorthin zurückkehrte, um zu unterrichten und sich bei Bauprojekten zu engagieren – er wollte den Leuten, die ihm geholfen hatten, etwas zurückgeben.

Er streicht wieder über das Weihnachtssternblatt. Wir sitzen nebeneinander auf den Kissen, und ich frage mich, wie es sich wohl anfühlen würde, wenn ich seine Hände nehmen und meine Lippen auf seine Handflächen drücken würde. Als er aufblickt, erkenne ich etwas Suchendes in seinem Gesichtsausdruck, das mich an meine Schwester erinnert.

»Hattest du ein enges Verhältnis zu deinen Eltern?«, frage ich.

»Du hast dein Kontingent an Fragen schon ausgeschöpft«, protestiert er.

»Das ist die letzte, versprochen.«

Er erzählt mir, dass er seine Eltern seltsamerweise erst besser kennenlernte, als sie pflegebedürftig wurden und er wieder zu Hause einzog, um sich um sie kümmern zu können, wenn er nicht arbeiten musste. Nachdem sein Vater gestorben war, nahm er unbezahlten Urlaub, sodass er seine Mutter den ganzen Tag betreuen konnte. Während seiner Zeit an der Uni hatte er gelegentlich Gras geraucht, und in den letzten Lebensmonaten seiner Mutter, bevor sie ans Bett gefesselt war, gelang es ihm, wieder etwas Cannabis zu beschaffen, in der Hoffnung, ihre Schmerzen zu lindern. Damals ahnte er nicht, dass er sich damit auf einen gefährlichen Weg begab. Er und seine Mum rauchten einträchtig auf den Stufen zum Garten, betrachteten die leuchtende Mondsichel und lauschten dem Ruf der Käuzchen.

Er ist dankbar für jenen Augenblick.

»Weißt du, meine Mum war die Erste, die versucht hat, mir das Meditieren näherzubringen«, berichtet er. »Es hat ihr gegen die Schmerzen geholfen. Aber ich war noch nicht reif dafür.« Er verstummt und starrt seinen Teebecher an. Schließlich hebt er den Kopf. »Macht es dir was aus?«

»Was?«

»Der ganze Kram, den ich dir erzählt habe.«

»Warum sollte es?« Ich denke darüber nach, wie ich mich in den Jahren mit Jack in unserer Wohnung einrichtete. Mich in meinem Leben vergrub und meine Mutter und meine Schwester nicht teilhaben ließ. Eine seltsame Vorstellung, dass Ernie und ich auch damals schon in derselben Stadt wohnten, jeder mit seinem eigenen Leben und seinen eigenen Problemen.

»Normalerweise rede ich darüber nicht«, sagt er. »Schon eine Weile her, dass ich zuletzt daran gedacht habe.« Er verstummt erneut. Dann stellt er unsere Becher zur Seite. »Also gut, du hast deine Fragen gestellt. Jetzt bist du dran mit Erzählen.«

Über seinem Wohnzimmer liegt der Duft nach Holz, und der Kelim an der Wand verströmt einen leichten Tiergeruch. Das bunte Muster des Kelims erinnert mich an Mums Kleider, was ich seltsamerweise gar nicht schlimm finde. Ich fühle mich wohl in seiner Wohnung, und überhaupt fühle ich mich in Easton wohl. Es ist ein Viertel mitten in der Innenstadt von Bristol und voll von Menschen aus aller Welt. Nur ein paar Meter von hier sind polnische, jamaikanische und marokkanische Restaurants und auch ein vegetarisches Lokal. Die Menschen tragen bunte Kleidung, und auf den Straßen herrscht ein ebenso buntes Gemisch an Sprachen. Hier scheint es möglich zu sein, über alles zu reden.

Ich erzähle ihm von Jack.

In den letzten Wochen hat es sich allmählich so angefühlt, als ob ich darüber hinwegkommen könnte. Aber ich kann mich einfach nicht daran gewöhnen, dass Jack nicht mehr da ist. Überall, wo er nicht ist, herrscht immer noch Trostlosigkeit. Wenn mir zum Beispiel bewusst wird, dass ich nicht mehr weiß, wie seine Stimme klingt.

»Tut mir leid«, sage ich zu Ernie. »Das ist eigentlich Regel Nummer eins. Sprich nie über deinen Ex.«

Er fährt sich mit der Hand durch die kurz geschnittenen

Locken. »Wir sind keine Teenager mehr. Zehn Jahre sind eine lange Zeit. Ich denke, wir haben beide einiges hinter uns.«

Ich frage mich mal wieder, wo Jack wohl gerade ist. Vielleicht sitzt er im Schneidersitz im Wohnzimmer von irgendjemandem und erzählt von den Jahren mit mir.

»Dann habt ihr auch zehn Jahre zusammengewohnt?«, fragt Ernie.

»So haben wir uns kennengelernt. In einer WG. Zwei Monate später sind wir dann in unsere eigene Wohnung gezogen.«

»Klingt, als wäre das ziemlich schnell gegangen. War das der Grund, warum du die Uni nicht zu Ende gemacht hast?«

»Nein, eigentlich nicht.« Ich überlege. »Dafür gab es alle möglichen Gründe.«

Ich sehe, dass Ernie schon die nächste Frage stellen will. Ich lege meinen Finger auf seine Lippen.

»Ich erzähle dir die ganze Geschichte, ich verspreche es dir. Aber nicht jetzt.«

»Was willst du dann tun?«

Ich zögere, mein Finger liegt immer noch auf seinem Mund.

Er lehnt sich über den Weihnachtsstern und küsst mich.

Ich bin noch nie so geküsst worden. Sogar seine Lippen fühlen sich weise an. Als wüssten sie, dass sie der empfindsamste Teil des Körpers sind. Ich taste nach immer neuen Stellen auf seinen Lippen und wünsche mir, er würde sie öffnen, damit ich Zugang zu der Weisheit in Ernies ganzem Mund bekomme. Während wir uns küssen, kommt mir für einen kurzen Augenblick der Gedanke, dass ich nichts dagegen hätte, von ihm verschluckt und Teil seiner Weisheit zu werden. Und morgen früh könnte er mich dann, während er den *Guardian* liest, wieder in die Toilettenschüssel ausscheiden. Ich gebe zu, der letzte Teil meiner Idee ist eher unnötig.

Ernie richtet sich wieder auf. Ich hoffe wirklich, dass er nicht weiß, was ich gerade denke. »Was denkst du gerade, Anjali?«

Ich habe den Gedanken eigentlich schon so gut wie beiseitegeschoben. Außerdem hat er womöglich gar kein *Guardian*-Abo.

»Oder woran versuchst du gerade nicht zu denken?«

Die Iris seiner Augen ist von einem tiefen dunklen Braun. Ich kann mein Spiegelbild im schwarzen Glanz seiner Pupillen sehen. Meine eigenen Augen werden unruhig.

»Ist das der Grund, warum du so viele Fragen stellst?«, fragt er leise. »Damit du nicht über dich reden musst?«

Bei den anderen Typen war es viel einfacher, mich hinter ihren Geschichten zu verstecken. Mit Ernie ist das nicht so leicht. Es fällt mir schwer, die Freundlichkeit in seinen warmen Augen zu sehen – je länger ich hinschaue, desto weniger kann ich sie ertragen. Weil ich sie nicht verdiene.

Ich schlucke. Die Erinnerungen, die jetzt meine Gedanken fluten, lassen sich nicht mehr aufhalten. Der Sommer vor zehn Jahren, die Wärme, das frische grüne Gras und ein Geschäft randvoll mit Blumen. Ich war ganz wild darauf, jeden Tag zu arbeiten, jede Stunde, jede Minute, mich ganz auf etwas Schönes konzentrieren zu können, nicht nach Hause zu müssen.

»Was war bei dir zu Hause los?«, fragt er.

Wir werden beobachtet, Anjali. Da ist jemand, der uns ständig beobachtet.

Der scharfe Schmerz von damals fährt mir wieder über den Rücken, denn Shanthi nannte mich früher nie bei meinem ganzen Namen. Ich sehe ihre Bilder überall liegen, auf ihrem Bett, auf dem Boden. Schlangen. Als ob sie aus dem Paravent geglitten wären und auf mich zukriechen würden.

Ich sehe meine Mutter, wie sie mit den Tränen kämpft und sich weigert zuzugeben, dass etwas nicht stimmt. *Sie ist müde, Anjali. Sie hat zu viel gearbeitet. Sie ist einfach nur müde.*

Ich ging. Zurück in den Laden, und abends war ich mit Freunden unterwegs und trank, bis ich das Ganze ausblenden konnte.

»Aber eines Tages kam ich nach Hause, und unsere Zimmertür war verschlossen«, erzähle ich Ernie. »Mum stand davor und flehte meine Schwester an aufzumachen. Sie hatte da schon stundenlang gestanden.«

Ich weiß nicht mehr, wie ich Shanthi dazu brachte, die Tür zu öffnen.

Ernie wartet darauf, dass ich weiterrede. Dann fragt er sanft: »Und dann?«

Ich schließe die Augen. In Gedanken sehe ich wieder unser Zimmer – nicht wie es jetzt ist, schlichte, grün gestrichene Wände mit zwei Bildern. Sondern die alte Blümchentapete, an die Shanthi immer ihre Zeichnungen tackerte. Die plötzlich voller Schlangen war. Jeder Zentimeter der Tapete war mit winzigen Schlangen bedeckt, Tausende und Abertausende, nicht auf Papier gezeichnet, sondern gleich auf die Wand. Shanthi stand auf einem Stuhl in dem von Zigarettenrauch verpesteten Zimmer, einen Stift in der Hand, und malte und malte.

Ich weiß nicht mehr, wie ich sie dazu brachte aufzuhören, wie ich ihr den Stift aus der Hand nahm. Wie ich es fertigbrachte, ihr in die wilden, glänzenden Augen zu schauen, die irgendwie lebendiger wirkten, als ich sie jemals zuvor gesehen hatte.

Ich verstumme. Ich blicke nach unten und sehe, dass Ernie meine Hände hält und den Ansatz meiner Daumen mit den Spitzen seiner Daumen massiert.

»Schizophrenie«, sage ich. Das Wort habe ich seit Langem nicht mehr benutzt. Es klingt seltsam und schal in meinem Mund, als wolle es lieber nicht herauskommen.

»War das, was die Ärzte euch gesagt haben?«

»Nicht sofort. Erst etwas später.«

»Hat es geholfen? Zu wissen, was es ist?«

Ich erinnere mich noch gut, dass meine Mutter beinahe erleichtert aussah, als sie mir die Diagnose über den Esstisch hinweg mitteilte, weil ich nicht im Krankenhaus gewesen war, um sie selbst zu hören. *Sie werden ihr helfen können, Anjali. Sie werden wissen, welche Medizin sie braucht.*

»Meiner Mutter hat es geholfen«, antworte ich. »Und vielleicht auch meiner Schwester.«

»Und dir?«

»Warum müssen sie dieses Wort verwenden, Ernie? Jeder, der es hört, denkt sofort an eine gespaltene Persönlichkeit. Als wäre meine Schwester Dr. Jekyll und Mr Hyde. Das ist sie aber nicht. Sie ist immer noch dieselbe. Sie zieht sich nur an einen Ort zurück, wo man nicht an sie herankommt. Ich wünschte, sie hätten einen anderen Begriff dafür.«

Ernie rückt näher und legt den Arm fest um meine Schultern. Ich betrachte seine ein wenig gebogene Nase, die sanfte Wölbung seiner Ohren, den schiefen unteren Schneidezahn in seinem leicht geöffneten Mund, die Ader, die an seinem Hals heraussteht, und die Adern, die sich über seine Unterarme ziehen.

Ich denke daran, wie wir uns das erste Mal gesehen haben, unter dem Mistelzweig, vor wenigen Wochen. Plötzlich wünsche ich mich sehnlichst dahin zurück, wo Meditation nur etwas war, das man spaßeshalber mal probieren konnte, nur ein Zeitvertreib wie alles andere, wie der Architekt, der Saxofonist, der Segler.

Ich küsse ihn wieder. Dieses Mal ernsthafter, mit geöffnetem Mund – mehr denn je möchte ich am liebsten in ihm verschwinden. Anfangs nehme ich einen leichten Widerstand wahr, als sei er nicht sicher, ob das eine gute Idee ist, aber als ich mich nicht abweisen lasse, spüre ich, wie er mich in die Luft hebt und mich zu seinem Bett trägt.

Sex mit ihm ist nicht wie Sex mit dem Architekten. Oder Sex mit Jack.

Meine Augen sind geschlossen, doch als ich sie einen Moment öffne, sehe ich, dass seine auch offen sind. Seine Küsse und Berührungen sind langsam, zarte elektrische Impulse überziehen meinen Körper. Er sieht mich an, wie ich mich selbst nie ansehe, nimmt genau die Stellen in den Blick, die ich immer vor Jack zu verbergen versucht habe, meine absolut verbesserungswürdige Taille, die weichen Polster an meinen Hüften.

Ich komme. Das erste Mal seit Langem. Vielleicht ist das der Grund, warum ich anfange zu weinen. Ich habe nicht mehr richtig geweint seit dem Nachmittag, an dem Jack gegangen ist. Ich vergrabe mein Gesicht an Ernies breiter Schulter und bin machtlos gegen den Strom von Tränen und weiß, dass ich nicht wegen Jack weine, sondern um meine Schwester, meine Mutter, vor allem aber um die Person, die ich damals war, die sie vor all den Jahren verließ. Und nie wirklich zurückgekommen ist.

»Tut mir leid.« Ich befreie mich aus Ernies Armen und taste hektisch nach meinen Sachen. In aller Eile ziehe ich mich an.

»Hey, was machst du denn?« Ernie sieht mich halb besorgt,

halb verwirrt an – er versucht, meinen Arm zu berühren, aber ich bin zu weit weg.

»Es ist nichts, nichts Besonderes.« Ich versuche, mich ordentlich zu artikulieren, aber ich kann nicht aufhören zu heulen.

»Anjali, was ist denn?«

In den ganzen zehn Jahren, die wir zusammen waren, habe ich Jack nie erzählt, warum ich von zu Hause weg bin. Er wusste, wie anstrengend ich meine Mum fand, er wusste von der Krankheit meiner Schwester. Was er nicht wusste, war, dass es die Angst vor der Schizophrenie war, die mich aus dem Haus getrieben hatte.

Ernie hat sich aufgesetzt, sein starker Oberkörper lehnt am Kopfteil des Betts.

»Anjali, bitte rede mit mir.«

Aber ich habe ihm schon zu viel erzählt. Ich blinzele. Um mich herum stehen massenhaft Regale mit Büchern über Ökologie, Philosophie, Meditation und Buddhismus. Die stoffbespannte Trommel, die Ukulele, die Gitarre. Dieser Raum ist mir vollkommen fremd. Dieser Mann ist mir vollkommen fremd.

»Ich muss los.«

Kaum bin ich aus der Wohnung, fange ich an zu rennen.

Ich habe Jack kurz nach meinem ersten Jahr an der Uni kennengelernt. Auf dem Schreibtisch, den Shanthi und ich uns teilten, lagen noch jede Menge angefangene Notizen, und auf meinem Nachttisch stapelten sich nur flüchtig gelesene Texte aus dem vergangenen Jahr. Ich bin zu Hause wohnen geblieben, als ich zur Uni ging, und hatte meine liebe Mühe damit, richtig zu arbeiten. Es war anders als der Englischunterricht in der Schule, als die Bücher, die ich las, vor Anmerkungen nur so überquollen und ich es kaum erwarten konnte, in der nächsten Stunde darüber zu sprechen.

Ich fühlte mich verloren in jenem Jahr und starrte stundenlang aus dem Fenster auf die leicht abschüssige Rasenfläche, unfähig, mich auf den Inhalt der Seminare zu konzentrieren. *Anjali, wie denken Sie darüber?*, erreichte mich die Stimme des Tutors und riss mich fort von den Herbstrosen am Rand der Wiese, später dann Schneeglöckchen, Hyazinthen, Narzissen …

Es fiel mir schwer, mich zu konzentrieren. Shanthi war zum Studium an der Goldsmiths in London. In den ersten zwei Jahren habe ich sie schrecklich vermisst, allein mit Mum schien die Wohnung viel zu groß, und Mums ständiges Gerede allein aushalten zu müssen war unerträglich. Mir fiel auf, dass meine Schwester immer stiller wurde, wenn sie mal zu Hause war, und im dritten Jahr hatte sie angefangen zu rauchen. Aber fast alle Studenten rauchten, und Shanthi war immer schon Einzelgängerin gewesen. Und doch war es in jenem letzten Jahr nicht mehr zu leugnen, dass etwas nicht in Ordnung war. Anfangs war sie noch alle zwei Wochen gekommen, dann einmal im Monat und schließlich immer seltener. Irgendwann rief sie auch kaum noch an, bis Mum keinen anderen Rat mehr wusste und jeden Abend in dem Studentenwohnheim anrief und denjenigen, der zufällig ans Telefon ging, völlig verwirrte.

Wir müssen zu ihr, eröffnete sie mir an einem Samstag im März.

Mit Mum nach London zu fahren war ein Albtraum, schon wie wir im brechend vollen Zug saßen und sie in ihrer Aufregung pausenlos mit den Fingern auf das Tischchen eintrommelte und ihre Beine ruhelos hin und her scharrten. Die Underground war für sie die reinste Geisterbahn – voller Angst hielt sie ihre Tasche an den Perserteppichbusen gepresst und sprang bei jeder Haltestelle auf: *Müssen wir hier raus, Anjali?* New Cross war laut und hektisch, in den Straßen drängten sich Fußgänger, Autos und Doppeldeckerbusse.

Draußen vor dem Komplex aus rotem Ziegelstein, in dem das Wohnheim untergebracht war, klammerte sich Mum an die Mauer und rang nach Luft. Eine junge Frau mit einem Handtuch um den Kopf kam an die Tür. *Sie ist nicht da*, sagte sie. Über die Schulter rief sie: *Weiß jemand, wann Shanthi wieder zurück ist?* – aber es schien, als ob alle erst darüber nachdenken mussten, wer Shanthi war. Ganz offensichtlich waren das weder Freunde noch richtige Mitbewohner, keine Leute, die auf Shanthi achtgaben. *Können wir in ihrem Zimmer auf sie warten?*, fragte ich. *Wahrscheinlich ist es abgeschlossen*, meinte die Frau. Aber das Zimmer war offen.

Und hier wohnt sie? Ausnahmsweise war ich nicht von Mums typisch rhetorischer Frage genervt, denn genau dasselbe hatte ich auch gerade gedacht. Der winzige Raum war verdreckt und voller Zigarettenrauch, überall war Asche, auf dem Teppich, auf dem Fensterbrett, in den Schreibtisch eingerieben. Bücher und Papier waren auf dem Fußboden verteilt, auf dem Bett lag schmutzige Kleidung. Die Vorhänge vor den schmierigen Fenstern waren halb geschlossen. Von Kunst keine Spur.

Wir blieben mehrere Stunden, in denen Mum staubsaugte und schrubbte und losging, um Waschpulver zu besorgen. Sie ließ mich kaum helfen. Irgendwann kam Shanthi zurück. Sie hatte abgenommen und wirkte viel zu dünn, ihre Sachen schlackerten an ihrem Körper und waren voller Farbflecken. Ihre Nägel waren schwarz, die Finger gelb vom Nikotin, das lockige Haar kraftlos. Ihre Augen waren blutunterlaufen, mit tiefen Ringen darunter. *Mein Baby*, sagte Mum, aber Shanthi wehrte sie ab.

Wo bist du gewesen?

Arbeiten.

Warum kommst du so spät?

Arbeit.

Wir fuhren noch am selben Tag zurück und verließen London mit dem letzten Zug. Wir hatten niemanden, bei dem wir unterkommen konnten, und ein Hotel konnten wir uns nicht leisten.

Dann war das Studienjahr zu Ende, und Shanthi brachte ihr Diplom mit nach Hause. Dass sie den Abschluss mit Auszeichnung gemacht hatte, nahmen wir als Erklärung für alles. Deswegen war sie so viel weg gewesen, deswegen hatte sie alles andere vernachlässigt.

Doch es wurde nicht besser. Shanthi ging nicht auf Stellensuche, wie Mum es von ihr erwartete, sie verließ nie das Haus. Sie blieb immer in unserem Zimmer, rauchte am offenen Fenster und zeichnete am Schreibtisch. Weder Mum noch ich suchten Hilfe. Weder sie noch ich nannten das Problem beim Namen. Mum kochte und kochte, der Tisch bog sich vor Curry. Sie brannte noch mehr Sandelholzstäbchen ab, um den Zigarettengeruch zu übertünchen, versprühte Raumspray und schrubbte alle Oberflächen, bis ihre Hände aufplatzten und zu bluten begannen. Für mich stellte sie ein Feldbett im Wohnzimmer auf. *Ich glaube, Shanthi braucht ein bisschen Platz für sich, Anjali, jetzt, wo sie das erste Mal wieder zu Hause ist.*

Ich ging viel aus und schlief oft bei neuen Freunden, deren Wohnung nicht nach Curry roch. Sie kochten für mich – einfache Sachen wie Nudeln mit Pesto, Bohnen auf Toast, Pizza. Nicht selten wachte ich mit schmerzendem Rücken im Schlafsack auf dem nackten Boden auf, aber das machte mir nichts aus, weil endlich mal kein Sandelholzgeruch unter der Tür hindurchkroch, sondern der herzerwärmende Duft nach Toast mit Eiern und Speck. Ich schlug keine einzige Speckscheibe aus, die mir angeboten wurde, auch wenn mir davon immer ein wenig übel wurde, aus dem Bedürfnis heraus, mich meiner Mutter zu widersetzen. Wenn ich nach Hause kam, saß meine Schwester entweder neben der Schlangenwand oder am Fenster. Manchmal hatte ich, wenn ich auf die Tür zuging, den Eindruck, dass sie mit jemandem sprach, aber wenn ich ins Zimmer kam, war sie immer allein.

Alles in Ordnung, Shanthi?

Ja, klar, alles bestens.

Ich wollte weg von zu Hause.

Der Wunsch war so massiv, dass ich das Gefühl hatte, ich könnte die Hand ausstrecken und ihn berühren. Bei meinen Freunden lernte ich ein anderes Leben kennen, in dem herumgealbert wurde, die Dinge des Alltags entspannter gesehen wurden und sich die Teller in der Küche stapelten. Meine Tage füllten sich mit Jobs in Kneipen und Imbissbuden, wo ich so viel Geld wie möglich zu verdienen versuchte, um meiner Familie zu entfliehen.

Im Juli sah ich Anzeigen von Wohngemeinschaften durch und stieß auf ein Zimmer mit niedriger Miete und ohne Kaution, das vorübergehend frei war, während der eigentliche Bewohner auf Reisen war. Ich würde mir die Wohnung mit zwei Jungs teilen – die Anzeige klang nett und unkompliziert.

Als ich an die Wohnungstür der WG klopfte, öffnete mir Jack. Groß und schlank, feines Haar in einem satten Kastanienton bis kurz über die Ohren. Knallblaue Augen. In jeder Wange ein Grübchen, wenn er lächelte.

»War der Sex so schlecht?«, will Clara wissen.

Der Tag danach im Laden. Ich stehe in der Tür und sehe zu dem Mistelzweig hoch.

Ich schüttele den Kopf. »Es war toll.«

»Du hast immer noch Jack im Kopf.«

»Es ist fünf Monate her.« Ich erzähle Clara nicht, dass es nicht an Jack liegt. Dass mir ständig der Gedanke an meine Familie durch den Kopf geht. Dass es mich völlig aus der Bahn geworfen hat, Ernie davon zu erzählen.

»Fünf Monate ist keine Zeit.« Clara geht mit der Etikettierpistole herum und reduziert die Preise der Stechpalmenkränze. Es ist Heiligabend. Die letzten zehn Jahre habe ich Weihnachten immer mit Jack verbracht, ohne viel Tamtam, nur mit einem Fertigtruthahn ohne Keulen und ein paar Crackern dazu, und später am Nachmittag sind wir immer auf einen Schluck zu Jacks Vater gegangen. Bei seinem Dad gab es manchmal noch Pommes aus dem Ofen, manchmal holte er auch Trivial-Pursuit-Karten heraus und machte es sich mit einem Glas Bier in seinem Ohrensessel gemütlich, die Strickjacke über dem Bauch geöffnet. Der Rest des Spiels, Brett und Spielsteine blieben im Karton. Es war genau, wie wir es wollten: Keiner von uns legte großen Wert auf Festtage.

Clara ist mit dem letzten Kranz fertig und stellt sich neben mich. Ich sehe auf die Straße hinaus, wo die Leute letzte Einkäufe erledigen, die Stofftaschen voll mit fertig eingepackten Geschenken. Ich frage mich, wo Ernie wohl Weihnachten verbringt.

»Hat er sich bei dir gemeldet?«

»Ernie? Er hat mir eine Nachricht geschickt. Aber ich habe ihm nicht geantwortet.«

»Ich meinte Jack«, sagt Clara. »Ich dachte, dass er vielleicht vor Weihnachten einmal von sich hören lässt.« Sie zögert kurz, als wolle sie noch etwas sagen, aber offenbar entscheidet sie sich dagegen. »Warum hast du Ernie nicht zurückgeschrieben?«

Mein Blick wandert zu meinem Handy, das ich in die Tasche meiner Jeans gesteckt habe. Weil ich ein Feigling bin? Weil ich immer davonrenne, wenn es ungemütlich wird? »Keine Ahnung.«

»Zu früh für Whisky?«

Claras grüne Augen zwinkern, und ich muss lächeln. Ich umarme sie, dankbar für die Sommersprossen auf ihren Armen, ihren Geruch nach Erde. »Wahrscheinlich.«

»Okay, dann eben heiße Schokolade. Kommt sofort.«

Am späteren Nachmittag geht Clara los, um selbst noch einige Last-Minute-Erledigungen für Weihnachten zu machen. Ich schlendere durch den Laden, atme den würzigen Pflanzenduft ein, richte hier einen verrutschten Farn und streiche dort über das matte Blatt eines Weihnachtssterns. Ab und zu sehe ich zur Tür. Langsam wird es dunkel, der Schatten des Mistelzweigs bildet eine dunkle Pfütze am Eingang. Es wäre besser für Ernie gewesen, wenn ich ihm nicht in die Arme gefallen wäre.

An die Ladentheke gelehnt, lese ich noch einmal seine Nachricht. *Bitte rede mit mir, Anjali.* Ich möchte ihm antworten, irgendetwas, das erklärt, warum ich weggelaufen bin. Doch ich weiß nicht, wie ich die Scham erklären soll, die ich seit unserem Gespräch empfinde. Ich weiß nicht, wie ich die Furcht erklären soll, die mich packt, wenn ich jemandem näherkomme, die Furcht, wegen der ich in all den Jahren nicht einmal Jack gegenüber aufrichtig sein konnte. Ich schließe die Augen. *Ist das der Grund, warum du so viele Fragen stellst?* Da ist so viel, das ich vor anderen zu verbergen versuche, sogar vor mir selbst. Ernie wollte mir offenbar eine Brücke bauen, über die ich zurück in die Welt finde. In seiner Nähe habe ich mich irgendwie geborgen gefühlt, das Grübchen an seinem Kinn, die Wärme seiner Augen, die Art, wie er mich in seinen Armen gehalten hat.

Im nächsten Augenblick höre ich, wie die Tür aufgestoßen wird und sich schwere Schritte nähern. Seltsam, wie schnell man lernt, den Klang bestimmter Schritte von anderen zu unterscheiden.

»Ich war nicht sicher, ob ich kommen soll«, sagt Ernie.

Er hat sich rasiert, das Kinngrübchen ist deutlich zu sehen. Die Schatten unter seinen Augen sind dunkler, seine Stirn in tiefe Falten gelegt. Ich denke daran, wie es sich anfühlt, mit den Fingern durch seine kurzen weichen Locken und über seine Wangen zu streichen.

»Wenn du möchtest, kann ich auch wieder gehen.« Ernie sieht aus dem Fenster, wo die Leute sich im letzten Weihnachtsgetümmel drängen, und grinst. »Obwohl da draußen die Hölle los ist.«

Ich gehe zu ihm, drücke mich an ihn und überlasse mich seiner tröstlichen Umarmung. Er riecht nach Zitrone und ein bisschen verschwitzt, und ich spüre seinen Atem in meinem Nacken.

»Es tut mir leid«, sage ich.

»Warum hast du nicht auf meine Nachricht geantwortet?«

»Ich wusste nicht, was ich sagen soll. Verzeih mir.«

»Du musst dich nicht entschuldigen. Aber mit mir reden.«

Er schließt mich fester in die Arme. Ich hebe den Kopf, und unsere Lippen sind einander sehr nah.

Die Tür geht auf und wieder zu.

Ich löse mich aus unserer Umarmung und drehe mich zur Tür um. Ich sehe, dass jemand den Laden offenbar gleich wieder verlassen hat. Jemand, der hereinkommen wollte und es sich dann anders überlegt hat.

Dieser Jemand ist Jack.

Ich sprinte zur Tür. Er entfernt sich mit schnellen Schritten, nach vorn gebeugt, die Hände in den Hosentaschen vergraben. Flüchtig erkenne ich sein dichtes Haar, seinen unverwechselbaren Gang, die Füße leicht nach außen gedreht. Er ist immer schon so gegangen, seit er ein Kind war. Seine Eltern haben ihn deswegen zum Arzt gebracht, als er klein war. Der meinte, das würde sich schon noch auswachsen, doch er irrte sich. Meistens gibt Jack sich Mühe, auf seine Füße zu achten. Er will nicht wie ein Pinguin aussehen, sagt er.

Ich denke an diesen Satz und muss lächeln. Dann fühle ich Tränen aufsteigen und blinzele heftig, um nicht schon wieder zu weinen.

Ernie tritt neben mich. Jack ist in der Menge der Menschen verschwunden, die in letzter Minute noch Besorgungen machen oder schon in Feierstimmung sind und vor den Kneipen stehen und rauchen. Es tut mir leid, dass Jack mich so mit einem anderen gesehen hat. Auch wenn er viel Schlimmeres getan hat. Ich fühle wieder den vertrauten Schmerz in meinem Kopf.

»Anjali, bitte sag mir, was los ist.«

Kunden kommen in den Laden. Ernie nimmt ihnen die Blumen ab und kümmert sich um sie, sodass ich nur die Sträuße in Papier wickeln und kassieren muss. Als sie fort sind, gehen wir ins Hinterzimmer. Im Schrank der kleinen Küche findet sich noch ein altes Päckchen Pfefferminztee. Seite an Seite sitzen wir mit unseren Bechern auf Holzstühlen, die Füße auf Kisten. Clara und ich wollen schon seit ewigen Zeiten hier aufräumen, in dem Raum türmen sich leere

Gefäße, braunes Einwickelpapier, kilometerweise Bänder, Seidenpapier, Osterdeko vom letzten Jahr, Lamettareste.

»Das eben an der Tür war Jack«, sage ich.

Ernie nickt. Eine Weile betrachtet er eingehend seinen Teebecher. »Es scheint, als wäre ich zum falschen Zeitpunkt in dein Leben gekommen.«

Ich schüttele den Kopf. »Nein, bist du nicht.«

»Vielleicht solltest du mit ihm reden.«

Wieder schüttele ich den Kopf, energischer dieses Mal. »Nein. Ich wüsste nicht, was es zu reden gäbe.«

Er sieht mich an, als wolle er sichergehen, dass ich es auch so meine. »Als du bei mir warst, hast du über eine ganze Menge geredet.«

»Du doch auch.«

»Eigentlich wollte ich nicht so viel erzählen. Du wahrscheinlich auch nicht.«

Ich fixiere ein Stückchen blaues Band, das auf den Boden gefallen ist. »Ich habe dir nicht alles erzählt. Ich habe dir nicht erzählt, dass der einzige Grund, warum ich von zu Hause weg bin, die Krankheit meiner Schwester war. Dass ich ausgezogen bin, weil ich nicht wusste, wie ich damit umgehen sollte.«

Ich starre weiter das Band an und warte auf seine Reaktion.

»So etwas in der Art habe ich mir gedacht«, sagt er.

»Dann weißt du jetzt, was für ein Mensch ich bin.«

»Du warst noch so jung, Anjali. Außerdem ist es in dem Alter völlig normal, von zu Hause auszuziehen.«

»Es war nicht nur so, als ich jünger war.« Ich greife nach dem Band und wickele es um meine Finger. »Das war nur das erste Mal, dass sie krank geworden ist. Es ist aber noch öfter passiert. Einige Male. Sie musste zweimal ins Krankenhaus, beim zweiten Mal war ich nicht mal in England.« Ich denke an den Tag in Sri Lanka, an dem Jack mir die Elefanten geschenkt hat, damit sie auf mich aufpassen, obwohl es meine Schwester war, die sie viel dringender gebraucht hätte, dort auf der geschlossenen Station.

Ernie dreht sich zu mir. »Ich bin auch weggelaufen. Ich habe mich in die Drogen geflüchtet.«

»Aber du warst für deine Familie da, als sie dich gebraucht hat«, sage ich leise. »Du bist vor deiner Trauer geflüchtet.«

Er streicht mir über die Wange und wischt eine Träne weg, die ich gar nicht bemerkt habe. »Du hast auch getrauert. Du dachtest, du verlierst deine Schwester.«

»Und ich habe sie verloren, weil ich sie im Stich gelassen habe.«

Er legt seinen Kopf an meinen. Ganz sanft sagt er: »Das stimmt nicht. Sie ist ja noch da.«

»Aber jetzt ist alles anders, Ernie. Wir sprechen kaum noch miteinander.«

»Das kann sich auch wieder ändern. Du änderst dich. Sie kann sich auch ändern.«

»Sie hat neuerdings einen Freund. Und ich weiß überhaupt nichts darüber.«

»Meine Schwester erzählt mir nie etwas. Ich habe zum ersten Mal von ihrem Freund erfahren, als sie mir eine Einladung zur Hochzeit geschickt hat. In Seattle. Und zack, ist sie dahin gezogen. Und ich so: Geht's noch, Schwester?«

Ich lächele. Ich betrachte seine Hände, die er um den Becher gelegt hat. Die hellen Halbmonde in seinen Fingernägeln. Ich denke daran, wie diese Hände meinen Körper gestreichelt, mein Gesicht umfasst haben. Die Hände, die einst seinen Vater gebadet, seine Mutter getragen haben. Dieser Mann würde mich nie betrügen, das spüre ich tief in meinem Inneren.

Er stellt unsere Becher ab. Dann nimmt er meine Hand, und unsere Finger verschränken sich ineinander. Der hellere Ton meiner braunen Haut verbindet sich mit seinem dunkleren.

Er drückt mir einen Kuss auf die Schläfe.

»Was machst du morgen am ersten Weihnachtstag?«, frage ich. Und ohne darüber nachzudenken, fahre ich fort: »Du könntest mit zu meiner Mum kommen, wenn du nichts anderes vorhast. Sie kocht sowieso immer viel zu viel für uns drei. Dann könntest du auch Shanthi kennenlernen. Ich würde mich freuen.« Kaum haben die Worte meinen Mund verlassen, sehe ich den geschockten Gesichtsausdruck meiner Mutter, wenn sie die Tür öffnet und ich und der eins neunzig große Ernie davorstehen, ihre Panik, dass sie nicht genug oder nicht das Richtige zu essen gemacht hat. Ernies amüsierten Blick, während sie um ihn herumwirbelt, bis sie eine Geschwindigkeit von hundertachtzig Sachen erreicht hat und sich selbst in den Orbit schickt.

»Hey, das ist wirklich nett von dir«, sagt er. »Aber ich fahre zu meiner Tante nach Bath.«

»Du könntest sie mitbringen.« Das Gesicht meiner Mutter würde ich gern sehen.

»Sie ist schon ziemlich gebrechlich. Ich glaube nicht, dass sie die Fahrt überleben würde.«

»Verstehe«, sage ich. »Können wir uns dann vielleicht nach Weihnachten sehen?«

Er antwortet nicht gleich. Ich nehme meine Tasse und trinke einen Schluck von dem heißen grünen Gebräu. In den vergangenen Wochen habe ich versucht, mich mit Pfefferminztee anzufreunden, aber ich fürchte, dass ich ihn grundsätzlich einfach ekelhaft finde.

»Anjali, es gibt noch einen anderen Grund, weshalb ich gekommen bin.«

Mein Herz beginnt heftiger zu schlagen. Erst jetzt fällt mir auf, wie tief die Schatten unter Ernies Augen sind.

»Ich habe heute Nacht kaum geschlafen, weil ich nachgedacht habe. Ich nehme einen Auftrag an. In Vancouver.«

Ich schlucke. Einen Moment lang bekomme ich kein Wort heraus.

»Vancouver? Das Vancouver in Kanada? Nicht das Vancouver um die Ecke, gleich hinter Easton?«

»Gibt es da ein Vancouver?«

»Ich wünschte, es gäbe es.«

»Es ist das in Kanada.«

In meinen Ohren dröhnt es.

»Warum?«

»Mein Bruder lebt dort. Er hat zwei Kinder, die ich kaum kenne. Und meine Schwester und ihre Familie wohnen in der Nähe von ihnen. Das Angebot kam schon vor einer ganzen Weile, und ich habe zunächst abgelehnt. Aber dann haben wir über Familie geredet. Und – na ja – das hat mich nachdenklich gemacht.«

Ich sehe seine Hände an, die jetzt in seinem Schoß liegen, weit weg von meinen. Ich habe das Gefühl, dass mir etwas in rasender Geschwindigkeit entgleitet, als wollte ich versuchen, Wasser mit den Händen aufzuhalten. Das gleiche Gefühl überkommt mich immer, wenn ich versuche, mich an meinen Dad zu erinnern. Als Ernie sich mir zuwendet, ist da wieder diese tiefe Furche auf seiner Stirn, und ich weiß, dass auch er vergeblich versucht, Erinnerungen einzufangen.

»Einen Auftrag, sagst du? Für wie lange? Zwei Wochen? Zehn Tage?«

Er weiß, dass ich das nicht ernst meine.

»Acht Monate.«

Acht Monate. Das reicht, um jemanden zu vergessen, wenn man will.

Ich konzentriere mich auf einen Riss im Laminatboden. »Du hattest recht. Wir sind uns wirklich zum falschen Zeitpunkt begegnet.«

Er zögert. »Ich habe überlegt, ob ich bleiben soll. So viel wie für dich habe ich für niemanden mehr empfunden seit … seit langer Zeit.« Mein Herz macht einen winzigen, hoffnungsvollen Sprung, doch ich ahne, dass gleich ein *Aber* folgt. »Aber ich glaube nicht, dass ich es bin, den du im Augenblick brauchst.«

Die Szenen meiner Tagtraum-Montage verlieren sich. Ich stelle mir vor, wie es sich wohl anfühlen würde, nachts neben Ernie zu liegen, unsere Körper ineinander verschlungen, hellbraune auf dunkelbrauner Haut, bis das Morgenlicht durch seine vorhanglosen Fenster auf den Weihnachtsstern neben seinem Bett fällt. Aber als ich in seine Augen blicke, sehe ich alles, was in letzter Zeit in mir aufgewühlt wurde, das Bewusstsein der großen Lücke in meinen Leben, seit ich meine Familie verlassen habe.

»Ich glaube, ich sollte jetzt gehen«, sagt er.

Ich muss heftig blinzeln. Eigentlich ist die Öffnungszeit längst vorüber. Clara wird gleich hier sein, um mir beim Schließen zu helfen. Es ist dunkel geworden im Laden, die Blumen werfen lange Schatten. Ernie steht unschlüssig in der Tür, genau unter dem Mistelzweig. Seine Augen sind jetzt fast schwarz, Traurigkeit zeichnet tiefe Linien in sein Gesicht.

Ich fürchte mich davor, ihn nächste Woche nicht wiederzusehen, und die Woche danach. Davor, dass dieser sanfte, liebe Mann mir durch die Finger gleitet.

»Pass auf dich auf«, sagt er.

Es ist der erste Weihnachtstag, und Mum hat für zwanzig gekocht. Der Tisch biegt sich unter der Last der Currys – scharfes Kartoffelcurry, Grüne-Bohnen-Curry, Pilzcurry, Auberginen-Spinat-Curry, leuchtend oranges Linsencurry mit Kurkuma. Und als Beilage einen aufgetauten Nussbraten aus dem Supermarkt. Zur Feier des Tages, sagt sie.

Shanthi sitzt links von mir und faltet Kronen aus buntem Papier. Sie hat alle Farbe und Tinte von den Händen geschrubbt und ihr Haar frisch gewaschen, aber Mum beklagt sich immer noch über die Löcher in ihren Jeans. Im Stillen bewundere ich Shanthis Fähigkeit, Mums stetig auf uns einprasselnde Nörgeleien einfach an sich abgleiten zu lassen, ohne sie ihr übel zu nehmen.

»Möchte noch jemand eine zweite Portion? Wer will noch etwas?« Mum rennt in die Küche, um noch mehr zu holen, obwohl auf dem Tisch absolut kein Platz mehr ist. Shanthi und ich sehen uns an und rollen mit den Augen. Nicht nur Mum ist so, zweifellos würde es jede sri-lankische Mutter genauso machen. Es ist zwecklos, ihr zu sagen, sich mal einen Moment hinzusetzen. Vor allem an diesem Weihnachten. Heute Morgen hat Mum das Ganze noch heruntergespielt und betont, dass Weihnachten nichts mit unseren Traditionen zu tun hat, aber sie ist außer sich vor Glück, dass wir an diesem Feiertag alle zusammen sind. Das Leuchten in ihren Augen ist nicht zu übersehen.

»Hier, Shanthi, iss nur weiter.« Mum häuft noch mehr vor Öl triefende Auberginen auf den Teller meiner Schwester.

Mir ist aufgefallen, dass Shanthi noch dünner geworden ist, seit ich sie das letzte Mal gesehen habe.

»Ich kann nicht mehr, Mum«, protestiert sie.

»Natürlich kannst du noch. Du bestehst ja nur aus Haut und Knochen.«

»Ich kann nichts dafür.«

»Du wirst so lange essen, bis du dick und rund bist.«

Mum ist nicht gut darin, mit uns über tiefer gehende Themen zu reden. Sie kommuniziert über das Essen, das ist ihre emotionale Währung. Ich vermute, dass es vielen Leuten so geht.

»Und was ist mit dir, Anjali?«, fragt Mum. »Du wirst auch immer dünner, wie ich sehe.«

»Ich bin satt, Mum«, sage ich und bin genervt, als sie mich ignoriert und mir ebenfalls Auberginencurry auf den Teller schichtet.

»Du siehst gar nicht gut aus.« Mum nimmt mein Kinn in ihre Hand und schaut mich prüfend an. »Wie willst du in diesem Zustand einen Ehemann finden? Iss jetzt auf.«

»Mum, um Himmels willen. Ich will überhaupt keinen Ehemann.«

»Willst du für den Rest deines Lebens allein bleiben?«

»Und wenn?«

»Jetzt zeig ein bisschen guten Willen und iss weiter. Denk daran, dass wir im Februar nach Sri Lanka fliegen. Willst du, dass unsere Familie denkt, ich lasse meine Kinder verhungern?«

Ich hatte die Reise, die wir vor Monaten gebucht haben, schon fast vergessen. Widerwillig mache ich mich an die Aubergine. Nach ungefähr vier weiteren Portionen hat Mum sich für eine Weile hingelegt, und Shanthi und ich sitzen vor dem Fernseher und gucken *Top of the Pops*.

Wie üblich hat meine Schwester ein Blatt Papier auf dem Schoß. Sie zeichnet den kleinen Buddha, der neben dem Fernseher sitzt. Er ist aus Sri Lanka und stammt aus Dads Elternhaus, hat Mum uns erzählt. Alle unsere Großeltern sind inzwischen gestorben.

Ich sehe Shanthi zu, wie sie ihre Hand über das Papier bewegt und das Gesicht des Buddhas lebendig wird. Aus seinem Blick sprechen Weisheit, Frieden und Güte. Ich wüsste wirklich gern, wie sie das macht.

»Du warst viel unterwegs in letzter Zeit«, sage ich nach einer Weile.

»Findest du?« Sie sieht auf. »Kann schon sein.«

Ich betrachte meine Schwester genauer. Ihre Stirn ist in Falten gelegt, wie immer, wenn sie zeichnet. Ihr Haar ist zwar frisch gewaschen, aber es rutscht schon wieder an allen Ecken und Enden aus dem Knoten an ihrem Hinterkopf. Geistesabwesend zupft sie zwischendurch mit der Spitze ihres Stifts an einem losen Faden ihrer Jeans.

»Triffst du immer jemanden Bestimmtes?«

»Manchmal auch die anderen.«

»Wo geht ihr hin?«

Sie hält das Blatt höher und legt den Kopf zur Seite. »Manchmal nur ins Atelier. Manchmal gehen wir auch was essen oder trinken.«

»Und was trinkst du so?« Shanthi mag weder Tee noch Kaffee. Und Alkohol rührt sie nicht an.

Sie lacht. »Heiße Schokolade. Orangensaft. Wasser. Was du alles wissen willst, Anjali.«

Reumütig hebe ich die Hände.

»Ich freue mich jedenfalls, dass du mal ein bisschen rauskommst. Besser, als ständig bei Mum zu sein.« Ich denke an die Jobs, die Shanthi im Laufe der Jahre während ihrer gesunden Phasen hatte. Ich stelle sie mir im maßgeschneiderten Hosenanzug an ihrem ersten Tag bei *Marks & Spencer* vor, todschick, bis auf ihre abgewetzten Doc Martens. Oder als sie sich einen blauen Overall angezogen und bei *Tesco* Seite an Seite mit Mum Regale eingeräumt hat. Bei all diesen Jobs war sie enorm fleißig, soweit ich weiß, gab es nie Probleme. Aber nach einer gewissen Zeit begann sie jedes Mal abzudriften, bis die Krankheit wieder zuschlug und alles wieder von vorn begann. Mum fragte sich immer, ob die Dinge sich vielleicht anders entwickelt hätten, wenn Dad noch gelebt hätte. Meine Schwester war fünf, als er starb. Manche Sachen bekommt man ganz intuitiv mit, und ich weiß, dass Mum von diesem Zeitpunkt an den Eindruck hatte, meine Schwester hätte sich verändert und zöge sich immer mehr in sich selbst zurück.

»Was macht denn die Arbeit im Atelier überhaupt?«, frage ich.

Shanthi legt den Stift zur Seite. Oberhalb des T-Shirt-Ausschnitts zeichnen sich ihre Schlüsselbeinknochen scharf ab. Eine erneute Welle von Sorge erfasst mich. Die Bilder der Ereignisse von vor zehn Jahren liegen jetzt so nah an der Oberfläche – wie Korken im Meer schaukeln sie auf und ab. Die von Asche und Kippen überfließende Untertasse neben dem Bett meiner Schwester. Shanthi, wie sie in dem immer gleichen grauen T-Shirt am Fenster steht, der Stoff dünn geworden vom Tragen und feucht von Schweiß, voller Ascheflecken. Ihre geflüsterten Worte, die ich nicht verstand und die der Wind mitnahm.

»Wir planen eine Ausstellung«, sagt sie.

»Was?« Ihre Worte stehen in so krassem Gegensatz zu den Bildern in meinem Kopf, dass ich das Gefühl habe, aus dem Schlaf gerissen worden zu sein.

»Wir vier zusammen. Wir haben schon eine ganze Weile darüber geredet.«

»Wo?«

»Man hat uns einen Raum in Ashton Court angeboten.«

»Das ist ja großartig!«

»Noch steht die Ausstellung nicht.«

»Wie cool ist das denn?«

»Immer langsam mit den jungen Pferden. Uns steht noch ganz schön viel Arbeit bevor, Anjie.«

Anjie. So hat sie mich seit Jahren nicht mehr genannt. Es fühlt sich gut an, den alten Kosenamen zu hören, zur Abwechslung läuft mir ein wohliges Gefühl den Rücken herunter. Shanthi lächelt, kleine Fältchen bilden sich um ihre Augen.

Ich lächele auch. Meine Schwester ist nicht so dünn, weil sie wieder krank ist – sie arbeitet nur sehr viel. Als Schulkind hat sie die Rote-Bete-Möhren-Sandwiches nie aufgegessen, sie hat einfach keine Zeit zum Essen, wenn sie mit dem Kopf bei ihrer Kunst ist.

Seit fast zwei Jahren ist sie stabil. Ich sollte lieber Bilder von meiner Schwester im Kopf haben, auf denen sie ihre guten Jeans und ein sauberes T-Shirt anhat, die sie im Nachbarschaftscafé trägt, wenn sie den Gästen Gemüsesuppe und Falafel serviert, wo sie die Künstler trifft, die ihr den Tipp mit dem Atelier gegeben haben, wo sie einen Tisch am Fenster hat, wo sie die Person getroffen hat, der sie gelbe Iris mitbringt, wo sie eine Ausstellung ihrer Arbeiten plant – und endlich da ankommt, wo sie alle nach ihrem Abschluss an der Goldsmiths gesehen haben.

Ich lasse mich in das Sofa zurückfallen und drücke Ordie an meine Brust.

Alles in allem ist Weihnachten dieses Jahr gar nicht so übel. Als *EastEnders* aus ist, spielen wir Monopoly. Mum sagt ausnahmsweise nicht, dass ich gar keine Hotels kaufen muss, weil ich ja schon ein *Hotel Mama* habe. Es sieht fast so aus, als wolle sie sich ein bisschen zusammennehmen. So wie ich.

Shanthi und ich gehen ins Bett, jede auf ihrer Seite des Schlangenwandschirms.

»Du solltest das alte Ding rauswerfen«, sage ich, nachdem wir das Licht ausgemacht haben. »Ich hasse diese Schlangen.«

Die glänzenden Reptilien mit ihren weit geöffneten Mäulern sind noch schemenhaft zu erkennen und starren mich vom Paravent her an. In manchen Nächten wache ich immer noch davon auf, dass ich von Tausenden von Schlangen und ihren dicht gedrängten, verschlungenen Körpern träume.

Ich höre, wie meine Schwester zögert. »Mich stören sie nicht.«

Danach herrscht eine Weile Stille, und ich frage mich, ob sie eingeschlafen ist.

Ich ziehe meine Bettdecke etwas höher, durch den Spalt im Fensterrahmen dringt kalte Luft. Ich denke an die Weihnachten unserer Kindheit. Wie wir auf den Weihnachtsmann warteten, obwohl wir nicht an ihn glaubten, wie wir am Himmel nach einem Schlitten Ausschau gehalten haben, bevor wir schlafen gingen. Und an das eine Weihnachten, als Shanthi sieben war und ich fünf, an dem sie mir befahl, die ganze Nacht über wach zu bleiben, für den Fall, dass er vielleicht doch kommt, und wie mir am nächsten Tag vor Müdigkeit der Kopf ins Curry fiel und Mum mit Shanthi schimpfte. Wir dachten, wir hätten den Beweis erbracht, dass es ihn nicht gab, aber im folgenden Jahr hofften wir dennoch auf ihn, für alle Fälle.

Auf dem Nachttisch leuchtet mein Handy auf. In mir keimt die Hoffnung auf, es könnte Ernie sein.

Es ist Clara.

Mum hat zu viel getrunken und singt Tom Jones. Nächstes Jahr machen wir an Weihnachten lieber den Laden auf.

Durch den Spalt zwischen den Vorhängen versuche ich etwas vom Nachthimmel zu sehen. Es ist zu bewölkt für Sterne. Ob da, wo Ernie gerade ist, Sterne am Himmel sind, ob er vielleicht gerade im Gästezimmer seiner Tante liegt und in die Nacht hinausblickt und an mich denkt?

Mir fallen eben die Augen zu, als ich meine, dass Shanthi an die Schlangenwand geklopft hat. Ich warte einen Moment, dann höre ich ein zweites leises Klopfen. Ich strecke meinen Arm aus und klopfe zurück. Das wiederholen wir dreimal. Der Kobra-Code, so nannten wir das als Kinder. Ich habe immer auf dieselbe Schlange geklopft. Shanthi vielleicht auch, wer weiß.

SECHS

Früher oder später musste es so kommen. Ich hätte nur nicht gedacht, dass es so bald passiert. Der Januar ist fast zu Ende. Mehrere Sonntage liegen hinter uns, und ich habe mir Mühe gegeben, an jedem einzelnen davon bei Mum zu erscheinen. Auch meine Schwester war extra jedes Mal zu Hause, obwohl sie oft nach dem Abendessen noch ins Atelier gegangen ist. Mum meinte, dass Shanthi jetzt ganze Nächte hindurch malt, damit für die Ausstellung alles fertig wird. Vielleicht hat sie ja auch einen Teil der Zeit ihrer neuen Beziehung gewidmet, von deren Existenz ich inzwischen überzeugt bin, doch das behalte ich natürlich für mich.

Aber ich komme vom Thema ab. In den vergangenen Wochen hat Mum ihren wöchentlichen Blumenstrauß ohne Fragerei oder Kreuzverhör in Empfang genommen, sie hat darauf verzichtet, mich am Kinn zu fassen und Bemerkungen über mein Aussehen zu machen. Möglicherweise hängt es damit zusammen, dass ich seit Weihnachten wieder Appetit habe und mittlerweile ruhig wieder etwas Gewicht verlieren statt zulegen könnte. Oder sie hat einfach die Hoffnung aufgegeben und sich damit abgefunden, dass bei mir Hopfen und Malz verloren ist. Oder sie hat irgendwo in weiter Ferne einen zarten Silberstreif am Horizont entdeckt und erkannt, dass man mit neunundzwanzig noch nicht am Rand des Grabes steht, und beschlossen, mich meine Privatangelegenheiten in meinem eigenen Tempo klären zu lassen.

Oder sie hat ihre ganz eigene Agenda.

»Ein wirklich guter Junge, du wirst sehen«, sagt sie im gleichen Atemzug, in dem sie mir am letzten Januarsonntag die Tür öffnet. Ohne sie auch nur eines Blickes zu würdigen, nimmt sie mir meine Schneeglöckchen ab – für die ich mir ein wunderschönes Arrangement in einer kleinen grünen Vase habe einfallen lassen. »Er wird dir gefallen, da bin ich ganz sicher.« Sie drängt mich eilig in die Wohnung und knallt die Schneeglöckchen auf den Tisch (wieder ohne sie auch nur einmal anzusehen).

»Wo ist Shanthi?« Suchend sehe ich mich um.

»Treibt sich irgendwo herum«, erklärt Mum geradezu vergnügt. Sie nimmt meine Hand und zieht mich beschwingt in die Küche, wo sie in einer einzigen fließenden Bewegung den Schalter des Wasserkochers umlegt und die angeschlagenen Becher aus dem Schrank angelt. Dann dreht sie sich zu mir, und erst, als ich die Aufregung wahrnehme, die aus ihren Augen und den kleinen Fältchen drum herum spricht, dämmert mir, was sie vorhin an der Tür gesagt hat.

»Was für ein Junge, Mum?«

»Ich habe den perfekten Ehemann für dich gefunden, Anjali, da bin ich mir absolut sicher.«

Sie wendet sich wieder dem Tee zu, und ich schlage meinen Kopf gegen den Türrahmen. Und noch einmal.

»Hör auf damit, Anjali, du machst noch das Holz kaputt.«

Mum versucht mich zu verkuppeln, seit ich denken kann. Buchstäblich. Als ich vier war, trafen wir einmal eine dunkelhäutige Frau mit ihrem fünfjährigen Sohn im St Andrews Park. Mum ist noch jahrelang mit ihr in Kontakt geblieben, weil sie die Hoffnung hatte, dass der kleine Junge und ich uns eines schönen Tages vermählen könnten. Als der Junge dann eines Tages tatsächlich heiratete (unfassbar: eine Engländerin), warf sie die Arme gen Himmel und brach in Wehgeschrei aus.

Ich sollte vielleicht klarstellen, dass Mum mich nicht mit dem Erstbesten verheiraten will. Mutter und Sohn im Park waren aus Sri Lanka, und anfangs war es selbstverständlich, dass alle passenden Kandidaten aus unserem Heimatland stammen mussten. Im Laufe der Jahre dünnten Mums sri-lankische Kontakte jedoch immer mehr aus. Sie konnte sich aber auch nicht entschließen, mit uns nach London zu ziehen, obwohl die Aussichten dort um vieles besser waren. Angesichts der begrenzten Möglichkeiten sah sie sich gezwungen, ihre Auswahlkriterien etwas anzupassen. Es durfte also durchaus jemand aus dem allgemeinen südostasiatischen Raum sein, Hauptsache, die fragliche Person war wahlweise Arzt, Steuerberater oder Anwalt. Mit der Zeit lockerte sie aus schierer Verzweiflung über mich auch diese Bedingungen. Sie wollte schon zufrieden sein, wenn der Auserwählte wenigstens eine dunkle Hautfarbe hatte. Und auch diese Bedingung hat sich mit den Jahren gewandelt. Der aktuelle Stand ist wohl, dass auch die Andeutung eines dunklen Hauttons gerade noch durchgehen würde.

Okay, Mum will mich doch mit dem Erstbesten verheiraten.

»Lass sie doch einfach machen«, sagte Clara zwei Tage später im Laden. Wir packen gerade die neue Ware aus, und ich versenke mein Gesicht in einer Ladung frischer Schneeglöckchen, um weiterer Überzeugungsarbeit zu entgehen.

»Anj?«

»Das verstehst du nicht.« Ich ziehe meinen Kopf wieder

aus den Blumen und wische mir einen Krümel Erde von der Nasenspitze.

»Aber was ist denn nur so schlimm daran? Du lernst Männer kennen, ohne etwas dafür tun zu müssen.«

»Es bedeutet, männliche Inkarnationen meiner Mutter kennenzulernen, ohne etwas dafür tun zu müssen.«

»Man kann nie wissen ...«

»Und außerdem will ich überhaupt niemanden kennenlernen.« Ich denke an Ernie. Seit Heiligabend im Laden haben wir nichts mehr voneinander gehört. Kein Wort davon, dass er mich auch vermisst. *Ich glaube nicht, dass ich es bin, den du im Augenblick brauchst.* Seine Worte gehen mir ständig im Kopf herum. Ich weiß, er hatte recht. In den letzten Monaten war ich nicht auf der Suche nach einem Mann. Selbst als ich glücklich war oder dachte, dass ich es mit Jack sei, hatte immer etwas gefehlt. Seit ich von zu Hause weggelaufen bin.

»Ich finde, du übertreibst. Die werden schon nicht wie deine Mum sein.«

Ich befreie noch mehr Schneeglöckchen aus ihrer Verpackung und atme ihren tröstlichen Duft ein. »Vielleicht nicht. Aber immer, wenn ich sie ansehe, werde ich Mums Stimme hören: ›Glaub mir, er ist der perfekte Ehemann für dich, Anjali.‹ Wie soll ich das für den Rest meines Lebens aushalten?«

»Es muss ja nicht für den Rest deines Lebens sein«, schlägt Clara vor. »Geh mit ihnen ins Bett, und lass sie wieder laufen. Dann hört deine Mutter schon von selbst mit der Kuppelei auf.«

»Ich will aber mit niemandem ins Bett.«

»Aber du bist unglücklich.«

»Bin ich nicht.« Ich stelle einige Töpfe auf der Ladentheke

ab und drehe mich zu ihr um. »Mir geht es schon viel besser, Clar. Das musst du zugeben.«

Sie verschränkt die Arme und mustert mich.

Okay, meine Taille hat etwas an Umfang zugenommen, ich weiß, dass meine Haare endlich mal zu bändigen sind, aber nur weil sie fettig sind und ich sie mit einem Gummiband, das hier auf dem Boden herumlag, zusammengebunden habe, und ich gebe zu, dass die Ringe unter meinen Augen tiefer geworden sind und unter meinen Nägeln jede Menge Schmutz hängt.

Ich gebe auch zu, dass ich die Nächte damit verbringe, dem Ticken der Uhr zu lauschen und acht Stunden für Vancouver zurückzurechnen.

Und ich gebe zu, dass ich jedes Mal, wenn mein Handy einen Ton von sich gibt, hoffe, dass es Ernie ist.

»Du könntest mal wieder etwas Aufheiterung gebrauchen, Anj.«

»Dann lass uns tanzen gehen.«

»Ich meine ja nur.« Clara bückt sich und fängt an, die Blumen auf Eimer zu verteilen. »Vielleicht solltest du dem jungen Mann, den deine Mum für dich gefunden hat, eine Chance geben.«

»Aber ich weiß jetzt schon, was für einer das sein wird.«

»Nämlich?«

»Such dir was aus: langweilig, pingelig, spießig ...«

»Na, hör mal, deine Mutter wünscht sich doch sicher etwas Besseres für dich.«

»Träum weiter! So sieht er in ihren Augen aus, der perfekte Ehemann.«

»War dein Vater denn so?«

Ich runzele die Stirn. »Nein, ganz im Gegenteil.«

Eigenartig. Außer dass mein Zukünftiger natürlich ein

anerkannter Mediziner sein muss, weiß ich nichts über Mums Vorstellungen davon, welcher Mann zu mir passen könnte. Ich bin noch nie auf die Idee gekommen, sie nach ihrer Meinung zu fragen, wenn ich persönliche Entscheidungen getroffen habe. Von zu Hause wegzugehen zum Beispiel.

»Siehst du, das meine ich«, insistiert Clara. »Versuch's doch einfach mal mit dem Typen. Außerdem kann ich nicht tanzen gehen, ich bin völlig blank.«

Mit Schwung dreht sie sich um und widmet sich wieder den Schneeglöckchen. Ich starre auf die blonden und braunen Strähnen in ihren Dreadlocks und frage mich, was wohl passieren würde, wenn ich einmal täte, was Mum sagt. Einmal ist keinmal.

»Okay, von mir aus, dann erzähl mal was über ihn.«

Es ist Mittwochabend, und ich kann Mums Anrufe nicht länger ignorieren. Oder besser gesagt, ich *habe* alle ihre Anrufe ignoriert, weil ich nicht in der Stimmung war, mich auf die Sache einzulassen, aber meine perfekte Strategie wurde von einer unerwarteten Wendung ausgehebelt: Mum stand plötzlich vor meiner Tür.

Mum war seit Jahren nicht mehr bei mir in der Wohnung, genau genommen nur das eine Mal, als wir gerade eingezogen waren. Es war auch das erste Mal, dass sie Jack traf. Sie setzte sich auf unser Freecycle-Kunstledersofa (mit großem Unbehagen, bis ich sie beruhigte, dass das Leder nicht echt sei) inmitten von Jacks Kartons und Taschen und der einen Kiste, die ich außer meinem kleinen Koffer mit in den Haushalt gebracht hatte. Sie musterte das abgenutzte IKEA-Mobiliar, die großflächigen Schimmelflecken an der Decke, den schmutzigen Teppichboden. Vorsichtig stellte sie die Vorratsdosen mit Curry, die sie mitgebracht hatte, auf dem Couchtisch ab, der klebrige, ringförmige Abdrücke aufwies.

Doch Jack gab sich wirklich Mühe mit ihr. Er machte ihr einen Cappuccino, erkundigte sich nach ihrer Arbeit und fragte, ob sie noch mehr Milchschaum oder Zucker wolle, und stimmte ihr zu, dass Lionel Richie schlicht unvergesslich war. Er zappelte mit den Füßen und fummelte nervös an seinen Fingern herum, aber er rannte erst in den Garten, um eine zu rauchen, als sie wieder aus der Tür war.

Danach habe ich stundenlang die Wohnung geschrubbt, und Jack holte die Gitarre raus und übte, ohne die Miene zu verziehen, *Dancing on the Ceiling* ein, aber Mum kam uns nie mehr besuchen.

Entsprechend groß war der Schock, als sie heute am frühen Abend vor meiner Tür stand.

Wir sitzen draußen, an dem Holztisch auf der kleinen betonierten Fläche. Ich wollte ihr zeigen, was ich aus dem Garten gemacht habe. Meine Schneeglöckchen haben gerade erst die Köpfe aus der Erde gereckt. Als Adam und Eva aus dem Garten Eden vertrieben wurden und Eva befürchtete, dass der Winter nie mehr enden würde, soll ihr ein Engel erschienen sein. Der Engel verwandelte einige Schneeflocken in zarte, kleine weiße Blumen, und da wusste Eva, dass Kälte und Dunkelheit bald vorüber sein würden. An diese Geschichte muss ich immer denken, wenn ich die kleinen Köpfchen der Schneeglöckchen sehe, die hoffnungsfroh auf den Frühling warten.

Obwohl es immer noch saukalt ist.

Und das Außenlicht kaputt ist und man die Blumen kaum erkennen kann.

Und ich nicht weiß, wie lange ich den Garten noch haben werde. Bei meinem Gehalt muss ich entweder selbst kündigen, oder ich werde gekündigt. Engel sind in Bristol eher selten. Zumindest die, die Schneeflocken verwandeln können.

»Sollen wir wieder reingehen?«, frage ich Mum. Ehrlich gesagt ist es stockdunkel, ich sehe nicht einmal ihr Gesicht.

Wir gehen hinein. Natürlich sieht sie den Staub auf dem Kaminsims, auf dem IKEA-Regal und dem großen Schirm der Ziehharmonikalampe in der Zimmerecke. Natürlich entgeht ihr nicht die winzige Küche, die zwar nicht mehr vor Fett starrt, aber wo sich im Spülstein das schmutzige Geschirr stapelt und sich ungewaschene Wäsche vor der Waschmaschine anhäuft. Doch sie wird mit Sicherheit nicht sehen, dass ich die grellbunten Vorhänge durch weißen Musselin ersetzt und die Ringe auf dem Couchtisch mit Essig wegbekommen habe. Sie wird auch keine Augen für die glänzenden grünen Blätter meines Gummibaums haben.

Ich spüle zwei Becher aus und mache Tee. Es gibt nur ein Mittel, sie von meinen minderen hausfraulichen Qualitäten abzulenken. Unruhig folgt sie mir dicht auf den Fersen und kann es sichtlich kaum erwarten, mir von dem Mann zu erzählen, den sie für mich gefunden hat. Und wenn ich jetzt vielleicht – nur vielleicht – dieses eine Mal nachgebe und …

»Wie bist du denn eigentlich auf diesen Mann gekommen?«

Ob das die Uhr ein wenig zurückstellt, ob mich ihr gigantischer Busen nun wieder willkommen heißt, ob unser Verhältnis dadurch wieder besser wird? Und wichtiger noch: ob es uns als Familie wieder näher zusammenbringt?

Ich werde mit Details versorgt.

Es hat also alles mit Aunty Arie angefangen, keine richtige Tante, nur eine Frau, die Mum aus dem Tempel kannte und die jetzt tot ist. Offenbar hatte Aunty eine Schwester, auch sie verstorben. Diese tote Schwester hatte einen Cousin, ebenso nicht mehr unter den Lebenden, versteht sich. Besagter Cousin hatte eine Nichte, die bedauerlicherweise ebenfalls das Zeitliche gesegnet hat. Die verblichene Nichte hat eine Tochter, die glücklicherweise noch am Leben ist. Diese sehr lebendige Tochter wiederum hat einen Cousin, bei dem gesundheitlich auch alles im Lot ist. Der dankenswert kerngesunde Cousin hat einen Neffen, der seinerseits munter wie ein Fisch im Wasser ist. Der muntere Neffe hat geheiratet, eine Frau, die das blühende Leben ist. Diese robuste Dame hat erfreulicherweise eine ähnlich quicklebendige Schwester. Und diese nun kennt jemanden. Jemanden, der noch unter den Lebenden weilt, männlich ist, Brite indischer Abstammung und Hindu (was nicht weiter schlimm ist), der vor allem aber eines ist: MEDIZINER.

Ka-ching.

»Und er ist Junggeselle.« Mums Augen sind bis zum Anschlag aufgerissen. Das ist wie ein Sechser im Lotto, wie wenn man es ins Finale von *The Great British Bake Off* geschafft hat.

»Und wie hast du das mit dem Verkuppeln angestellt?«

Hierzu war offenbar eine komplexe Abfolge unterschiedlichster Telefongespräche vonnöten, bei denen die robuste Frau die Fäden in der Hand zu haben schien.

»Aber warum braucht er denn Hilfe, um jemanden kennenzulernen? Wenn er so begehrenswert ist, findet er doch sicher selbst jemanden? Wenn er will, sogar eine Inderin. Wie alt ist er denn?«

Doch Mum ist gerade richtig schön in Fahrt und überhört meine Fragen. Vor meinem inneren Auge sehe ich einen steinalten, gebrechlichen Heilkundigen, der infolge lebenslanger Unverträglichkeit mit dem anderen Geschlecht immer noch Jungfrau ist und mit seinen arthritischen Fingern die

Gelegenheit beim Schopf ergriffen hat, sich gewissermaßen im letzten Moment fortzupflanzen und seinen schütteren Samen zu verbreiten.

»Seine Mutter will nicht, dass er sich mit einem von diesen englischen Mädchen einlässt«, verkündet Mum mit stolzgeschwellter Brust. Und das ist, was sie mindestens genauso erhebend findet wie den Gedanken, einen Arzt zum Schwiegersohn zu haben: endlich eine Gleichgesinnte, mit der sie stundenlang Geschichten über ihre Kämpfe mit diesem Land austauschen kann (und dabei zu diversen Tassen *PG Tips*-Tee bergeweise Victoria Sponge Cake oder anderen durch und durch englischen Kuchen verzehren).

»Und dieser Typ ... dieser Doktor ... weiß er irgendetwas über mich?«

»Ich habe ihr« – der robusten Frau – »alles über dich erzählt. Und sie hält dich für überaus passend.«

Passend inwiefern?, frage ich mich. Mein Blick rutscht auf meinen Bauch, und ich stelle mir vor, wie er sich mit einem Kind nach dem anderen füllt, die eines Tages alle zu siechen Ärzten werden.

»Aber was ist mit dem Mann selbst? Was sagt er denn zu dem Ganzen?«

Ein sterbender, gebeugter Weißkittel taucht vor meinem geistigen Auge auf. Er stochert in seinen letzten noch verbleibenden braunen Zähnen herum, hocherfreut, die Bekanntschaft dieser Frau zu machen, die ihm zugeführt wird, gleichgültig, wer sie ist, wenn sie nur jung und mannbar und willens ist, seine haarigen Zehen zu kraulen.

»Er sagt, er wird sich mit dir treffen.«

Wer die Sache mit meinen Augen sieht, wird zweifellos nachvollziehen können, dass ich es jetzt mit der Angst zu tun bekomme.

»Ich werde mich dann gleich darum kümmern«, sagt Mum. »Ich lade sie für Sonntag zum Abendessen ein.«

»Nein!« Ich bin selbst überrascht über meine heftige Reaktion. Mum setzt verblüfft ihren Teebecher ab. »Kommt überhaupt nicht infrage«, setze ich nach, für den Fall, dass ich mich nicht klar ausgedrückt habe. »Nur über meine Leiche.«

»Anjali, du bist doch kein Teenager mehr. So etwas ist eine ernsthafte Angelegenheit. Kein Grund, so empfindlich zu sein.«

»Mum, ich werde mich nicht bei dir hinsetzen und mich von lauter Fremden anstarren lassen.«

Mein Herz klopft mir bis zum Hals. Ich kann sie schon vor mir sehen, den altersschwachen Arzt mit seiner Entourage von asiatischen Kupplerinnen, die ihre Notizbücher gezückt halten, um mit ihren vergoldeten Füllfederhaltern jedes bisschen Spinat darin festzuhalten, das in meinen Zähnen hängen bleibt. Dann schiebt sich Ernie ins Bild, wie er mit strahlenden Augen unter dem Mistelzweig steht. Der Schmerz in meiner Brust wird stärker. Irgendwelche Typen aufzureißen hat mir nicht geholfen, über Jack hinwegzukommen. Und bei der Leere, die ich jetzt empfinde, wird das genauso wenig funktionieren.

»Du willst ihn also nicht kennenlernen?« Aus Mums Gesicht spricht tiefe Enttäuschung. Auf einmal sieht sie müde aus, ihre Haut ist ganz trocken. Die Falte auf ihrer Stirn scheint von Woche zu Woche tiefer zu werden.

Sie so zu sehen verstärkt meinen Schmerz noch.

»Ich habe mir so viel Mühe gegeben, ihn zu finden, Anjali. Mein ganzes Leben habe ich mir so viel Mühe mit dir gegeben.«

Ich schlucke. »Mum, ich bin dir ja auch dankbar dafür, ich weiß nur nicht, ob es so eine gute Idee ist …«

»Willst du dem Jungen nicht wenigstens eine Chance geben?« Ihre Stimme nimmt einen klagenden Ton an. »Er ist Arzt, Anjali! Weißt du nicht, was das heißt?«

»Doch, klar, dass er reich ist und …«

»Nein, es geht um etwas viel Wichtigeres.« Mum sieht gekränkt aus. »Das heißt, dass er für dich sorgen wird.«

»Mum, ich finde nur, dass …«

»Willst du lieber die ganze Zeit hier sitzen, deinen Garten angucken und nichts tun?«

»Okay!«, sage ich. »Okay, okay, ich treffe mich mit ihm.« Ich seufze. »Aber nicht bei dir zu Hause, hörst du? Woanders, an irgendeinem neutralen Ort, wo niemand anderes dabei ist.«

»Na gut.« Ein Hoffnungsschimmer flackert in ihren dunklen Augen auf.

»Und wenn er mir nicht gefällt, dann darfst du dich nicht darüber aufregen, haben wir uns verstanden?«

Sie hebt die Hände. »Es ist deine Entscheidung. Ich werde dich zu nichts zwingen, ich will nur, dass du ihn kennenlernst.«

Ich seufze noch einmal, die Enge in meiner Brust lässt etwas nach.

Mein Handy piept.

Wieder flammt Hoffnung in mir auf, wieder dieser Schauer, der mir über den Rücken läuft. Doch es ist nicht Ernie, sondern Google. Google fragt, ob ich meinen Content synchronisieren will. Ich sehe Mum an, die sich in ihrer eigenen Welt wahrscheinlich schon die Hochzeitszeremonie ausmalt, in der orange gekleidete Mönche nach sri-lankischem Ritual die Trauung vornehmen. Ernie wird sich nicht mehr bei mir melden, ich muss mich damit abfinden. Was würde Shanthi dazu sagen, wenn wir über die Sache sprächen? Aber wo sollte ich anfangen? Wie sollte ich ihr erklären, dass ich wiedergutmachen möchte, wie ich mich damals verhalten habe? Und selbst wenn mir das gelänge, bezweifle ich, dass sie das hören will.

Also gut. Vielleicht ist das der beste Weg, meinen Content zu synchronisieren. Ein kurzes Date mit einem Typen, der von mir und meinen Problemen keine Ahnung hat. Meine Mutter ist nicht mehr von mir enttäuscht – zumindest ein paar Minuten lang –, und es nimmt mir ein wenig von der Last, die ihre Hartnäckigkeit mir aufbürdet. Es spielt also keine Rolle, ob er sich als sterbende Jungfrau mit braunen Zähnen, haarigen Zehen und einer spät aufkeimenden Hoffnung auf Nachwuchs herausstellt.

Schließlich will ich ja nicht mit ihm ins Bett.

Seine Zunge umspielt beharrlich meine Brustwarzen, und ich kann nicht leugnen, dass ich es genieße. Ich drücke ihm meine Brüste entgegen. Dann küsst er mich wieder am Hals, auf dieselbe Weise, die mich dazu veranlasst hat, ihm meine Brüste anzubieten, und rutscht langsam das Bett herauf, bis er mir seinen dunklen Schwanz in den Mund stecken kann. Meine Hände umklammern seine Hinterbacken und ich stoße ihn in mich hinein, bis ich keine Luft mehr bekomme. Er verlässt meinen Mund und arbeitet sich wieder nach unten.

»Jetzt?«, frage ich. (Übersetzung: Fickst du mich endlich?)

»Warte«, gibt er mir zur Antwort.

Auf dem Weg abwärts wendet seine Zunge die gleiche Technik an wie bei meinen Brustwarzen, ein festes, regelmäßiges Kreisen, bis ich mir den Mund zuhalten muss, um nicht laut aufzuschreien.

»Jetzt!«, schreie ich. (Übersetzung: Fick mich jetzt auf der Stelle!)

»Warte!« Für diesen Befehl hebt er kurz den Kopf, und ich stöhne, weil er seine Zunge von meinem Körper gelöst hat. Zum Glück kehrt sie wieder an ihren Platz zurück. Gleich komme ich. Und dieses Mal werde ich nicht weinen.

»JETZT!«, kreische ich. (Übersetzung: FICK MICH JETZT AUF DER STELLE!)

Er gibt nach, zieht sich das Kondom über und fickt mich endlich jetzt auf der Stelle. Im Spiegel sehe ich seinen sich rhythmisch bewegenden dunklen Hintern, unsere ineinander verschlungenen Glieder, die fast genau den gleichen Milchkaffeeton haben und kaum auseinanderzuhalten sind. Ich habe das seltsame Gefühl, dass ich in eine arrangierte Sexszene geraten bin, und zwar eine, die weit entfernt ist von dem Sex, den ich mit Ernie hatte. Aber Ernie meldet sich nicht bei mir und hat auch nicht vor, sich bei mir zu melden, und denkt nicht an mich und will mich auch nicht wiedersehen, wenn die acht Monate vorbei sind, und außerdem wäre wenigstens Mum erfreut, vielleicht sogar stolz, dass ich mich hier so einbringe und … *Hör auf damit, Anjali! Hör auf, an deine Mutter zu denken, und konzentriere dich auf den arrangierten Sex!*

Dieser Typ ist ähnlich ausdauernd wie der Architekt, aber sein Plus an Erfahrung macht einen großen Unterschied. Wenn er so weitermacht, komme ich gleich noch mal. Das wäre mein erster multipler Orgasmus. Bisher habe ich davon nur munkeln hören, hinter vorgehaltener Hand wie alte griechische Sagen. Nicht dass alte griechische Sagen hinter vorgehaltener Hand erzählt werden, aber … *vergiss das, Anjali, vergiss die blöden alten Sagen, du hast nämlich gerade Sex!*

Ich komme kein zweites Mal. Aber es war nahe dran.

»Ah«, kommentiert er murmelnd seinen Orgasmus.

Dann wird er schlaff, und sein großer, durchtrainierter Körper fällt auf mich herab.

So liegen wir ziemlich lange, er auf mir, ich unter ihm eingequetscht, und versuchen, wieder zu Atem zu kommen.

Irgendwann gelingt es mir, mich herauszuwinden.

Ich drehe mich um und sehe mir den braunen Westinder genauer an.

»Hi«, sage ich.

Es hat Vorteile, sich mit einem Arzt zu treffen, das muss ich zugeben. Mediziner haben zum Beispiel mehr Geld als die Typen, mit denen ich sonst ausgehe. Sie können es sich daher leisten, sich mit dir in schicken Hotels zu treffen und dann spontan ein Zimmer zu zahlen, wenn binnen Sekunden die Entscheidung gefallen ist, Sex zu haben. Und sie können den Zimmerservice rufen.

»Fleisch«, sage ich nach einem Blick auf die Speisekarte. »Ein großes Stück Fleisch.«

»Steak?«, hakt er nach, den Telefonhörer am Ohr.

»Ja.« Ich klappe die Karte zu. »Ein schönes großes Steak, rare gebraten. Je blutiger, desto besser.«

»Ich dachte, du bist Vegetarierin?«

»Stimmt.« Ich ziehe die Bettdecke hoch und seufze selig. Mum wird mir das mit dem Fleisch nicht übel nehmen. Sie wird hochbeglückt sein, dass ich mich auf das Ganze eingelassen habe. Wie sehr ich mich auf das Ganze eingelassen habe, kann ich selbst kaum glauben. Zum ersten Mal gefällt mir jemand, der Mums Vorstellungen entspricht. Wird meine Familie bald glücklich und zufrieden sein? Ich fühle mich wie im Fieberwahn.

»Du bist fantastisch«, sagt der braune Westinder, und ich seufze noch einmal.

Hier muss ich einen Schritt zurücktreten und ein bisschen Abstand zu dem fleischlastigen Lob gewinnen, mit dem ich überschüttet werde, bevor ich noch abhebe. Wir sind im *Hotel du Vin* im Stadtzentrum. Ernie hätte wahrscheinlich gewusst, was ich erst googeln musste: Das hier ist ein restauriertes Lagerhaus, das früher Hauptumschlagplatz für Zucker aus den britischen Kolonien war. Womöglich hätte er mich darüber aufgeklärt, dass es unter Denkmalschutz steht und im 18. Jahrhundert erbaut wurde. »18. Jahrhundert«, hätte er vielleicht wiederholt und dann seine Lippen auf meine gelegt. *Lass das, Anjali! Du musst aufhören, an Ernie zu denken. Und überhaupt, denkmalgeschützte Gebäude gehören ja wohl eher in das Ressort des Architekten.*

Das Zimmer ist klein, aber fein. Weicher Teppichboden mit Karomuster und ein schweres Mahagoniholzbett mit einer hohen, festen Matratze. Ein Ledersessel thront neben den üppigen Falten der scharlachroten Samtvorhänge. Auf dem Tischchen am Fußende des Betts stehen eine Flasche Champagner und zwei Gläser (keine Flöten, o nein, Champagnerschalen aus echtem Kristall), die der braune Westinder noch in aller Eile organisiert hat, ehe er mich zu diesem Zimmer führte.

Er füllt eine Schale mit perlender Flüssigkeit. Ich setze mich etwas auf, lehne mich gegen das Kissen und strecke mich wie eine Katze. O ja, wie eine Katze. Dieser Raum weckt das fleischfressende, domestizierte Felltier in mir.

»Für dich, meine Schöne.« Der braune Westinder reicht mir das Glas.

Genau genommen ist er aber auch nicht gerade hässlich, und schon gar nicht gebrechlich. Die Designerbrille mit dem schwarzen Gestell ist mir gleich in der Lobby aufgefallen. Ich habe eine Schwäche für Brillen. Menschen mit Brille sehen aus, als liebten sie Gedichte. Zugegebenermaßen sind Sehhilfen eher ein Indiz für Kurzsichtigkeit als für Keats. *Aber kümmere dich jetzt nicht um mangelnden Visus, Anjali, sondern richte deine tadellose Sehschärfe lieber auf den braunen Westinder!*

Die Brille sitzt in einem jugendlichen, gleichmäßigen Gesicht. Dunkle Augen, fester Blick und unglaublich weiße Zähne. Nicht die Spur von Zahnbelag – dieser Mann versäumt keinen Termin beim Dentalhygieniker.

Dichte schwarze Locken, eine kürzer geschnittene Version meines Haars. Wenn es ein Mädchen wird, braucht sie auch ein Glätteisen.

Wenn es ein Mädchen wird?

Was soll das denn jetzt, Anjali?

Immer mit der Ruhe, nichts liegt mir im Moment ferner als der Gedanke an Kinder. Aber so langsam frage ich mich, ob meine Skepsis bezüglich Mums Absichten die ganze Zeit unbegründet war. Ich meine, warum habe ich die Idee, mich mit einem eloquenten, gut gekleideten (er hat zwar gerade nichts an, aber auf seiner Jeans sehe ich ein Armani-Etikett) und gebildeten Mann zu treffen, eigentlich immer als völlig absurd abgetan? Und was hatte ich gegen Ärzte einzuwenden? Wir sind noch nicht bei diesem Teil des Gesprächs angelangt, ich weiß also noch nicht, welche Art Mediziner er ist, aber Mum hat wahrscheinlich recht – Ärzte sind in aller Regel gute Menschen, wenn man mal von Serienmördern wie Shipman absieht. Gut möglich, dass der braune Westinder (fortan *BWI*, aus rein praktischen Gründen) genau der Richtige ist, mein von den Vorwürfen meiner Mutter gebeugtes Rückgrat wieder gerade zu biegen.

Und wer weiß, vielleicht werden die Vorwürfe künftig ausbleiben.

Ich stelle mir Mums Gesicht vor, wenn ich ihr erzähle, dass das Date gut gelaufen ist. Die sonntäglichen Abendessen werden von fröhlichem Geplauder erfüllt sein, und die jahrelangen Anschuldigungen werden sich wie die Currydämpfe aus dem offenen Fenster in den weiten Himmel über Bristol verflüchtigen.

Meine Schwester wird begierig sein, mehr zu erfahren, und im Austausch dafür möglicherweise ein wenig von ihrer geheimnisvollen Beziehung berichten. Ernie gelingt es irgendwie, sich ins Bild zu mogeln. Er sitzt am Ende von Mums Esszimmertisch, aber ich versuche, ihn tunlichst zu ignorieren. Er ist siebeneinhalbtausend Kilometer weit weg. Er hat mir keine Hoffnungen gemacht. Der BWI hingegen ist bei mir, hier und jetzt, *und* er hat meine Mutter auf seiner Seite. Vielleicht ist das die Lösung für alles, und die jahrelangen Streitereien und Kreuzverhöre, mein Gestolper und meine Bruchlandungen auf der Suche nach dem richtigen Weg haben ein Ende gefunden.

»Was für ein Arzt bist du?« Ich leere mein Glas und strecke es ihm hin, damit er mir nachschenkt.

»Ich bin Psychiater«, sagt er und angelt nach der Flasche.

Das heißt, er wird nicht meinen Rücken kurieren, dennoch hat sein Beruf etwas potenziell Tröstliches. Mir wird noch ein bisschen leichter ums Herz. Vielleicht kann ich mit ihm eines Tages sogar über meine Schwester sprechen.

»Wie alt bist du?«, will ich wissen.

»Fünfunddreißig.«

»Ah, gut.«

»Wieso ist das gut?«

»Äh.« Mir fällt auf, dass ich laut gesprochen habe, während ich die Punkte auf meiner mentalen Liste durchgegangen bin. »Ich meine, fünfunddreißig ist doch ein gutes Alter, findest du nicht? Ein gutes, solides Alter.«

»Fünfunddreißig ist noch ziemlich jung«, befindet er.

»O ja, ein gutes, solides und auch junges Alter.« Dass ich so eine starke Befürworterin dieses speziellen Lebensabschnitts bin, ist mir selbst neu, aber man muss die Trommel rühren, die einem vor die Füße fällt.

»Ich habe noch jede Menge Leben vor mir«, sagt er.

»Ja.«

»Wie alt bist du?«, fragt er.

»Neunundzwanzig«, antworte ich.

»Großartig.«

»Warum?«

Er schüttelt seine dichten Locken, als würde er sich über einen Witz amüsieren, den nur er versteht.

Ich bin ein bisschen verwirrt, aber da kommen unsere Steaks.

Kurz zeigt sich mir der BWI noch einmal in seiner ganzen Pracht, bevor er seine Blöße mit dem dicken Frotteestoff des Hotelbademantels bedeckt. Der Zimmerkellner trägt unser Dinner unter glänzenden silbernen Servierglocken auf, die er auf unserem Klapptisch arrangiert. Ich schenke ihm ein sittsames Lächeln, als entspräche es einem völlig normalen Maß an Dekadenz, um fünf Uhr an einem Samstagnachmittag (Clara hat mir für den Rest des Tages freigegeben) nackt Steak zu essen. Der Kellner lächelt zurück.

Wir essen im Bett, die Teller auf dem Schoß. Das Steak ist fantastisch. Am liebsten würde ich es in die Hand nehmen und meine Zähne hineinschlagen, aber ich zwinge mich, das Besteck zu benutzen.

»Ich finde es großartig, dass du Fleisch isst.« Mir fällt auf, dass der BWI mir fasziniert zusieht.

»Mmm«, antworte ich, den Mund voll mit Rind.

»In meiner Familie sind alle strenge Vegetarier«, berichtet er.

Ich schlucke. »In meiner auch.«

Wir halten inne und betrachten die Lachen blutigen Fleischsafts auf unseren Tellern.

»Großartig«, wiederholt der BWI und verbeißt sich wieder in sein Filet.

Eine Weile widmen wir uns wortlos unserem Essen. »Entschuldige, jetzt habe ich ganz vergessen, was du arbeitest«, sagt er irgendwann beiläufig.

»Kein Grund, dich zu entschuldigen«, sage ich. »Ich habe es noch gar nicht erwähnt. Ich bin Hilfsfloristin.«

»Stimmt!« Schwungvoll wirft er die Gabel auf den Teller. »Das hatte Prema mir ja schon erzählt!« (Das muss die quicklebendige Schwester sein, wenn ich Mums Erläuterungen richtig in Erinnerung habe.) »Das ist großartig!«

Ich lege meine Gabel ebenfalls ab. »Warum ist das großartig?«

Doch der BWI lacht nur und klatscht sich dabei auf den Schenkel. Ich habe noch nie jemanden kennengelernt, der sich beim Lachen tatsächlich auf den Schenkel klopft. Das Bett wackelt, und meine Erbsen geraten ins Trudeln.

»Verstehe ich nicht«, sage ich.

»Ich finde es einfach großartig«, sagt der BWI.

»Also hast du etwas für Blumen übrig, oder wie?« Mein Blick fällt auf das Kunstliliengesteck auf der Kommode.

»Ich liebe Blumen«, erklärt der BWI.

Dagegen lässt sich nichts sagen, schätze ich. Und doch finde ich die Reaktionen des BWI leicht irritierend. Aber ich war auch noch nie mit einem Psychiater zusammen. Vielleicht ist es in dem Beruf ganz normal, derart euphorisch auf simple Angaben zur Person zu reagieren.

»Hör mal, meine Schöne, ich habe heute Abend Bereitschaft.« Der BWI schiebt seinen Teller abrupt zur Seite und springt mit einem Satz aus dem Bett. Unter dem backpapierfarbenen Bademantel lässt sich das Spiel seiner Muskeln erahnen. Er schlüpft in seine Calvin-Klein-Boxershorts und Armani-Jeans.

»Hast du nicht…« *zu viel getrunken?* Da fällt mir auf, dass er noch beim ersten Glas Champagner ist, und auch daran hat er nur genippt. Den Rest muss wohl ich getrunken haben. Mir ist ein wenig schwindelig. Offenbar hatte ich ganz schön Durst. »Du gehst?«

Er knöpft gerade sein Hemd zu. Es ist so weiß, dass mir die Augen tränen. Moment mal, will er jetzt tatsächlich los und mich nackt im Bett zurücklassen? Umständehalber für eine Seemannsschlampe gehalten zu werden ist eine Sache, aber das hier grenzt an den Arbeitsalltag einer Professionellen. Womöglich ist der Zimmerkellner auf dem Flur immer noch mit seinem Servierwagen unterwegs. Was soll der von mir denken?

»Hier.« Er wirft etwas neben mich auf das Bett, und ich erstarre. Das ist doch jetzt wohl kein Geld.

Nein, kein Geld. Es ist seine Karte. Dieser Mann trägt Visitenkarten bei sich.

»Ruf mich an«, sagt er. »Das sollten wir wiederholen.«

»Was genau…?« *Sex? Steak? Seltsame Gespräche?*

»Alles«, sagt er. »Die Rechnung übernehme natürlich ich.«

Er schwingt sich in seine Lederstiefel, wirft sich den schwarzen Kaschmirmantel über, lässt kurz die Werbespot-Zähne aufblitzen und segelt aus dem Zimmer.

»Es war nett, Mum. Glaube ich.«

Mum ist schon wieder zu Besuch. Dieses Mal hat sie kein Auge für Staub, dreckiges Geschirr oder ungewaschene

Wäsche. Ich bezweifle, dass sie überhaupt irgendetwas sieht. Sie hat fiebrig glänzende Augen und strahlt über das ganze Gesicht – es fehlt nicht viel, und sie fängt an zu tanzen.

»Immer mit der Ruhe, Mum.« Ich gehe in die Küche und werfe die schmutzige Wäsche in die Waschmaschine. Es wird Zeit, Ordnung in mein Leben zu bringen. Außerdem brauche ich meine guten Unterhosen. Ich stopfe die Jeans von gestern in die Trommel, hole sie aber hastig wieder heraus und rette die BWI-Karte aus der Gesäßtasche.

»Erzähl mir von seiner Familie.« Mum lässt sich auf das Kunstledersofa fallen.

»Ähm – ich kann dir nichts zu seiner Familie sagen.«

»Ihr habt nicht über eure Familien gesprochen?« Entgeistert starrt sie mich an. Ich könnte schwören, dass es arrangierte Ehen nur gibt, weil unsere Eltern weder Facebook noch Snapchat hatten. Das Bedürfnis, ständig miteinander in Verbindung zu stehen, ist gar nicht so neu.

»Tee?«

»Kaffee«, brummt Mum missmutig. »Den leckeren Kaffee, den mir dieser Junge gemacht hat.«

Jack wird in alle Ewigkeiten ›dieser Junge‹ sein.

»Die Maschine ist nicht mehr da. Sie gehörte Jack.«

»Wie egoistisch von ihm.«

»Tee?«

»Tee.«

Ich mache eine frische Packung auf und hole Becher. Während ich darauf warte, dass das Wasser kocht, sehe ich mich in der winzigen Küche um, betrachte den windschiefen Geschirrschrank und den alten Elektroherd. Durch die Tür beobachte ich meine Mutter, deren Gewicht das Sofa auf einer Seite herunterdrückt, wie sie in einer meiner Floristikzeitschriften blättert. Sie scheint sich ganz wie zu Hause zu fühlen. Mein Blick wandert nach draußen, durch das Fenster kann ich meine Schneeglöckchen sehen. Die hellgrünen Schösslinge haben sich jetzt ganz aus dem Boden gekämpft und heben hoffnungsvoll ihre Köpfchen. Ich fühle mich wieder wohler in der Wohnung, auch wenn Jacks Schatten immer noch allgegenwärtig ist. Und Ernie lauert mir ständig in meinen Gedanken auf, sosehr ich auch versuche, ihm aus dem Weg zu gehen. Aber dieses kurze Kapitel in meinem Leben muss ich nun schließen. Außerdem liegt da diese Visitenkarte neben der Spüle.

Ich nehme sie von der Arbeitsplatte. Der gestrige Tag hat mich völlig überrumpelt. Ich verstehe noch gar nicht, was in mich gefahren ist. Und mir ist schleierhaft, was ich von dem Gespräch mit dem BWI halten soll. Aber mir haben seine Energie, sein Enthusiasmus, seine rhythmischen Hinterbacken gefallen. Da sind Schmetterlinge in meinem Bauch, und ich spüre aufkeimende Hoffnung kribbeln. Was wird geschehen, wenn ich diesen Mann anrufe? Wenn wir eine Beziehung beginnen und Mums real existierende Facebookseite werden, auf der wir regelmäßig unsere Treffen posten? Wenn wir eines Tages heiraten, Kinder bekommen und unser Haus voller dunkelbrauner Menschen sein wird, die sich ständig gegenseitig bekochen, grauenhafte Kleidung tragen und grellbunten Nippes auf Flohmärkten kaufen? Vor meinem inneren Auge kann ich schon meine Mum und seine Mum sehen, wie sie in ihr dunkelbraunes Gespräch vertieft sind, den Mund voll mit Victoria Sponge Cake und blanke Glückseligkeit auf den Gesichtern.

Mein Blick wandert wieder zu meiner Mutter, die jetzt mit mühsam angewinkelten Beinen dasitzt und einen Artikel über Schneeforsythien studiert, die sternenförmige, zartrosa Blüten tragen, perfekt für eine Hochzeit im Winter.

Der BWI und ich verabreden uns noch ein zweites Mal. Und ein drittes Mal. Meine Anrufe nimmt er immer mit einem »Hallo, meine Schöne« entgegen. Dann schlägt er ein Hotel vor, das ich mir nicht leisten kann, das *Royal Marriott*, das *Berkeley Square*. Immer wenn ich die Kreditkarte von meinem überzogenen Konto hervorhole, um meinen Anteil zu zahlen, winkt er ab. In zwei Jahren sei er Facharzt, ich solle mir um Geld keine Sorgen machen. Ich überlege, ob ich ihm sagen soll, dass Geld mir sehr wohl Anlass zur Sorge gibt, nicht nur, weil ich keines habe, sondern auch weil ich Skrupel habe, es anzunehmen. Jack und ich haben immer alle Ausgaben geteilt, wir waren auf Augenhöhe. Doch an diesem Punkt ist der BWI meist schon aus dem Zimmer gehechtet, nackt liege ich im Bett und rede mit mir selbst.

Bei unserem dritten Telefonat komme ich ihm zuvor und sage: »Schöner Mann, heute Abend treffen wir uns in St Werburghs.«

»Und wo?«

»Bei mir.«

»Bei dir?«

»Bei mir.«

Einen Augenblick scheint es, als würde es immer so weitergehen, aber dann ist Stille.

»Bei dir.«

Er wirkt fehl am Platz in meiner Wohnung. Das liegt zum Teil daran, dass er so viel Platz einnimmt, nicht, weil er besonders groß, sondern weil er muskulös ist und Arme und Beine hat, die man regelmäßigen Besuchen im Fitnessstudio verdankt und nicht der Methode, sich im Januar anzumelden, um im August festzustellen, dass man zweihundertfünfzig Pfund bezahlt hat und nur eine Trainingseinheit hatte. Wir versuchen, uns auf das Sofa zu setzen, aber er sinkt so tief ein, dass ich ungebremst auf ihn rutsche. Was er offenbar nicht schlimm findet.

Er küsst mich nie auf den Mund. Zumindest kaum. Seine Lippen wandern immer sofort zu meinem Hals. Dieses Mal bin ich entschlossen, mich mit ihm zu unterhalten, und habe ihm alle möglichen Fragen gestellt, doch sobald er mich berührt, laufen elektrische Schauer durch meinen Körper, und meine Stimme versagt. Seine Hände streichen über meine Arme und wandern zu meiner Körpermitte – spätestens an dieser Stelle hätte ich bei Jack den Bauch eingezogen oder wäre ausgewichen, aber meine nicht ganz schlanke Taille spielt bei uns keine Rolle. Bei unseren Treffen ist dem BWI und mir unsere äußere Erscheinung völlig nebensächlich – wir bestehen nur aus Lust und unseren Sinnen.

Aber nicht heute.

Nein, zur Abwechslung werde ich mich heute mit diesem Mann unterhalten. Nicht ein paar hastig hingeworfene Sätze beim Steak (immer Steak) – heute werden wir ein richtiges Gespräch führen.

»Ich koche uns etwas«, teile ich ihm mit.

Habe ich zu leise gesprochen? Er fängt an, meinen Rock hochzuziehen, und … ohhhh …

»Paella«, sage ich.

»Mit Garnelen?«, fragt er und hält kurz inne.

»Paprikaschoten.«

Aber Gemüse lässt diesen Vegetarier kalt. Seine Hand gleitet wieder unter meinen Rock, und ich denke: *Egal. Wir können auch später essen.* Der Sex mit ihm ist einfach unschlagbar. Obwohl mich in letzter Zeit die Erinnerung an Ernie verfolgt – wie er mich in den Armen gehalten hat, wie sich unsere Lippen kaum voneinander lösen konnten und wie er mich angesehen hat, richtig angesehen. Der BWI hat die Designerbrille noch auf, die Augen sind geschlossen.

»Also dann.« Ich nehme meine ganze Kraft zusammen und stoße mich von ihm ab.

Er blinzelt. »Was ist?«

»Abendessen«, kläre ich ihn auf.

Er küsst meinen Nacken, während ich am Herd stehe. Doch ich rühre unbeirrt den Reis, gebe feine goldene Safranfäden hinzu, unterdrücke die Reaktionen meines Körpers, denke lieber daran, was Safran kostet, lasse die garnelenfreien Paprikaschoten in die Pfanne gleiten und richte das Essen schließlich auf den schlichten Tellern an, die Mum bei *Tesco* billiger bekommen hat.

Wir essen mit den Tellern auf dem Schoß (ich habe keinen Tisch).

»Erzähl mir von deiner Arbeit.« Der BWI blättert in einer meiner Zeitschriften, während er isst.

Ich erzähle ihm von den Fahrten zum Großmarkt, wie das blaue Morgenlicht durch die Wolken sickert. Von dem Miniaturgarten, den Clara und ich in diesem Monat in einer Ecke des Geschäfts angelegt haben, und dass wir als Erstes Schneeglöckchen gepflanzt haben. Von den alten Mythen und Geschichten, die hinter jeder Blume stecken und die wir lieben, von den Stammkunden, denen wir bei einer Tasse Kaffee davon erzählen.

»Sogar Mum, einmal jedenfalls.« Ich weiß noch, wie sie vorbeikam und Clara sie gleich auf einen Hocker nötigte und ihr etwas zu trinken holte. Mum behauptet, sich vor den Piercings in Claras Gesicht und ihrem verklebten Haar zu fürchten, aber ich weiß, dass sie Clara insgeheim ins Herz geschlossen hat, da bin ich mir ganz sicher.

»Arbeitet deine Mum?«

»Bei *Tesco.*«

»Ja, richtig!« Wäre da nicht der Teller auf seinem Schoß, hätte er sich sicher auf den Schenkel geklopft.

»Arbeitet *deine* Mum?«, frage ich und spüre erneut Ratlosigkeit in mir aufsteigen.

»Nein.« Er nimmt einen weiteren Mundvoll Reis und widmet sich wieder der Zeitschrift. Die Schneeforsythie überblättert er.

Ich mustere seine tiefschwarzen Beinahelocken, die scharfe Linie seines Haaransatzes. In seinen Brillengläsern spiegelt sich das gedämpfte Licht der staubigen Ziehharmonikalampe, sodass ich seine Augen nicht erkennen kann. Dieser Mann ist mir völlig fremd, da kann ich noch so oft mit ihm schlafen. Ich verstehe kein Wort von dem, was er sagt.

»Du bist hier geboren, stimmt's?«, frage ich.

»Hier?« Er blickt um sich, als wäre er als Hausgeburt in meiner Wohnung zur Welt gekommen, auf einer in der Mitte des Wohnzimmers ausgebreiteten Plastikplane, auf der seine Mutter hockte und betete, bis der BWI schließlich herausgeschossen kam und sich auf den kleinen Schenkel klopfte.

Ich blinzele, um das scheußliche Bild aus dem Kopf zu bekommen. »In Großbritannien.«

Er grinst. »Hackney. Aber wir sind nach Bristol gezogen, als ich neun war.«

Wenn man genau hinhört, sind noch Spuren seines Ostlondoner Akzents zu hören.

»Wolltest du immer schon Psychiater werden?«

»Ja, verdammt«, sagt er und nickt. »Mit dem Buch *Die Psychopathologie des Alltags* habe ich Lesen gelernt.«

Ich ziehe die Brauen hoch.

Er stellt seinen Teller auf den Boden – und haut sich auf

den Schenkel. »Nein, scheiße, natürlich nicht. Sorry, entschuldige meine Ausdrucksweise. Mein Vater ist Psychiater. Ich hatte keine Wahl.«

Er schiebt sich die Brille hoch. Klar, mit elterlicher Erwartungshaltung kenne ich mich aus. Doch da ist ein fast unmerkliches Zucken in seinem Zeigefinger, und seine Augen bleiben nach dem Blinzeln einen Moment zu lang geschlossen. Irgendetwas geht in ihm vor, auch wenn ich nicht sagen kann, was es ist.

»Wo wohnst du?«, frage ich ihn und wundere mich, dass ich so oft mit ihm geschlafen habe, aber noch nicht mal das weiß. »Wo wohnen deine Eltern?«

»Clifton und Clifton«, gibt er fast gelangweilt zur Antwort. Unvermittelt springt er auf und zieht mich aus meinem Schneidersitz zu sich hoch.

»Komm mit.« Er schlüpft in seinen schwarzen Kaschmirmantel und zieht sich die Stiefel an. »Nimm deine Jacke.«

Kleine ölige Häufchen von gelbem Reis sind noch auf unseren Tellern, auf seinem außerdem zur Seite geschobene Paprikastücke. »Was? Wo gehen wir hin?«

»Meine Mutter besuchen«, sagt er.

»Deine Mutter? Jetzt?«

»Warum nicht? Ich möchte dich ihr vorstellen.«

»Tatsächlich?« So merkwürdig der BWI auch ist, seine Begeisterungsfähigkeit hat etwas Mitreißendes. Und es ist ja ein gutes Zeichen, dass ich seine Familie kennenlernen soll. Wir können ja schlecht in ihrer Anwesenheit Sex haben (noch so eine entsetzliche Vorstellung, die ich schnellstens wieder loswerden muss). Wir werden also *reden* müssen. Ein kurzer Blick in den Spiegel bestätigt, dass mein Haar im üblichen ungebändigten Zustand ist, aber wenigstens trage ich meine besten Jeans und ein wenig Mascara.

»Komm, mein Wagen steht vor der Tür.« Wie zum Beweis hält er den Autoschlüssel mit dem glänzenden Mercedes-Emblem hoch.

Seine Eltern wohnen im Herzen von Clifton Village. Auf dem Weg dorthin kommen wir an Gebäuden vorbei, die über ein Jahrhundert alt sind, an schicken Boutiquen, einer vornehmen Weinhandlung und einer ganz in Pastellfarben gehaltenen Konditorei. Mein Blick streift das Schaufenster eines Sozialkaufhauses, in dem Kleider aus elegant fließenden Stoffen und Wildlederstiefel ausgestellt sind. Er fährt immer weiter, erst in Richtung Sion Hill, dann links und wieder geradeaus, bis er auf der Royal York Crescent hält. Über mir erhebt sich eine Phalanx weiß gestrichener, denkmalgeschützter Reihenhäuser. Säße der Architekt jetzt neben mir, könnte er über die Dreiecksgiebel oberhalb der Eingangstüren und die unterteilten Steinbögen vor den Fenstern referieren. Obwohl ich ehrlich gesagt vermute, dass er gar nichts sagen, sondern wie ich stumm die Häuser anstarren würde und nicht glauben könnte, dass wir jemanden kennen, der hier tatsächlich ein Haus sein Eigen nennt. Das ist wahrscheinlich die teuerste Straße von ganz Bristol.

Der BWI steigt aus dem Auto. Wie angewurzelt bleibe ich sitzen und bemerke einen safrangelben Fleck auf meiner Jeans. Er ist schon auf der Steintreppe zu den erhöht gebauten Häusern, als er innehält und wieder heruntersprintet, um mir die Tür zu öffnen – offenbar hat er gedacht, dass ich darauf warte.

Ich klettere aus dem Wagen. »Deine Eltern haben also eine Wohnung hier?«

»*Ich* habe hier eine Wohnung«, sagt er. »Sie wohnen in Nummer vier.«

Leicht ungeduldig sieht er mich an.

»Schon gut, ich komme ja.«

An ihrer Eingangstür hängt eine Blumenampel mit üppigem Efeu und Thymian, einer Miniaturtanne und kleinen butterblumengelben Veilchen mit lila Rand. Beklommen betrachte ich die schlaff herunterhängenden Köpfe der Schneeglöckchen, die ich in der Hand halte. Ich schlucke.

Ehe der BWI den Schlüssel ins Schloss stecken kann, öffnet sich auch schon die Tür.

»Du bist es«, sagt eine Frau, die seine Mutter sein muss.

Gott sei Dank ist sein Vater nicht zu Hause. Ich glaube nicht, dass ich einem weiteren Augenpaar gewachsen wäre, das mich über den blank polierten Eichentisch hinweg fixiert. Ich hatte die typische ausladende, in einen Perserteppich gewickelte Mutti erwartet, doch diese Lady ist elegant und schlank wie ein Reh. Ihre strahlende Haut hat die Farbe fruchtbarer Erde, die langen Nägel sind in einem dunklen Burgunderrot lackiert, und sie trägt ein lavendelfarbenes Chiffonkleid mit weiten Ärmeln. Ihr kunstvoll hochgestecktes Haar ist unnatürlich glatt und ohne eine Spur von Grau. Allerdings halte ich es für relativ unwahrscheinlich, dass sie die Haartönung von *Tesco* verwendet.

Über uns taucht ein Lüster mit glitzernden Kristalldiamanten den Tisch in gelbes Licht. An der Wand hängen Spiegel in vergoldeten Rahmen, und kleine, glänzende Tischchen sind über den Raum verteilt. Mir gegenüber steht eine enorme Bronzestatue der Hindugottheit Ganesha, die mich mit ihrem Elefantenkopf unverwandt anstarrt. Was völlig fehlt, sind Dekoteller mit den Royals, Porzellanballerinas und anderer Flohmarktnippes.

Auf dem Tisch stehen Schüsseln mit *Kadhi Pakora*, einem traditionellen Currygericht aus dem Punjab, wie die Mutter – möglicherweise an meine Adresse gerichtet – erläutert. Die Soße wird aus Kichererbsenmehl und Buttermilch zubereitet, in ihr schwimmen Zwiebelklößchen. Das Essen gelangte wie von Zauberhand auf den Tisch, ohne jedes Trara und ohne das übliche Durcheinander von Schneidebrettern und Töpfen. Die Mutter riecht nach Chanel – und nach sonst nichts.

Ich bekomme nichts herunter. Zum einen, weil ich nach der Paella keinen Hunger mehr habe. Zum anderen, weil meine Kehle wie zugeschnürt ist.

Zum Glück wendet sich die Mutter kaum an mich, sondern mustert mich nur von Zeit zu Zeit, wenn sie mir noch etwas Curry auf den so gut wie unberührten Wedgwood-Teller löffelt. Wenigstens eine Sache, die sie mit meiner Mum gemeinsam hat. Die meiste Zeit spricht sie mit ihrem Sohn.

»Ich dachte, du musst arbeiten«, sagt sie.

»Nein, nein, ich war bei Anjali.«

»Bei ihr zu Hause?« Ihr Blick gleitet von meiner Stirn abwärts bis zu der Stelle, wo der Rest meines Körpers unter dem Tisch verschwindet.

»Genau – du wohnst zur Miete, stimmt's, Anjali?« Mit sichtlichem Appetit widmet sich der BWI seinen Pakoras. »Winzig, aber cool, gleich an der Autobahn.«

»An der Autobahn?«

»St Werburghs«, versuche ich einzuwerfen.

»An der Grenze«, präzisiert der BWI vergnügt. »Aber mit jeder Menge Müll und Alkis, sodass man gar nicht merkt, dass das schon St Werburghs ist.«

Ungläubig starre ich ihn an.

»Echt toll da«, sagt er. »Einfach großartig.«

»Und was macht Anjali so?« So wie die Frage formuliert ist, bin ich nicht sicher, ob sie sich an mich richtet.

»Sie arbeitet in einem Laden«, sagt der BWI. »Als Hilfsfloristin, glaube ich, nicht wahr, Anjali? Wie gefallen dir die Schneeglöckchen, Mum?«

Die Mutter reagiert nicht.

»Du kannst bei ihr Blumen bestimmt billiger bekommen, stimmt's, Anjali? Du arbeitest da ja schon seit vielen Jahren. Seit du die Uni geschmissen hast.«

Ich kann mich nicht erinnern, dass ich ihm davon erzählt habe, aber vielleicht ist es mir zwischen zwei Orgasmen herausgerutscht, zusammen mit den griechischen Sagen.

»Und Anjali will auch weiterhin dort arbeiten, in diesem ... Laden?« Ich habe das Gefühl, in dieser Unterhaltung *über* mich *ohne* mich so langsam die Orientierung zu verlieren, als würde ich mich in dichtem Nebel bewegen.

»Oh, sie weiß nicht so recht, was sie will, ist doch so, Anjali?« Die große Hand des BWI klatscht auf meinen Oberschenkel, und ich bin ziemlich sicher, dass seiner Mutter dieses Detail nicht entgangen ist. »Du lässt dich einfach treiben, wie ein Segelschiff im Wind.«

Ich weiß nicht, ob diese Beschreibung so auf mich zutrifft, aber der BWI scheint seiner Sache ziemlich sicher. Er bittet um Nachschlag und löffelt sein Curry, ohne die schmallippige Frau auf der anderen Seite des Tisches dabei aus den Augen zu lassen.

»Ach ja, und Anjalis Mum arbeitet bei *Tesco*«, lässt der BWI seine Mutter wissen. »Aber ich glaube, das wusstest du ja schon, Ma, oder?«

Ich habe den Eindruck, dass sie nicht »Ma« genannt werden möchte, und überlege, wie wohl das Wort für »Mutter« auf Panjabi lautet.

»Das war mir bekannt«, sagt seine Mutter. Im Gegensatz zu meiner Mum, deren Englisch immer noch so klingt, als habe sie Sri Lanka nie verlassen, hat diese Frau praktisch keinen Akzent mehr und spricht reinstes Englisch ohne eine Spur von Bristoldialekt.

»Das ist großartig«, wiederholt der BWI. »Vielleicht kommen wir über ihre Mum ja günstig an Tiefkühlcurrys. Spart uns das Kochen.«

»Ich denke, es wäre überaus taktlos von uns, Anjalis Mutter um Lebensmittel zu bitten.« Zwischen jedem ihrer Worte ist eine kleine Pause eingebaut. Es klingt fast so, als gäbe es da – wie bei meiner Mum – noch eine tiefere Bedeutung.

Eine Weile widmen wir uns stumm dem Essen. Ganesha lässt mich nicht aus den Augen, während ich gehorsam versuche aufzuessen, und vielleicht hat die Mutter seinen Blick bemerkt, denn sie fragt: »Und Anjali ist Buddhistin, wenn ich nicht irre.«

»Genau.« Der BWI schiebt seinen Teller zur Seite. »Mit unseren Göttern hat sie nichts am Hut.«

Ich schrecke zusammen. Geschliffen scharfe Glasscherben bewegen sich über meinen Rücken.

»Nein«, protestiere ich. »Ich habe überhaupt kein Problem mit …«

»Aber sie sind einfach nicht so dein Ding, stimmt doch?«, sagt er.

»Es ist schon spät«, wirft die Mutter ein. Ich sehe auf die Uhr. Es ist neun. Ich kann nur vermuten, dass die Dame etwas mehr Zeit für Gesichtsreinigung und ähnliche Prozeduren veranschlagen muss. »Vielleicht bringst du Anjali jetzt besser nach Hause.«

»Nicht nötig, sie kommt mit zu mir in die Wohnung«, klärt der BWI sie auf.

Ach ja?

»Nein, tut mir leid«, werfe ich hastig ein. »Sonntags

arbeite ich. Ich muss früh raus … Du musst nicht … ich gehe jetzt lieber nach Hause.«

Die Mutter sieht mich nicht an, ganz im Gegensatz zu Ganesha. Ich könnte schwören, dass sich sein Elefantenrüssel ein winziges bisschen bewegt hat. Mir fällt etwas aus dem Religionsunterricht in der Schule ein: Ganesha, Beseitiger aller Hindernisse.

Wer von uns ist hier das Hindernis?

»Es war wirklich nett, Sie kennenzulernen«, sage ich zu der Mutter.

Sie sagt nicht ein Wort. Stattdessen bedenkt sie den BWI mit einem derart finsteren Blick, dass ich an seiner Stelle auf die Knie sinken würde. Er begegnet ihm jedoch mit unverändert vergnügter Miene.

»Ähm, wir brechen dann mal auf, ja?« Ich lege ihm die Hand auf die Schulter, und die Muskeln um die Augen der Mutter beginnen zu zucken. Ich nehme sie wieder herunter.

»Ja, wir machen jetzt winke, winke.«

Hat er das gerade wirklich gesagt?

»Vielleicht möchte Anjali sich ja lieber ein Taxi nehmen«, sagt die Mutter auf einmal. Langsam geht es mir auf die Nerven, dass sie ständig von mir in der dritten Person spricht. Wenn ich recht überlege, sind sie und Mum gar nicht so verschieden – wenn man von Lüstern, Wedgwood und Hindugöttern mal absieht. Doch wenn Mum genug gemeckert hat und nicht mehr wie ein Derwisch durch die Wohnung springt, entspannen sich die Linien um ihren Mund, und ihre Augen sehen mich zärtlich an. »Du wirst das Taxi natürlich zahlen.«

»Wir nehmen meinen Benz, da kommen wir besser auf Touren«, lässt er sie wissen.

Draußen auf der Straße legt sich kalte Abendluft auf meine Haut. Ich atme mehrmals tief durch. Kleine Dampfwolken steigen auf. Die Lichter unten im Hafen tanzen unruhig, während die der Stadt und der Laternen hier oben auf der Straße regungslos verharren.

Wir gehen die Stufen hinunter, und er angelt den Autoschlüssel aus seiner Tasche.

Ich drehe mich zu ihm um.

»Warte mal kurz. Was hatte das da drin zu bedeuten? Waren es nicht unsere Eltern, die uns zusammenbringen wollten?«

Unbehaglich tritt der BWI in seinen Lederstiefeln von einem Fuß auf den anderen.

»Na ja, nicht ganz«, sagt er.

»Aber meine Mum wollte, dass ich mich mit dir treffe« – das klingt, als wäre meine Mum meine persönliche asiatische Zuhälterin – »und das hatte über fünf Ecken mit irgendeiner alten Tante zu tun. Ich bin davon ausgegangen, dass deine Mutter an der Sache beteiligt war.«

»Na ja, nicht ganz«, wiederholt der BWI, und der Schlüssel wechselt von einer Hand zur anderen. Er scheint mir seltsam nervös. »Das heißt, irgendwie schon. Meine Mutter kam zu mir und sagte, dass da ein Mädchen sei, das ich kennenlernen sollte.«

»Und …?«

»Und ich habe natürlich sofort gemauert – wie immer – und sagte ihr, dass sie mich mit dem Scheiß in Ruhe lassen soll.« Er grinst. »Okay, vielleicht habe ich nicht ›Scheiß‹ gesagt. Vielleicht eher ›Mist‹. Ich fragte, warum sie nicht kapiert, dass ich mein Leben auf meine Weise lebe, und dass sie aufhören soll, mir jede verdammte asiatische Frau auf den Hals zu hetzen, die ihr vor die Füße kommt.«

»Oh. Und …?«

»Und damit sie endlich Ruhe gibt, habe ich mich noch einmal breitschlagen lassen.«

Mir war klar gewesen, dass unser Kennenlernen arrangiert worden war, aber bisher hatte ich angenommen, nur ich sei dazu genötigt worden. Ich bin gar nicht auf die Idee gekommen, dass auch der männliche Part sich nur widerwillig darauf eingelassen haben könnte. Ich meine, wer würde mich nicht kennenlernen wollen? »Okay. Also musste deine Mum dich auch erst überreden?«

Er schüttelt den Kopf. »Nein, weil … na ja, sie hat erst noch weitere Erkundigungen über dich eingezogen.«

»Was?« Allmählich ahne ich, was gleich kommen wird. Ich will das alles gar nicht wissen, aber ich bin zu konsterniert und kann nur zusehen, wie sein Mund sich immer weiterbewegt.

»Ja, weißt du, sie hat herausgefunden, dass deine Mum bei *Tesco* arbeitet und du in einem Lebensmittelladen …«

»Blumenladen.«

»Ja, stimmt, sorry, ich weiß nicht, wie ich darauf gekommen bin«, sagt er und nickt, »und sie sagte, mach dir keine Sorgen, alles in Ordnung, du musst dich nicht mehr mit ihr treffen.«

»Was?« Mir wird flau. Ich denke an die drei Steaks, die in den letzten zwei Wochen durch meinen Magen gewandert sind. So viel Fleisch von armen, wehrlosen Tieren.

»Aber ich sagte zu ihr: ›Du kannst mich mal!‹« Er grinst erneut. »Na ja, vielleicht sagte ich eher: ›Vergiss es.‹ Ich sagte: Ich will sie treffen, und ich werde sie treffen. Und das habe ich dann auch getan. Du verkörperst in jeder Hinsicht den absoluten Albtraum meiner Mutter, nur …«

»Nur?«

»Nur schlimmer!« Er schüttet sich aus vor Lachen, als sei das das Lustigste seit Erfindung der Glückspillen. »Allein dein Alter.«

»Neunundzwanzig.«

»Genau! Außerdem bist du keine richtige Vegetarierin und …«

»Und?«

»Und du steigst gleich beim ersten Date mit einem Typen ins Bett, bevor du überhaupt drei Worte mit ihm gewechselt hast.« Er klopft sich auf den Schenkel. »Du bist schlimmer als sämtliche englische Mädchen, von denen Mum mich fernzuhalten versucht!«

Ein scharfer, schneidender Schmerz durchfährt mich, als hätte er mich mit dem Absatz seiner robusten Lederstiefel in den Bauch getreten. Mir wird endgültig schlecht. Vielleicht hat das Fleisch nie meinen Magen verlassen. Vielleicht war es die ganze Zeit da drin und arbeitet sich nun durch die Speiseröhre wieder nach oben. Die arme Kuh (deren Leben ich fristen werde, wenn mein Karma korrekt funktioniert) kämpft sich verzweifelt wieder hinaus.

»Du bist auch mit mir ins Bett gegangen«, sage ich leise.

»Ich weiß«, sagt er. »Und es war super.«

»Du bist *sechs* Jahre älter als ich.«

»So habe ich das nicht …«

»Und du hast die Paprikaschote nicht mal angerührt.«

Letzteres ist vielleicht nicht das stichhaltigste Argument, aber in meinem Kopf dreht sich alles, und die Wörter verlassen unkontrolliert meinen Mund.

»Hör mal, ich wollte dich doch nicht beleidigen. Ich finde dich …«

»Großartig?«

»Genau. Wirklich. Ich habe bloß keine Lust mehr, immer

nach der Pfeife meiner Mutter zu tanzen. Ich wollte ihr eine Lektion erteilen.«

»Deswegen triffst du dich mit mir – um ihr eine Lektion zu erteilen?«

Sein Gesichtsausdruck hat sich verändert. Seine gute Laune schwindet dahin. Er hat die Brille abgenommen und reibt sich die Augen, und als er mich wieder ansieht, scheinen sie auf einmal kleiner, die Iris verschwimmt mit den Pupillen, dunkel wie der Himmel über uns. Der Schlüssel wechselt wieder von einer zitternden Hand in die andere, seine Füße zappeln unruhig auf dem Bürgersteig. Sosehr ich mich auch über meine Mutter ärgere, weil sie sich ständig in mein Leben einmischt und mich mit ihrer Erwartungshaltung überfordert – eine Wut, wie sie gerade durch den Körper des BWI tobt, habe ich nie gefühlt.

»Jetzt habe ich es ihr endlich mal gezeigt.« Er spuckt die Worte förmlich heraus, zwischen jedem Wort eine Pause.

Während ich auf seine bebenden Hände starre, übermannt mich ein enormes Bedürfnis, meine Mutter zu schützen, die tagein, tagaus im Supermarkt schuftet, aber auch meine Schwester, die vielleicht eines Tages ahnungslos einen Arzttermin vereinbart und bei diesem Narzissten landet, und schließlich mich selbst. In den letzten zwei Wochen habe ich mir so sehr gewünscht, diesen BWI näher kennenzulernen, und tatsächlich zu hoffen gewagt, dass diese Beziehung unsere Familien zufriedenstellen könnte.

»Wie auch immer.« Er schluckt mühsam, als wäre seine Kehle trocken, und reibt sich die Nase. »Aber es läuft ja ganz gut mit uns. Komm doch mit hoch in meine Wohnung und …«

»Spinnst du? Ich gehe mit dir nirgendwohin.« Ich mache einen Schritt von ihm weg.

»Anjali, komm schon, nur weil meine Mutter …«

»Deine Mutter ist nicht das Problem.« Ich blicke auf meine Hush-Puppies-Stiefel hinunter, die ich im Sozialkaufhaus in der Nähe des Blumenladens gefunden habe. Jemand anders hat sie mit schwitzigen Füßen eingelaufen, den Absatz schief getreten und die Schuhspitze ramponiert.

»Was ist denn?«

»Bei ihr läuft ganz offensichtlich einiges falsch, aber du bist derjenige, der mich so behandelt hat.« Ich hebe den Kopf und sehe ihm ins Gesicht.

Er setzt die Brille wieder auf, und die Gläser reflektieren für einen Moment das Licht der Straßenlaternen. »Tut mir leid, Anjali. Komm mit zu mir hoch, und dann reden wir.«

Ich betrachte die Straße, die Garagen, die wie dunkle Schatten aussehen, die Lichter in den Reihenhäusern über uns, das Eisengeländer, das die Leute davor bewahrt, über die Kante zu fallen. Hier zu wohnen muss fantastisch sein. Andererseits sind es doch nur Wohnungen. Mauern, damit man nicht friert, und ein Dach, das den Regen abhält.

»Meine Wohnung gleich an der Autobahn kann ich mir eigentlich gar nicht leisten, weißt du«, sage ich und gehe einen weiteren Schritt zurück.

Verständnislos runzelt er die Stirn.

»Und wir werden immer die Sonderangebote im Supermarkt kaufen.«

Er setzt an, etwas zu sagen, aber ich hebe abwehrend die Hände.

»Und weißt du was? Ich liebe meinen Job im Blumenladen.«

Ich setze mich in Bewegung und drehe mich im Gehen noch einmal nach ihm um. Mit hängenden Schultern blickt er mir nach. Er wirkt auf einmal kleiner, auch die Augen hinter der dunklen Brillenfassung scheinen zu schrumpfen. Wer weiß, ob er je Keats gelesen hat, er hat jedenfalls nichts davon erwähnt.

»Und noch etwas: Du bist fünfunddreißig«, rufe ich über die Schulter. »So langsam solltest du aufhören, deine Mutter für alles verantwortlich zu machen.«

Ich beschleunige meinen Schritt, und mit jedem Meter beginne ich mich leichter zu fühlen.

Vielleicht habe ich es nicht besser verdient. Ich wollte so unbedingt daran glauben, dass eine Verbindung mit diesem Mann unsere Familienprobleme wie von Zauberhand lösen könnte, dass ich alle Alarmzeichen ignoriert und mich blindlings in diese Beziehung gestürzt habe. Wie konnte ich mir einbilden, dass ich einem Typen wie ihm eines Tages die Sache mit meiner Schwester anvertrauen könnte? Und habe ich allen Ernstes geglaubt, ich könnte Ernie auf diese Weise einfach so beiseiteschieben? Woran liegt es nur, dass ich mir immer den Weg des geringsten Widerstands suche?

Im Nachhinein finde ich es unbegreiflich, wie überheblich ich an diese Blind-Date-Geschichte herangegangen bin. Von wegen arthritischer Greis.

Ich gehe an den schicken Häusern im georgianischen Stil vorbei, die von Bäumen gesäumten breiten Straßen entlang, vorbei an Taxis, die ich mir nicht leisten kann, und angetrunkenen Studenten, die am Taxistand Schlange stehen und gelangweilt an ihren Kaschmirpullis in den aktuellen Herbstfarben herumzupfen.

Es hat angefangen zu regnen, schwere Tropfen fallen auf mein Haar, laufen mir in den Kragen meiner Jacke und machen mein Top nass.

Ich grübele über mein Alter – und seines. Darüber, wie

es kommt, dass man mit Unbekannten sofort ins Bett steigt. Warum ist das für ihn Ordnung und für mich nicht? Eigenartig, dass für Männer und Frauen immer noch unterschiedliche Regeln gelten. Ich bohre die geballten Fäuste tiefer in die Taschen.

Eigentlich will ich nach Hause. Als meine Füße jedoch den Weg Richtung Mums Wohnung einschlagen, zögere ich. Sie geht bestimmt gleich ins Bett oder schaut sich noch irgendeinen Schwachsinn im Fernsehen an. Sie wird sofort denken, dass etwas passiert ist.

»Anjali, was ist passiert?«

Wie macht sie das bloß? Über mir lehnt sich Mum aus dem Fenster. Sie muss uns im Kindesalter Chips implantiert haben, um uns heimlich an dem Computer zu überwachen, von dem sie angeblich nicht weiß, wie man ihn benutzt. *Operation Kidwatch*, höchste Geheimhaltungsstufe.

»Nichts. Ich komme nach oben.« Seufzend schließe ich die Haustür auf.

Nach dem Abend bei den BWIs fühlt sich Mums Wohnung angenehm vertraut an. Der gewohnte Geruch nach Gewürzen hat etwas Tröstliches. Die durchgesessene Couch, die Möbel aus zweiter Hand. Irgendwann war das alles einmal Eins-a-Qualität.

»Was ist los?«

Mum trägt ihren grauen *Tesco*-Bademantel, ein Handtuch um den Kopf gewickelt. Sie ist barfuß, die Zehennägel sind leicht gelblich, ihre schmerzenden Ballenzehen stehen hervor, die Fußgelenke sind geschwollen vom langen Stehen. Ihre Hände sind rau und rissig, die goldenen Ringe sind fast in die Finger eingewachsen.

»Du hast dich mit dem Jungen getroffen, nicht? Hast du für ihn gekocht?«

»Es lief nicht besonders.«

»*Anay*, Anjali, du brauchst unbedingt einen Reiskocher.«

»Nicht das Abendessen, Mum. Alles. Es hat einfach nicht funktioniert.«

»*Anay*, Anjali, du musst dem Jungen auch eine Chance geben.«

»Es lag nicht an mir. Wir waren bei seiner Mum. Sie hasst mich.«

»Was?«

»Weil ich zu alt bin, weil ich kein Geld habe, weil …« Ich bekomme noch gerade die Kurve, ehe ich die Steaks erwähne.

»Was?« Weiter kann Mum die Augen nicht aufreißen, das Handtuch spannt die Haut bereits bis zum Anschlag.

»Er hat mich nur benutzt, um sie vor den Kopf zu stoßen.«

Ich frage mich, ob es eine gute Idee ist, ihr das alles brühwarm zu erzählen. Die geschwollenen Gelenke kommen nicht nur vom Arbeiten, sondern auch von ihrem kranken Herz. Das wird sie wahrscheinlich umbringen.

»Oh.« Es geschieht nicht oft, dass sie sprachlos ist. Sie setzt sich an den Esstisch. »O nein.«

Auch für sie zerplatzt gerade ein schöner Traum.

Auf meiner Haut klebt noch die Berührung des BWI. Ich muss die ganze Sache schleunigst loswerden.

»Bist du fertig mit Duschen?«, frage ich. »Kann ich ins Bad?«

»Ist deine Dusche immer noch kaputt?«, erkundigt sie sich mechanisch.

»Ähm – es musste ein Ersatzteil bestellt werden.« Diese Notlüge verselbstständigt sich langsam. Ich frage: »Wo ist Shanthi?«

»Sie schläft«, sagt Mum.

Mum hat sich nicht von der Stelle gerührt, als ich aus dem Bad komme. Neben ihr stehen die Schneeglöckchen in ihrer kleinen grünen Flasche, die Blätter sind welk, die Köpfe hängen herab.

»Keine Kuppelversuche mehr, okay, Mum?« Ich setze mich zu ihr an den Tisch.

Sie überlegt. »Nun, diese Familie taugt offenbar nichts.«

»Mum …«

»Diese Leute waren vielleicht keine netten Leute. Aber es sind noch so viele nette Leute da draußen, *duwa*.«

»Das weiß ich.« In Gedanken gehe ich die Liste meiner Männerbekanntschaften der letzten Zeit durch. Wie immer halte ich bei Ernies lebendigen Augen und dem Gefühl von Wärme und Sicherheit in seinen Armen kurz inne. »Aber ich bin noch nicht so weit, Mum. Noch nicht.«

»Ist schon gut, *duwa*.«

»Versprochen? Keine Kuppeleien mehr?«

Sie ringt mit sich. »Na ja, wir fahren ja bald nach Sri Lanka …«

Nächsten Monat schon. Den Urlaub haben wir vor fast einem Jahr gebucht. Es ist eine Ewigkeit her, dass wir als Familie verreist sind, und ich bin mir nicht sicher, ob ich mich darauf freuen soll oder nicht. Schon gar nicht bei solchen Andeutungen …

»Keine Kuppelei mehr«, wiederhole ich energisch.

Sie seufzt. »Wir können ja ein andermal darüber reden.«

»Mum! Ich weiß, wie sehr du diese blöden reichen Ärzte liebst, mit ihren bescheuerten Villen und scheißteuren Autos und …«

»Hier wird nicht geflucht, Anjali. Außerdem ist das nicht wahr.« Das Glühen in Mums Blick ist erloschen, die Farbe ihrer Augen ist fahl und matt.

»Ach nein?«

»Nicht so, wie du es darstellst.« Sie reibt sich das Gesicht. Das Handtuch fällt ihr vom Kopf, und ich sehe, dass das Grau sich wieder durchsetzt – sie hat ihr Haar eine Weile nicht gefärbt. Es wird auch dünner, hier und da scheint die Kopfhaut durch. »Es geht mir nicht um Geld. Es geht darum, was es bedeutet.«

»Und was bedeutet es?«

»Dass da jemand ist, der für dich sorgen wird, Anjali.«

Ich betrachte Mums verbrauchtes, müdes Gesicht und wünsche mir einmal mehr, ich könnte ihr – uns – das Leben leichter machen.

»Ich brauche niemanden, der für mich sorgt«, sage ich sanft. Ich denke an meine Wohnung, die ich für den BWI von Staub befreit habe und die jetzt nach Möbelpolitur und Glasreiniger und verschmähter Paella riecht. Mein Boiler rattert nur und heizt nicht, bei mir ist es immer kalt. Aber dafür habe ich ja schließlich Pullover und meine altersschwache Wärmflasche. »Mir geht es gut.«

Dann sagt sie etwas, das mich völlig überrascht. »Ich weiß.« Sie streicht über die kleine Flasche mit den verwelkten Schneeglöckchen und sammelt die winzigen weißen Blütenblätter ein, die auf die karierte Tischdecke gefallen sind. »Dir geht es immer gut, Anjali.«

Ordie springt auf meinen Schoß und schnurrt sacht. Ich streichele ihr Köpfchen und kuschele mich an ihren knochigen Körper. Meine Augenlider werden schwer. Vielleicht sollte ich mich zu Shanthi ins Zimmer schleichen und ins Bett legen. Mit einem Mal verspüre ich den eigenartigen Wunsch, in meine Kindheit zurückkehren zu können, wieder ein kleines Mädchen zu sein und die Augen zuzumachen, während Shanthi im Bett neben mir noch liest, bis Mum ins

Zimmer kommt und leise schimpft, uns beiden einen Gutenachtkuss gibt und Shanthis Lampe ausknipst.

Hinter diesem Wunsch versteckt sich aber noch eine tiefere Sehnsucht, nach einer ganz anderen Kindheit. Einer Kindheit, die ich nie hatte, mir aber immer gewünscht habe. In der ich beim Einschlafen höre, wie Mum und Dad sich im Wohnzimmer unterhalten. Mein Dad mit einem kleinen Glas Whisky in der Hand, und beide lassen noch einmal die Ereignisse des Tages Revue passieren. Sein tiefes, polterndes Lachen dringt bis in unser Zimmer. Und während ich langsam in den Schlaf sinke, stellt er sein Glas ab, um meiner Mutter die geschwollenen Füße zu massieren. Sanft streicht er die Schmerzen aus ihren Ballen.

An der Wand in Shanthis Zimmer sind mehrere Leinwände gestapelt. Behutsam hebe ich eine nach der anderen hoch, um sie mir anzusehen. Das oberste Bild kenne ich schon aus dem Atelier, eine Zusammenstellung von klobigen Feldern und dicken Linien, die beim ersten Mal eine heftige Reaktion in mir ausgelöst haben. Ich nehme mir vor, sie während unserer Reise zu fragen, welche Bedeutung diese Bilder für sie haben. Aber die Bilder darunter sind anders. Wilde Farben auf grauem Untergrund, violette, rote, schmutzig orange Streifen, jede Menge Schwarz. Aus der Nähe ist es schwer, sich einen Reim auf die scheinbar zufällig hingeworfenen Pinselstriche zu machen.

Meine Schwester schläft tief und fest, ihre Augen zucken. Ich wüsste gern, was sie gerade träumt. Der Aschenbecher quillt über. Ihre rechte Hand liegt auf der Bettdecke, der Mittelfinger ist gelb von Nikotin.

Ich ziehe mich aus und suche ein T-Shirt aus dem kleinen Kleidervorrat in meinem Nachttisch heraus. Das sind die einzigen Dinge, die ich hier noch habe, alles andere gehört Shanthi. Wie oft habe ich ihr gesagt, sie solle mein Bett aus dem Zimmer räumen und den ganzen Raum für sich nutzen. Im Schrank im Flur ist ein schmales Feldbett, das für meine gelegentlichen Übernachtungen hier völlig ausreicht. Sie sagt, dass sie das vielleicht irgendwann tun wird, aber wenn ich komme, ist immer alles unverändert.

Als ich mich ins Bett legen will, fällt mir ein Stück Papier auf, das unter dem Schlangenwandschirm steckt. Ich hebe es auf. Auf dem Blatt sind ebenfalls Schlangen zu sehen, gezeichnet von Shanthi. Hunderte winzige, ineinander verschlungene Körper und Köpfe mit stierenden Augen, einige von ihnen mit weit aufgerissenen Mäulern, aus denen scharfe Zähne ragen. Sie bedecken jeden Zentimeter der weißen Fläche.

Ich gehe um den Schirm herum auf ihre Seite: Ihre Kleidung liegt zusammengefaltet auf dem Stuhl, zwei Bücher über Malerei liegen ordentlich aufeinandergelegt auf ihrem Nachttisch. Alles scheint in Ordnung.

Auf dem alten Schreibtisch, den wir uns früher geteilt haben, sind nur Zeichenstifte und Kugelschreiber in einem Holzbecher, eine benutzte Tasse und ein Notizbuch.

Shanthi dreht sich um, schläft aber weiter.

Ich öffne das Notizbuch. Darin wimmelt es ebenfalls von winzigen Schlangen, jede einzelne Seite ist voll davon.

In meinem Kopf beginnen kleine Hämmer die Innenseite meines Schädels zu bearbeiten.

SIEBEN

Der Urlaub in Sri Lanka hat mich dieses Mal völlig unvorbereitet getroffen. Normalerweise reden wir schon monatelang vorher von nichts anderem, und Mum plant alles bis ins letzte Detail. Obwohl Mum sehr wahrscheinlich wirklich schon alles geplant hat, während Shanthi und ich die Reise offenbar verdrängt haben.

Meistens fliegen wir alle paar Jahre nach Sri Lanka, und genauso lang braucht Mum, um die Koffer zu packen. Es müssen immer jede Menge Geschenke mit, wenn wir nach Hause fahren.

Der Begriff macht mich nachdenklich. Ein »Zuhause« bezeichnet normalerweise das Gebäude, in dem wir leben, oder den Ort, an dem wir dauerhaft wohnen. Aber es beinhaltet gleichzeitig auch den Ort, an dem unsere Wurzeln liegen und an dem wir uns sicher fühlen und glücklich sind. Für Mum wird das immer Sri Lanka sein. Ich bin nicht sicher, ob sie sich in all den Jahren, die sie in England verbracht hat, jemals sicher und glücklich gefühlt hat. Als ich noch jünger war, habe ich mir immer die Ohren zugehalten und geschrien, sie solle endlich aufhören zu jammern und versuchen, sich anzupassen.

Ihre übliche Antwort (die ich natürlich hören konnte, weil für die Worte meiner Mutter Hände kein Hindernis bedeuten) lautete, dass es keine Rolle spiele, wie sehr sie es versuche, weil »die« uns niemals hierhaben wollten.

Paki, go home.

Als meine Eltern in dieses Land kamen, bekamen sie Sätze wie diese tatsächlich oft zu hören: Leute riefen sie von der anderen Straßenseite oder zischten sie ihnen an Bushaltestellen zu. Einmal wurde so ein Spruch auch an unsere Hauswand gesprüht, wo er sechs Tage und Nächte zu lesen war, bis Mum und Dad ihn endlich mit steif gefrorenen Händen überstreichen konnten. Meine zwei Jahre alte Schwester versuchte zu helfen, während ich geschützt vor den Blicken der Nachbarn zusammengerollt im ausladenden Bauch meiner Mutter lag.

Erst als ich fünf war, konnte ich zum ersten Mal nachempfinden, wie meine Eltern sich damals gefühlt haben mochten. Auf dem Weg von der Schule nach Hause hatte eines Tages eine Gruppe von Jungen im Teenageralter in schmuddeligen T-Shirts Mum, meine Schwester und mich eingekreist und beschimpft. Ich erinnere mich nicht, ob ich mich wunderte, wieso mit *Paki* jeder gemeint war, der aussah, als käme er aus Südasien. Ich erinnere mich auch nicht, ob ich mich fragte, ob diese Jungen überhaupt in der Lage waren, auf einer Weltkarte mit dem Finger auf Pakistan (oder wenigstens Asien) zu zeigen. Ich erinnere mich nur noch an den Tropfen Spucke, der meinen Unterarm traf, und an das Gefühl von Scham, das von dort aus in jede Zelle meines Körpers sickerte. Und an den inständigen Wunsch, unsere Haut möge sich weiß färben und meine Mutter aufhören, Saris zu tragen. Was sie kurze Zeit später auch tat.

Als ich noch jünger war, hatte ich keine Lust, mir über diese Dinge Gedanken zu machen. Vielleicht war es so auch einfacher für mich. In der Schule hatte ich weiße, schwarze und braunhäutige Freunde, denen meine Hautfarbe gleichgültig war. Ich ging bei ihnen zu Hause ein und aus, während sie ganz wild auf meine Gemüsebratlinge waren und neidisch auf die grellen orangefarbenen und roten Sandwiches in meiner Lunchbox. Ich weiß nicht mehr genau, wann ich anfing, auf mein Anderssein stolz zu sein. Vielleicht als ich in die Oberstufe kam und feststellte, dass georgianische Architektur von allen möglichen Hautfarben bestaunt wurde.

Doch in letzter Zeit frage ich mich, ob sich unser Land wirklich verändert hat. Ich beobachte die negative Haltung gegenüber Migranten innerhalb von Europa oder Flüchtlingen, die sich vor unvorstellbarem Grauen in Sicherheit zu bringen versuchen. Mum denkt auch darüber nach, das weiß ich. *Erst wir, jetzt sie.* Es ist nicht leicht, sich in eine Gesellschaft zu integrieren, die einen ablehnt. Wenn man allerdings die Zeitungen liest, kann man verstehen, warum die Menschen denken, dass Polen oder Rumänen oder Syrer oder Somalier oder in Perserteppiche gekleidete Frauen wie meine Mutter für Arbeitslosigkeit und das Staatsdefizit verantwortlich seien.

Mum hat eine widersprüchliche Einstellung zu dem Land, in dem sie lebt. Unverhohlener Rassismus ist seltener geworden, aber er lauert immer noch zwischen den Schlagzeilen über Immigranten. Sie misstraut »diesen Engländern« und hält »die« für fähig, sie anstandslos zu vernichten, andererseits hat sie jedoch Kollegen bei *Tesco*, die man fast ihre Freunde nennen könnte. Sie fürchtet die Regierung und deren Art, mit wehrlosen Menschen umzugehen, hält andererseits aber große Stücke auf den staatlichen Gesundheitsdienst, der sich um Dad gekümmert hat und immer noch für uns sorgt.

Sie ist hier weder glücklich, noch fühlt sie sich sicher, aber hier gibt es ein Gebäude, in dem sie dauerhaft wohnt.

Während mir diese Dinge durch den Kopf gehen, hocke ich neben dem riesigen Koffer, der den Wohnungsflur versperrt. Der Koffer ist eigentlich für meine Sachen vorgesehen, aber vollgepackt mit Geschenken, die Mum für das Heer an Tanten, Onkeln und Cousins in Sri Lanka besorgt hat: mit der britischen Flagge bedruckte Flachmänner, gläserweise *Marmite*-Würzpaste und *Sindy*-Puppen.

»Jetzt mal im Ernst, Mum, müssen wir das wirklich alles mitnehmen?«

»Was meinst du? Sollen wir denn mit leeren Händen zurückkommen?« Mum steht entgeistert in der Küchentür.

»Weißt du, wie teuer Übergepäck ist?«

»Das wird schon gehen.« Mum lässt den Kochlöffel fallen und watschelt ins Wohnzimmer, um die Waage zu holen. Nur mit vereinten Kräften gelingt es uns, den Koffer hochzuheben. Mum studiert die Anzeige.

»Ehrlich, Mum, brauchen wir das alles?«

»Dann nimm ein paar von deinen Sachen wieder raus.« Sie macht eine wedelnde Handbewegung, als wäre das Problem damit gelöst.

»Aber ich muss doch im Urlaub etwas anzuziehen haben!«

»Du hast schon so viel dabei. Und willst du deiner Tante das hier wirklich vorenthalten?« Entrüstet hält sie mir ein Glas *Marmite* vor die Nase.

Es ist wohl kaum der richtige Augenblick, das Für und Wider von Hefeextrakt zu diskutieren. Stattdessen ziehe ich lieber eine Leinenhose wieder aus dem Koffer.

»Shanthi, wenn du nicht bald ein Machtwort sprichst, werden die Koffer noch explodieren.« Ich gehe ins Zimmer meiner Schwester. »Und wenn das am Flughafen passiert, sind wir Terroristen.«

Im Schneidersitz hockt Shanthi auf ihrem Bett, ein Buch auf dem Schoß. Ihr Koffer ist schon gepackt und so leicht, dass Mum noch jede Menge von ihrem Kram hineinschmuggeln konnte. Schwer zu sagen, ob sie wirklich liest. Ich betrachte die alte Narbe gleich unter ihrer rechten Braue, eine kleine, gezackte Linie. Es ist Samstagmittag, und in zwei Stunden geht unser Bus nach London.

»Shanthi?«, wiederhole ich, als sie nicht reagiert. »Alles in Ordnung?«

Ihre Augen sind blutunterlaufen und glänzen unnatürlich, darunter liegen tiefe, halbmondförmige Schatten. »Was?«, sagt sie und reibt sich das Gesicht.

»Alles in Ordnung mit dir?«

»Alles bestens. Sorry. War nur gerade etwas weggetreten.«

Sie klettert vom Bett und verschwindet in Richtung Badezimmer. Ihr Körper unter dem Nachthemd ist so schmal, dass sie sich fast lautlos bewegt. Ich muss an das Notizbuch mit den Schlangen denken. Der vertraute Druck in meinem Kopf ist zurück.

»Du arbeitest zu viel«, sage ich.

»Die Ausstellung ist bald.« Die Worte klingen irgendwie leer, beinahe so, als langweile sie das Thema.

Auf ihrer Kommode liegt eine leere Schachtel Zigaretten. Der Aschenbecher ist inzwischen noch voller, die Kippen verteilen sich ringsum. Das ganze Zimmer riecht nach Rauch. Normalerweise raucht sie am offenen Fenster.

Mit dem Finger fahre ich über lose Asche und verreibe sie zu einem grauen Fleck auf dem Kiefernholz. Mum sagt, sie arbeitet oft die ganze Nacht hindurch. Mal zusammen mit den anderen, mal allein. Die Ausstellung ist eine große Sache für sie.

Kein Wunder, dass sie nicht schläft, kein Wunder, dass sie immer dünner wird. Über dem Malen hat sie das Essen immer schon vergessen.

Ihr Notizbuch ist nirgendwo zu sehen. Abgesehen von den Zigarettenstummeln ist alles ordentlich.

Ich gehe und kümmere mich weiter um das Gepäck.

Manchmal wünscht man sich einfach nur ein bisschen heile Welt und schaut lieber weg.

Diese verdammte Hitze. Sie ist das Erste, was einem auffällt, wenn man in Sri Lanka ankommt, es sei denn, man erwischt gerade den Monsun. Ich sitze bei meiner Tante Mala auf der Terrasse, und mein grünes Baumwollkleid klebt an meinem Körper, während mir eine Schweißperle den Nacken herunterläuft, als wäre es eine Träne auf meiner Wange. Ein wenig benommen versenke ich mich in den Anblick der verschlungenen Äste der Frangipanibäume im staubigen Vorgarten, deren rosa und weißen Blüten in den Tempeln als Opfergabe verwendet werden. Dahinter neigt sich eine schiefe Palme, ihre stacheligen grünen Wedel hängen regungslos herab, die feuchte Luft ist erfüllt vom durchdringenden Duft der Pflanzen und dem Geruch nach Fisch und Gewürzen. Die Jasminblüten in der Schüssel zu meinen nackten Füßen verbreiten zusätzlich ihr betörend süßes Aroma.

Wir sind seit ein paar Tagen hier. Mein Onkel Garmony hat uns am Flughafen abgeholt, und wir haben uns in seinen Ford Estate mit den zerschlissenen, staubigen Sitzen gequetscht. Dann hat er uns in derselben Geschwindigkeit, mit der er auf Singhalesisch auf meine Mutter einredete, durch die sri-lankische Landschaft chauffiert (also mit einem Affenzahn).

Ich sollte vielleicht ein Wort zur Sprache hier verlieren – meine Muttersprache habe ich nie gelernt. Mum sagte, sie hätten diese Entscheidung wegen Shanthi getroffen. Shanthi war zwei, als sie nach England kamen. Englisch lernte sie nur mühsam und hatte auch in der Schule noch Probleme mit der Sprache. Die Lehrer waren ungeduldig, und die Mitschüler machten sich über sie lustig. Meine Eltern waren besorgt darüber. Das heißt, zu dem Zeitpunkt war mein Vater bereits krank, aber Mum hatte genug Ängste, dass es für beide reichte. Sie setzte sich mit Shanthi hin und ging mit ihr stundenlang wieder und wieder das Alphabet durch.

Seither wurde bei uns zu Hause nur Englisch gesprochen. Das Singhalesisch, das Mum und Dad gelegentlich miteinander sprachen, ist an mir vorbeigegangen. Nichts davon ist bei mir hängen geblieben. Als Dad kurz danach starb, gab es noch weniger Gründe, innerhalb der Familie Singhalesisch zu reden. Manchmal lag ich auf meiner Seite des Schlangenwandschirms und lauschte, wenn Mum im Flur eines ihrer seltenen Telefongespräche mit Tante Mala führte. Ich dachte, dass die Sprache nur ein Code war, den ich entschlüsseln konnte, wenn ich nur gut genug hinhörte.

»Hast du je mit dem Gedanken gespielt, mal für länger nach Sri Lanka zu fahren?«, fragte mich Clara an dem Abend, bevor wir geflogen sind, während sie am Ladentisch saß und die Bücher durchging.

»Sind die Zahlen so schlecht?«

Clara klappte lächelnd den Laptop zu. »Ich habe mich nur gefragt, ob du nicht gern eine Weile dort leben würdest.«

Ich habe tatsächlich schon einmal darüber nachgedacht, nach Sri Lanka zu gehen. Das war vor drei Jahren, als ich mit Jack hier war. Es war eine von mehreren Etappen für einen Reisebericht, den er über Sri Lanka, Indien und Nepal schreiben wollte. Wir übernachteten in einfachen Pensionen und reisten zu Orten, die ich mit Mum und Shanthi nie besucht hatte. Damals fanden wir auch die Ebenholzelefanten. Ich ahnte nicht, dass meine Schwester zu Hause krank war, und konnte Abstand gewinnen zu der Sorge, die immer irgendwo in meinem Hinterkopf lauerte. Ich sah das Land mit Jacks Augen und konnte mir so eher vorstellen, mich eines Tages hier niederzulassen.

Wenn ich jetzt an Jack denke, fühlt es sich ganz seltsam an. Wir haben ein ganzes Jahrzehnt unseres Lebens zusammen verbracht, und wenn ich nun zurückblicke, erscheint es wie ein Traum.

Doch jetzt sind wir bei Tante Mala und Onkel Garmony in Dehiwala, das unweit südlich der Stadtmitte von Colombo liegt. Die Stadt, in der Mum aufgewachsen ist. Wenn man nachmittags im Schatten der Hochhäuser die staubigen Straßen entlangschlendert und ein schwerer Geruch nach Hitze, Salz, Benzin und Fisch in der Luft hängt, sieht man Gruppen von ganz in Weiß gekleideten Schulmädchen mit geflochtenen Zöpfen, die auf den Bus warten. Es fällt mir schwer, mir Mum als eines dieser jungen Mädchen vorzustellen, die kichernd ihre Büchertasche umklammern und sich schnell wegdrehen, wenn sie den Blick eines Touristen auffangen.

Mum ist hier aufgewachsen, in diesem geräumigen Bungalow, auf dessen Veranda ich gerade sitze. Ein weiß gekleidetes Mädchen mit geflochtenem Haar, das mit ihrer Mum, ihrem Dad, ihrem Bruder Garmony und ihren drei Schwestern Deepthi, Lakmini und Kalani hier lebte.

Onkel Garmony heiratete Tante Mala, und die beiden blieben mit ihrer Tochter Helani und ihren zwei Söhnen, Deshan und Mahesh, in dem Bungalow wohnen. Meine Cousine und meine beiden Cousins sind inzwischen verheiratet und ausgezogen, aber im Moment sind sie zu Besuch und sitzen mit uns auf der Veranda. Helanis Zwillingstöchter Samani und Sithara rennen mit ihren neuen *Sindy*-Puppen durch den Vorgarten.

Was meine Tanten angeht, so hat Deepthi ebenfalls geheiratet und lebt heute ganz im Süden des Landes. Lakmini und Kalani sind jedoch unverheiratet geblieben und wuseln um Tante Mala herum, um ihr mit dem Tee zu helfen.

Mums Eltern, also meine Großeltern, sind nicht hier, um zum allgemeinen Durcheinander beizutragen, weil sie bei einem Autounfall ums Leben kamen, als ich fünf Jahre alt war. Ich habe sie erst kennengelernt, als sie tot waren und im Wohnzimmer dieses Hauses aufgebahrt lagen. Alles in allem verstörte mich diese Begegnung sehr, was meine sri-lankische Familie aus unerfindlichen Gründen wahnsinnig lustig findet.

»Oooh, Anjali hatte solche Angst, als sie sie sah!« Tante Kalani lacht Tränen, während sie aus einer Kanne aus feinem Porzellan Tee einschenkt.

»Ich weiß noch, wie sie fragte, ob wir nicht alle draußen im Garten schlafen könnten«, gackert Tante Mala und verschüttet vor Lachen ihren Tee, während sie sich an Mums Arm festhält.

An dieser Stelle sollte ich wohl erwähnen, dass es nichts gibt, worüber meine sri-lankische Sippe nicht lacht. Buchstäblich nichts. Die Größe von Onkel Garmonys Hemden (XXL), den unfruchtbaren Avocadobaum in der Auffahrt, die explodierten *Marmite*-Gläser in Mums Koffer. Sie sind die fröhlichsten Menschen, die ich kenne, allerdings würde ich das deutlich mehr genießen, wenn ihre Heiterkeitsausbrüche nicht hauptsächlich mit mir zu tun hätten.

Ich wünschte, Shanthi wäre da, um mir beizustehen, aber sie ist in ihrem Zimmer. Seit wir hier sind, erfinde ich Ausflüchte für sie, während in mir ein zunehmend ungutes Gefühl wächst.

»Nun erzähl mal, *duwa*, wie kommt es, dass du noch nicht verheiratet bist?«, fragt Tante Mala, als das Gelächter etwas verklungen ist.

Ein Meer von Gesichtern blickt mich erwartungsvoll an. Tante Kalani und Tante Lakmini stehen neben Mum – Mums rundes Gesicht voller Grübchen, Tante Kalanis mit ihrer faltigen Pergamenthaut und Tante Lakminis, das etwas von beiden hat. Tante Mala und Onkel Garmony sehen mich mit leicht zur Seite geneigten Köpfen an. Helani, Deshan und Mahesh haben sich vorgebeugt, ihre Drinks in der Hand. Von jeder Stirn ist übermäßiges Interesse abzulesen. Mir wird ganz anders. Ich hatte erwartet, dass solche Fragen kommen würden, und dachte, ich wäre darauf vorbereitet, aber ich hatte nicht mit einem regelrechten Verhör gerechnet. Dummerweise hatte ich vergessen, dass eine Reise nach Sri Lanka wie tausend Abendessen bei meiner Mutter ist, nur alle gleichzeitig.

»Ja, weißt du, Tante, ich bin noch zu jung, um zu heiraten«, sage ich.

Meine Antwort löst den gleichen Lachanfall aus wie die Leichen meiner Großeltern, und alle prusten los, einschließlich Mum – dicke Tränen laufen an allen Gesichtern hinab, an runden mit Grübchen, an pergamentartigen, faltigen, zur Seite geneigten und an nach vorn gereckten.

Ich wappne mich innerlich und stelle mich der Herausforderung.

»In England ist neunundzwanzig noch gar nicht so alt«, erkläre ich.

Tante Lakminis und Tante Kalanis Tassen scheppern auf den Untertassen, während ein mächtiger und ein magerer Körper heftig in Wallung geraten und sich winzige Teepfützen auf dem rot gestrichenen Betonboden der Veranda bilden.

Dieser Aufenthalt verspricht lang und beschwerlich zu werden.

Ich bin jedes Mal so voller Optimismus, wenn ich nach Sri Lanka komme. Ich denke immer, dass, je älter ich werde, es umso leichter für mich werden wird und ich nicht mehr die allgemeine Familiendebatte vom Rande aus mitverfolgen muss, in der mein Leben erörtert wird. Doch wie alt ich auch bin, ich werde für immer das kleine Mädchen bleiben, über das die Erwachsenen zu bestimmen haben. Sehr wahrscheinlich wird das noch so sein, wenn ich achtzig bin. Auch wenn bis dahin vermutlich einige der Anwesenden nicht mehr unter den Lebenden sein werden. (Ich halte es aber für schlicht undenkbar, dass die Tanten und Onkel Garmony sich dann nicht mehr amüsieren: Ihre Seelen werden sich vor Lachen in die Hose machen, wenn sie mich vor ihren irdischen Hüllen stehen sehen.)

»Und wie sieht es mit deiner Arbeit aus, *duwa?*«, dröhnt Onkel Garmony. Er hört nicht mehr so gut, was er mit seiner Nebelhornstimme zu kompensieren versucht. »Was machst du zurzeit?«

»Immer noch dasselbe, Onkel. Ich arbeite in einem Blumenladen.«

Da das Wörtchen »Blumenladen« ganz klar den Gipfel aller Komik bedeutet, hält sich der komplette Clan vor Lachen die Bäuche.

Komm schon, Shanthi. Mit stummen Beschwörungsformeln versuche ich meine Schwester dazu zu bewegen, ihr Versteck zu verlassen und die geballte Aufmerksamkeit von mir abzulenken. Niemand außer mir scheint zu bemerken, dass sie nicht da ist.

»Ich frage Anjali andauernd, ob sie sich nicht endlich etwas anderes suchen will.« Mum schüttelt den Kopf, und meine Kehle brennt von all den Dingen, die ich ihr am liebsten an den Kopf werfen würde. »Aber sie sagt, dass sie mit den Blumen glücklich ist.«

»Ich *bin* glücklich mit den Blumen«, sage ich.

Schallendes Gelächter. Was sonst.

Ich sehe zu meiner Cousine und meinen Cousins hinüber. Helani und Deshan bekleiden hohe Positionen bei der Bank of Ceylon, Mahesh ist Arzt. Wehmütig denke ich an die Zeit, als wir noch jünger waren und Beruf und Karriere keine Rolle spielten und in ferner Zukunft lagen. Ich wünschte, ich könnte mich bei Samana und Sithara in Sicherheit bringen und mit ihnen hinter dem trockenen Avocadobaum spielen.

»Nun, vielleicht müssen wir uns ja bald keine Sorgen mehr um Anjali machen, nicht wahr, *nangi*?« Tante Mala zwinkert Mum zu. *Nangi* bedeutet *kleine Schwester* auf Singhalesisch.

»Ow, vielleicht«, antwortet Mum.

Sie fallen ins Singhalesische, und ich beobachte sie misstrauisch. Ihre Mundwinkel deuten ein halbes Lächeln an, ihre Stimmen klingen ein wenig aufgeregt, und ich bin mir absolut sicher, dass das zwischen Mala und Mum eben erneut ein Zwinkern war.

Wenn ich jetzt frage, was sie aushecken, wird das, fürchte ich, die alte Diskussion lostreten, weshalb ich nicht Singhalesisch spreche, was wiederum zu neuerlichen Lachsalven führen wird. Obwohl es Mums Entscheidung war, uns nicht zweisprachig aufwachsen zu lassen, werde aus unerfindlichen Gründen immer ich deswegen drangsaliert, als ob ich absichtlich auf die angeborene Gabe verzichtet hätte, ihr schnörkeliges Alphabet zu erfassen.

Es dauert nicht lange, bis ich den Grund für das ganze Zwinkern erfahre. Die Sonne brennt weiter erbarmungslos auf den Garten, und Deshan, Mahesh, Helani und die Kinder verabschieden sich und fahren nach Hause, während Mum und ihre Schwestern sich auf ihre Zimmer im Haus verteilen, um sich etwas auszuruhen. Tante Mala beginnt abzuräumen und stellt die Teekanne mit Goldrand und die Tassen auf ein Tablett. Onkel Garmony schläft mit offenem Mund und zuckenden Gliedern auf der Veranda (zweifellos träumt er von verstorbenen Großeltern, älteren unverheirateten Töchtern und Avocadocrumble). Ich stehe auf, durchquere den Garten und trete auf den Weg, hinaus in die weite Welt, mit rotem Staub auf meinen Flip-Flops.

Ich spüre immer noch ein wenig den Jetlag, und es dauert eine Weile, ehe meine Sinne ganz wach sind. Die Sonne knallt mir auf den Rücken. Aber dann lausche ich dem Gesang eines Beo und entdecke einen schmalen grünen Gecko, der an meinen Zehen vorbeihuscht. Am Ende des Weges laufen Sri Lanker in bunt gemusterten Saris und staubigen Sarongs herum, ein mit Personen überladenes Fahrrad fährt schwankend vorbei. Neben mir rankt eine rosafarbene Bougainvillea eine Mauer empor. Die eigentlichen Blüten der Bougainvillea sind weiß, doch sie sind umhüllt von hauchdünnen, farbenfrohen Hochblättern.

»Wunderschön, nicht?«, sagt eine Stimme leise.

Verblüfft sehe ich auf. Ein schlanker, junger Mann (definitiv jung, denn er scheint in meinem Alter zu sein) in locker sitzenden Jeans und langärmeligem weißem Hemd steht vor mir. Die Sonne blendet ihn, und kleine Fältchen umgeben die zu Schlitzen zusammengekniffenen Augen.

»Ja, wunderschön«, sage ich. »Ich könnte stundenlang hier stehen und sie bewundern.«

»Das könnte ziemlich ermüdend werden.« Er lächelt. »Nachdem du so weit geflogen bist, um hierherzukommen.«

»Was?« Ich bin schon wieder verblüfft. »Woher weißt du das?«

»Anjali?«, fragt er.

»Woher kennst du meinen Namen?«

Für den Bruchteil einer Sekunde halte ich es für möglich, dass das die Reinkarnation meines Vaters sein könnte, gekommen, um mich vor dem Überschwang meiner Mutter und des restlichen Clans zu retten.

»Ich habe dich den Weg hochkommen sehen«, sagt der Mann. »Ich wollte gerade in die andere Richtung. Zu Tante Malas Haus.«

Dann ist es wohl doch nicht mein Vater.

»Wer bist du?«

»Ich bin Roshan«, antwortet er. »Ich bin ein Freund von Mahesh, deinem Cousin. Erinnerst du dich nicht an mich? Wir sind uns einige Male begegnet.«

Jetzt fällt es mir wieder ein – während meines letzten Urlaubs mit Mum haben wir uns kurz gesehen und auch im Urlaub davor. Allerdings haben wir uns nur gegrüßt und kaum unterhalten. Beide Male saß er die ganze Zeit mit Mahesh zusammen und diskutierte mit ihm über Cricket.

»Oh, Mahesh hast du gerade verpasst«, sage ich. »Er ist vor ein paar Minuten weggefahren.«

»Das macht nichts.« Roshan hebt die schmalen Schultern und vollführt das vertraute sri-lankische Kopfschütteln. »Ich kann ihn ein andermal sehen. Tante Mala bat mich, dich zu besuchen.«

»Sie hat dich gebeten, mich zu besuchen?«, wiederhole ich langsam.

»Genau, sie meinte, es wäre nett, wenn ich mal vorbeischaue.« Er spricht ganz ruhig, aber jedes Wort ist wie ein Messerstich.

Nein, Roshan ist nicht mein Vater. (Um ein Haar hätte ich das laut ausgerufen, aber ich bin nicht Luke Skywalker.)

Er ist Mums neuer Kandidat.

»Tut mir leid, mir fällt gerade ein …« Ich beende den Satz nicht, der eine Ausrede werden sollte, lasse die Bougainvillea und Roshan zurück und beginne den Weg zurückzurennen, während meine Flip-Flops ganz in dem roten Staub verschwinden, den sie aufwirbeln. In meinem Kopf dreht sich alles. *Ich fasse es nicht. Ich habe Mum gewarnt! Ich habe ihr gesagt, sie soll mich in Ruhe lassen!*

Ich höre, dass Roshan mir hinterherläuft, und sehe förmlich vor mir, wie Mum in England im Flur steht, mit Tante Mala telefoniert und in den Hörer kreischt, dass ich weder einen anständigen Job noch einen anständigen Mann habe und sie *dringend etwas unternehmen* müssen.

»Du wirst es nicht glauben: Ich habe genau den Richtigen!« Ich schwöre, ich kann hören, wie Tante Mala vor Lachen Schluckauf bekommt. »Roshan! Er soll sich so lange neben die Bougainvillea stellen, bis wir Anjali zur Vernunft gebracht haben!«

»Anjali, fühlst du dich nicht gut?«, fragt Roshan, der mir in den Garten folgt. Ich drehe mich zu ihm um. Sein Gesicht ist ungewöhnlich, es hat die Form eines Diamanten. In seinen Augen glitzern orange Flecken, und er hat schöne, volle Lippen. In einem anderen Leben hätte ich überhaupt nichts dagegen einzuwenden, wenn er sich nach meinem Wohlbefinden erkundigen würde.

»Ja«, sage ich. »Oder nein. Ich meine …«

»Anjali?«

»Ich glaube, dass du unter falschen Voraussetzungen hergekommen bist.«

»Unter … was?« Roshans Augen verengen sich zu schmalen Schlitzen.

»Ich will überhaupt niemanden kennenlernen.« Feucht von Schweiß klebt mir mein Kleid am Leib, meine Locken hängen mir klatschnass geschwitzt ins Gesicht – jetzt, wo Roshan mich in meiner ganzen schweißtriefenden Pracht sieht, wird er ohnehin nichts von mir wissen wollen. »Mum und Tante Mala haben sich geirrt.«

»Ich …«, beginnt Roshan.

»Ich muss gehen.« Meine gehetzte Stimme klingt schrill und reißt Onkel Garmony aus dem Schlaf. »Mach's gut!«

Ich laufe ins Haus und in mein Zimmer. Die Sprungfedern des schmalen Betts quietschen empört, als ich mich auf die Matratze werfe. Mein Handy liegt auf dem Nachttisch. Ich muss Clara unbedingt eine Nachricht schicken und ihr sagen, dass es hier nicht auszuhalten und viel schlimmer ist, als ich befürchtet hatte. Da entdecke ich, dass eine Nachricht auf mich wartet.

Sie ist von Jack.

Als Jack und ich vor drei Jahren nach Sri Lanka fuhren, habe ich außer Clara niemandem davon erzählt. Obwohl Jack immer wieder darauf drängte, haben wir nicht einen einzigen Verwandten besucht. Mum habe ich gesagt, ich sei auf Teneriffa, auch wenn ich bei der Schwindelei tausend Tode gestorben bin. Ich flog ohne Jack zurück, der weiter nach Indien reiste, und drückte die Elefanten an mich. Mein Kopf war voller Eindrücke von der Schönheit meines Heimatlandes, die ich ohne die üblichen Vorwürfe hatte genießen können. Die Leute hatten in mir nur eine Touristin gesehen, wir wurden kurz gemustert und gleich wieder vergessen – unsere Anwesenheit war ohne Bedeutung für die Einheimischen.

Wo ist das Problem?, wollte Jack wissen. *Wieso gibst du deiner Familie so viel Macht über dich?*

Ich wusste nicht, wie ich erklären sollte, dass ihre Worte mich zielgenau in meinem Innersten trafen, dort, wo meine tiefsten Sorgen und Ängste wohnen.

Ich starre die Worte auf dem Display an.

Anj, komm zurück zu mir.

Nach dem Tag, an dem er zum Laden gekommen war, hörten die verpassten Anrufe und die Nachrichten von Jack auf. Ich wusste, sie würden aufhören. Mich zusammen mit Ernie zu sehen kam ihm mit Sicherheit genauso unwirklich vor wie mir damals, ihn mir mit Julia vorzustellen.

Irgendwann fehlten mir seine vergeblichen Anrufe und Nachrichten nicht mehr, stattdessen dachte ich bei jedem Klingeln und jeder Benachrichtigung auf meinem Handy an Ernie. Doch nun, da ich hier festsitze und die ständigen Sprüche meiner Familie über mich ergehen lassen muss, die mich gar nicht richtig kennt, und es immer unwahrscheinlicher wird, dass Ernie sich je wieder melden wird, lösen Jacks Worte etwas in mir aus, das ich nicht ganz verstehe.

Der große Ventilator in der Zimmerecke quietscht, auf seinen Flügeln liegt Staub. Das Moskitonetz über mir ist um einen Haken an der Decke gewickelt. Es ist voller kleiner Löcher, die seine Funktionstüchtigkeit fraglich erscheinen lassen. Das hier war früher Mums Kinderzimmer. Das war ihr schmales Bett. Ihr grauer Betonfußboden, ihr hoher *almari*, in dem sie einst ihre ganze Kleidung aufbewahrte. An der gegenüberliegenden Wand hängt – leicht schief – der goldgerahmte Spiegel, vor dem sie als Teenager sicher gern posierte.

Ich betrachte mein Spiegelbild. Meinen verschwitzten Körper in dem grünen Baumwollkleid. Meinen Hals, die Wölbung meines Bauchs. Meine dunklen Augen, zimtfarben, wie die von Mum.

Ob Mum früher hier stand und an Dad dachte, bevor sie verheiratet waren? Dachte sie darüber nach, wie er sie wohl im Arm halten, wie er seine Hand an ihre Wange legen würde? Wünschte sie sich, eines Tages an seinen Rücken geschmiegt aufzuwachen und ein Muttermal zu entdecken, einen Ruheort, über den sie bis ans Ende ihrer Tage wachen durfte?

Anj, komm zurück zu mir.

Am liebsten würde ich ihn anrufen. Ich möchte die Uhr zurückdrehen zu der Zeit vor der Burlesquetänzerin, als ich ihren Namen noch nicht in die Suchmaschine eingegeben hatte und zusehen musste, wie sich ihr makelloser Körper auf meinem Bildschirm rekelt. Zurück zu der Zeit, als meine Tage nur aus langen Stunden im Blumenladen und Abenden mit Jack bestanden. Die Abende, die ich allein war, verbrachte ich damit, meine Blumenzeitschriften durchzublättern und Artikel über Stiefmütterchen, Hyazinthen und zitronengelbe Mimosen zu lesen. Oder ich las die Texte, zu denen ich mich an der Uni nie durchringen konnte, und vertiefte mich in Morrison oder Angelou oder Shakespeares Sonette. Alles, um die Stunden zu füllen, nicht an meine Familie denken und mir Sorgen um ihr Wohlbefinden machen zu müssen, obwohl diese Sorge immer irgendwo im Hintergrund lauerte. Zurück zu der Zeit, als ich einfach nur Jacks Freundin war und nicht darüber nachdenken musste, was ich mit meinem Leben anfangen sollte, als ich noch all das für mich behalten konnte, was ich vor Ernie nicht verbergen konnte.

Unschlüssig schwebt mein Finger über Jacks Nummer.

»Anjali, was ist los mit dir?« Die Tür fliegt auf, und Mum segelt herein. Sie reibt sich den Schlaf aus den Augen, getrockneter Speichel bildet eine Kruste in einem ihrer Mundwinkel.

Vor Schreck fällt mir das Handy aus der Hand.

»Was ist bloß los mit dir?«, wiederholt sie.

Im ersten Augenblick denke ich, dass es sich hier um die Intervention bei einer Suchtgefährdeten handelt. Mein Mund ist schon geöffnet, um alles zuzugeben: Ja, es stimmt, ich wollte gerade Jack anrufen. Doch dann wird sie deutlicher.

»Roshan ist ein netter Junge. Er wollte uns besuchen. Onkel Garmony sagt, du warst unhöflich.«

Ich seufze.

»Mum, ich dachte, wir hätten das geklärt. Keine weiteren Kuppelversuche.«

»Wie kommst du darauf, dass ich etwas damit zu tun habe?«

»Ach, komm, Mum. Das sieht doch ein Blinder. Allein wie ihr euch zugezwinkert habt, du und Tante Mala.«

»Wir haben nicht …«

»Hör auf, dich ständig einzumischen.« Ich spreche lauter, als ich eigentlich will, aber es treibt mich zur Weißglut, wie Mum dauernd nervös zur Tür sieht, ob uns auch niemand hören kann. Ich muss daran denken, dass Mum Shanthi zum Rauchen immer auf die Straße schickt, Shanthi die letzten Tage fast die ganze Zeit in ihrem Zimmer verbracht hat und ihre Abwesenheit niemand in der Familie gestört hat. Wie wenig unsere Familie hier in ihrem weitläufigen Bungalow mit dem feinen Porzellan und den Frangipanibäumen von unserem Leben in Bristol weiß, von unseren kleinen, schäbigen Apartments und davon, wie hart wir arbeiten müssen, um dort wohnen zu können. Wir machen unseren Verwandten dauernd etwas vor, anstatt offen über unsere wirkliche Situation zu sprechen. Aufgebracht schreie ich: »Hör endlich auf, mich mit jedem x-beliebigen Typen verheiraten zu wollen, der dir über den Weg läuft, nur weil du dir Sorgen machst ...«

»Er ist kein x-Beliebiger. Eure Horoskope stimmen überein, Anjali.«

Ich stutze.

»Unsere was?«

»Eure Horoskope.«

Die Sache mit den Horoskopen. Das fehlte mir gerade noch. In Sri Lanka ist es Tradition, bei der Anbahnung von Ehen Astrologen hinzuzuziehen und eine Verbindung nur ernsthaft in Betracht zu ziehen, wenn die Horoskope der Kandidaten entsprechend bestimmter Richtlinien harmonieren. Zur Erstellung solcher Horoskope werden Datum, Stunde und Ort der Geburt benötigt, auf deren Grundlage irgendwelche mathematischen Berechnungen vollführt werden. Vor allem braucht man Geld.

Ich kann mir nur zu gut vorstellen, wie Mum lange Ferngespräche geführt hat, in denen es um mich und einen mir unbekannten jungen Mann ging, und die die Weitergabe ihrer Kreditkartennummer beinhalteten. Garantiert wird sie einige Überstunden gemacht haben, Regale mit Obst und Gemüse für die Onlinebestellungen wohlhabenderer Leute gefüllt haben, um für das Horoskop zu zahlen. Für ein offizielles Dokument, das ihr erlaubt, innerhalb ihrer Familie für die nötige Selbstachtung zu sorgen. Weil ihre neunundzwanzigjährige Tochter Anjali Chandana immer noch unverheiratet und so, wie sie ist, nicht gut genug ist.

»Und was soll uns so ein verdammtes Horoskop sagen?«, platze ich heraus, denn Mum meine komplizierten Gedankengänge begreiflich zu machen ist natürlich ein Ding der Unmöglichkeit.

Sie zuckt zusammen.

»Und wo ist Shanthi eigentlich?«, frage ich. »Warum geht es immer nur um mich? Warum steht immer nur mein elendes Leben im Mittelpunkt?«

»Schhhh, deine Schwester schläft«, zischt Mum, als ob unser Streit sie in ihrem Zimmer am anderen Ende des Bungalows wecken könnte. »Und Roshan ist draußen.«

»Was? Was macht er denn noch hier?«

»Ich habe ihm gesagt, er soll auf dich warten. Ich habe gesagt, du hast den Flug noch nicht verkraftet.«

»Du hast was ...?«

»*Anay*, Anjali, du darfst dir diese Chance nicht entgehen lassen. Nicht nach dem letzten Mann.«

»Welcher letzte Mann? Der letzte Mann, dem ich scheißegal war und der sehr wahrscheinlich nicht nur Arzt, sondern auch Psychopath ist?«

»Anjali, schrei nicht so. Mach jetzt keine Szene.«

»Was würde Dad dazu sagen, wenn er hier wäre?« Ich weiß nicht, wie ich gerade auf meinen Vater komme – aber schließlich ist er ständiger Gesprächspartner meiner inneren Monologe und hätte vielleicht nichts dagegen, in dieser Sache mitreden zu dürfen. »Meinst du nicht, dass er der Meinung wäre, du solltest uns einfach mal in Frieden lassen?«

Natürlich kann ich überhaupt nicht einschätzen, was mein

Vater dächte, denn in meiner Vorstellung habe ich ja nur eine idealisierte Version von ihm.

»Das würde er ganz bestimmt nicht so sehen«, sagt Mum leise. Die Falte zwischen ihren Brauen wird tiefer.

»Sondern?«

»Er würde sagen, dass er sich für dich schämt.«

Ich schlucke. Auf meiner Brust lastet ein ziegelsteinschweres Gewicht. Einen Moment lang glaube ich, meinen Vater mit seinen blauen Augen und den langen Koteletten zu sehen, wie er in der Zimmerecke sitzt und den Kopf schüttelt.

»Ich muss hier raus.« Ich schiebe mich an Mum vorbei und laufe aus dem Zimmer.

»Anjali …«

Ich sprinte durch das große Wohnzimmer und nehme nur schemenhaft den langen Tisch wahr und diverse Familienmitglieder, die dort in Korbsesseln unter Familienporträts und Buddhabildern sitzen. Hastig schiebe ich die weißen Musselinvorhänge zu der Veranda mit dem roten Boden zur Seite und renne vorbei an der Schüssel mit den Jasminblüten in den staubigen Vorgarten.

»Anjali!«

Ich höre Schritte hinter mir, aber ich bleibe nicht stehen.

Geh weg, rufe ich stumm, *lass mich einfach in Ruhe.*

»Anjali!« Eine Männerstimme.

Ich drehe mich um. Es ist Roshan. Mit zusammengekniffenen Augen sieht er mich voller Sorge an.

»Tut mir leid.« Ich weiche seinem Blick aus und wünschte, meine Mutter hätte ihn nicht in diesen Schlamassel mithineingezogen. »Es ist nur … ich muss jetzt los.«

Das muss man Roshan lassen, die zwei Begegnungen mit mir, die ihm überaus verwirrend erscheinen müssen, schrecken ihn nicht ab. An seiner Stelle würde ich mich umdrehen und meiner Wege gehen, Horoskop hin, Horoskop her. Stattdessen kommt er näher und legt mir eine Hand auf die Schulter.

»Willst du spazieren gehen?«, fragt er.

Entnervt werfe ich die Hände in die Luft. Ich will nicht spazieren gehen, ich will in aller Ruhe einen hysterischen Anfall kriegen.

»Darf ich mitkommen?«, sagt er.

Aus dem Augenwinkel sehe ich Mum in der Tür, die gerade auf die Veranda watschelt.

Von mir aus. Dann machen wir eben einen Spaziergang.

Wir gehen zum Mount Lavinia Beach. Wenn ich nach Sri Lanka komme, kann ich es immer kaum erwarten, am Meer zu sein. Ich liebe diesen Moment, wenn man in die Straße zum Strand einbiegt und das erste Glitzern des blauen Wassers sieht. Mir geht das Herz auf, wenn meine Füße dann im heißen, weißen Sand versinken. Doch die Wellen sind mörderisch – wer ins Wasser geht, wird von schwarzen Löchern verschluckt und taucht nie wieder auf.

Das stimmt natürlich nicht. Aber Mum erzählte uns das immer, um Shanthi und mich davon abzuhalten, uns nasse Füße zu holen.

»Anjali! Sei vorsichtig!«

Nicht Mum, sondern Roshan ruft mir das zu, als ich mein Kleid raffe und in die Wellen laufe. Die Gischt trifft mich oberhalb meiner Knie und verwandelt den grünen Baumwollstoff in eine zweite Haut, die sich eng um meinen Körper schließt. Ich lecke mir die Lippen und schmecke Salz.

»Sei vorsichtig!«, ruft Roshan erneut.

Ich muss an mich und Shanthi denken, als wir fünf und sieben Jahre alt waren und ins Wasser rannten, sobald Mum sich einmal kurz umgedreht hatte. Unser vergnügtes Lachen hat uns verraten. Ich weiß noch genau, wie Mum uns mit entsetztem Gesichtsausdruck befahl, augenblicklich wieder aus dem Wasser zu kommen. Hinterher schimpfte sie mit Shanthi, weil sie so leichtsinnig gewesen war. *Du bist schließlich die Ältere.* Dieselbe Shanthi, die jetzt blutunterlaufene Augen und Nikotinflecken an den Fingern hat. In den letzten zwei Tagen ist sie nicht einmal mehr zum Abendessen erschienen. *Sie hat so hart gearbeitet, sie ist müde,* erklärte Mum der Familie, und alle gingen wieder zur Tagesordnung über. Das ungute Gefühl, das sich seit Tagen in meinem Hinterkopf breitmacht, versucht sich nach vorn zu arbeiten, und ich bemühe mich, es nach Kräften zu ignorieren.

»Komm her, da ist doch nichts dabei!« Ich strecke die Arme in Roshans Richtung und werde von einer Welle niedergestreckt, die mich auf den festen Untergrund wirft. Salzwasser dringt in meinen Mund, als ich nach Luft schnappe.

»Anjali, bitte komm wieder raus«, ruft Roshan. »Deine Mutter hat gesagt, ich soll auf dich aufpassen. Kannst du bitte wieder rauskommen?«

»Ich denke nicht daran«, rufe ich hustend zurück.

Unschlüssig betrachtet er mich. Dann zieht er sein Hemd aus, wickelt es zu einem Ball und wirft es weit hinter sich. Er zieht die Jeans aus. Sein schmaler, dunkler Torso mit den langen Beinen macht sich durch die Wellen auf den Weg zu mir.

»Du musst aufpassen«, wiederholt er, als er mich erreicht hat. »Die Strömung ist hier sehr stark.«

Ich lache, vielleicht eine Spur hysterisch. Mich würde nicht wundern, wenn er sich gerade nicht sicher ist, was gefährlicher ist – der Ozean oder ich.

»Sei kein Spielverderber, Roshan.«

»Ich bin kein Spielverderber, ich will nur, dass dir nichts geschieht.«

»Du machst einen Superjob.« Ich drehe mich zu ihm um. »Superkalifragilistisch.« Da kommt schon die nächste Welle, dieses Mal von der Seite, und ehe ich mich versehe, ist mein Gesicht ganz nah an seinem.

Und wenn ich ihn küsse? Für den Bruchteil einer Sekunde sehe ich Mums glückliches Gesicht, wie sie – endlich tiefenentspannt – stundenlange Ferngespräche mit ihren Schwestern führt, um die Hochzeit zu planen: die Saris, die Blumenmädchen, die Gästeliste mit den fünfhundert Tanten, die ich nie zuvor gesehen habe, die aber alle Stein und Bein schwören, ein Foto von meinem Kinderpopo in ihrem Album zu haben. Ich sehe eine Zukunft, in der ich mich nicht mehr ständig vor meiner Großfamilie rechtfertigen muss, sondern das gesittete Leben einer sri-lankischen Hausfrau führe, die Tee in Porzellan mit Goldrand serviert und alle mit den sagenhaften Currys beglückt, für die sie berühmt geworden ist (man erkennt mich an der Jasminblüte im Haar). Apropos Haar – hier sprechen wir nicht mehr von der traurigen, krausen Matte, die meine englische Existenz kennzeichnete, sondern von einer üppigen Lockenpracht, die mir bis zur Hüfte reicht und endlich befreit im feuchten Klima in ihr natürliches Habitat zurückgefunden hat.

Ich muss mich an Roshan festhalten, um nicht umgeworfen zu werden. Seine Hände liegen auf meinem unteren Rücken, um mich zu stützen. Er mustert mich eindringlich. Das wäre der Moment für das perfekte Foto. Allerdings ist Roshan ein hochgewachsener Sri Lanker (was eigentlich ein Widerspruch in sich ist), was eine harmonisch wirkende Aufstellung erschweren könnte. Ich müsste mich auf die Zehenspitzen stellen.

Eine Welle wirft uns auf die Knie, winzige Muscheln bohren sich in unsere Schienbeine. Ich schlucke einen Schwung Salzwasser, und als ich wieder an die Oberfläche komme, sehe ich meine Vision von einem anderen Leben in Richtung Horizont davonschwimmen. Wenn ich jetzt den Mann mit den vollen Lippen und dem übereinstimmenden Horoskop küsse, wird das Mum genauso wenig glücklich machen wie der Sex mit dem narzisstischen braunhäutigen Psychiater. Wenn ich mich mit Roshan einlasse, wird das weder Jacks Nachrichten wegzaubern noch meine stille Hoffnung, dass Ernie zurückkommen könnte. Mein toter Vater wird sich trotzdem schämen. Und Shanthi wird es nach wie vor schlecht gehen.

Roshan bugsiert uns zurück an den Strand. Die Sonne geht langsam unter und zeichnet silbrig orange Linien in die Pastelltöne des rosablauen Himmels. Das Wasser glitzert, als bestünde es aus Diamanten. Ich betrachte den durchnässten Mann an meiner Seite und muss an Ernie denken, jenseits des Indischen und des Pazifischen Ozeans, an die Fältchen um seine sanften Augen. Der vertraute Schmerz dringt mir in Brust und Kopf.

»Ich habe dich schon immer geliebt«, sagt Roshan.

Ich erschrecke. Wir sitzen tropfend im Sand, ich in meinem klatschnassen Kleid, er mit glänzendem, nacktem Oberkörper. Die Wellen lecken an unseren Zehen. Es stellt sich heraus, dass ich Roshan nicht erst zweimal begegnet bin. Offenbar hat er mich bei jedem meiner Besuche hier gesehen, das erste Mal, als ich fünf war und feuchte Augen hatte wegen meiner toten Großeltern. Ich kann mich überhaupt nicht an ihn erinnern. Da waren so viele unbekannte Gesichter, so viele Namen, die ich nicht richtig aussprechen konnte. Er sagt, dass er sich immer am Rand hielt und auf den geeigneten Moment wartete, mich anzusprechen.

»Wir waren immer ein bisschen eingeschüchtert. Du warst die schöne Cousine aus England.« Er lächelt.

Wie seltsam, dass sie mich so gesehen haben. Ich habe mich bei den Gleichaltrigen hier immer unwohl gefühlt, irgendwie fehl am Platz, wenn sie auf Singhalesisch redeten und lachten, bis sie ihren Fehler bemerkten und mir zuliebe wieder ins Englische wechselten. Das, worüber sie lachten, war nie richtig in die andere Sprache zu übertragen. Sprache ist so viel mehr als die Buchstaben des Alphabets. Erst Sprachmelodie, Betonungen, Pausen, Geschichte und Kultur geben ihr Bedeutung. Ich wollte immer mit den Leuten meines Heimatlandes in Verbindung treten, aber ich wusste nicht, wie, und blieb daher Außenseiterin.

Deswegen tut es gut zu wissen, dass ich in all den Jahren von jemandem geliebt wurde. Oder dass jemand meinte, mich zu lieben.

»Du kannst mich nicht lieben«, sage ich nach einer Weile. »Du kennst mich doch gar nicht.«

»Doch«, beharrt Roshan.

»Wenn du nur die Hälfte von dem wüsstest, was ich über mich weiß, würdest du deine Meinung ändern.«

»Das glaube ich nicht.«

»Du weißt, dass ich nicht Ärztin bin oder so etwas? Ich arbeite in einem Blumenladen.«

»Ich mag Blumen.«

»Manchmal esse ich Fleisch.«

»Ich esse immer Fleisch.«

»Ich trinke ziemlich viel.«

»Ich mag Lager.«

So geht das nicht.

»Tante Mala hat mir viel von dir erzählt«, sagt Roshan. »Ich weiß, wer du bist, Anjali.«

»Nein.« Meine Brust fühlt sich plötzlich an, als hätte sie eine heftige Welle getroffen. Mir schießt das Blut in den Kopf bei dem Gedanken, was meine Tanten ihm womöglich alles von mir erzählt haben könnten, von meinem mangelnden beruflichen Ehrgeiz und meinem fortgeschrittenen Alter. Vielleicht haben sie noch hinzugefügt, dass das nicht so schlimm sei, denn wenn ich erst einmal mit ihm verheiratet wäre, würde ich genauso gut Linsen waschen und Zehennägel schneiden wie jede andere. »Du weißt nichts von mir!«

Er schluckt und wischt sich Wassertropfen von der Stirn.

»Ihr alle hier in Sri Lanka«, beginne ich und bin auf einmal froh, mich von ihnen zu distanzieren, »ihr denkt, dass ihr über mich Bescheid wisst. Und über Mum. Und Shanthi. Über unser Leben in England. Aber ihr wisst gar nichts. Niemand von euch.«

»Ich glaube nicht, dass wir ...«

»Wir haben nicht viel Geld.« Ich merke, wie meine Stimme zu brechen droht, und balle die Fäuste. »Mum befüllt Regale im Supermarkt. Meine Schwester verbringt ihre Tage kettenrauchend in ihrem Zimmer. Und ich weiß nicht, was ich mit meinem Leben anfangen soll.«

Roshan blinzelt. Warum erzähle ich ihm das eigentlich?

»Niemand von euch kennt uns wirklich.« Mit dem Finger fahre ich die Linien aus Salz und Sand auf meinen Beinen nach. »Ihr habt überhaupt keine Ahnung.«

Er antwortet nicht gleich. Wir starren auf das glitzernde Wasser, die Küstenlinie vor Colombo, die sich undeutlich in der Ferne abzeichnet. Palmwedel bewegen sich sanft im Wind. Es ist wunderschön hier.

Schließlich sagt er leise: »Dann möchte ich dich gern kennenlernen.« Er sieht mich an, und das schwächer werdende

Sonnenlicht lässt seine Augen orange schimmern. Mit ruhigem und festem Blick schaut er mich an.

Der Zorn in meiner Brust ebbt ab. Dieser Mann kann nichts für meine Probleme und die meiner Familie. Es ist nicht seine Schuld, dass ich die Sorgen um meine Schwester ständig verdränge, dass ich sie immer schon einfach unter dem Deckel halten wollte. Die Lösung dafür werde ich nicht bei Männern finden. Nicht mal bei Ernie. Das ist mir klar geworden, als ich den BWI kennengelernt habe. Und den Architekten. Ich lehne meinen Kopf an Roshans Schulter, was jetzt im Sitzen ganz gut geht, und er legt seinen Arm um mich. Es fühlt sich gar nicht so unangenehm an. Vielleicht hat Mum ja recht mit unseren Horoskopen. Vielleicht habe ich ja zum ersten Mal eine echte Verbindung zu jemandem in diesem Land, wenn auch keine eheliche. Wir bleiben so im Sand sitzen, bis wir wieder trocken sind.

»Soll ich dich nach Hause bringen?«, fragt Roshan sanft. »Deine Mutter wird sich schon Sorgen machen.«

Er schlüpft wieder in seine zerknitterten Sachen, während ich mein feuchtes Kleid zurechtziehe – wir sehen dennoch beide aus wie zwei, die einen Kopfsprung ins Meer gemacht haben. Mit gesenkten Köpfen machen wir uns auf den Nachhauseweg, um uns nicht etwaigen, angesichts unserer Unvernunft entsetzten Blicken der Einheimischen auszusetzen. Hier gehört nicht viel dazu, dass die Leute sich das Maul zerreißen. Glücklicherweise war der Strandabschnitt, an dem wir waren, fast menschenleer.

Hin und wieder streift mein Blick den mittelöstlich braunen Mann. Würden wir in einer anderen Zeit leben, würden wir womöglich sittsam am Tisch sitzen, eine züchtige Unterhaltung bei einer Kanne süßen sri-lankischen Tees führen und uns kurz darauf für unsere Hochzeitsnacht entkleiden.

Eine eigenartige Vorstellung. Würden wir in einer anderen Zeit leben, würde ich vielleicht den Rest meines Lebens mit ihm verbringen. Eine wirklich eigenartige Vorstellung.

Es wird allmählich dunkel, als wir wieder bei Tante Mala ankommen. Die Frangipanibäume und Palmen wiegen sich im Halbdunkel, und die Grillen zirpen ihren rhythmischen Gesang.

»Soll ich gehen?«, fragt Roshan.

Ich schüttele den Kopf. Ich werde mir gleich einiges anhören müssen. Aber wenn Mum mich in Begleitung von Roshan sieht, besänftigt das ihren Ärger vielleicht etwas.

Die Veranda ist verlassen, die Türen geschlossen. Von drinnen sind keine Stimmen zu hören. Ich wappne mich innerlich, öffne die Tür und gehe ins Haus. Ich erwarte, dort alle versammelt zu sehen, Tante Mala, Onkel Garmony, Tante Kalani, Tante Lakmani und Mum, wie sie mit verschränkten Armen und gerunzelter Stirn in ihren Korbstühlen aufgereiht sitzen und mich fragen, was eigentlich mit mir los sei. Ihr habt recht, werde ich sagen, es ist der Jetlag. Ich bin zu müde, um zu streiten. Es tut mir leid, werde ich sagen, ich stehe völlig neben mir. Dann werde ich Onkel Garmony bitten, die Kenny-Rogers-CD einzulegen, und wir alle singen einträchtig *The Gambler*. Das müsste funktionieren.

Doch der Raum ist leer. Das Tageslicht schwindet, und lange Schatten liegen auf den Möbeln. Die Spitzenvorhänge wehen gegen die Eisengitter an den Fenstern. Eine Mücke schwirrt durch die Luft und landet auf der Ecke eines Sitzkissens.

»Anjali?« Ich drehe mich um. Mum sitzt allein am Esstisch am anderen Ende des Raums. In der dunklen Ecke ist sie kaum zu erkennen.

»Mum?« Ich gehe zu ihr. Roshan bleibt stehen. »Warum sitzt du da? Alles in Ordnung?«

Die Fröhlichkeit und der Ärger vom Nachmittag sind aus ihrem Gesicht verschwunden. Sie sieht erschöpft aus. Wo ihr Lächeln sein sollte, zeichnen sich Falten ab. Sie presst die Längsseite ihres Zeigefingers gegen die höchste Stelle ihrer Stirn.

»Was ist los, Mum?« Mein Herz beginnt zu trommeln.

»Shanthi ist weg«, sagt sie.

ACHT

Die Familienmitglieder kommen aus ihren Winkeln und versammeln sich um den Esstisch. Mum sitzt in der Mitte, den Kopf in den Händen. Flüsternd wechseln meine Tanten kaum hörbare Worte. Meine Schwester ist verschwunden. Ihre Sachen sind auch weg. Ich spüre ein dumpfes Gefühl in meiner Brust, ein fernes Klingeln in meinen Ohren.

»Wo bist du gewesen, *duwa*?«, donnert Onkel Garmony mit einem Mal, als würde er mich jetzt erst wahrnehmen. Er hat den Sarong gegen eine Hose ausgetauscht und war wohl gerade dabei, sich in ein frisches Hemd in Größe XXL zu zwängen, das nun halb zugeknöpft über seinem Bauch spannt.

»Am Strand«, sage ich.

»Am Strand«, wiederholt er und wendet sich Mum zu. »Am Strand. Ich gehe das Auto holen.«

Er knöpft sein Hemd zu, fährt mit seinen geschwollenen Füßen in die Flip-Flops und greift nach dem Autoschlüssel. »Kommst du mit, Anjali, und hilfst mir, sie zu suchen?«

Er vermeidet es, mir in die Augen zu schauen. Ganz offensichtlich will er nicht allein sein, wenn er Shanthi findet. Ich überlege kurz. »Nein, wir sollten uns aufteilen, Onkel. Du fährst zum Meer hinunter. Frag in den Hotels nach, ob jemand sie gesehen hat. Ich nehme ein Tuk Tuk und fahre in die Stadt.«

Roshan steht immer noch an der Tür. Ich sehe ihn lieber nicht an – ich fürchte seinen verlegenen Blick.

»Mum, du gehst mit mir.«

Mum hebt den Kopf. Ihre Augen sind rot vom Weinen. Neben ihr dreht Tante Mala mit zittrigen Fingern die braunen Perlen der Gebetskette, die sie ums Handgelenk trägt. Kalani und Lakmini starren konzentriert auf die Maserung des Holztischs. Falls Shanthi zurückkommt, sollte sie vielleicht besser nicht von Verwandten in Schockstarre in Empfang genommen werden.

»Wenn ich recht überlege, Mum, solltest du vielleicht doch lieber hierbleiben, falls sie zurückkommt.«

»Wo willst du nach ihr suchen?«, fragt Mum.

»Ich weiß noch nicht«, sage ich. »Hast du ihr Zimmer durchsucht? Hast du irgendwelche Hinweise gefunden?«

Mum will etwas sagen, zögert aber.

»Lass dein Handy an, *duwa*«, ruft Onkel Garmony und drückt sich an Roshan vorbei nach draußen.

Panisch taste ich die noch feuchten Taschen meines grünen Kleides ab, bis mir einfällt, dass ich das Handy ja auf meinem Bett gelassen habe. Ich gehe es holen und steuere danach in Richtung Shanthis Zimmer.

»Anjali ...«, beginnt Mum.

Bei unserer Ankunft hat Tante Mala uns durch den Bungalow geführt: *Hier, Anjali, du bekommst das alte Zimmer deiner* amma *– und du, Shanthi, wirst es hier schön bequem haben, in Deepthis altem Bett.* Deepthis Zimmer war genauso kahl wie Mums alter Raum: kalter Fliesenboden, spärliches, aber robustes Mobiliar, schmucklose Wände bis auf ein Bild von Buddha.

Den Buddha hat Shanthi abgehängt. Die Wände sind zur

Hälfte von Papierfetzen bedeckt. Ineinander verschlungene Körper winziger, sich windender Schlangen füllen die weißen Flächen, die in unterschiedlichen Winkeln auf die Wand geklebt sind, sodass ich von allen Seiten von Schlangen umgeben bin, die auf mich zukriechen.

Ich habe das Gefühl, jemand zöge mir seinen Fingernagel über den Rücken. Ich denke an das Stück Papier, das ich vor einigen Tagen in Shanthis Zimmer gefunden habe, das Notizbuch mit den gleichen Zeichnungen. Einen Moment lang fällt es mir schwer zu atmen. Wieso habe ich nichts gesagt? Wieso bin ich damit nicht zu Mum gegangen? Wieso habe ich nicht versucht, mit meiner Schwester zu sprechen und herauszufinden, was in ihr vorgeht?

Mum kommt mit tränenüberströmtem Gesicht zur Tür, aber ich hebe abwehrend die Hand, und sie macht einen Schritt zurück. Wenn sie jetzt näher kommt, fange ich auch noch an zu heulen.

Ich umklammere mein Handy und kann kaum glauben, dass ich erst vor zwei Stunden Jacks Nachricht angestarrt habe, völlig gefangen in meiner eigenen Welt. Wenn ich ehrlich bin, war ich die ganzen letzten Monate fast nur mit mir selbst beschäftigt.

Ehe ich es mir anders überlegen kann, scrolle ich zu Jacks Nummer hinunter und drücke auf *Anrufen*.

An einem Samstagnachmittag liegen Shanthi und ich auf ihrem Bett, während Mum bei der Arbeit ist. Ich bin etwa sechs, Shanthi acht Jahre alt. *My Fair Lady* ist vorbei, und Shanthi zeichnet – wie üblich. Fasziniert sehe ich zu, wie ihr HB-Bleistift mit scharrendem Geräusch das cremeweiße Papier schraffiert. Miss Harrison versorgt Shanthi mit allem, was sie braucht, auch wenn sie das wahrscheinlich gar nicht darf.

Was zeichnest du, Shanthi?

Dad.

Wie war Dads Name?

Sarath.

Was tut er da?

Das bist du, in der Badewanne. Da bist du noch ganz klein. Er badet dich.

Hilfst du ihm?

Ja.

Und das ist Mum?

Ja.

Was ist mit unseren Gesichtern los?

Wir lachen, Anjie.

Ich habe so ein komisches Gefühl im Bauch, wie beim Sportfest in der Schule, wenn wir alle hinter der Linie aufgestellt sind und auf den Start warten. Erst wenn der Lauf vorüber ist, geht das Gefühl wieder weg, und alle lachen. Lachen. Das ist etwas, das man mit Freunden macht.

Haben wir viel gelacht?

Die ganze Zeit.

Mum auch?

Mum am allermeisten.

Shanthi legt ihren Stift weg. *Komm mit.*

Wo gehen wir hin?

Vielleicht hat sich das gar nicht so abgespielt. Manchmal rutschen Erinnerungen ineinander, bis wir eine wunderschöne Lüge erhalten, die wir für den Rest unseres Lebens wie einen Schatz hüten. In der Erinnerung, die ich hüte, ziehe ich meine Turnschuhe an und laufe Shanthi hinterher. Es ist furchtbar aufregend, weil Mum uns streng verboten hat, das Haus zu verlassen, wenn sie auf der Arbeit ist. Draußen könnten die Weißen stehen, die nur darauf warten, uns mitzunehmen. Aber im Treppenhaus ist niemand, nur eine

Grünlilie vegetiert unter dem vergitterten Fenster vor sich hin. Wir laufen auf die Straße und eilen an den Passanten vorbei, aber niemand nimmt Notiz von uns. Wir sind unsichtbar.

Shanthi führt mich den Weg an der Bahnstrecke entlang, bis wir zu einem Tor kommen. Sie zieht einen rostig aussehenden Schlüssel aus der Tasche und schließt auf.

Woher hast du den Schlüssel?

Ich weiß nicht, wo wir hier sind. Hochgewachsenes Gras zieht sich an einem Hang entlang, und hier und da stehen graue Wellblechschuppen und kleine Gewächshäuser. Bretter stützen terrassenförmige Beete, aber niemand ist hier außer einer alten Frau auf einem Holzstuhl. Sie trägt einen Strohhut mit breiter Krempe – es muss Sommer sein.

Ich packe Shanthi an der Schulter, denn sie hat uns gesehen, und wir sollten schnell von hier verschwinden. Aber die alte Frau sagt nur: *Na, wieder mal da?*

Sie geht in den Wellblechschuppen, vor dem sie gesessen hat.

Was ist das hier, Shanthi?

Das ist Dads Garten.

Die alte Frau bringt Ritz-Cracker und Papierbecher mit Limonade. Dann nimmt sie wieder auf ihrem Stuhl Platz, während Shanthi und ich im Schneidersitz auf dem Boden hocken, Limo trinken und die Cracker essen. An die alte Frau erinnere ich mich kaum noch. Ich habe nur noch den Strohhut und die Krampfadern hinten an ihren Waden vor Augen, die wie lila Würmer aussahen. Ich weiß nicht mehr, ob sie es war, die Shanthi den Schlüssel gab, oder ob Shanthi Dads Schlüssel aufgehoben hatte oder wie oft meine Schwester sie besuchte. Ich erinnere mich auch nicht mehr, ob wir noch einmal dort waren.

Ich weiß nur noch, wie ich dasaß und die Blumenpracht

vor mir bestaunte. Für mich war es damals einfach ein buntes Meer aus tausend Farben: Zartrosa, leuchtendes Orange, Lila, Dunkelblau. Heute denke ich, dass es Malven, Kapmargeriten, Saat-Wucherblumen, wilder Majoran und Lavendel gewesen sein könnten. Wahrscheinlich hatte die alte Frau sie gepflanzt. Aber als ich damals im Gras hockte, salzige Cracker aß und den Bienen zusah, wie sie Nektar tranken, stellte ich mir Dad vor, wie er den Boden mit der Harke bearbeitete, diese Pflanzen aussäte und sie mit seinen sanften, geduldigen Händen zum Blühen brachte.

»Anj?«

Ein Teil von mir hatte gehofft, Jack würde nicht abheben. Ein Teil von mir wollte nicht hören, wie sich am anderen Ende seine tiefe, klare Stimme meldet. Sie klingt wie immer, bloß anders. Aber vielleicht habe ich sie nur zu lange nicht mehr gehört.

»Das ist ja eine Überraschung. Ich hatte schon gedacht, ich höre nie wieder von dir.«

Er spricht leicht und freudig, ein bisschen atemlos. Ich stelle mir vor, dass er in einem Raum hin und her geht und sein kastanienbraunes Haar zurückstreicht. Ob er wohl in Bristol ist oder irgendwo anders, gerade einen Artikel schreibt oder Freunde besucht oder vielleicht auch ganz weggezogen ist? Zehn Jahre waren wir uns so nahe, und jetzt weiß ich nicht einmal mehr, wo er wohnt.

»Bist du noch dran?«

»Shanthi ist verschwunden.«

»Was? Wo bist du? Die Verbindung klingt so komisch.«

»Sri Lanka.«

Die Übertragung ist verzögert, und eine Sekunde später höre ich meine eigene Stimme, leise und tonlos.

»Was heißt das, sie ist verschwunden?«

»Es ging ihr nicht gut. Und jetzt ist sie weg.«

Stille. Zehn Jahre waren wir uns so vertraut, dass wir unsere Sätze nicht zu Ende bringen mussten. Jetzt wird er stehen geblieben sein, ganz still stehen, sich die rechte Braue kratzen, wie er es immer unbewusst tut, wenn er nachdenkt.

»Wo habt ihr denn schon gesucht? Könnte sie in einem der Gästehäuser sein?« Er verstummt eine Weile, und in diesen Sekunden spüre ich jeden einzelnen Herzschlag in mir. »Wie ist es mit… Habt ihr bei eurem Dad nachgesehen?«

Augenblicklich wird mir klar, dass es nicht notwendig war, ihn anzurufen. Er musste mir gar nicht sagen, was ich längst wusste.

Es war nur notwendig, seine Stimme zu hören.

»Bis dann.«

Roshan begleitet mich. Oben an der Straße halten wir ein Tuk Tuk an und steigen ein. Der Fahrer setzt das Gefährt in Bewegung, und die pink-weiße Girlande am Rückspiegel gerät durch den Fahrtwind ins Flattern. Wir rasen an den Läden vorbei, vor denen sich grellorange Fantaflaschen stapeln, vorbei an Wohnwagen, in denen Egg Hoppers und Zwiebel-Sambal feilgeboten werden, vorbei an Männern, die bündelweise Fisch geschultert tragen. Die Gebäude entlang der Hauptstraße stehen dicht an dicht, Geschäfte, Wohnungen und Büros türmen sich zu Wolkenkratzern auf. Mum kann sich noch an Zeiten erinnern, als hier noch keine Häuser standen und sie von Tante Malas Veranda aus das Meer sehen konnte.

Roshan schweigt. Sein weißes Hemd ist zerknittert. Sand klebt an seiner Jeans. In Höhe seiner Wade entdecke ich eine

Stelle, an der sich die Naht gelöst hatte – jemand hat sie sorgfältig wieder zusammengenäht.

»Du weißt Bescheid über meine Schwester, nicht wahr?«, sage ich.

Er nickt, ohne mich anzusehen. Dicht unter seinem rechten Ohr ist ein winziges Muttermal, das an ein eingerolltes Blatt erinnert.

»Ich weiß, dass man sich alles Mögliche über sie erzählt.« Ich halte den Atem an, als sich unser dreirädriges Gefährt zwischen zwei mit hoher Geschwindigkeit fahrenden Autos hindurchquetscht, die mit wütendem Hupen antworten. »Meine Familie hat Angst. Deswegen reden sie nicht mit ihr.«

Für Shanthi wird nie ein Horoskop erstellt werden, kein Roshan wird je bei der Bougainvillea auf sie warten.

Roshan schweigt immer noch. Er knöpft die Manschette an seinem Ärmel ständig auf und zu, und am liebsten würde ich seine Hände festhalten, damit er aufhört. Ich merke, wie die Wut darüber in mir hochkriecht, dass alle bei der Erwähnung meiner Schwester so panisch reagieren.

»Hast du etwa auch Angst?«, platze ich heraus. »Und wenn ja, was machst du dann hier?«

Seine Hände halten mitten in der Bewegung inne. Ist das wirklich erst ein paar Stunden her, dass wir nebeneinander am Strand gestanden haben? Die Manschette seines Hemdes fällt offen herab, und er dreht sich zu mir. Seine Nase ist lang und schmal, seine markanten Wangenknochen wirken wie in sein Gesicht gemeißelt. Er runzelt die Stirn.

»Warum sollte ich Angst haben?«, fragt er. Und dann sagt er etwas Überraschendes. »Wir alle lieben Shanthi.«

Wir verstummen, und ich starre auf die viel befahrene graue Straße, die sich vor uns erstreckt, ohne sie wirklich wahrzunehmen. Ich sehe zehn Jahre zurück, in das Krankenhaus damals – die psychiatrische Abteilung. Ich sehe mich, wie ich vor der Schwesternstation warte und auf meine Sandalen und den abgeplatzten rosa Lack auf meinen Fußnägeln hinuntergucke, damit ich nicht die anderen Patienten anschauen muss. Manche laufen in Jeans und T-Shirt vorbei und reden und lachen und unterscheiden sich kaum von den Pflegekräften. Andere sind ganz still oder brechen gelegentlich in unnatürliches Gelächter aus. Einer redet unaufhörlich auf jemand anderen ein, der nicht zuhört. Ein anderer tastet die Wand ab und hinterlässt einen Bogen aus Fingerabdrücken. Das Klingeln in meinen Ohren blendet den Lärm des sri-lankischen Verkehrsgetümmels aus. Stattdessen höre ich den Fernseher im Aufenthaltsraum der Krankenstation, leises Gemurmel, das Klacken des Tischtennisballs im Spielezimmer, das ewige Raus und Rein von Rauchern zwischen Gebäude und Garten.

Ich sehe mich, wie ich mit gesenktem Kopf der Krankenschwester folge und – fünfzehn, sechzehn, siebzehn – die Schritte zähle, bis wir bei Shanthis Zimmer sind. Zaghaft werfe ich einen Blick durch das Fenster in der Tür und sehe die schmale Gestalt, wie sie im Schneidersitz auf dem Bett hockt und über ein Blatt Papier gebeugt wie wild zeichnet. Die Bettdecke liegt auf dem Boden, der von unzähligen Seiten übersät ist, auf denen Schlangen mit weit aufgesperrten Mäulern auf mich zukriechen. Ab und zu sieht meine Schwester auf und blickt sich mit angstvoll aufgerissenen Augen hektisch im Zimmer um, während sie eine Stimme hört, die ich nicht hören kann. Sie klammert sich an die Ärmel meines Kleides und zischelt: *Ich war es, ich habe es getan.*

Was hast du getan?

Dad getötet.

Wovon sprichst du? Er war krank, Shanthi, er hatte Krebs.

Sie schiebt mir das Blatt mit den Schlangen zu.

Er hatte es von mir. Mein Geist hat es auf ihn übertragen. Bleib weg, ich will nicht, dass du es auch bekommst.

Shanthi …

Bleib weg, hab ich gesagt. Geh nach Hause.

»Wie heißt die Straße, wo Sie hinwollen?« Die gebellte Frage des Tuk-Tuk-Fahrers vor uns reißt mich jäh aus meinen Erinnerungen.

»Adamaly Place«, sage ich.

»Wir sind gleich da.«

Während ich versuche, mich wieder auf die Straße zu konzentrieren, spüre ich, wie Roshan mich von der Seite ansieht. Aber erneut spielt sich ein Film vor meinem inneren Auge ab, und der Asphalt vor mir löst sich auf. Stattdessen sehe ich meine Mutter, wie sie jeden Morgen gebückt unter der Last der Plastiktüten in ihren Händen das Haus verlässt. Ich sehe mich an dem Tag, an dem ich von zu Hause weggegangen bin und meine Sachen gepackt habe, als sie im Krankenhaus war. Wie ich in der Wohnung stand, mit nichts als einem kleinen Koffer, in dem meine Kleidung war. Alles andere habe ich im Sozialkaufhaus gelassen, sogar meine Bücher, weil ich nichts davon behalten wollte. Wie mein Blick noch einmal über das angeschlagene Geschirr, die Buddhas aus zweiter Hand und den billigen Messingnippes in der Glasvitrine streift, der jede Woche sorgsam poliert wird. Wie ich die Wohnung verlasse, mit zugeschnürter Kehle und Blitzen, die mir schmerzhaft in die Augen fahren, weil ich so feige bin, dass ich mich nicht von Mum verabschiedet habe, weil ich weiß, dass der Anruf am Abend das nie wiedergutmachen kann, ganz egal, wie viel Zeit auch vergeht. Wie ich schon die Tür hinter mir zuziehen will, um dann im letzten Moment meinen Koffer abzustellen, zurück ins Wohnzimmer zu laufen, um noch die zwei Fotos vom Kaminsims zu holen.

Damals, beim ersten Mal, war Shanthi drei Monate im Krankenhaus. Als sie entlassen wurde, färbte sich gerade das Laub an den Bäumen rostrot und golden. Manchmal stelle ich mir vor, wie sie mit Mum zusammen nach Hause kam, in die Wohnung, die immer leicht nach Sandelholz und Curry riecht. Vielleicht lief Ordie ihr entgegen und rieb ihr weiches Fell an Shanthis Wade. Die winzige, ordentliche Küche, das staubfreie, frisch gesaugte Wohnzimmer. Von dem üblichen Krimskrams, den ich immer überall liegen ließ, keine Spur, keine CDs neben der billigen Musikanlage von *Tesco*, kein offenes Buch auf dem Sofa.

Ich stelle mir vor, wie sie in unser Zimmer kommt und entdeckt, dass mein Bett abgezogen und mein Schrank leer ist, dass alle meine Sachen weg sind.

»Alles in Ordnung, Anjali?« Roshan hat sich zu mir gedreht und flüstert beinahe. Ich bringe es nicht über mich, ihn anzusehen. Mit gebanntem Blick starre ich auf die Autos und Gebäude, die an den offenen Seiten des Fahrzeugs an uns vorbeiwischen. Ich frage mich, was er sehen würde, wenn er in mein Gesicht schauen könnte.

Ich habe es immer gehasst, dass in Sri Lanka das ganze Augenmerk meiner Familie nur auf mich gerichtet war. Ich hatte das Gefühl, dass sie meine Schwester vergessen haben, oder schlimmer, dass sie sie aufgegeben haben, weil sie mit dem Kommen und Gehen ihrer Krankheit nicht umgehen können. Ich betrachte Roshans schmale Hände auf dem Geländer für die Passagiere, seinen vorgebeugten Körper, und verstehe auf einmal, dass es gar nicht meine Familie ist, die Angst vor Shanthis psychischer Erkrankung hat.

Denn während meine Mutter die psychiatrische Abteilung jeden Tag mit Tüten voller Currys und selbst gemachten Samosas besuchte, die sie nicht nur für meine Schwester, sondern für alle Patienten mitbrachte, weil sie nicht wusste, wie sie sonst ihre Liebe zeigen konnte, hielt ich mich fern. Die Jahre vergingen, ich zog erst in Jacks WG ein, dann mit ihm zusammen in unsere Wohnung, und wann immer Shanthis Krankheit wieder aufflammte, war ich nicht da.

Denn ich bin diejenige, die dauernd Angst hatte. Die immer noch Angst hat.

»Wir sind da«, sagt der Fahrer.

Die Glanzzeiten des ehemals stattlichen Gebäudes sind lange vorüber. Jedes Mal, wenn wir hier auf Urlaub waren, ist Mum einmal mit uns hierhergefahren. Dann standen wir vor dem schmiedeeisernen Tor und bestaunten das weiß gestrichene, einstöckige Haus, das sich auf dem Grundstück dahinter erstreckte. Manchmal sahen wir Leute an den weißen Säulen der Veranda: eine Mutter, drei kleine Kinder, eine ältere Frau – vielleicht die Großmutter. Einen Vater bekamen wir nie zu Gesicht, und das war auch gut so, denn wenn ich dort auf der Straße stand, hatte ich immer das eigentümliche Gefühl, dass Dad womöglich gar nicht tot war, sondern hier lebte, bei seiner anderen Familie.

Das Tor ist nicht verschlossen. Das letzte Mal war ich mit Jack hier. Das war die einzige Gelegenheit, bei der ich zuließ, dass etwas, das mit meiner Familie zu tun hatte, sich in unseren Urlaub drängte. Wir wollten es so machen, wie Mum, Shanthi und ich es immer hielten: von der Straße einen Blick auf das Haus werfen und danach in einem Café Falooda trinken gehen. Zu unserer Überraschung war das Tor unverschlossen – wie jetzt auch. Ich öffnete den Riegel, und wir stahlen uns hinein. Der Bungalow war verlassen und mit Brettern vernagelt, von der Familie, die hier einmal gelebt hat, keine Spur. Jack und ich spazierten durch den Garten und rechneten damit, dass jeden Moment jemand auftauchen und uns wegen unbefugten Betretens vom Grundstück jagen würde. Doch es kam niemand. Auch nicht mein Vater, von dem ich wider bessere Vernunft gehofft hatte, er würde unter dem Mangobaum sitzen und auf mich warten.

Im Lauf der drei Jahre, die seither vergangen sind, ist der Garten völlig zugewachsen. In der Dunkelheit treten wir auf dichtes Unkraut, das sich auf dem Kiesweg breitgemacht hat. Roshan nimmt mich am Arm, damit ich nicht stolpere. Wuchernde Sträucher säumen den Weg, und ein ganzer Blätterwald voller Blüten zerkratzt uns die Arme und versucht, uns am Weitergehen zu hindern. Im Taschenlampenlicht meines Handys erkenne ich die magentafarbenen Blüten: Hibiskus.

Kaputte Stufen führen auf die verwahrloste Veranda. Die Türen und Fenster sind immer noch mit Brettern geschützt. Die ehemals schneeweißen Hauswände werden langsam grau und sind von Schmutz überzogen.

»Ich glaube, hier ist niemand.« Roshan späht durch ein Fenster, bei dem ein Brett abgefallen ist, ins Innere des dunklen Hauses.

Mit dem Handy leuchte ich hinein. Ein leerer Raum, nur einige zurückgelassene Möbelstücke sind zu erkennen: ein Stuhl, ein Tisch, eine umgeworfene Truhe. Ich frage mich, was mit den Leuten geschehen ist, die hier einmal lebten, und weshalb sie ihr früheres Zuhause einfach sich selbst überlassen haben.

Roshan geht um das Haus herum, um zu sehen, ob es einen Zugang gibt. Bei einem der größeren Fenster auf der

Rückseite fehlen die Bretter, und es steht offen – dort können wir hineinklettern.

»Shanthi!«, rufe ich, aber das Echo meiner Stimme hallt durch leere Räume. Im Haus riecht es modrig und nach dem salzigen Duft des wilden Farns, der in einem Spalt neben der Tür wächst. Hier und da stehen noch einzelne Möbelstücke herum, in der Küche, in der jetzt Kakerlaken und Spinnen wohnen, sind noch alte Töpfe und Geschirr gestapelt. Roshan sagt, ich solle mich vor Skorpionen in Acht nehmen. Alle Schlafzimmer sind völlig leer, bis auf das kleinste, dort stehen noch ein eisernes Bettgestell und ein Schrank. In dem Schrank finde ich ein steif gewordenes Schreibheft, in das einige singhalesische Wörter gekritzelt sind, die ich nicht verstehe. Ich gehe ans Fenster und stütze mich für einen Moment auf das Fensterbrett. Vielleicht war das einmal das Zimmer meines Vaters, vielleicht stand er früher genau an dieser Stelle und sah in die Dunkelheit hinaus. Meine Hände sind ganz staubig, als ich sie wieder wegnehme, auf dem Fensterbrett bleiben die Abdrücke meiner Finger zurück.

»Hier ist sie nicht.« Roshan tritt neben mich. »Ich glaube nicht, dass sie hier war, Anjali.«

Aber wenn sie nicht hier ist, weiß ich nicht, wo sie sonst sein könnte. Auf dem Weg nach draußen sehe ich noch einmal hinter dem Stuhl und dem Tisch nach und werfe auch noch einen Blick in die Küche, als könnte sie uns die ganze Zeit gefolgt sein und sich hinter uns verborgen haben. Sanft zieht Roshan mich zurück zu dem offenen Fenster, durch das wir hereingekommen sind.

»Was machen wir jetzt?«, fragt er, als wir wieder draußen stehen. Er nimmt meine Hand. »Sollen wir zurück zu Tante Mala?«

Ich schüttele den Kopf. Ohne Shanthi kann ich nicht zurück. Mein Handy ist nach wie vor stumm – Onkel Garmony hat sie auch noch nicht gefunden. Während wir zum Tor zurückgehen, halte ich Roshans Hand, und ich muss daran denken, wie Jack und ich vor drei Jahren hier Hand in Hand wieder in Richtung Straße gingen und ich plötzlich das Bedürfnis hatte, seine Hand loszulassen und zum Mangobaum zu laufen, um noch einmal unter seinen Zweigen nachzusehen.

Ich löse meine Hand aus Roshans und laufe los.

Ich bahne mir den Weg durch die Hibiskusbüsche, vorbei an den zerbrochenen Blumentöpfen vor der Veranda, und stolpere durch das Unkraut. Ich laufe um das Haus herum, an den Cashewbäumen vorbei, die ich zwar nicht sehen kann, von denen ich aber weiß, dass sie da sind, vorbei an einem riesigen Rhododendron, dessen glatte Blätter meine Wangen streifen.

Der Mangobaum steht hinter dem Haus. Auch gegen den Nachthimmel sind seine Umrisse zu erkennen, die tief herabhängenden Zweige, die wie lange, gespreizte Finger aussehen. Ich gehe auf die Knie und krieche unter die Zweige.

Dort, in völliger Dunkelheit, wo es nach Erde und Laub riecht, finde ich meine Schwester.

Das alte Bild in meiner Erinnerung wird nun klarer. Ich bin drei, meine Schwester fünf. Sie ist in unserem Zimmer, und ich stehe davor und sehe durch die Tür, die einen Spalt offen steht, hinein. In einem viel zu großen Pullover sitzt sie mit gekreuzten Beinen auf dem Boden, und einen Moment lang bin ich verwirrt, weil ich den Pullover kenne, aber nicht mehr weiß, wo ich ihn schon einmal gesehen habe.

Auf Zehenspitzen recke ich mich nach dem goldfarbenen

Türgriff. Er ist zu hoch, und ich komme nicht richtig dran, aber das macht nichts, weil ich die Tür auch einfach aufdrücken kann. Der Spalt wird größer, Licht flutet aus dem Zimmer. Erst glaube ich, dass meine Schwester zeichnet, doch sie starrt nur die Wirbel im Muster des Teppichbodens an und fährt sie mit dem Finger nach. Sie sitzt dort schon so lange. Wo steckt Mum? Normalerweise hätte sie uns längst gerufen, und wir würden Papadams oder Samosas essen und etwas zu trinken bekommen. Sie würde mit uns ein Puzzle machen oder uns etwas vorlesen. Doch ihre Schlafzimmertür ist geschlossen, und meine kleinen Hände sind noch nicht geschickt genug, um sie zu öffnen.

»Shanthi?«, sage ich.

Meine Schwester sieht nicht auf, sondern bewegt ihre Finger weiter über die Kreise im Teppich, immer weiter und weiter.

Der Pullover reicht ihr bis über die Knöchel. Er ist aus königsblauer Wolle, die ganz weich und ein wenig verfilzt ist. Unter einem Ärmel ist ein Loch, das man gerade nicht sehen kann, aber ich weiß genau, dass es da ist. Der Pullover gehört Dad.

»Shanthi?«, flüstere ich.

Ich weiß nicht, wieso ich flüstere, denn wir sind allein, Roshan ist sicher noch am Tor. Meine Schwester sitzt im Schneidersitz, den Kopf gebeugt wegen der Äste über ihr, und malt mit einem Stück Holz einen Kreis in die Erde. In dem Kreis türmt sich ein Haufen aus Zigarettenstummeln. Neben ihr liegt eine leere Plastiktüte, ihre Sachen sind auf dem Boden verstreut. Sie sieht mich nicht an, aber ich weiß auch so, dass sie mit wildem Blick und fiebrig glänzenden Augen vor sich hin starrt.

»Shanthi, ich bin's, Anjie.«

Das alte Bild, meine allererste Erinnerung überhaupt, sehe ich plötzlich so deutlich vor mir, dass es sich regelrecht in mein Bewusstsein brennt. Ich kann mich nicht an meinen Dad erinnern. Nur an seine Beerdigung, an die unnatürliche Stille, die in unserer Wohnung herrschte, meine abwesende Mutter und meine Schwester, die sich nicht rührte, auch wenn ich noch so oft ihren Namen flüsterte. Mum muss irgendwann wieder aus dem Schlafzimmer gekommen sein. Ich kann mir nicht vorstellen, dass sie uns lange uns selbst überlassen hätte, auch wenn sie trauerte. Aber in meiner Erinnerung bin ich mutterseelenallein.

»Nicht reden, Anjali.«

Shanthis Stimme klingt so, wie ich es erwartet habe – das sachte Zischeln, vor dem ich einst weglief. Leise, aufmerksam und wachsam. Sie deutet auf den Kreis, den sie noch immer in den Boden zeichnet.

»Siehst du?«, wispert sie.

»Was?«

»Siehst du sie nicht?«

»Was soll ich sehen?«

»Schhh, sie können uns hören.«

»Hier ist niemand, Shanthi.«

»Sie sind hier, hier, hier.«

Die Blätter des Mangobaums rascheln im Wind.

Der Himmel ist fort ... sie wachen auf ... es wird zerbrechen ... nicht aufhören, immer im Kreis ... du darfst es nicht zulassen ... sie haben ihn mitgenommen ... immer im Kreis ...

Shanthi murmelt unzusammenhängende Wörter, die ich nicht verstehe und die für mich keinen Sinn ergeben, aber ich weiß, dass die Wesen wieder da sind, die sie quälen. Die sie erniedrigen. Die ihr einreden, sie hätte Dad getötet.

»Shanthi, hörst du sie gerade? Sprechen sie mit dir?«

Sie hebt den Kopf, und ihre blutunterlaufenen Augen blicken in meine. Mein Handy liegt auf dem Boden, und im Lichtschein des Displays sehe ich ihr strähniges, fettiges Haar, das ihr kraftlos über den Rücken hängt. Sie hat sich an der Stirn verletzt, und auch auf den Wangen sind Kratzer. Ich frage mich, seit wann sie hier ist und wo sie überall herumgekrochen ist. Ihre Lippen sind trocken und blutig. Sie muss den ganzen Weg von Tante Malas Haus hierher gelaufen sein. Wahrscheinlich ohne etwas zu trinken.

»Shanthi, hast du Durst?«

»Durst, Durst.« Sie lächelt, als hätte ich einen Witz gemacht, doch sofort wird ihr Gesicht wieder ernst. »Schhh«, sagt sie. »Nicht reden.«

Ich schlucke. Ich nehme ihr den kleinen Stock aus der Hand und lege ihre nikotinfleckigen Finger mit den abgekauten Nägeln in meine Hände. Auf ihrem linken Handrücken klafft eine blutende Wunde, ihre Unterarme sind von Mücken zerstochen. Mein Kopf tut weh, und ich frage mich, wie viele Nächte sie wohl nicht mehr geschlafen hat und wie ich sie nur so im Stich lassen konnte.

Weil du immer nur mit dir selbst beschäftigt warst, sagt die Stimme in meinem Kopf. *Weil du ständig Angst hattest.*

»Shanthi, weißt du, es geht dir nicht gut«, sage ich sanft. »Ich glaube, du bist wieder krank.«

»Krank … krank … krank …«

»Kannst du mir zuhören, Shanthi?«

»Sie hören zu.«

Ich sage nichts mehr, aber ich halte ihre Hände fest. Ich sehe das Flackern in ihren Pupillen und lausche den Wortfetzen, die aus ihrem Mund kommen, und ich nicke und schließe die Augen, weil ich keine Ahnung habe, wie ich meine Schwester nach Hause lotsen soll und was wir tun sollen, wenn wir es tatsächlich bis dorthin schaffen.

Plötzlich höre ich Schritte. Shanthi blickt panisch um sich, sie zieht die Hände weg und versucht, sich tiefer ins Unterholz zurückzuziehen.

»Shanthi?«

Ich hatte Roshan fast vergessen. Er kniet vor dem Baum und späht unter den Ästen durch zu uns herüber.

»Roshan, ich glaube nicht ...«

»Tante Mala hat mich angerufen.« Er spricht langsam und sanft, und seine Worte sind an Shanthi gerichtet. »Sie meint, es wird Zeit, dass du nach Hause kommst.«

Einen Moment lang sagt keiner von uns etwas. Ich kann den Gesichtsausdruck meiner Schwester nicht richtig deuten, es scheint, als lausche sie jemandem, der mit ihr spricht. Im Gebüsch höre ich ein Tier trappeln, vielleicht eine Ratte oder eine Maus auf dem Weg in ihr Versteck.

»Wir müssen sehr vorsichtig sein«, sagt Shanthi.

Roshan nickt. Sein diamantförmiges Gesicht ist ruhig und freundlich. Ich wüsste gern, wie er es geschafft hat, dass Shanthi nun tatsächlich unter dem Baum hervorkriecht und sich seinen Armen überlässt. Widerstandslos lässt sie sich von ihm stützen und legt im Gehen ihren Kopf an seine Schulter. Am Tor wartet ein Tuk Tuk – Roshan muss es angehalten haben.

Ich sammele Shanthis Kleider ein, stopfe sie in die Plastiktüte und folge den beiden. Ein eigenartiges Gefühl durchzieht meine Brust und meinen Bauch – als wäre ich wieder drei Jahre alt und würde hinter meiner Schwester und meinem Vater hergehen und meine Füße in die Schatten ihrer Spuren setzen.

Als Shanthi eingeschlafen ist, stehle ich mich aus ihrem Zimmer und schließe die Tür. Tante Mala sitzt auf dem Stuhl am Bett meiner Schwester – die Familie will abwechselnd bei ihr Wache halten. Shanthi wollte nichts essen, hat sich aber etwas Kokoswasser einflößen lassen und Tante Malas Schlaftabletten akzeptiert. Am Morgen werden wir einen Arzt rufen. Shanthis Medikamente waren weder in ihrer Toilettentasche noch in ihrem Koffer zu finden. Wahrscheinlich hat sie sie schon eine ganze Weile nicht mehr genommen.

Als ich ihr Zimmer verlassen habe, zählte Tante Mala immer noch die Perlen an ihrem Gebetsarmband, allerdings nicht mehr, um sich zu beruhigen, sondern um ein Gebet der Segnung zu sprechen. Sie beugte sich vor und küsste Shanthis aufgeschürfte Stirn, und als sie sich zu mir umdrehte, war ihr Blick frei von Furcht. Nur Sorge und Liebe sprachen aus ihm.

Auf der Veranda verabschiede ich mich von Roshan. Das Haus liegt im Dunkeln, nur aus dem Wohnzimmer dringt noch Licht. Weiter entfernt höre ich eine Fledermaus durch die Nacht segeln. Roshan reibt sich die Augen. Als wir uns bei der Bougainvillea trafen, hatte er wohl kaum damit gerechnet, was dieser Tag für ihn bereithalten würde.

»Ich weiß nicht, wie ich dir danken soll«, sage ich.

Er nimmt die Hände von den Augen.

»Darf ich morgen wiederkommen und euch besuchen?«, fragt er.

Ich zögere. Ich fühle mich sehr wohl in der Gesellschaft des Mannes, dessen Horoskop mit dem meinen übereinstimmt, und ich bin so dankbar für das, was er für uns getan hat. In einem anderen Leben würden wir wahrscheinlich eine harmonische, beständige Ehe führen – mit ruhigen Abenden auf der Veranda, die wir damit verbringen würden, den Mond am fernen Himmel und die Motten zu betrachten, die um die

Kerze flattern. Es gibt sicher Ehen, die für ihr Bestehen nichts weiter brauchen als Freundschaft. Und Vertrauen.

Er beobachtet mich aufmerksam. »Mach dir keine Sorgen, Anjali«, sagt er. »Ich erwarte nichts von dir. Ich möchte dich nur besser kennenlernen. Und deine Familie.«

Und Freundschaften? Nun, auch sie gründen sich auf Vertrauen. Die Kluft zwischen mir und den Menschen dieses Landes erscheint mir auf einmal gar nicht mehr so groß.

Ich sehe ihm nach, wie er den roten, staubigen Weg entlanggeht.

In den frühen Morgenstunden sitzen Mum und ich am Bett meiner Schwester. Nach einer Weile öffnet Shanthi die Augen. Ihr Blick ist leer, die Schlaftabletten wirken nach. Sie sagt kaum etwas und sieht sich im Zimmer um. Ich nehme ihre Hand und streichele sie. »Anjie«, flüstert sie. »Mein Geschenk.«

Geschenk oder Opfergabe. Das ist die Bedeutung meines Namens.

Shanthi bedeutet Seelenfrieden.

Sie hält meine Hand in ihren beiden, dann schließen ihre Augen sich langsam, und sie sinkt wieder in den Schlaf.

Mum hat kaum etwas gesagt, seit wir zurück sind. Ich spüre, wie sehr sie Shanthis Verletzungen, die Schnitte und Kratzer, die Wunde auf ihrem Handrücken, schmerzen. Morgen wird sie die Wunden säubern und verbinden. Sie wird Shanthi etwas zu essen anbieten und ihr Kokoswasser nachschenken. Sie wird dem Strom ihrer Gedanken zuhören, ohne sie zu unterbrechen.

»Bei eurem Vater war es auch so«, sagt sie plötzlich.

»Was?« Vorsichtig ziehe ich meine Hand aus Shanthis und drehe mich fragend zu ihr um.

»Eines Tages kam er zu mir«, sagt Mum. »Bevor wir verheiratet waren.«

Ich halte den Atem an, wie immer, wenn Mum von Dad erzählt.

»Das war ungewöhnlich«, fährt sie fort. »Damals war es nicht üblich, dass man sich allzu oft sah, nachdem eine Ehe arrangiert worden war, jedenfalls nicht vor der Zeremonie.«

Sie verstummt einen Moment.

»Er sagte, dass er manchmal Stimmen hörte, obwohl niemand da war.«

Ich sehe sie groß an.

»Er sagte, dass seine Familie nicht wolle, dass meine Familie das erfährt, weil sie sonst die Vereinbarung rückgängig machen würden. Doch er sagte, dass ich ihn nicht heiraten müsse, wenn ich nicht wollte.«

»Das heißt, er hatte die gleiche Krankheit wie Shanthi?«, frage ich.

»Zumindest etwas Ähnliches.« Mit zitternder Hand steckt Mum sich eine Strähne hinter das Ohr. Das schwarz getönte Haar ist rausgewachsen, sie scheint aufgehört zu haben, es zu färben. Ihr Haar ist jetzt fast völlig grau. »Ich weiß nicht, ob es die gleiche war.«

»Aber du hast ihn trotzdem geheiratet?« Ein Knoten bildet sich in meiner Kehle, und ich fühle Tränen aufsteigen.

»Ich wusste nicht, was das für einen Unterschied machen sollte. Ich sah keinen Grund, meine Meinung zu ändern.« Das Zimmer ist nur vom schwachen Schein der Straßenlaterne beleuchtet, doch ich kann erkennen, dass das Feuer in Mums Augen zurückgekehrt ist. Aber es ist nicht dasselbe. Sie scheint nicht die Person zu sein, die ich sonntags besuche. Sie scheint nicht mehr die Person zu sein, der es ausschließlich darum geht, einen guten, braunhäutigen Mann für mich zu finden. Ich betrachte die Linien in ihrem rauen, von den Jahren gezeichneten Gesicht. Ich habe ein Gefühl, als sähe ich sie zum ersten Mal.

Sie greift nach meiner Hand und mustert die Innenfläche. Mir fallen Ernies Worte ein. Starke Linien, hat er gesagt. Wie die von Mum.

»Ich machte mir immer Sorgen um ihn«, erzählt Mum weiter. Die Haut über ihren Wangenknochen spannt sich, ihre Stimme klingt ein wenig brüchig. »Wenn ich nachts aufwachte und er nicht da war und ich ihn dann unten am Strand fand, wo er die Fischer beobachtete. Aber er ging nicht zum Strand, weil er krank war, sondern weil er gern den Booten zusah. Sie machten ihn glücklich, sagte er immer. Er liebte Sri Lanka, Anjali.«

»Warum bleibst du in England?« Ich drücke ihre trockenen Hände und kann mein winziges Spiegelbild in dem glänzenden Gold ihrer Ringe erkennen. »Ich habe manchmal den Eindruck, dass du dort nicht glücklich bist, Mum. Ist es wegen mir und Shanthi? Würdest du zurückgehen, wenn wir nicht wären?«

Mum drückt einen Kuss auf meine Stirn, ganz sanft berühren ihre Lippen meine Haut.

»Shanthi wird langsam stärker«, sagt sie. »Ihr seid beide starke Mädchen. Ihr braucht mich nicht.« Sie lächelt. »Ich bin es, die euch braucht.«

Sie lehnt sich wieder in ihrem Stuhl zurück und schließt die Augen, die Hände im Schoß gefaltet. Die Hände, die einst Shanthi hielten, die einst mich hielten. Die Hände, die einst meinen Vater hielten und seinen Kopf auf das Kissen seines Sterbebetts legten. Die Hände, die zwei Jahre später die leblosen Körper ihrer Eltern berührten. »Ihr seid beide in England. Und euer Vater ist auch dort. Wenn ich zu seinem Grabstein gehe, kann ich seine Nähe fühlen. Ich bin nicht immer glücklich in England, *duwa*. Kein Ort der Welt kann einen immer glücklich machen. Aber wo meine Familie ist, da bin ich zu Hause.«

Einige Zeit später sagt Mum, ich solle schlafen gehen. Sie werde die restlichen Stunden bis zum Morgen bei meiner Schwester bleiben, weil sie ohnehin nicht schlafen könne. Ich bin nicht sicher, ob ich werde schlafen können.

Jemand hat eine Schale mit Jasmin auf die Kommode in Mums altem Zimmer gestellt. Die gelben Staubgefäße in der Mitte der weißen Blüten versprühen ihren süßen, fruchtigen Duft. Ich beuge mich hinunter, um ihr Aroma einzuatmen. Die zarten Blumen sind ein Symbol für Hoffnung und Liebe.

Ich rolle mich auf dem Bett zusammen und denke an das gemeinsame Leben von Mum und Dad, an dem ich einmal einen kleinen Anteil hatte. Ich denke an die Lücke, die in unserem Leben entstanden ist, und auf welch unterschiedliche Weise wir versucht haben, sie zu füllen.

Ich greife zu meinem Handy, um eine Nachricht an Jack zu schreiben. Auf der anderen Seite der vielen Ozeane, die uns trennen, wird er sich fragen, wie es Shanthi geht und wie es mir geht. Ich betrachte das Bild von ihm, das neben seiner Nummer in meinen gespeicherten Kontakten aufscheint, seine tiefblauen Augen, sein breites Lächeln. Ich kann mich gar nicht erinnern, das Foto gemacht zu haben. Es gibt so vieles, an das ich mich nicht mehr richtig erinnere, und vermutlich dauert es nicht mehr lang, und wir sind uns wieder fremd.

Wie soll ich all das, was ich denke und fühle, nur in Worte fassen?

Schließlich schreibe ich nur:

Wir haben sie gefunden. Danke.

Ehe ich versuche, in den Schlaf zu finden, scrolle ich unwillkürlich durch meine Kontakte, bis Ernies Nummer auftaucht. Daneben wird kein Foto von ihm angezeigt, ich habe keines von ihm oder uns beiden. Ich rechne nach und komme auf zwölfeinhalb Stunden Zeitunterschied zu Kanada. Unschlüssig, was ich tun soll, lege ich das Handy weg.

NEUN

Viel zu selten bin ich dankbar für das Gute in meinem Leben. Viel zu leicht lasse ich mich von Rechnungen, schlaflosen Nächten, überflüssigen Pfunden, meiner Mutter und den tausend kleinen Überspanntheiten vereinnahmen, die den Alltag bestimmen. Meinen zumindest. Aber in den Tagen nachdem ich meine Schwester gefunden habe, bin ich einfach nur dankbar, dass wir sie heil nach Hause gebracht haben.

Tante Malas Arzt verschrieb ihr etwas, das sie über die nächsten Tage bringen sollte. Onkel Garmony nutzte seine Kontakte zum Flughafen, um neue Flüge für uns zu finden und uns auf eine Nachtmaschine zu buchen. Uns wurde klar, dass meine Schwester tagelang, wenn nicht länger, nicht mehr geschlafen hatte. Dank der verordneten Medikamente konnte sie aber während des zwölfstündigen Flugs schlafen oder vor sich hin dämmern. Mum und ich hielten uns mit Kaffee wach und spielten eine Runde Rommé nach der anderen. Keine nahm das Angebot der anderen an, auch mal die Augen zuzumachen.

In Gatwick tasten wir uns durch die Ankunftshalle in eine Welt, die gerade erst dabei ist zu erwachen. Nur wenige Leute stehen am Ausgang und warten auf Ankömmlinge, aber aus der kleinen Menge ragt eine hochgewachsene Frau mit Dreadlocks heraus.

Clara.

Ich bin so gerührt, dass ich kein Wort herausbekomme. Vor dem Abflug habe ich sie angerufen und in groben Zügen erklärt, was geschehen ist. Sie wusste immer schon ein wenig über Shanthis Krankheit, aber keine Details. Wie gut sie die Situation offenbar verstanden hat, ohne Genaueres erfahren zu haben. Wie viel man zwischen den Worten herauslesen kann, wenn man richtig zuhört.

Sie drückt meine Schulter.

Wir tragen alle noch unsere Flip-Flops – die Februarkälte draußen beißt sich in unsere Zehen. Clara hilft Mum und Shanthi in den Lieferwagen, und ich klettere zu ihnen auf die Rückbank. Clara hat Decken und eine Thermoskanne mit gesüßtem Tee für uns. »Habt ihr alles, was ihr braucht? Mal sehen, ob wir es noch vor der Rushhour nach Hause schaffen.«

Sie will gerade die Türen zuschieben und vorne einsteigen, da beugt Mum sich vor und gibt ihr einen Kuss auf die gepiercte Wange.

Wir fahren los, der Verkehr fließt. Mum und ich haben Shanthi in die Mitte genommen, sie ist noch ganz betäubt von den Medikamenten. Sie starrt abwechselnd aus dem Fenster, in den Fußraum und an die Decke des Wagens. Sie starrt so lange vor sich hin, bis ich sanft ihr Handgelenk berühre. »Alles okay?«, flüstere ich. Sie hört mich nicht. Sie hört etwas anderes, jemand anderen, jemanden, der nicht hier ist, dessen Stimme nicht von den vorbeifahrenden Autos übertönt wird. Die Augenlider fallen ihr langsam wieder zu, und der Kopf sackt nach vorn. Ich rolle eine Decke zum Kissen zusammen und lege es an meine Schulter, sodass Shanthi ihren Kopf daran lehnen kann. Selbst im Schlaf wirkt sie angespannt, auch in ihren Träumen muss sie wachsam sein.

Ich fange Mums besorgten Blick auf meine Schwester auf, ihre Sorge und ihr unerschütterlicher Beschützerinstinkt sind in die tiefe Falte auf ihrer Stirn gemeißelt. Wie lange sie diesen Kummer schon still erträgt. Erst Dad, dann Shanthi.

»Warum hast du mir das nie erzählt?«, frage ich.

Mum antwortete nicht sofort. Ich sehe sie deutlich vor mir: eine junge, schwangere Frau im Sari, die mit ihrem Mann und der zwei Jahre alten Tochter in dieses Land kommt. Die drei Jahre später mit ihren beiden kleinen Töchtern ganz auf sich gestellt ist. Und die Frau viele Jahre später, wie sie ihre Tesco-Einkaufstüten nach Hause schleppt, in die stille, leere Wohnung.

»Du warst noch so jung. Du musstest doch dein eigenes Leben leben«, sagt sie nach einer Weile.

Ich denke an die vielen Dinge, die ich meiner Mutter nie erzählt habe. Und ich weiß jetzt, dass es auch vieles gibt, das sie mir nie erzählen wird.

Ein mobiles Krisenteam vom psychiatrischen Dienst kommt zu uns nach Hause. Sie stellen sie wieder auf die richtige Medikation ein und ermöglichen es, dass Shanthi nicht wieder in stationäre Behandlung muss. Das sei auch besser so, erfahren wir, da es ohnehin keine freien Betten gebe und sie sonst in eine Einrichtung im über sechzig Kilometer entfernten Swindon müsste. Schon bei dem bloßen Gedanken, sie hätte gezwungen gewesen sein können, eine solche Anfahrt auf sich zu nehmen, bekommt Mum eine Panikattacke. Anschließend wird Shanthi eine eigene Betreuerin zugewiesen – Lucy, eine junge Pflegerin mit stellenweise rasiertem Schädel und einem großen Herzen.

Lucy besucht Shanthi in ihrem Zimmer, wo sie mit Ordie auf dem Schoß im Schneidersitz auf meinem alten Bett sitzt.

Sie plaudert mit Mum in der Küche und verliert nie ein Wort der Klage darüber, dass sie ihren Tee immer mit drei Stück Zucker bekommt. Mum wiederum verliert kein Wort über Lucys blank geschorenen Skalp. Nicht ein einziges Mal.

»Ich habe ihr einen Kräutertrank gemacht.« Als Lucy eines Freitags spätabends noch in der Küche vorbeischaut, um sich zu verabschieden, präsentiert ihr Mum ein Glas mit einer grünen Flüssigkeit. Ich bin gerade im Flur und will das Feldbett aus dem Schrank holen. Durch die Küchentür sehe ich, wie Lucy die Kräuter, Gewürze und das grüne Blattgemüse inspiziert, die über die ganze Arbeitsplatte verteilt sind. Der Mixer läuft auf Hochtouren und zerkleinert weiteres Grünzeug. Mum hält Lucy das Glas direkt unter die Nase, was bei der Pflegerin möglicherweise einen Würgereiz auslöst, weil sie einen Schritt zurückweicht und mit der Arbeitsplatte hinter sich kollidiert. »Das kenne ich noch aus meiner Kindheit«, erklärt Mum. »Meine Mutter hat es für uns gemacht, wenn wir krank waren. Ich verstehe gar nicht, warum ich nicht früher darauf gekommen bin. Sehen Sie, hier ist das Rezept.« Sie deutet auf die mit singhalesischen Zeichen bekritzelten Zettel neben der Spüle – das Ergebnis nächtlicher Telefonate mit Sri Lanka.

»Mrs Chandana …«, beginnt Lucy sanft.

»Oh, ich weiß natürlich, dass Shanthi auch ihre Medikamente nehmen muss. Aber dieser Trank ist wirklich sehr gut, er wirkt beruhigend, sagt Tante Mala.«

»Tante Mala?«

»Meinen Sie, er könnte ihr guttun?«, fährt Mum unbeirrt fort. »Einen Versuch ist es doch wert, nicht wahr?«

»Mrs Chandana.« Lucy legt eine Hand auf Mums Arm.

»Sie meinen, es wird nicht helfen?«, fragt Mum. Sie wirft einen besorgten Blick auf das Glas. »Es könnte ihr schaden?«

Hektisch wirbelt sie herum, schüttet den grünen Inhalt des Glases in hohem Bogen in die Spüle und läuft zum Mixer.

»Mrs Chandana, ich glaube, Sie sollten es etwas langsamer angehen lassen.«

»Langsamer? Wieso?« Mum sieht sich panisch in der Küche um. »*Ich* bin es doch nicht etwa, die Shanthi schadet?« Eilig räumt sie die Gewürzgläser und Kräuter weg.

»Nein«, sagt Lucy mit einer gewissen Bestimmtheit, die Mum unvermittelt innehalten lässt. »Ich spreche nicht von Shanthi, ich spreche von Ihnen. Sie tun mehr als genug. Ehrlich.«

Mum stellt sich neben Lucy. Sie schaltet den Mixer aus, gießt die grüne Flüssigkeit in ein neues Glas und trinkt es aus, ohne abzusetzen. »Ich weiß nicht, was ich sonst tun könnte. Es geht ihr ein bisschen besser als in Sri Lanka, aber sie ist noch nicht wieder richtig auf dem Damm. Außerdem isst sie nicht genug. Und das hier schmeckt ekelhaft.«

»Shanthi wird wieder gesund.« Sanft nimmt Lucy Mum das Glas aus der Hand und stellt es auf die Küchentheke. »Und das wissen Sie auch. Sie hat sich schon einmal davon erholt, und sie wird es auch ein zweites Mal schaffen.«

»Ich muss ständig daran denken, was sie alles in Sri Lanka gesagt hat. Manchmal sagt sie diese Dinge immer noch. Vielleicht sind ihre Medikamente nicht stark genug.«

»Der Arzt hat ein Auge darauf.«

»Aber bis zum nächsten Termin dauert es noch so lange.«

Lucy seufzt. »Ich weiß. Wir sind unterbesetzt. Aber wir halten den zuständigen Arzt immer auf dem Laufenden. Und wir stehen ja erst am Anfang.«

»Es ist nur … Ich finde es schwer zu ertragen. Sie so zu sehen.«

»Das verstehe ich sehr gut.« Lucy greift nach einem grünen Blatt, das noch herumliegt, und spielt gedankenverloren damit herum. »Aber wissen Sie – diese Symptome … über sie erfahren wir so einiges.«

»Und was?«

»Ich habe schon mit vielen Patienten gearbeitet. Was wir Symptome nennen, sind für sie ihre Erfahrungen. Und diese Erfahrungen haben eine Bedeutung.«

Mum schweigt und sieht Lucy aufmerksam an.

»Ich versuche, richtig zuzuhören«, sagt Lucy. »Ihr zuzuhören und sie zu verstehen.«

Ich wende mich wieder dem Wandschrank zu. Während ich das Feldbett herauszerre und ins Wohnzimmer schleppe, denke ich über das nach, was Lucy gerade gesagt hat.

Nach und nach beobachte ich, wie meine Schwester immer weniger ihren eigenen Gedanken nachhängt und wieder mehr in der Lage ist, sich auf das zu konzentrieren, worüber wir reden. Sie spricht immer noch sehr leise, aber sie flüstert kaum noch. Ich habe noch nie erlebt, dass sie nicht ständig malt oder zeichnet. Nun sitzt sie in ihrem Zimmer, wenn auch manchmal mit einem Block auf dem Schoß, aber ihre Hände bleiben bewegungslos und das Papier weiß.

»Hättest du vielleicht Lust, mal im Atelier vorbeizuschauen?«, frage ich eines Morgens, als ich zum Laden aufbreche. Sie steht am Fenster und sieht hinunter in den Vorgarten. »Ich kann dich begleiten, wenn du möchtest.« Kaum habe ich das vorgeschlagen, frage ich mich, wie sie es wohl fände, wenn ich mitginge, und ob Donna ihr erzählt hat, dass ich bereits einmal als ungebetener Gast dort war. Ob die Leute im Atelier, der Mann, der vielleicht ihr Freund ist, darüber Bescheid wissen, was sie alles durchgemacht hat?

Meine Schwester antwortet nicht gleich. Sie hat ihre

Musikanlage aufgedreht, Bob Marley singt laut und irgendwie aufgeregt.

»Shanthi?«

Sie hat ein wenig zugenommen, aber sie ist immer noch schrecklich dünn. Sie trägt ihr Haar jetzt immer offen, sodass man von Weitem meinen könnte, sie wäre ein Kind. Zurzeit muss ich oft an unsere Kindheit denken. Auch damals stand sie häufig am Fenster und reagierte nicht, wenn ich mit ihr sprach. Ich habe viel über Lucys Worte nachgedacht. Ich stelle mir meine Schwester mit fünf, sechs oder sieben vor, wie sie sich abmühte, in der Schule mitzukommen. Wir haben beide unseren Vater verloren, aber ich war noch so klein. Er ist mir still und leise entglitten, wie ein Traum. Für meine Schwester muss es anders gewesen sein – sie muss sicher versucht haben, irgendwie zu verstehen, warum er plötzlich nicht mehr da war.

»Entschuldige.« Shanthi dreht sich zu mir um. Sie hat noch das große blaue T-Shirt an, in dem sie schläft. Sie trägt es bereits seit einigen Tagen, und Mum umkreist sie schon auf Zehenspitzen, weil sie es endlich waschen will. »Was hast du gesagt?«

»Soll ich dich ins Atelier begleiten? Wir könnten mal abends hingehen, wenn ich von der Arbeit komme.«

Es scheint einen Moment zu dauern, bis sie meine Worte verstanden hat. Dann schüttelt sie den Kopf. Sie nimmt eine Packung Zigaretten vom Fensterbrett und zündet sich eine an. »Nicht heute. Im Augenblick kann ich das nicht, Anjie. Vielleicht ein andermal.« Nach zwei, drei Zügen drückt sie die Zigarette in dem getöpferten Aschenbecher aus. »Ja, ich weiß, ich habe ja gesagt, dass ich aufhöre«, murmelt sie. Ich bin nicht sicher, mit wem sie spricht.

An der Tür bleibe ich noch einmal stehen. Ihre äußeren

Verletzungen sind fast verheilt, und ihre Augen sind kaum noch gerötet. Ich würde sie gern fragen, ob sie noch die Stimmen hört, aber ich bringe es nicht über mich. Lucy versteht es, ihr solche Fragen zu stellen, aber ich weiß nicht, wie.

Bob Marleys *Sun is Shining* tönt gerade aus der Anlage. Dieser Song begleitet uns, seit wir klein waren, weil Mum uns erzählte, dass Dad ihn sehr mochte. Wir hörten ihn oft beim Frühstück, bei Picknicks im Wohnzimmer, an Nachmittagen, die Shanthi und ich allein verbrachten, aber auch spätabends, bis Mum hereinkam und mit einem missbilligenden *na, na, na* die Anlage ausschaltete. Das Lied spielte auch eine Rolle, nachdem Shanthis Krankheit zum ersten Mal ausgebrochen war. Sie zog sich nach der Entlassung aus dem Krankenhaus monatelang in ihr Zimmer zurück und wechselte bei meinen seltenen Besuchen kaum ein Wort mit mir. Als ich jedoch eines Nachmittags in die Wohnung kam, lief dieser Song. Shanthi war im Wohnzimmer und beugte sich über ein kompliziertes Puzzle, das Mum ihr gekauft hatte. Auf einmal schöpfte ich Hoffnung und setzte mich zu ihr. Auch wenn wir nicht viel redeten, rührten wir uns doch stundenlang nicht mehr vom Fleck. Der CD-Spieler war auf Endlosschleife eingestellt, und während wir ein Puzzleteil nach dem anderen einfügten, klopften wir mit den Fingern im Takt zur Musik.

Wie schön wäre es, wenn ich heute die gleiche Hoffnung haben dürfte. Aber die Musik ist einen Hauch zu laut, Bob Marleys Stimme einen Hauch zu aufdringlich. Meine Schwester hat sich wieder weggedreht und malt eine unsichtbare Linie auf der Fensterscheibe nach. Wo auch immer sie gerade ist, sie ist nicht mehr hier.

»Dann bis nachher«, murmele ich.

Ich würde ihr gern sagen, wie lieb ich sie habe, aber ich tue es nicht. Als ich die Tür leise hinter mir schließe, um zur Arbeit zu gehen, überlege ich, ob ich ihr das jemals gesagt habe.

Es ist Ende März. Entlang der Grünstreifen in den Vorgärten stecken die ersten Narzissen ihre Köpfe heraus. Sie sind spät dran in diesem Jahr. Ich habe sie immer schon geliebt, weil sie Vorboten des Frühlings sind. Der Winter lässt nicht locker – ich trage immer noch meinen Dufflecoat, und meine Fingerspitzen sind nach wie vor eiskalt.

Auf dem Weg zum Laden greife ich mehrmals zu meinem Handy. Ich habe noch einmal eine Nachricht von Jack erhalten, die einzige, seitdem wir in Sri Lanka Kontakt hatten.

Hoffe, dir geht es gut.

Mein Zeigefinger schwebt immer wieder unschlüssig über der Nachricht. Ich weiß nicht, was ich antworten soll, wie ich die Erleichterung und die Traurigkeit in meinem Innern in Worte fassen soll.

Ich wünschte, ich könnte mit Ernie darüber reden.

»Aber es geht ihr doch schon besser, oder?«, ruft Clara mir aus dem Hinterzimmer zu. Es ist Abend, und wir schließen gleich. Ich stehe mitten im Verkaufsraum und bin fasziniert vom grellen Gelb der Narzissen in einem der Eimer.

»Es dauert, aber ich glaube schon.«

»Ist das der normale Verlauf?«

Ich seufze. »Ich weiß es nicht. Das erste Mal habe ich mich ja kaum um sie gekümmert.«

Clara kommt von hinten, ein kleines Glas Whisky in der Hand.

»Du weißt, ich hasse dieses Zeug.«

Sie drückt es mir trotzdem in die Hand. »Es wird dir guttun.« Sie berührt leicht meine Schulter, während ich nippe. »Sei nicht so hart zu dir selbst, Anj.«

Ich reiche ihr das Glas zurück und ziehe eine Grimasse. »Aber es stimmt, Clar. Ich bekomme mit, wie sie sich langsam erholt, und merke jetzt erst, wie sehr ich sie damals im Stich gelassen habe.«

»Aber dieses Mal bist du für sie da.« Clara drückt mich auf einen Hocker hinter der Ladentheke. »Und das ist es, was zählt.«

Ich will antworten, doch sie legt rasch die Hand auf meinen Mund. Ich muss lächeln. Ich ziehe mal wieder mein Handy aus der Tasche. In Vancouver ist es bald Mittag. Vielleicht wird Ernie ja mit Kollegen essen gehen. Oder er isst seinen Lunch am Schreibtisch. Oder er sitzt draußen in der kanadischen Sonne.

»Und?« Clara sieht mich an.

»Was?«, blinzele ich.

»Woran denkst du gerade?«

Entschlossen schüttele ich die Gedanken an Ernie ab. Er muss damit aufhören, mich dauernd rücklings zu überfallen. »An nichts.«

Clara mustert mich skeptisch. »Du denkst an ihn, stimmt's?«

Schuldbewusst verdrehe ich die Augen. »Irgendwie schon.«

»Lass es lieber sein.« Sie nimmt einen Schluck von meinem Whisky.

»Sorry.« Clara hat völlig recht: Diese Tagträumereien bringen nichts.

»Vergiss nicht, was er dir angetan hat.«

»Wie? Aber er hat doch nichts getan. Außer wegzugehen, meine ich.«

»Nein, ich spreche doch von *ihr*, du Dummchen.«

»Wem?«

»Der Burlesquetänzerin.«

»Oh.« Grinsend greife ich noch einmal zum Whisky und zwinge mich, einen weiteren Schluck zu nehmen. »Jack.«

»Na ja, wer denn …?« Sie verstummt. »Ah. Erniebaby.«

»Findest du das besser, als an Jack zu denken?« Während ich die Frage stelle, gestatte ich Ernie, der gerade unter dem blauen Himmel von Kanada sitzt, die Rückkehr in meine Gedanken.

»Willst du ihn nicht endlich mal anrufen?«

»Was?« Vor meinem geistigen Auge sehe ich, wie Ernie mich überrascht ansieht und sein Sandwich zur Seite legt.

»Komm schon, Anj.« Clara schnappt sich das Glas und leert es in einem Zug. »Du weißt doch noch, was Robin Williams in dem Film damals sagte?«

»Du meinst *Good Morning, Vietnam*?«, schlage ich vorsichtig vor.

»*Club der toten Dichter*, Dummerchen. *Carpe diem*.«

Er arbeitet. Als er nach zweimal Klingeln abnimmt, hört mein Herz auf zu schlagen. Ich taste nach meinem Puls und stelle sicher, dass ich noch am Leben bin.

»Anjali?«

»Ähm«, stottere ich. Ich muss kurz nachdenken, ob ich noch weiß, wer ich bin. »Ja.«

»Alles in Ordnung?«

Ich stocke erneut. Clara ist wieder nach hinten gegangen und räumt auf. Sie bringt mich um, wenn ich nicht wenigstens ein paar Sätze zusammenbringe.

»Ich glaube schon.«

»Warte einen Moment, ich geh nach draußen.« Es ist die

gleiche tiefe und warme Stimme, die sich immer wieder in meine Träume schleicht. Ich höre, wie ein Stuhl zurückgeschoben wird, Schritte, eine Tür wird geöffnet. »Jetzt kann ich reden. Bist du sicher, dass alles in Ordnung ist?«

Es fängt an zu regnen, gleichmäßig klatschen die Tropfen gegen die Fensterscheiben. Ich weiß nicht, wo ich anfangen soll. Ich will ihm von den Blumen erzählen. Von meiner Schwester. Ich habe vorher geübt, was ich sagen will, aber nun ist er am anderen Ende der Leitung, und ich finde die Worte nicht mehr. Er muss so viel erlebt haben in den letzten Monaten. Wie überheblich von mir, zu glauben, dass er noch an mich denkt. Vielleicht hat er auch längst jemand Neues kennengelernt.

»Mir war einfach danach, mit dir zu sprechen«, sage ich schließlich.

In der Leitung ist es einen Augenblick lang still.

»Ernie?«

»Es ist schön, dass du anrufst«, sagt er leise.

»Wo bist du? Also genau, meine ich.«

»In einer Stadt namens Victoria, das ist auf …«

»Vancouver Island.« Vielleicht hätte das jetzt nicht so aus der Pistole geschossen kommen sollen. Am Ende merkt er noch, dass ich mich jeden Abend im Bett durch Wikipedia lese.

»Genau. Aber die meiste Zeit arbeite ich woanders.«

»Wie ist es dort?«

»Ich bin in der Nähe der Parlamentsgebäude. Hier gibt es auch einen Hafen. Nachts sieht es wunderschön aus.«

»Scheint die Sonne?«

»Ja. Und langsam wird es auch wärmer. In Bristol ist es garantiert noch kälter.«

»Hast du zum Lunch ein Sandwich gegessen?«

Ich höre richtig, wie er grinst. »Ich habe noch gar nicht gegessen. Aber jetzt, wo du es sagst, bekomme ich richtig Hunger. Rufst du von zu Hause an?«

»Vom Laden aus. Wir machen gleich zu. Clara braucht sicher meine Hilfe.«

»Leg noch nicht auf.«

Auf beiden Seiten herrscht Stille. Ich höre, wie er atmet, was mich an die erste Stunde im Meditationssaal erinnert, bevor alles so kompliziert wurde. Wie hätten sich die Dinge wohl in einer anderen Welt entwickelt, in einer Welt, in der ich Jack nie getroffen und mich um meine Schwester gekümmert hätte?

»Ich denke oft an dich«, sagt er irgendwann.

Mein Herz schlägt schneller, und ich weiß nicht, was ich sagen soll.

»Mir gefällt es hier. Meine Kollegen sind ziemlich gechillt. Und ich lerne endlich meine Nichte und meinen Neffen kennen.«

»Das ist großartig«, sage ich und meine es auch so.

»Aber es gibt auch vieles, das ich vermisse.«

Clara steht auf einmal neben mir. Sie winkt, um anzudeuten, dass alles erledigt ist, und legt die Schlüssel auf die Ladentheke. »Ruf mich an«, flüstert sie noch, zieht sich die Kapuze über und geht.

»Was vermisst du?«

»Große Sachen. Kleine Sachen. Meine Kumpel. Meine Kollegen. Das *Rising Sun* auf der Gloucester Road. Außerdem kann ich hier niemanden für den FC Liverpool begeistern«, lacht er, und ich schließe die Augen, um sein Lachen als Erinnerung abzuspeichern. »Meinen alten Nachbarn Billy. Du hast ihn nicht kennengelernt. Er stand immer morgens vor der Tür, wenn ich zur Arbeit ging, rauchte seine Pfeife und spielte Mundharmonika. Ich war noch gar nicht richtig in Bristol angekommen, da war ich auch schon wieder weg.«

Ich höre, wie er tief einatmet.

»Manchmal gehe ich allein spazieren. Die Narzissen fangen gerade an zu blühen.«

»Hier auch.«

»Erzähl mir eine Geschichte, Anjali.«

Ich fühle einen Knoten im Hals. »Narziss«, sage ich.

»Ah.«

»Dieser selbstverliebte Typ. Er wurde mit unerfüllter Liebe gestraft. In einer Überlieferung sieht er sein Spiegelbild im Wasser und weiß nicht, dass er es ist.«

»Und verliebt sich in sein Spiegelbild?«

»Genau.« Ich schlucke, um den Kloß in meinem Hals loszuwerden. »Irgendwann legt er sich ans Ufer und stirbt. Und die, die nach ihm suchten, fanden an der Stelle, wo sein Körper gewesen war, nur eine Narzisse.«

»Also laufe ich hier ständig an unerfüllter Liebe vorbei?«

In meinem Kopf pocht es. »So in etwa.«

Wieder Schweigen am anderen Ende.

»Ich sehe aber auch blühende Kirschbäume.« Er wartet einen Moment ab, ob ich etwas sagen will, aber ich kann gerade nicht reden, ich muss mich ganz auf seine Stimme konzentrieren. »Ich denke oft an den Morgen auf dem Blumengroßmarkt. Du fehlst mir, Anjali.«

Kleine Rinnsale bahnen sich ihren Weg am Fenster hinab und verdecken die Sicht auf die Straße. Das alles ist mehr, als ich ertragen kann.

»Ich muss los«, sage ich leise.

Ich brauche einen Spaziergang. Ich habe keine Kapuze, und der Regen rinnt vom Kragen meines Duffelcoats in meinen

Nacken. Ich komme am *Rising Sun* vorbei und stelle mir Ernie in einem anderen Leben vor, wie er sich dort auf einen Pint Cider mit Freunden trifft. Ich komme auch an Geschäften vorbei, die ich noch aus meiner Kindheit kenne, durch die ich mit Shanthi streifte, wenn Mum arbeiten war und wir eigentlich zu Hause bleiben sollten. Einige unserer Lieblingsläden sind pleitegegangen und inzwischen geschlossen. Ich gehe weiter in Richtung Stokes Croft, vorbei an dem *Tesco Express*, dessen Eröffnung zu erbitterten Protesten der Anwohner führte. Die Gegner zogen damals den Kürzeren. Ich laufe vorbei an Cafés, Geschäften mit Secondhandkleidung und Möbeln, an lauten, provozierenden Graffiti in dicken Lettern.

Im Grunde bin ich nicht überrascht, als ich irgendwann vor Shanthis Atelier stehe. Wahrscheinlich war das von Anfang an mein Ziel.

Oben ist Licht, durch das Fenster sehe ich eine Bewegung. Ein verschwommenes Bild von Donna, die hinaussieht, knallrotes Haar blitzt kurz auf.

Ohne zu wissen, warum, bleibe ich eine Weile dort stehen, bis ich mich schließlich umdrehe und in Richtung Mums Wohnung weitergehe. Nach ein paar Schritten bleibe ich wieder stehen, drehe mich auf dem Absatz um und drücke auf die Klingel.

Donna führt mich nach oben. Dieses Mal sind wir nicht allein. Über den Tisch, der jetzt dort steht, wo vorher die Skulptur mit dem großen Mund war, beugt sich ein sehr schlanker, nicht mehr ganz junger Mann, Ende vierzig, Anfang fünfzig vielleicht, in Cordhose und dünnem Baumwollhemd. Er ist dabei, etwas auf ein Stück Karton zu zeichnen, doch als er mich bemerkt, legt er den Stift zur Seite und springt auf.

»Anjali? Shanthis Schwester, stimmt's? Ich freue mich sehr, dich kennenzulernen. Ich bin Ben.«

Ich streife mir die Schuhe an der Fußmatte ab und schüttele seine raue, mit Filzstiftstrichen übersäte Hand. Seine Herzlichkeit nimmt mir die Scheu.

»Ich freue mich auch, dich kennenzulernen.«

Um seinen Mund ziehen sich tiefe Lachfalten, auch die Augen umgeben viele Fältchen. Seine Augen sind von einem ungewöhnlichen Dunkelblau – vielleicht das gleiche Blau wie die Augen meines Vaters, wenn ich sie denn einmal von Nahem gesehen hätte.

»Was zu trinken? Orangensaft? Heiße Schokolade?«, fragt Donna.

»Kaffee?«, sage ich.

Sie lächelt. Offenbar registriert sie gerade, dass ich schließlich nicht meine Schwester bin. »Kommt sofort. Zieh deinen Mantel aus, du bist ja völlig durchnässt.«

Sie nimmt mir den Mantel ab und hängt ihn über die Heizung. Ben öffnet einen Schrank in der Ecke und holt ein dünnes Handtuch hervor, mit dem ich mein tropfnasses Haar frottiere. Donna bringt mir Kaffee und führt mich zu einem Stuhl. Sie kümmern sich wirklich rührend um mich. Dieses Mal empfinde ich das Atelier als weniger furchteinflößend, die zwei Elektroheizungen tragen ihren Teil dazu bei.

Donna geht wieder zur Kaffeemaschine, um noch zwei Tassen zu holen, und Ben sieht ihr nach. »Wie geht es Shanthi?«

Sie wissen also Bescheid.

»Das Café.« Ben hat die unausgesprochene Frage gehört. »Eure Mum war dort. Und sie hat uns hier eine Nachricht hinterlassen.« Ich hätte nicht gedacht, dass Mum weiß, wo das Atelier ist. Vielleicht hat Shanthi sie ja darum gebeten.

Donna kommt mit zwei Espressotassen, und sie ziehen ihre Stühle zu mir. Sie wollen alles wissen. Ich antworte eher zurückhaltend, weil ich nicht einschätzen kann, wie viel meine stets zurückhaltende Schwester von sich preisgeben würde. Aber ich habe den Eindruck, dass sie sich den Leuten hier mehr öffnet, als sie es jemals bei anderen getan hat.

»Warum wurde sie nicht wieder ins Krankenhaus eingewiesen?«, fragt Donna.

»Inzwischen ist das anders«, erkläre ich. »Es gibt nicht genügend Betten. Aber das Krisenteam war sehr kompetent. Und ich glaube, dass sie zu Hause besser aufgehoben ist.«

»Gibt es einen bestimmten Grund, der der Auslöser war?«, fragt Donna leise. »Dieses Mal, meine ich?«

Wieder bin ich unschlüssig, wie viel ich erzählen soll. »Ich glaube, dass sie ihre Medikamente schon eine Weile nicht mehr genommen hat.«

»Warum nicht?«

Ich schüttele den Kopf.

»Sie tut nie, was andere ihr sagen«, murmelt Ben nach einer Weile, mehr zu sich selbst.

Er hat nicht ganz unrecht. In der Schule hat meine Schwester ihren Lunch immer allein gegessen, und wenn alle anderen draußen beim Spielen waren, saß sie lieber in unserem Zimmer. Eine Einzelgängerin, so nannten wir sie. Wie eigenartig, Shanthi durch die Brille anderer Leute zu sehen.

»Können wir irgendetwas tun?«, fragt Donna. Ihr Gesicht ist kleiner, als ich es in Erinnerung hatte, ihre großen, klaren Augen sind bernsteinfarben und haben feine braune Sprenkel, die sich zu einem leuchtenden Orange ausweiten. Noch nie habe ich solche Augen gesehen. Bei meinem ersten Besuch im Atelier fand ich sie beunruhigend – jetzt spricht tiefe Sorge aus ihnen. »Können wir sie besuchen kommen?«

Ich zögere. »Ich bin nicht sicher. Wahrscheinlich ist es besser, zu warten, bis sie wieder hierherkommt.«

»Hat sie sich mal nach … dem Atelier erkundigt?« Donna sieht zu Ben.

Wieder weiß ich nicht recht, was ich sagen soll, und weiche ihren Blicken aus. »Im Moment redet sie insgesamt eher wenig.« Wir verstummen und lauschen dem Knacken der Heizkörper. Draußen sind Schritte zu hören, Leute rufen sich gegenseitig etwas zu. Ben studiert etwas Unsichtbares auf dem Boden. »Geht es mit der Ausstellung voran?«, frage ich. Die Eröffnung soll nächsten Monat sein.

Donna schüttelt den Kopf. »Wir haben sie verschoben.«

»Ich habe mich gefragt«, beginne ich, noch ohne zu wissen, worauf genau ich hinauswill, »ob ich vielleicht etwas von Shanthi mitnehmen könnte. Ein Bild. Irgendetwas, woran sie arbeiten könnte.« Jetzt, da es heraus ist, ist mir allerdings schleierhaft, wie ich ihr beibringen soll, dass ich einfach so das Atelier und ihre Freunde besucht habe. Ich werde das Gefühl nicht los, sie zu hintergehen.

Aber Ben steht gleich auf. Ich stelle meine Kaffeetasse ab, und er führt mich zu Shanthis Tisch. Doch als ich sehe, wie gewaltig ihre Arbeiten sind, wird klar, dass meine Idee nicht durchführbar ist. Die Leinwände sind größer als alles, worauf sie bisher gemalt hat. Eine reicht fast bis zur Decke. Ich bleibe davor stehen.

Ich traue meinen Augen nicht.

Schlangen. Überall. Riesige und kleine. Manche liegen auf der Seite, andere starren mich mit aufgerissenen Mäulern an. Es sind jedoch nicht die silbrigen Schlangen von dem Wandschirm in Shanthis Zimmer, es sind nicht die Schlangen, die Krankheit bedeuten. Diese hier sind prachtvoll und unwirklich – die Leinwand sprüht regelrecht vor lebendigen, hochglänzenden Farben. Die Leiber der Schlangen bestehen aus Sternen, Monden, Sonnen, Tränen, Blut, Blättern, Irisblüten und unfassbar winzigen Händen.

»Ohne sie können wir die Ausstellung nicht machen«, sagt Ben leise. »Wir brauchen sie.«

Mir schnürt sich die Kehle zu. Ich spioniere Shanthi hinterher, ich dringe ungefragt in ihre Privatsphäre ein. Doch mich treibt die Neugier, nachdem ich meine Schwester zehn Jahre lang ignoriert habe. Ich will nicht immer nur ihre kranke Seite sehen, sondern auch ihre strahlende, ich will die unabhängige Shanthi sehen, die weder auf uns noch auf psychiatrische Hilfe angewiesen ist, auf die kleinen Tabletten, die sie jeden Tag schluckt. Die Shanthi, die nicht nur die Summe ihrer Symptome und Medikation ist, sondern die ganze Persönlichkeit, die vor Kreativität sprüht und voller Energie und Leben steckt. Zu der auch ihre Geisteskrankheit gehört, die aber längst nicht alles ist, was sie ausmacht.

Donna kommt zu uns herüber. Als ich mich zu ihr drehe, entdecke ich aus dem Augenwinkel das Pfauenfedertattoo, das mich beim letzten Mal so irritiert hat. Obwohl ich weiß, dass die Pfauenfeder in manchen Kulturen für Mitgefühl, Freundlichkeit und Geduld steht. Donna lehnt ihren Kopf an Bens schmale Schulter, und für den Bruchteil einer Sekunde sehe ich Shanthis Kopf an seiner Schulter. Wie es sich wohl anfühlen würde, wenn auch ich versuchen würde, mich an die Schulter des Mannes mit dem dunkelblauen Blick zu lehnen, der vielleicht dem meines Vaters ähnelt.

Der April bringt einen dauerhaft wolkenverhangenen Himmel und vergeht wie im Flug. Meine Mittagspausen verbringe ich der Kälte trotzend allein auf dem grasbewachsenen Hang im St Andrews Park, nicht weit vom Laden entfernt. Ich habe Ernie nicht wieder angerufen, und er hat es auch nicht bei mir versucht. Ich beobachte die Pärchen, die kurz an dem kleinen Kiosk stehen bleiben, um sich einen Kaffee zu holen, und mit gesenkten Köpfen plaudern. Ich verstehe immer noch nicht, weshalb ich es nicht fertiggebracht habe, richtig mit Ernie zu reden, warum ich ihm nicht sagen konnte, dass ich oft an ihn denke, dass ich ihn auch vermisse. Warum konnte ich ihm nicht von Shanthi erzählen? Er hätte mir wie immer mit seiner klaren, warmen Stimme geantwortet. Er hätte gesagt: *Shanthi schafft das schon.*

Ich sehe ihn wieder vor mir, wie er in seiner Warnweste die Tausenden von Blumen unter den Neonlichtern bestaunt. Ich sehe uns, wie wir im Lieferwagen sitzen und in die glühenden Augen des Fuchses starren.

»Ruf doch mal wieder an.« Clara berührt mich eines Tages am Arm, als ich gedankenverloren vor den Narzissen stehe. »Das könnte dir nicht schaden.«

Aber kaum greife ich zum Hörer, verlässt mich der Mut.

Shanthi malt ein Bild von Ernie.

Irgendwie hat es sich ergeben, dass ich ihr von ihm erzähle, wenn ich sie nach der Arbeit besuche. Anfangs zögerlich, weil ich nicht weiß, was genau ich sagen soll. Doch ich habe ihr Interesse geweckt, und so erzähle ich jeden Tag ein bisschen mehr. Das ist mal etwas anderes, als sie dauernd zu befragen, wie es ihr geht und was sie den Tag über gemacht hat. Stattdessen sitze ich auf meinem Bett in ihrem Zimmer und beantworte ihre Fragen. Sie hat ihren Zigarettenkonsum fast auf null heruntergefahren, und ihre Finger suchen unruhig nach etwas anderem, das sie festhalten können. Eines Abends reiche ich ihr Stift und Block, und auf einer weißen

Seite wird der Mann lebendig, den sie noch nie im Leben gesehen hat.

»Was denkst du?«, fragt sie mich.

Ich bin verblüfft. Ich verfolge mit den Augen, wie ihre Finger Ernies Gesichtszüge entstehen lassen, ein bisschen Schraffierung hier, eine kleine Korrektur dort – der kleine Höcker auf seiner Nase, der schiefe untere Schneidezahn. Das Bild ist nicht exakt, aber die Ähnlichkeit ist frappierend. Ich sehe meine Schwester an und denke, wie unglaublich begabt sie ist und wie sehr ich sie vermisst habe, nicht nur in den letzten Wochen, sondern in all den Jahren, die an uns vorübergezogen sind.

»Darf ich es behalten?«, frage ich. Sie nickt und reicht mir das Bild.

Shanthi malt jeden Tag ein neues Bild. Die vertraute Furche der Konzentration steht wieder zwischen ihren Augen, während sich ihr Stift über das Papier bewegt. Bei ihr läuft immer noch ständig Musik, aber die Lautstärke ist so weit heruntergedreht, dass man sie auch hören kann. Wenn ich an manchen Abenden vorbeikomme, ist sie nicht zu Hause, und Mum sagt mir, sie sei spazieren gegangen – ganz ohne die gewohnte Sorge im Blick, ob sie auch wieder heil zurückkommt. Ich sitze allein in Shanthis Zimmer. Sie hat die Staffelei wieder hervorgeholt, und es riecht nach trocknender Ölfarbe statt nach *Benson & Hedges*. Sie malt jetzt kleinere Formate, einfachere, leichtere Bilder als die im Atelier, aber Shanthis Leidenschaft und ihr Stil sind unverkennbar.

Im Zimmer liegen die kleinen Gaben, die Shanthi aus Sri Lanka geschickt bekommen hat: eine Kassette mit buddhistischen Gebeten (wir haben es nicht übers Herz gebracht, ihnen zu sagen, dass wir seit dem Jahr 2000 keinen Kassettenrekorder mehr haben) und Tante Malas Postkarten, die sich auf der Kommode meiner Schwester angehäuft haben. Unter ihnen ist auch eine von Roshan. *Meine liebe Shanthi, pass gut auf dich auf und werde wieder glücklich.*

Als Shanthi nach Hause kommt, esse ich gerade mit Mum zu Abend. Ihre Wangen sind vom Wind gerötet, vielleicht war sie im Atelier. Ich übernachte wieder in ihrem Zimmer, und wir geben uns Klopfzeichen über den Schlangenwandschirm und reden, bis Mum hereinkommt und missbilligend bemerkt: »Anjali, denk daran, du musst morgen arbeiten!« Sie knipst das Licht aus, der Raum versinkt in Dunkelheit, und zum ersten Mal seit unzähligen Jahren fangen Shanthi und ich an zu kichern.

Ich fühle mich wieder wie ein Kind.

Dads Todestag jährt sich immer Mitte Mai. Er ist auf dem Arnos Vale Cemetery begraben, auf der südlichen Seite des Flusses. Es ist ein wunderschönes Gelände, achtzehn Hektar Natur, in dem die Familie früher gern spazieren ging. In manchen Jahren haben wir ihn getrennt voneinander besucht – heute geht Mum am Morgen allein, und Shanthi und ich machen uns später gemeinsam auf den Weg.

Der Frühling lässt nach wie vor auf sich warten. Dennoch sind die Narzissen schon fast alle verblüht, nur am Rande des Friedhofs sind noch einige versprengte Exemplare zu sehen.

Wir haben uns im Gras neben Dads Grabstein niedergelassen. Mum hat einen kleinen Topf mit Tulpen davorgestellt, ihr leuchtendes Gelb kontrastiert mit dem grauen Stein. Sie erinnern mich an die Geschichte, die sie mir über den Tag erzählt hat, an dem sie und Dad und Shanthi in Bristol ankamen. Damals war es ebenfalls Frühling, aber bitterkalt, und in ihren Koffern hatten sie weder Mäntel noch Pullover. Shanthi war zwei und völlig verstört von der Kälte und dem unbekannten

Ort, an dem die Leute sie so seltsam anstarrten. Mum sagte, sie sei ebenfalls aufgeregt gewesen und habe Angst gehabt, dass sie hier nicht zurechtkommen würden. Nur Dad war die Ruhe selbst. Als sie aus dem Bus stiegen, entdeckte er auf dem Seitenstreifen ein Beet mit gelben Tulpen und erklärte, dass sich ein Land, das sich so sehr um schöne Blumen kümmere, gewiss genauso gut um sie kümmern werde.

Meine Schwester zieht Papiertüten mit dem Imbiss, den Mum uns mitgegeben hat, aus ihrem Rucksack. Gemüsefrikadellen, Gemüserollen, Gemüsetaschen, das Beste, was die srilankische Küche an Frittiertem zu bieten hat. Als Shanthi mir etwas davon reicht, fällt mir auf, dass ihre Hand leicht zittert. Lucy vermutet, dass das eine Nebenwirkung der Tabletten ist, aber Shanthi weigert sich, deswegen einen Termin mit dem Arzt zu vereinbaren.

Ich zwinge mich, die Frage zu stellen, die mir auf der Seele liegt. »Warum nimmst du deine Medikamente nicht mehr, Shanthi? Weil deine Hände davon zittern?«

Shanthi faltet die Ecke einer Tüte um und faltet sie wieder auseinander. Inzwischen trägt sie ihr Haar wieder in einem Knoten auf dem Kopf, und die kleinen Haare in ihrem Nacken sehen aus wie Babyflaum.

»Ich wollte wieder etwas fühlen können«, sagt sie.

»Und die Tabletten hindern dich daran?«

»Manchmal.«

Ich denke an die Bilder im Atelier, die Orte, die ihre Fantasie erreichen kann, wenn sie nicht unter Drogen steht.

»Wir können ja noch einmal mit den Ärzten reden. Ich könnte dich begleiten.«

Sie schüttelt den Kopf. »Im Moment ist alles in Ordnung. Ich will keine Ärzte mehr sehen, zumindest jetzt nicht.«

Ich betrachte die winzige Mulde unter ihrer linken Braue.

Die hat sie sich als kleines Mädchen zugezogen, als sie am Fuß der Treppe stolperte und mit dem Gesicht gegen die Heizung stieß. Mum sagte, sie habe schnell zur Tür laufen wollen, um Dad zu begrüßen, als er von der Arbeit kam. Dann fällt mein Blick auf die dicke Narbe auf Shanthis Handrücken, und ich denke wieder an ihren geschundenen Körper mit den vielen Verletzungen im Garten von Dads altem Zuhause. Ob ich je werde nachvollziehen können, was im tiefsten Inneren meiner Schwester vorgeht? Ich habe gehört, wie sie Lucy erzählte, dass sie nicht sagen könne, wann es anfing, dass sie Stimmen hörte. Es sei, als wäre immer schon jemand da gewesen, ein unsichtbares Wesen, das mit ihr sprach. Am Anfang war es vielleicht nur ein Murmeln, das aus dem Dampf des Wasserkessels kam. Manchmal war da eine leise Stimme in ihrem Ohr. Manchmal ein Flüstern, das unter der Tür hindurchkroch wie der Rauch der Sandelholzstäbchen. Sanft, als spräche ein Freund zu ihr. Später kamen die anderen Stimmen, laut und bestimmend. Die Stimmen, die ihr sagten, dass sie schuld an Dads Tod sei.

Was die Stimmen sonst noch sagen, hat sie uns nie verraten.

»Es tut mir leid, Shanthi«, sage ich.

»Was denn?«

»Dass ich ausgezogen bin.«

»Was meinst du?«

»Als du das erste Mal im Krankenhaus warst.«

Meine Schwester greift in ihre Tasche und zieht die Hand wieder heraus. Sie hat keine Zigaretten dabei, sie versucht, ganz mit dem Rauchen aufzuhören. Sie widmet sich erneut der Papiertüte und faltet sie zusammen und wieder auseinander.

»Weißt du, ich verstehe dich«, sagt sie. »Ich habe Dad

einmal gesehen, als er sehr krank war. Ich weiß, wie sich das anfühlt.«

»Warum hat mir damals niemand etwas davon erzählt?«

»Du warst noch so klein.«

»Du doch auch.«

Wie mag es für meine Schwester gewesen sein, ihren Vater mit fünf zu verlieren? Welche Ängste haben sich tief in ihr eingenistet, während Mum damit beschäftigt war, sich um mich zu kümmern, um das lautere, anstrengendere Kind?

Eine Weile sagt keine von uns etwas. Ich vertiefe mich in die verwitterte Inschrift auf dem Grabstein meines Vaters, die Buchstaben seines Namens sind kaum noch zu erkennen. *Sarath Eshan Chandana*. Ich frage mich, ob irgendjemand von uns die Stimmen in seinem Kopf je loswerden wird.

»Du hast mir gefehlt, in den letzten Jahren«, sage ich.

Shanthi legt ihre Hand auf meine. Wo die blutende Wunde klaffte, ist jetzt eine breite Narbe, die allmählich blasser wird. Ihre Nägel sind wieder gewachsen und formen kleine Ovale. Sie hat sich die Hände gewaschen, aber einige Farbflecke halten sich hartnäckig. Wie üblich. »Du hast mir auch gefehlt, kleine Schwester.«

»Ich weiß, dass du viele Dinge für dich behältst«, sage ich. »Glaubst du, dass du sie mir je wirst erzählen können?«

Sie überlegt einen Moment, und ich sehe, wie ihre Finger auf der Suche nach einer Zigarette zucken. »Da ist etwas, das ich dir erzählen werde, Anjie. Wenn der richtige Zeitpunkt gekommen ist. Ich verspreche es.«

ZEHN

Vielleicht will mir meine Schwester auf diese Weise zu verstehen geben, dass sie in einer Beziehung ist. Auch nachdem ich Ben im Atelier kennengelernt habe, bin ich nicht sicher, ob er wohl derjenige ist. Er könnte genauso gut nur ein guter Freund sein, schließlich hat sie nie ausdrücklich gesagt, dass sie mit jemandem zusammen ist. Doch je mehr ich mit ihr rede, desto sicherer bin ich mir.

In letzter Zeit nehme ich Veränderungen an meiner Schwester wahr, die mich mehr und mehr davon überzeugen, dass sie sich mit jemandem trifft. Nicht nur, dass es ihr ganz allgemein deutlich besser geht – aus eigener Erfahrung weiß ich, dass Glück und Zufriedenheit nicht zwangsläufig mit dem anderen Geschlecht zu tun haben müssen. Und nicht nur, dass sie sich eines Tages die Spitzen schneidet und ein Kleid anzieht – das hat sie auch getan, als sie mit dem Rauchen aufgehört hat. Es ist vielmehr die Tatsache, dass ich eines Montagmorgens, als ich bei Mum übernachtet habe, davon geweckt werde, dass im Flur jemand singt. Es ist mein freier Tag, und ich reagiere verärgert, weil ich am Ausschlafen gehindert werde. Ich rufe: »Mum! Bitte! Hör auf zu singen!« Und mir wird bewusst, dass Mum schon lange zu ihrer Schicht bei *Tesco* aufgebrochen ist und der ungewohnte, schöne Klang von meiner Schwester kommt.

Ich springe aus dem Bett, ziehe mich hastig an und laufe in den Flur – doch da finde ich nur einen glänzenden Buddha und Ordie, die mich miauend begrüßt. Auf dem Absatz im Treppenhaus höre ich Schritte. Ich gehe zum Fenster und sehe, wie Shanthi das Tor öffnet und die Straße überquert. Sie geht mit leichtem Schritt, als hätte sie ein Lied im Kopf. So ähnlich muss ich ausgesehen haben, als ich Ernie kennengelernt hatte.

Die offizielle Bestätigung folgt, als ich etwas später selbst das Haus verlasse. Der Briefträger hat gerade die Post gebracht. Es ist eine Karte an Shanthi dabei, die ein Gemälde einer Ausstellung im Arnolfini zeigt, einen Wust aus kräftigen Farben. Auf der Rückseite stehen nur Mums Adresse und die Worte: *Für Shanthi, in Liebe.*

Sieh an.

Ich lege die Post auf das Bord neben der Tür und mache mich auf den Weg nach Hause. Mir gefällt die Vorstellung, dass meine Schwester jemanden hat, mit dem sie glücklich ist. Was mich mit ausreichend Energie erfüllt, die schmutzige Wäsche in Angriff zu nehmen und den Kühlschrank auszuräumen. Es dauert allerdings nicht lang, und Mum unterbricht meinen ungewohnten Energieschub.

»Was bedeutet ›in Liebe‹?«

»Wie bitte?« Leicht abwesend habe ich nach dem Telefon gegriffen und bin nun umso überraschter, dass Mum offenbar philosophische Fragen mit mir erörtern will. »Ich weiß nicht, kommt ganz darauf an, würde ich sagen.«

»Ich spreche von deiner Schwester. Wer schreibt ihr ›in Liebe‹?«

Ach so.

»Oh, du meinst die Postkarte.«

»Du weißt von der Postkarte?« In der Stimme meiner

Mutter lag Empörung darüber, dass sie über das erste uns bekannte bisschen Romantik im Leben meiner Schwester im Ungewissen gehalten wird.

»Ich habe sie heute Morgen gesehen«, sage ich. »Ich weiß nicht, von wem sie ist, Mum. Aber das sind doch gute Neuigkeiten, findest du nicht? Wenn Shanthi einen Freund hat, zeigt das doch nur, wie viel besser es ihr jetzt geht! Sie hatte noch nie einen Freund.«

»Was soll daran gut sein?« Ihre Reaktion katapultiert mich zurück in die Zeit, als ich Mum zum ersten Mal von Jack erzählte und sie die Längsseite ihres Zeigefingers ganz oben an die Stirn presste und zu jammern begann: *Oh, meine Anjali und ein suthu!* (*Suthu* steht im Singhalesischen für einen Menschen weißer Hautfarbe.) »Ist das der Grund, weshalb sie wieder krank geworden ist?«

»Das ist wahrscheinlich der Grund, warum es ihr wieder besser geht«, stelle ich fest.

»Wer ist dieser Mann?« Mum redet immer noch mit voller Lautstärke, doch ihre Stimme kommt nun von weiter weg, als ob sie durch das Wohnzimmer wirbelt. »Wer ist dieser Mann, der mein kleines Mädchen vernichten will?«

»Mum, ich glaube kaum, dass er sie vernichten will«, sage ich in meinem allervernünftigsten Tonfall. »Und ich bitte dich: Shanthi ist einunddreißig. Sie ist ja wohl alt genug, um einen Freund zu haben, wenn sie das möchte.«

»Natürlich haltet ihr da zusammen, das ist die reinste Verschwörung!«

In den vergangenen Monaten hatte ich den Eindruck, dass sich mein Verhältnis zu Mum verändert, dass es enger wird. Und dann gibt es Momente, in denen wir plötzlich wieder ganz am Anfang stehen und Mum ihrem gewohnten Verfolgungswahn verfällt.

»Mum, beruhige dich. Niemand verschwört sich gegen dich. Shanthi hat einen Freund« – was sich, wie mir gerade auffällt, im Laufe unseres Gesprächs als Tatsache etabliert hat – »und ich finde, wir sollten uns für sie freuen.«

»Wie soll ich mich freuen«, erklärt Mum, »wenn beide meiner Kinder sich mit *suthus* herumtreiben?«

»Mum! Zuerst einmal treibe ich mich keinesfalls mit *suthus* herum«, stelle ich klar – auch wenn das zugegebenermaßen vor ein paar Monaten noch anders war. »Und dann solltest du aufhören, immer gleich so melodramatisch zu sein! Das Ganze ist doch keine große Sache, aber wenn du so weitermachst, könnte vielleicht noch eine daraus werden.«

Ausnahmsweise scheint es mir zu gelingen, an Mums Vernunft zu appellieren.

»Ich mache mir eben immer Sorgen um sie, Anjali.«

»Ich weiß, Mum.«

»Sie mag einunddreißig sein, aber sie hat schon so viel durchgemacht.«

»Ich weiß, Mum.«

»Ich will nicht, dass ihr jemand wehtut.«

»Natürlich nicht.«

»Es ist schon schlimm genug, dass jemand meiner anderen Tochter wehgetan hat.«

»Mir geht es gut, Mum.«

»Aber dieser Junge hat dir wehgetan, Anjali.« Einen Augenblick lang denke ich, sie meint Ernie, aber ich habe ihr ja nie von ihm erzählt. Sie spricht natürlich von Jack.

»Mir geht es gut, Mum«, wiederhole ich. Aus Furcht, eine zweite Grabstätte auf dem Arnos Vale Cemetery anmieten zu müssen, habe ich ihr gegenüber allerdings nie erwähnt, dass Jack fremdgegangen ist.

»Aber er hat dich traurig gemacht.«

»Kann schon sein. Aber jetzt geht es mir wieder gut.« Obwohl ich mir da nicht völlig sicher bin, wenn ich an Ernies Stimme am Telefon und die Stille denke, die zurückblieb, nachdem wir aufgelegt hatten.

»Ich will nicht, dass Shanthi traurig ist.«

»Nur weil sie einen Freund hat, heißt das nicht automatisch, dass sie irgendwann traurig sein wird«, sage ich und bin schon wieder nicht sicher, ob ich wirklich glaube, was ich da sage. Ich setze mich aufs Sofa. Vor meinem inneren Auge reihe ich die Männer auf, denen ich in den letzten Monaten begegnet bin. Begegnungen, die mir nicht immer gutgetan haben. Trotzdem glaube ich, dass alle wichtig waren, im Guten wie im Schlechten. Manchmal stelle ich mir den Architekten vor, wie er sich mit einem Schirm bewaffnet der Auf-den-Spuren-der-Gotik-Tour durch Bristol anschließt, und sehe schon seine zukünftige Frau vor mir, wie sie einen Stadtführer auf dem Kopf balanciert. Oder die große Liebe des Saxofonisten, die sich einen Rucksack auf den Rücken wirft und zu ihm nach Rom fliegt, um ihn zu überraschen. Oder den BWI, wie er für seine Mutter Chapati backt. »Manchmal muss man vielleicht auch traurig sein.« Ich überlege, wie ich erklären kann, was ich fühle. »Wir vermissen Dad. Aber wir sind auch froh über die Zeit, die wir mit ihm hatten. Und das ist doch besser, als wenn wir ihn nie gekannt hätten.«

Vor meinem geistigen Auge sehe ich Mum, wie sie am Tisch sitzt und die leuchtenden Farben auf der Postkarte betrachtet. »Ich hoffe, du hast recht, Anjali. Hoffentlich hast du recht.« Einen Moment lang ist es still in der Leitung. »Und dir geht es wirklich gut, meine *duwa*?«

»Mir geht es wirklich gut«, sage ich nachdrücklich. »Ich habe dich und Shanthi und meine Freunde. Und ich habe meine Blumen.«

»Ich gebe den Laden auf«, platzt Clara heraus, als ich am nächsten Morgen durch die Tür komme.

Wie vom Donner gerührt bleibe ich vor den Edelwicken stehen.

»Du weißt doch, ich denke schon eine ganze Zeit lang darüber nach, was ich tun soll.« Sie kommt zu mir und nimmt meinen Arm, als hätte sie Angst, die Nachricht könnte mich umhauen. Sie führt mich zur Ladentheke, drückt mich auf einen Hocker und schiebt mir eine Vase mit Wicken unter die Nase, als wäre es Riechsalz. »Fakt ist, dass ich die Sache hier für meine Tante Sammy gemacht habe. Ich wollte das Geschäft nicht verkaufen, ich wollte es für sie am Leben erhalten, und das habe ich länger durchgehalten als geplant. Aber ich kann nicht bleiben, Anj. An den meisten Tage kommen meine Füße nicht weiter als bis zum Großmarkt.«

»Aber ich liebe den Großmarkt«, flüstere ich. Eine Kundin ist hereingekommen und interessiert sich für die Wicken. Normalerweise würde ich zu ihr gehen und mich über die Gelegenheit freuen, zusammen mit Fremden in der Schönheit der Blumen zu schwelgen. »Wo willst du hin?«

»Zurück nach Bali.«

»Bali?« Ich sehe sie an. Claras Gesicht ist gerötet – so aufgeregt habe ich sie seit einer Ewigkeit nicht mehr erlebt.

»Heute Morgen um drei bin ich aufgewacht und wusste, wo ich hinmuss.«

»Für einen Urlaub? Für ein Jahr? Für wie lange?«

»Für so lange wie möglich.« Claras grüne Augen blitzen vor Energie. »Ich gehe zu ihm zurück.«

Zu ihm bedeutet: zu dem einhändigen Schlagzeuger. Der Mann, den Clara um ein Haar geheiratet hätte, als ihre Tante starb und sie stattdessen ihr Geschäft weitergeführt hat. Der

Mann, über den sie so gut wie nie spricht und den sie, wie mir nun klar wird, die ganze Zeit in ihrem Herzen trug.

»Aber das ist doch – wie lange? – fast elf Jahre her?«

»Ich weiß.«

»Vielleicht ist er gar nicht mehr da.«

»Doch, er schickt mir E-Mails.«

»Vielleicht ist er inzwischen mit jemand anderem zusammen.«

»Davon hat er nichts in seinen E-Mails erwähnt.«

»Vielleicht hat er mittlerweile auch die andere Hand verloren.«

»Dann könnte er wahrscheinlich keine E-Mails schreiben.«

»Er hat keine Ahnung, wie sehr du mir fehlen wirst.«

»Oh, Anj.« Clara schiebt die Blumen zur Seite, um mich in den Arm zu nehmen. Ihre schweren Dreadlocks umschlingen mich ihrerseits, und der Gedanke, dass ihre rauen Zöpfe nicht mehr meinen Oberarm streifen werden, treibt mir die Tränen in die Augen. »Ich werde dich auch vermissen. Aber wir schicken uns E-Mails, okay? Und wir können skypen. Und du musst mich besuchen. Und ich komme ja auch ab und zu wieder zurück. Meine Mutter bringt mich sonst um.«

Die Kundin tritt auf die Ladentheke zu und muss sich gedulden, bis ich mich aus der Umklammerung von Claras Haaren befreit habe.

»Tut mir leid«, sagt die Frau. »Ich unterbreche Sie nur ungern.« Sie legt einen Bund Wicken auf den Tisch, und einen Moment lang verschwimmen die pastelligen Blau-, Pink- und Violetttöne vor meinen Augen.

Ich wühle in unserem Einschlagpapier, bis ich Seidenpapier finde. »Diese Blumen sind so wundervoll, dass ich sie Ihnen fast nicht verkaufen mag.«

»Es sind meine Lieblingsblumen«, sagt die Frau.

»Meine auch.«

»Ich bin immer ganz traurig, wenn sie verblühen.«

»Und ich erst.« Ich nicke energisch.

Clara nimmt das Geld entgegen. »Aber nächstes Jahr gibt es neue«, erinnert sie uns. »Und übernächstes und überübernächstes.«

Wenn gerade kein Kunde im Laden ist, sprechen wir über Claras Pläne. Sie hat stundenlang hin und her überlegt, bis sie entschieden hat, dass die praktikabelste Variante ist, das Geschäft zu verkaufen und die Wohnung darüber zu vermieten. Von den Einnahmen kann sie sich dann eine Weile über Wasser halten. »Ich habe ein etwas schlechtes Gewissen wegen Tante Sammy, aber ich weiß, dass das die beste Lösung ist«, sagt sie.

Wir blicken uns in unserem geliebten Laden um. Zufällige Bilder von Clara und mir tauchen aus den Schatten der Vergangenheit vor mir auf. Ich als Neunzehnjährige an meinem ersten Arbeitstag, wie ich mich zu den Margeriten hinunterbeuge, um ihren Duft einzuatmen, und mit der Hand über die Farne streiche. Wie mir bewusst wurde, dass ich keine dieser Pflanzen beim Namen nennen konnte, aber wie meine Aufregung bei dem Gedanken wuchs, dass ich sie eines Tages alle beherrschen könnte. Wie ich am Ende jenes ersten Tages die Blütenblätter auf dem Boden auffegte und wusste, dass ich nicht wieder zur Uni zurückkehren würde. »Mal sehen, ob du das auch noch sagst, wenn du sechzehn Stunden gearbeitet hast, deine Finger taub sind und du um vier Uhr morgens wieder rausmusst«, war Claras trockene Reaktion. Wie sie uns in der Küchenecke zwei Tassen heiße Schokolade machte und ihre Hand zögernd über dem Flachmann mit dem Whisky schwebte. Wie wir uns an der Ladentheke auf den Hockern gegenübersaßen, die heiße, süße Schokolade schlürften und uns gegenseitig Geschichten aus unserem bisherigen Leben erzählten. Wie wir auch im nächsten Jahr noch so dasaßen und im Jahr danach, als die Tür aufging und ein anderer Schatten – Jack – hereinkam, um mich abzuholen. »Hört ihr zwei eigentlich auch mal auf zu lachen?«

Ich schüttele die Schatten ab – wenn ich noch weitere Bilder heraufbeschwöre, fange ich nur wieder an zu weinen.

So, so, der einhändige Schlagzeuger also. Der Mann, den sie an einem balinesischen Strand kennenlernte, wo er einen erstaunlich komplizierten Rhythmus auf seiner Trommel schlug. Was auch immer Clara jemals gesagt hat, wie sehr sie in den vergangenen Jahren auch ständig darüber schwadroniert hat, wie überflüssig feste Beziehungen seien – sie hat nie aufgehört, ihn zu lieben. »Ich wollte es nicht zugeben«, erklärt sie. »Ich konnte mir nicht vorstellen, dass wir eine Zukunft haben, wegen der Entfernung und all dem, also war es einfacher, mir einzureden, dass mir eigentlich gar nichts an ihm liegt.«

Sie hat ihm von ihren Plänen noch nichts geschrieben – sie möchte ihn nicht unter Druck setzen. Sie will einfach dort auftauchen und sehen, wie die Dinge sich entwickeln. Entweder es klappt, oder es klappt nicht. Beide werden sich im Laufe der Jahre verändert haben, beide werden andere Vorstellungen von ihrem Leben haben. Sie will keine Kinder und keinen konventionellen Lebensstil. Sie will Musik, Abenteuer und jemanden, mit dem sie diese Dinge teilen kann. Wenn sich nichts davon umsetzen lässt, will sie einfach weiterziehen. Es gibt noch so viel anderes auf der Welt zu sehen. »Ich mache es wie Onkel Bulgaria«, lässt sie mich wissen. Ich brauche einen Moment, um zu begreifen, dass sie niemanden aus meiner weitverzweigten Familie meint, sondern von den *Wombles* aus den gleichnamigen Kinderbüchern spricht.

Ich überlege, wie es sein wird, Postkarten von Clara zu erhalten, wenn sie einsam durch die Welt reist. Doch irgendwie kann ich mir dieses Szenario nicht vorstellen. Ich sehe sie eher am Strand neben ihrem einhändigen Musiker liegen und sich im schwindenden Licht mit dem Sonnenuntergang unterhalten, während der Sand zwischen ihren Zehen trocknet. Als ich ihr das sage, beginnen ihre grünen Augen wieder zu leuchten.

Und was mich betrifft … Auch darüber sprechen wir und entwickeln alle möglichen Ideen, verrückte und ernsthafte. Ich weiß nicht so recht. Es wird allmählich Zeit, aus meiner Wohnung auszuziehen, das ist mir klar geworden, nachdem ich endlich den Mut aufgebracht habe, einige Rechnungen aufzumachen. Etwas kleinlaut werde ich wieder bei Mum einziehen, mich mit Auberginencurry mästen und mir erzählen lassen, dass ich eine gescheiterte Existenz sei. Vielleicht wird es aber auch anders kommen. Mum scheint mir in letzter Zeit verändert zu sein – oder ich bin es.

Aber was ich in Zukunft tun werde, ist mir absolut schleierhaft.

»Sieh mal einer an, es ist wieder Wickenzeit!«, ruft eine tiefe Stimme von der geöffneten Tür aus. Das Sonnenlicht fällt in den Laden und bildet einen Strahlenkranz um den Mann, der gerade hereinkommt. »Ich liebe Wicken.«

Ernie.

»Hey!« Wie ein Blitz schießt Clara hinter der Ladentheke hervor und wirft sich ihm entgegen. Ungestüm umarmen sie sich. In einem Anflug von Wehmut denke ich, wie schön so eine lange, unkomplizierte Freundschaft ist, und wünschte, es wäre meine Mutter gewesen, die ihn jede Woche zum Sonntagsbraten einlud – Vegetarismus hin oder her.

Ich bleibe sicherheitshalber an der Kasse stehen und lasse den Finger über die Sticker wandern, die sich dort im Laufe der Jahre angesammelt haben. Wenn ich jetzt den Kopf hebe, versteht Ernie sofort, dass es mein wie verrückt schlagendes Herz ist, das er da hört.

»Und hier – alles beim Alten?« Er entlässt Clara aus seiner Umarmung. Würde ich hochschauen, könnte ich seine markante Kieferpartie und die dunkle Haut sehen, die in der Sonne von Vancouver vielleicht noch etwas dunkler geworden ist. Vielleicht ist sein dicht gelocktes Haar um ein paar graue Stellen reicher. Er ist jetzt ganz nah, gleich auf der anderen Seite der Ladentheke. Nahe genug, dass ich seine Bartstoppeln berühren, nach dem tiefen Grübchen an seinem Kinn forschen könnte. Nahe genug, dass ich mich in seine Augen, in seinen warmen, zärtlichen Blick vertiefen und der Frage auf den Grund gehen könnte, warum er hier ist.

»Eigentlich ganz im Gegenteil.« Clara beginnt, ihn auf den neuesten Stand zu bringen.

Als sie geendet hat, wird es für einen Augenblick still, und ich ahne, dass die Augen der beiden gerade auf mir ruhen. Ich kann unmöglich weiter so tun, als gäbe es nichts Interessanteres als diese Registrierkasse. Außerdem tut mir der Nacken allmählich weh.

Langsam, ganz langsam hebe ich den Kopf.

Da ist der warme, zärtliche Blick.

»Was ist mir dir, Anjali?« Seine Stimme hat immer noch denselben tiefen Klang, bei dem mir ganz anders wird. »Was hast du jetzt vor?«

Zuallererst einmal: nicht schon wieder loszuheulen.

Ich schaue auf die Wanduhr und versuche mich zusammenzureißen. »Ich werde mal so langsam nach Hause gehen, denke ich. Wir schließen gleich.« Auf der Ladentheke liegt ein weiterer kleiner Strauß Wicken, den ich meiner Mutter mitbringen wollte. Aber sie schenkt meinen Blumen ohnehin kaum jemals Beachtung, also wird sie den Verlust verschmerzen. Ich strecke ihm den Strauß entgegen. »Schön, dich zu wiederzusehen.«

Er nimmt die Blumen, und während er ihren Duft einatmet, betrachte ich die ausgeprägten Linien seines Gesichts, das erste Grau in seinem Zweitagebart, die stark ausgebildeten Adern auf den Händen, die die zarten Stiele halten. Er scheint etwas abgenommen zu haben, das Haar trägt er jetzt kurz geschoren, die Muskeln unter dem Shirt mit Festival-Aufdruck scheinen noch etwas straffer.

»Darf ich dich begleiten?«, fragt er.

Ich würde meine persönliche Tagtraummontage gern noch einmal abwandeln. Obwohl ich nicht sicher bin, ob mir zwei davon zustehen. Ich habe, glaube ich, noch keinen Film gesehen, in dem mehr als eine vorkam. Aber als Ernie und ich Seite an Seite die Straße entlanggehen, unsere Hände nebeneinander schwingen und wir uns immer näher kommen, fallen mir alle möglichen neuen Versionen ein. Beispielsweise könnte Clara uns den Lieferwagen leihen, und wir könnten zum Frome-Valley-Wanderweg im Norden von Bristol fahren. Wir könnten die Schuhe abstreifen und durch einen Bach waten, an dessen Grund die Steine sanft wie Wattebäusche sind. Oder wir fahren in die Cotswolds, atmen den Duft von Bärlauch ein, lassen uns einen mit Butterblumen bewachsenen Hang hinunterrollen, um uns, unten angekommen, ein Mehrkornbrötchen mit Avocado und Ziegenkäse zu gönnen. Letzteres gehört eigentlich gar nicht so richtig in die

Bildmontage, sondern kommt eher daher, dass ich Hunger habe. Oder wir könnten zum Hafen hinuntergehen und uns die Ausstellung im Arnolfini ansehen, wo wir rein zufällig auf Shanthi und Ben treffen, die vor Überraschung in makellose Filmbegeisterung ausbrechen. Ich fürchte allerdings, dass auch diese Zusammenstellung von Fantasiebildern stark von Eigennutz gesteuert ist.

Und wenn die Gedanken, die sich gerade in meinem Kopf überschlagen, langsam zur Ruhe kommen würden, könnte es mir endlich gelingen, zu realisieren, dass ich diesem Mann ganz nahe bin und sich unsere Hände beinahe berühren. Und dann brauche ich dieses Mal vielleicht gar keinen Tagtraum. Dann muss ich dieses Mal vielleicht gar nichts ausschmücken. Es ist viel passiert, seit wir zusammen waren. Vielleicht sind es dieses Mal nur ich und Ernie und die Wahrheit. Oder zumindest meine Version davon.

Er ist nur für zwei Wochen gekommen, erzählt er, und wohnt bei seiner Tante in Bath, weil er seine Wohnung für die Monate seiner Abwesenheit untervermietet hat.

»Warum hast du mir nicht gesagt, dass du kommst?«, frage ich.

»Ich wollte eigentlich. Aber am Telefon schienst du irgendwie verändert, und ich war nicht sicher, was du dazu sagen würdest.« Er sieht mich an, aber ich mache wieder meine Nackenübungen und studiere angelegentlich einen kleinen Brotkrümel am Rand des Tisches.

Wir sind in dem Café, in dem Shanthi arbeitet. Es liegt in der Nähe des Ateliers, am Rand des Stadtteils Stokes Croft, und hier herrscht immer lebhaftes Gedränge, weil alle möglichen Vegetarier hier einfallen, um eimerweise Bohnensuppe und Mehrkornbrötchen mit Ziegenkäse zu vertilgen und sich anspruchsvollen Gesprächen hinzugeben. Ich war seit zwei Jahren nicht mehr hier, seit Shanthi angefangen hat, hier zu arbeiten. Damals sagte ich mir, es sei wichtig, dass sie erst einmal allein klarkommt, ohne dass sie sich von uns überwacht fühlt. Inzwischen denke ich, dass ich einfach nur auf Abstand bleiben wollte.

»Arbeitet deine Schwester heute?« Ich merke, dass er die in Jeans und Schürze gekleideten Bedienungen mustert, die mit den Gästen plaudern.

Ich schüttele den Kopf, lasse den Brotkrümel aber nicht aus den Augen. Shanthi arbeitet im Moment nur an zwei Tagen in der Woche, sie lassen sie ihre Arbeitszeiten nach und nach aufstocken. Mum hat erzählt, dass der Geschäftsführer, der von Shanthis Krankheit wusste, sehr verständnisvoll reagierte, als sie ihm sagte, dass es ihr nicht gut gehe. Es bedeutet mir viel, dass meine Schwester Orte für sich gefunden hat, an denen sie so viel Unterstützung erhält.

»Ehrlich gesagt mache ich mir ein wenig Sorgen, dass ich nach Kanada zurückfliege und die ganze Zeit nicht einmal dein Gesicht gesehen habe.«

Vorsichtig hebe ich den Kopf. Ich erwarte, Ernie lächeln zu sehen, doch sein Blick drückt tiefe Besorgnis aus.

»Tut mir leid«, sage ich.

Er sieht mich aufmerksam an und versucht offensichtlich, aus mir schlau zu werden.

»Seit du angerufen hast, mache ich mir Sorgen. Ich muss dich fragen, und du musst mir ehrlich antworten. Ist mit dir alles in Ordnung? Was ist los?«

In meiner Brust beginnt sich ein großer Knoten zu lösen.

»Ist etwas mit deiner Mum? Mit deiner Schwester?«

Ich nicke.

»Etwas Schlimmes?«

Ich denke an die Ereignisse der letzten drei Monate. Ich denke an meine Schwester, wie sie verletzt im Gebüsch hockte, an ihre gezischelten Worte, das ständige Flüstern. Ich denke an die Angst davor, dass sie sich nie wieder ganz erholen könnte, die sich im Flugzeug in meiner Brust breitmachte.

Dann sehe ich mich im Café um, sehe die freundlichen Gesichter der Angestellten, das Schwarze Brett, das vor Anzeigen und Infos aller Art überquillt: Yoga und Pilates und Meditation und auch Selbsthilfegruppen von psychisch Kranken werben um Interessenten. Ich denke an die herzliche Atmosphäre im Atelier, die unglaublichen Bilder, die meine Schwester malt. Ich denke an die Dinge, die ich Shanthi inzwischen anvertraut habe, und die, die sie mir anvertraut hat, wenn sie mir auch noch nicht alles erzählt. Ich denke daran, wie ich ihre Krankheit allmählich besser zu verstehen beginne und dieses Wissen meine Angst langsam verdrängt. Ich denke an meine Mutter, die sich die Haare wieder schneidet und schwarz färbt, daran, dass die Schwellung ihrer Finger langsam zurückgeht, und daran, wie sie sich geradezu hopsend auf den Weg zur Arbeit macht – auch wenn das in den Augen mancher ein eher beängstigender Anblick sein mag.

»Eigentlich ist es nicht so schlimm«, antworte ich Ernie. »Genau genommen ist es überhaupt nicht schlimm.«

Ich schnippe den Brotkrümel vom Tisch. Zwischen uns liegen die zart duftenden Wicken. Unsere Hände sind ganz nah beieinander, doch sie berühren sich nicht.

»Du machst sauber?«

Mum klingt verblüfft, wahrscheinlich wusste sie nicht einmal, dass ich einen Staubwedel besitze.

Sie wuchtet ihren massigen Körper in meine Wohnung und bleibt wie angewurzelt stehen. Im Wohnzimmer steht der Staubsauger, und auf dem Couchtisch wartet das Möbelspray auf seinen Einsatz.

»Ziehst du um?«, fragt sie.

»Noch nicht.«

Sie folgt mir in die Küche, wo es auf dem Gasherd in einem großen Topf fröhlich vor sich hin blubbert.

»Hühnchen?« Sie taucht mit der Nase fast ganz in den Topf, dann dreht sie sich zu mir um und sieht mich so erwartungsvoll an, als wäre sie ein Spürhund.

»Quorn – vollkommen vegetarisch.« Ich halte die leere Verpackung hoch. Misstrauisch beäugt sie sie.

»Ich mache einen Gemüseeintopf, Mum. Wie wäre es, wenn ich den mal bei dir für ein Sonntagsessen koche? Das wäre doch mal eine nette Abwechslung, was meinst du?«

Entgeistert sieht Mum mich an. Sie hat seit über fünfzig Jahren jeden Tag immer nur Curry gegessen und zweifellos damit schon im Bauch ihrer Mutter begonnen.

»Tee?«, frage ich, während ihr Mund immer noch offen steht. Mum geht erst zu dem Kessel, um ihn zu inspizieren.

»Kalk«, stellt sie fest und macht den Mund zu. Endlich scheint die Welt wieder in Ordnung.

Es ist Samstag, ich habe das Wochenende frei, und Ernie kommt zum Abendessen. Morgen fliegt er zurück nach Vancouver. In den vergangenen zwei Wochen haben wir uns noch viermal in Cafés und Restaurants getroffen und geredet, bis alle anderen Gäste gegangen waren und das Personal schon an der Tür wartete. Aber es ist das erste Mal, dass er zu mir kommt. Ein Blick auf die Uhr an der Wand sagt mir, dass es drei ist, also bleiben fünf Stunden bis zur verabredeten Zeit. Bis dahin müsste Mum wieder gegangen sein.

»Du musst die Möbel von der Wand wegziehen.« Der verkalkte Wasserkessel hat ihr genügend Auftrieb gegeben, zurück ins Wohnzimmer zu marschieren und sich mit dem Sofa abzumühen. »Sonst kannst du dahinter gar nicht saugen.«

»Mit Staubsaugen bin ich schon fertig.«

»Und wo ist deine Trittleiter? Da oben an der Decke ist eine Spinnwebe.«

»Ich habe keine Trittleiter, Mum.«

»Keine Trittleiter?« Sie mustert mich entsetzt.

»Nimm den Stuhl. Nein, um Himmels willen, lass das bitte. Es ist nur eine Spinnwebe.«

»Anjali, wenn du dein Zuhause nicht in Ordnung hältst, wirst du nie einen Mann finden.«

Ich hatte mich schon gefragt, wie lange es dauern würde, bis sie ihr Lieblingsthema zur Sprache bringt. Fast bin ich versucht, ihr von Ernie zu erzählen. Ingenieur rangiert zweifellos unter den Top Ten ihrer Wunschberufe, und nach den gescheiterten Versuchen mit dem BWI und Roshan könnte sie geneigt sein, seine nigerianisch-irischen Wurzeln zu akzeptieren – und sobald ich erwähne, dass der Kandidat Buddhist ist, wird sie ihm sowieso ihren Segen geben.

Aber ich bin nicht sicher, wie es im Moment zwischen Ernie und mir läuft. Wir haben viel miteinander geredet, aber mehr ist nicht passiert. Seine Lippen haben am Ende des Abends immer nur kurz meine Wange berührt, obwohl ich mich nach sehr viel mehr gesehnt habe. Mir ist nicht klar, wer von uns beiden so zurückhaltend ist – vielleicht sind wir es beide, weil wir nicht so recht wissen, wo wir stehen.

»Shanthi geht es gut?« Das Thema zu wechseln scheint mir die bessere Option zu sein.

Mum sieht von ihrer wackeligen Position auf dem Stuhl zu mir hinunter. »Sie ist kaum noch zu Hause.«

»Das ist doch besser als früher, als sie nie das Haus verlassen hat.«

»Ich glaube, dass sie viel Zeit mit diesem Mann verbringt.«

Sie runzelt die Stirn, und mir wird bewusst, weshalb sie den Weg zu mir auf sich genommen hat. »Du machst dir Sorgen.«

»Wir wissen nicht das Geringste über ihn, Anjali.«

Schuldgefühle überfallen mich. Vielleicht kann ich sie beruhigen, wenn ich ihr ein wenig über Ben erzähle. Andererseits kommt Bildhauer in der Skala ihrer bevorzugten Berufe nicht vor, vermutlich hat sie das Wort in ihrem ganzen Leben noch nicht verwendet. Und wenn ich ihr sage, wie alt er ist, fällt sie mir noch vom Stuhl und ist tot, und ich muss Tante Mala beichten, dass ich Spinnweben an der Decke habe.

»Mum, vertrau ihr einfach.«

Mum seufzt. Sie klettert vom Stuhl, den unbenutzten Staubwedel im Arm. »Du hast ja recht, Anjali. Ich weiß, dass du recht hast. Aber sie ist meine Erstgeborene.«

»Wir müssen sie ihr eigenes Leben leben lassen.«

»Ja, ja, das sagt Lucy auch.« Mum sinkt auf das Sofa, das noch nicht wieder an seinem angestammten Platz steht. Sie fährt sich mit der Hand durch das kurze Haar, ein kleines Büschel steht nun ab. »Meine Mädchen müssen unabhängig leben dürfen. Es ist an der Zeit, mich nicht mehr einzumischen.«

Ich muss mich verhört haben.

»Ich gehe nur kurz umrühren.« Ich rette mich in die Küche – an eine rational denkende Mutter muss ich mich erst gewöhnen.

»Was wirst du denn jetzt tun?«, ruft Mum mir hinterher. »Wenn Clara weggeht?«

»Das weiß ich noch nicht. Mir einen neuen Job suchen.«

»Du solltest zurück auf die Universität gehen.«

Ich halte inne, der Holzlöffel verharrt in der Luft. »Mum – wie war das eben mit dem Nichteinmischen?«

»Das hat mit Einmischen gar nichts zu tun, Anjali. Ich mache doch nur einen Vorschlag. Darf denn eine Mutter ihrer Zweitgeborenen keine Vorschläge mehr machen?«

»Ich glaube nicht, dass ich an die Uni zurückwill.«

»Du kannst deinen Abschluss machen. Und dann noch einen Master. Und du könntest noch promenieren.«

»Promovieren.«

»Und dann bist du DOKTOR.« Beim letzten Wort kreischt sie.

Ich tauche den Holzlöffel wieder in den Topf und rühre weiter. Es wäre mir auch nicht geheuer, wenn Mum sich vollends ändern würde. Doch ihre Worte haben die Beklommenheit geweckt, die sich schon vor einer Weile in der Tiefe meines Magens eingenistet hat. Das Geschäft wird bald verkauft werden und Clara ihre Koffer packen. Dabei kann ich mir mein Leben ohne beide nicht vorstellen. Und Ernie? Vielleicht klappt es ja doch noch mit uns beiden? Jedenfalls wünsche ich es mir, wenn ich in den frühen Morgenstunden wach liege. Würde dann einfach alles wieder so werden wie früher mit Jack? Lange Arbeitstage ohne Zeit zum Nachdenken, immer mit dem Gefühl, nicht zu wissen, was ich wirklich mit meinem Leben anfangen soll?

Mein Handy vibriert.

Seltsam, dass Leute sich oft in genau dem Augenblick melden, wenn man an sie denkt. Ich ziehe das Telefon hervor, um Ernie zu antworten. Doch die Nachricht ist nicht von ihm.

Es ist so viel Zeit vergangen, Anj.
Aber wenn du reden willst, bin ich für dich da.
Jack

»Weißt du, dass du meine Mutter nur haarscharf verpasst hast?«

Ernie ist da. Er sitzt auf dem Sofa und trinkt den Pfefferminztee, an den ich im allerletzten Moment gedacht habe und den ich, wenige Minuten bevor er kam, noch rasch besorgt habe. Er ist schon seit fast einer halben Stunde hier, aber ich renne immer noch wie aufgedreht durch die Wohnung, sehe nach dem Eintopf, dem Reis, ziehe am Saum meines grünen Leinenrocks (für den ich mich entschieden habe, nachdem ich achthundert andere Sachen anprobiert habe) und zeige ihm alles Mögliche: mein zerlesenes Floristenhandbuch, den frischen Strauß Edelwicken und meinen Hochglanzgummibaum. Ich bin nicht sicher, ob ihn interessiert, wie quietschblank seine Blätter sind, ich weiß nur, dass ich nicht aufhören kann, über sie zu reden.

»Wir essen draußen, wenn es dir recht ist?«, sage ich. »Es ist traumhaft. Das Wetter, meine ich, nicht das Essen. Keine Ahnung, wie das Essen wird.«

Als mein kleiner Gartentisch schließlich fertig gedeckt ist, ich Ernie draußen neben meinen Rosen und dem Lavendel platziert habe, der bald wieder blühen wird, und die frische Maibrise sich mit dem Aroma des Eintopfs mischt, bin ich immer noch zu zappelig, um mich zu setzen.

Er nimmt meine Hände. Ich habe mir so lange gewünscht, seine Hände in den meinen zu spüren, ihre Wärme und das Gefühl seiner Knöchel unter meinen Fingerspitzen. Alles in mir pocht wie verrückt – mein Herz, mein Kopf, jeder kleine Pulsschlag in meinem Körper.

»Das ist wunderbar, alles ist ganz wunderbar«, sagt er. »Und ich hätte mich gefreut, deine Mutter kennenzulernen.«

»Das glaube ich nicht.« Er hält meine Hände immer noch fest. »Das wäre einer Begegnung mit der Inquisition gleichgekommen. Und du würdest deinen Flug verpassen.«

»Meine Mutter war genauso«, sagt er. »Bei ihr gab es auch kein Entkommen.«

»Vielleicht hat es damit zu tun, dass sie Einwanderer sind. Du verlässt dein Land für ein besseres und sichereres Leben, und deine Kinder müssen sich das dann bis in alle Ewigkeit anhören.«

»Ob wir wohl auch mal so werden?«, überlegt er.

Mir schießt der völlig verrückte Gedanke durch den Kopf, was für Eltern wir beide wohl abgeben würden. Ich schüttele ihn sofort wieder ab, denn Kinder sind in meinen nicht vorhandenen Plänen nun wirklich nicht vorgesehen. Außerdem hat der Mann immer noch nichts zu essen bekommen. Ich ziehe meine Hände aus seinen, und wir setzen uns.

»Hat deine Mum für dich jeden Tag nigerianisch gekocht? Und dir immer von Abuja erzählt, während du gegessen hast?«, will ich wissen.

Er lacht – das Lachen, das ich gespeichert habe und jede Nacht in meinem Kopf in Endlosschleife höre. »Nicht jeden Tag. Dad brauchte regelmäßig seine Kartoffeln. Aber sehr oft.«

»Was gab es bei euch immer?«

»O Mann, ich vermisse ihren Jollof-Reis. Und ihr Paprika-Schmorfleisch. Dafür würde ich das Vegetarierdasein glatt wieder an den Nagel hängen.«

»Gibt es in Vancouver nigerianische Restaurants?«

»Dort gibt es nichts, das es nicht gibt. Es ist eine schöne

Stadt, Anjali. Trudeau macht einen guten Job. Alles dort strahlt Optimismus aus.«

Ich bin kurz davor zu sagen: *Aber du kommst doch wieder zurück, oder?*

Wir essen. Ich schenke Wein ein und versuche, nicht mehr als ein Glas zu trinken. Ich will unbedingt vermeiden, mich zu betrinken und den letzten Abend zu ruinieren. Ernie isst bedächtig und lobt den Eintopf, doch er scheint mir heute Abend stiller als sonst, als ob ihn etwas beschäftigt, das in der Furche zwischen seinen Augenbrauen sitzt und in den Pausen zwischen seinen Worten. Es dämmert allmählich, die Brise wächst sich zu Wind aus, und mein Haar, das ich so flach wie möglich gedrückt hatte, droht, sich loszureißen und davonzusegeln. Ich räume die Teller ab, und wir gehen zurück ins Wohnzimmer.

Ernie sieht sich die Fotos von meiner Mutter und meiner Schwester auf dem Kaminsims an. Es sind alte Aufnahmen, aber sie haben das Wichtigste eingefangen: die hitzigen Augen meiner Mutter, die stets suchenden meiner Schwester.

»Deine Schwester hätte ich auch gern kennengelernt«, sagt er. »Ich freue mich, dass ihr einander wieder nähergekommen seid.«

Mein Blick fällt auf den Couchtisch, auf dem mein Handy mit Jacks Nachricht liegt. Ich habe das seltsame Gefühl, als stünde er zwischen mir und Ernie und wollte mir sagen, dass ich nicht ganz ehrlich bin.

»Anjali, von wem ist das?«

»Was?«

Ich sehe zu Ernie hinüber. Er hält ein Stück Papier in den Händen, das hinter die Fotos geklemmt war. Ungläubig starrt er auf die Bleistiftzeichnung, die ihn selbst zeigt.

»Shanthi.«

»Hatte sie ein Foto?« Er ist verblüfft, denn wir haben nie zusammen Aufnahmen gemacht, und bei Facebook ist er auch nicht.

»Ich habe ihr einfach von dir erzählt.«

Er betrachtet das Bild aus allen möglichen Winkeln, streicht über den kantigen Rand seiner Wangenknochen, den Ansatz seines Kiefers. Dann reicht er es mir, und in den Fältchen um seine Augen liegt tiefes Erstaunen.

Wenn ich die Zeichnung anschaue, sehe ich den Stift in Shanthis Hand, die gerunzelte Stirn, während sie einzelne Striche schärfer machte, andere verwischte. Wie konzentriert sie zeichnete, bis sie fertig war und die heiße Schokolade neben ihr kalt wurde. Ihr freudiges Lächeln, als sie mir das Bild überreichte.

»Eigenartig«, beginne ich sehr leise, »dass ich mir dessen nie bewusst war. Ich war diejenige, die Angst vor Shanthis psychischer Erkrankung hatte.« Er sieht mich an, aber ich bin mir nicht sicher, ob ich zu ihm oder mit mir selbst spreche. »Ich habe nicht begriffen, dass ich dazu beigetragen habe, meine Schwester wegen ihrer Krankheit zu stigmatisieren. Das Stigma, das meinem Vater das Leben noch schwerer gemacht hat, als es ohnehin schon war. Und meiner Schwester.«

Eine Weile höre ich zu, wie Ernie atmet.

»Meine Angst hat mir den Blick verstellt«, sage ich. »Ich habe meine Schwester nicht mehr als die wahrgenommen, die sie ist.«

Er berührt meine Schulter, und mir wird ganz warm. »Aber jetzt nimmst du sie wahr.«

Wir betrachten beide die Zeichnung in meiner Hand, die klaren Linien seines Gesichts, die Schatten seiner Haut. Ich stelle das Bild wieder hinter das Foto meiner Schwester. Es wurde aufgenommen, bevor sie ans Goldsmiths ging, bevor wir alle ahnten, was vor uns lag.

Ernie dreht mich um und nimmt mein Gesicht in seine Hände. Wieder strömt bei seiner Berührung eine Welle von Wärme durch meinen Körper. Ich kann mich in seinen Pupillen sehen, mit wilden Haaren, voller Erwartung.

Ich küsse ihn.

Wie sich die Dinge ändern können. Ich weiß noch, wie ich von seinen Lippen verschlungen werden wollte, um bei der Lektüre einer linksgerichteten überregionalen Zeitung wieder ausgeschieden zu werden. Dieses Mal ist es anders. Als unsere Münder sich berühren, habe ich das Gefühl, mich aufzulösen. Aber nicht so, als würde ich mich in Luft auflösen oder mich in ihm verlieren. Eher so, als würde ich mich in einen Teil von etwas anderem verwandeln. Ich strecke mich seiner Wärme entgegen, und er schließt mich fest in seine Arme.

Nach einer Weile lösen wir uns voneinander. Ich nehme ihn an der Hand.

Seit dem Architekten war kein Mann mehr in meinem Bett. Laken und Kissen weisen keinerlei von Jack verursachte Vertiefungen mehr auf. Ernie legt sich dorthin, wo Jack immer lag, und einen Augenblick lang warte ich auf den alten Schmerz, den ich so lange in meiner Brust getragen habe. Doch ich spüre nichts weiter als die Abwesenheit dieses Schmerzes und wie leicht mir das Atmen fällt.

Ich schlüpfe aus meinem Leinenrock, öffne die Knöpfe meines grauen Oberteils. Ernie hat sein T-Shirt ausgezogen, und ich lege mich zu ihm, fahre die Linien seiner Rippen nach und küsse die Stellen, an denen sein eigener Kummer gewohnt haben mag – vielleicht immer noch wohnt.

Alle unsere Kleider liegen auf dem Boden. Früher hätte ich

versucht, die Decke hochzuziehen und mich vor dem Blick des anderen zu schützen. Ich wollte die weichen, schwabbeligen Stellen meines Körpers nicht sehen. Wollte mich nicht mit den dünnen Frauen in den Zeitschriften vergleichen, den Frauen, die Jack in sein Leben holte. Mir fällt auf, dass ich schon lange nicht mehr an den vollkommenen Körper der schönen Burlesquetänzerin gedacht habe.

Ernie drückt mich sanft auf die Matratze. Ich fühle den warmen Druck seiner Lippen und die zarte Berührung seiner Hände, die über meinen Körper wandern. Als ich komme, habe ich Tränen in den Augen, aber nicht wie letztes Mal. Ich weine nicht, weil ich Angst habe oder traurig bin. Die Tränen rollen mir über die Wangen, weil dieser Moment so innig ist und ich an einem Punkt angelangt bin, von dem ich vor fast einem Jahr nicht zu träumen wagte.

Er stemmt sich hoch. Streichelt meine Wange, wischt eine Träne fort. Während wir miteinander schlafen, denke ich daran, wie es war, als wir uns kennenlernten. Wie verzweifelt ich gerettet werden wollte, mich liebend gern einem Leben in Meditation hingegeben hätte. Wie ich tiefer in den Buddhismus eindringen wollte, der immer zu meiner Familie gehört hatte. Wie ich mich in eine Vorstellung von mir selbst verliebte, wie ich hatte sein wollen.

Ich öffne einen Moment die Augen und betrachte ihn: die langen, gebogenen Wimpern, die feinen Fältchen auf seinen geschlossenen Lidern. Ich betrachte die tiefe Furche zwischen den Brauen und höre, wie er gleichmäßig einatmet und ausatmet, einatmet und ausatmet. Ich frage mich, ob er vielleicht der Mensch ist, mit dem ich mir für den Rest meines Lebens das Bett teilen könnte. Der Mensch, mit dem ich bis in die frühen Morgenstunden rede, der mir von der Liebe erzählt, die er einst in seiner Familie erfuhr, einer vergangenen Liebe. Der Mensch, der mich niemals verletzt. Der mich festhält und niemals wieder loslässt.

Aber dort im Wohnzimmer liegt immer noch mein Handy. Auf dem Display einige wenige Worte, die mich daran erinnern, dass die Vergangenheit ebenfalls nicht bereit ist, mich loszulassen.

»Irgendetwas beschäftigt dich«, sagt Ernie, als wir uns nebeneinander in meine Kissen sinken lassen. Ich blicke an uns herab, wie unsere Arme und Beine einander berühren, und denke an den tiefen Graben aus Einsamkeit, der zwischen mir und dem Architekten lag.

»Dich aber auch, wenn mich nicht alles täuscht«, sage ich.

»Du zuerst. Hat es mit Jack zu tun?«

Woher weiß er das? Vielleicht kann man in mir tatsächlich lesen wie in einem offenen Buch.

»Heute kam eine Nachricht von ihm.«

»Hast du immer noch nicht mit ihm gesprochen?«

Ich schüttele den Kopf. »Nicht richtig. Ich habe ihn kurz von Sri Lanka aus angerufen, als ich auf der Suche nach Shanthi war. Aber das war alles.«

Eine Weile sagt er nichts. »Vielleicht solltest du dich mit ihm treffen.«

Meine Augen wandern an der blassen Narbe auf seinem Oberarm entlang. Ich bin nicht sicher, ob ich Jack sehen will, und ich weiß nicht, was ich ihm sagen soll. Aber die Nachricht auf meinem Handy vermittelt mir das Gefühl, dass ich nicht ehrlich zu mir selbst bin. »Vielleicht.«

Ernie verstummt erneut. Die Wanduhr im Flur tickt, sie zählt die Stunden, bis Ernie wieder nach Kanada fliegt.

»Ich habe viel an dich gedacht nach Weihnachten«, sagt er schließlich. »Ich wollte dich so oft anrufen.«

»Warum hast du es nicht getan?«

»Ich war nie sicher, ob das eine gute Idee war. Ich hatte den Eindruck, dass du mit vielem nicht im Reinen warst. Und ich dachte, dass ich alles nur noch komplizierter machen würde.« Er starrt an die Decke. »Sie haben mir eine Vollzeitstelle angeboten. In Vancouver.«

Ich schließe die Augen. Ich wusste es. Tief in mir drin wusste ich, dass das kommen würde.

»Wenn ich will, kann ich eine dauerhafte Aufenthaltsgenehmigung beantragen«, sagt er.

»Und willst du?«

Er sieht mich an. »Um das herauszufinden, bin ich hergekommen.«

In meinem Kopf hämmert es.

»Weißt du, Anjali, ich dachte, ich hätte endlich gefunden, was ich suchte. All die Zeit, die ich in Indien unterwegs war. Meditation, Kräutertees – mehr brauchte ich nicht, verstehst du? Und dann traf ich dich. Und mir wurde bewusst, was mir alles in meinem Leben fehlte. Es hat so gutgetan, Zeit mit meinem Bruder zu verbringen. Mit seinen Kindern. Meine Schwester zu sehen. All die Jahre war ich immer allein. Mir war überhaupt nicht klar, dass ich einfach so vor mich hin lebte. Dass ich völlig die Orientierung verloren hatte.«

Ich starre auf sein Handgelenk und kann sehen, wie sein Puls ganz sacht geht.

Die Wanduhr tickt weiter. Morgen wird er in ein Flugzeug steigen. Möglicherweise holt ihn sein Bruder vom Flughafen ab und nimmt ihn mit nach Hause, um zusammen zu essen. Sein Neffe, der sechs ist, und seine etwas ältere Nichte warten dort schon an der Tür auf den Onkel, den sie schrecklich gernhaben. Sie wollen wissen, ob er ihnen etwas mitgebracht hat, und ihr Vater mahnt, sie sollen Ernie erst einmal ankommen lassen.

Er setzt sich auf und dreht sich zu mir.

»Wenn du sagst, dass ich bleiben soll, bleibe ich.«

Als Kind wollte ich immer blaue Augen haben, wie mein Vater. Ich wusste gar nicht, wie viele Schattierungen braune Augen haben können. Ernies Augen sind mal kastanienbraun, mal haben sie die Farbe von Karamell, und manchmal, so wie jetzt gerade, schimmern goldene Sprenkel in ihnen.

Ich weiß, was ich gern sagen würde. Dass ich ohne jeden Zweifel über Jack hinweg bin, dass mir die Nachricht auf meinem Handy gleichgültig ist. Dass ich all die Monate nur darauf gewartet habe, dass er zurückkommt.

Aber in meinem Kopf sind auch andere Bilder. Da ist der Mann, der nicht verwunden hat, seine Eltern begraben zu müssen. Der Mann, der im Krankenhaus aufwacht, umgeben vom Piepen der Monitore und den Schritten Unbekannter auf dem Flur, mutterseelenallein. Der Mann, der Jahre später seine Familie wiedersieht. Der vielleicht in nicht allzu ferner Zukunft die Frau seiner Träume trifft. Eine, die dort drüben lebt und ihn nicht von seiner wiedergefundenen Familie trennt, die nicht noch allen möglichen Ballast mit sich herumschleppt.

Meine Augen beginnen zu brennen. Es ist nicht richtig, Ernies Glück im Weg zu stehen. Nicht, wenn ich noch so viel mit meiner eigenen Familie zu klären habe. Nicht, wenn ich nicht weiß, was ich ihm anbieten kann, was ich mit meinem Leben anfangen will. Ich kann nicht zulassen, dass er diese Chance für mich aufgibt.

»Ich glaube, dass du dorthin gehörst«, sage ich leise.

Meine Hand sucht seine, er drückt meine Finger ganz fest. Eine Weile liegen wir so da, mit ineinander verschränkten Händen, bewegungslos. Irgendwann beginnt er sich anzuziehen und seine Sachen zusammenzusuchen. Mir fällt wieder ein, wie ich mit angezogenen Knien auf dem Boden saß und zusah, wie Jack seine kleine Tasche packte. Wie ich hier auf dem Bett saß und beobachtete, wie der Architekt seine Jacke anzog. Doch damals hatte ich einen Schmerz in der Brust, der hart war wie Stein. Nun ist der Stein dabei, sich aufzulösen, und die Gefühle sind in Bewegung geraten.

Ernie steht an der Tür und sieht sich noch einmal zu mir um. Winzige Haarstoppeln stehen von seinem Kopf ab, und ich würde zu gern ein letztes Mal darüberstreichen und sie unter meinen Fingerspitzen fühlen.

Er runzelt die Stirn, als wolle er etwas sagen, als wolle er sagen, dass das alles Blödsinn sei und wir zusammengehören. Und obwohl ich ihm das eigentlich gar nicht wünsche, hofft ein großer Teil von mir, dass er diese Worte sagen möge.

Liebevoll sieht er mich an.

»Versuche, aus deinen Erfahrungen zu lernen«, sagt er sanft.

Wenige Augenblicke später höre ich, wie die Tür sich hinter ihm schließt.

Ich bleibe noch lange auf dem Bett sitzen und lausche den Motorengeräuschen der Autos und den Stimmen auf der Straße, die kommen und gehen. Paare und Familien machen es sich zu Hause gemütlich, erledigen den Abwasch, sitzen vor dem Fernseher oder schlafen bereits.

Irgendwann ziehe ich mir den Morgenmantel über und gehe ins Wohnzimmer, wo Ernies Teebecher steht. In der Küche trocknen die Reste unseres Abendessens auf den Tellern. Mein Handy liegt noch auf dem Couchtisch. Daneben duften die Wicken in einem kleinen Wasserglas.

Nicht mehr lange, und ich werde hier ausziehen. Nicht mehr lange, und ich werde nicht mehr im Blumenladen arbeiten. Mit jedem Tag, der vergeht, wächst das Gefühl von Orientierungslosigkeit. Und nicht mehr lange, dann wird auch Clara nicht mehr da sein, die immer mit Rat und Tat an meiner Seite ist.

Ich hocke mich vor die Wicken und atme ihren Honigduft ein. Ein Leben ohne Blumen kann ich mir auf keinen Fall vorstellen. Sie geben mir Halt, was auch immer geschieht.

Mein Geburtstag ist Mitte Juni. Früher hätte ich mich für den Abend in einem Lokal eingemietet, alte Schulfreunde und Freunde von der Uni eingeladen, wir hätten über alte Zeiten geplaudert, und ich hätte so viel Wein getrunken, dass ich am nächsten Tag keine Ahnung mehr gehabt hätte, worüber wir eigentlich geredet haben. Früher wäre ich nie auf den Gedanken gekommen, Mum und Shanthi dazu einzuladen. Inzwischen kann ich mir nicht vorstellen, ohne sie zu feiern.

An meinem großen Tag ziehe ich ein schwarzes Kleid an, und Clara sorgt für ein Festmahl. Ihre Wohnung über dem Laden hat kein Esszimmer. Sie macht unten ein bisschen Platz zwischen den Blumen, stellt einen Klapptisch auf und dekoriert ihn mit dicken weißen Kerzen und den letzten Wicken des Jahres.

Es ist ungewohnt, Mum im Laden zu sehen. In ihrem rotgoldenen Sari, der viele Jahre ganz hinten in ihrem Schrank verbracht hat, scheint sie ein wenig fehl am Platz. Schnuppernd wandert sie zwischen Blumentöpfen und Eimern herum, als sei sie auf der Suche nach Marihuana.

Auch Shanthi wirkt etwas verloren. Mir wird bewusst, dass sie noch nie hier war, obwohl ich seit fast elf Jahren hier arbeite. Sie mustert unsere Ware, die indigofarbenen Freesien, die rundlichen Pfingstrosen und die Levkojen mit ihrem würzigen Duft. Sie ist zurückhaltend wie immer und scheint sich nicht recht wohlzufühlen in dem kornblumenblauen Schlauchkleid, das Mum ihr für diesen Anlass gekauft hat. Doch in ihren Augen ist etwas, das ich nicht ganz deuten kann, ein gewisses Leuchten. Als wir vier eingezwängt am Tisch sitzen und Mum misstrauisch das Thaigericht mit Quorn inspiziert (um meiner Mutter willen hatte ich verfügt, dass es irgendetwas Curryartiges geben muss), sehe ich Shanthi Luft holen, als wolle sie uns mitteilen, was sie gerade beschäftigt. Aber dann ist der Moment vorüber, und sie folgt einfach wieder unserer Unterhaltung.

Die hauptsächlich darin besteht, dass Clara von Mum gelöchert wird.

»Sie wissen also nicht, was Sie als Nächstes tun werden?«, fragt sie.

»Ich habe nicht die leiseste Ahnung«, bestätigt Clara vergnügt.

»Sie geben dieses Geschäft auf ... und Ihr Zuhause ... und gehen fort ... und haben keinen Plan?« Mums Stimme wird ein wenig schriller.

»Stimmt genau«, antwortet Clara fröhlich.

»Nicht einmal einen kleinen Plan?«

»Nicht einmal einen winzig kleinen Plan.«

»Aber Sie geben doch Ihre ganze Sicherheit auf.«

»Sicherheit interessiert mich nicht.«

Angstvoll sieht Mum zur Ladentür.

»Wir haben eine Alarmanlage«, beruhigt Clara sie. »Diese Art von Sicherheit meinte ich nicht.«

Einigermaßen erleichtert dreht Mum sich wieder zu uns. »Aber was ist, wenn sich alles als Fehler herausstellt?« Sie blickt sich in dem Geschäft um, in dem ich schon seit zehn Jahren nicht mehr arbeiten würde, wenn es nach ihr ginge. »Was ist, wenn Sie es sich anders überlegen?«

Clara nimmt einen Mundvoll Thaicurry und kaut. »Ich habe darüber nachgedacht, Mrs C. Und dann habe ich begriffen, dass ich nur in Übergangssituationen richtig glücklich bin.«

»Übergangssituationen?«

»Wenn ich zwischen zwei Welten bin.«

Ungläubig starrt Mum sie an.

»Ich glaube, das würde mir auch gefallen«, wirft Shanthi zaghaft ein.

Verblüfft sehen wir sie an. Sie scheint verlegen, als hätte sie gar nicht bemerkt, dass sie ihren Gedanken laut ausgesprochen hat.

Mum ist kurz vor einem Herzinfarkt.

Prüfend sehe ich meine Schwester an – da ist definitiv ein Leuchten in ihrem gesenkten Blick.

Als wir mit dem Essen fertig sind, bringt Clara Kaffee und einen mit dreißig Kerzen bestückten Pekannusskuchen. Sie bringt auch Geschenke, obwohl ich mir die ausdrücklich verbeten hatte, unter anderem ein Foto, das uns beide lachend in Overalls mit Eimern und Farbrollern zeigt, als wir die Wände im Laden hellblau gestrichen haben. Meine Kehle wird eng, als ich das Bild betrachte, und ich überlege, ob es Jack war, der die Aufnahme damals gemacht hat. Mum überreicht mir einen Umschlag mit Geld, das ich trotz meines Protests bitter nötig habe.

Shanthi wartet mit ihrem Geschenk, bis Clara und Mum nach oben gegangen sind, um sich um den Abwasch zu kümmern. Sie gibt mir ein in braunes Papier gewickeltes Bild. Ich packe es aus und blicke in die Augen eines Fuchses am Ende einer Straße, die im Licht herannahender Autoscheinwerfer orange leuchten. Leicht verlegen sieht sie mich an.

»Daran habe ich schon eine ganze Weile gearbeitet. Aber

dann war ich nicht sicher, ob ich es dir schenken sollte.« Sie weiß über die Sache mit Ernie Bescheid. »Und dann dachte ich, dass es dir vielleicht trotzdem gefällt.«

Der Fuchs sieht mich an, sein rotes Fell schimmert im Kerzenlicht. Und ich frage mich mal wieder, wo Ernie wohl gerade sein mag.

»Ist es okay für dich?«, fragt Shanthi. »Oder möchtest du lieber nicht … erinnert werden?«

Ich schüttele den Kopf. Ich denke daran, was Ernie einmal gesagt hat – dass man auch das Gute ausblendet, wenn man das Unangenehme verdrängt.

Gerührt drücke ich Shanthis Schulter. »Es ist wunderschön. Ich danke dir.«

Später, als Mum und Shanthi gegangen sind und Clara alles für morgen wieder in Ordnung bringt, streife ich im Laden umher. Ich bin ihm dankbar, für alles, was er mir gegeben hat: so viel Geborgenheit in all den Jahren, einen gastlichen Raum für meine Familie heute Abend. Clara hat noch keinen Käufer gefunden, und mehr als einmal habe ich gehofft, dass vielleicht doch alles so bleibt, wie es ist. Ich denke, dass ich – anders als meine beste Freundin und meine Schwester – eher der sesshafte Typ bin. Ein eigenartiger Gedanke, dass das womöglich etwas ist, das Mum und ich gemeinsam haben, keine von uns lebt offenbar gern zwischen zwei Welten. Ob Shanthi eher nach Dad gerät? Dann fällt mir wieder das Leuchten in ihren Augen ein, und ich frage mich erneut, was es wohl zu bedeuten hat.

Am Ende der Woche erfahre ich des Rätsels Lösung. Als ich am Sonntag in Mums Wohnung komme, ist ihr Strauß Wicken verwelkt. Kein Wunder, wenn man sie ohne Wasser an einen dunklen Ort stellt, denke ich grimmig, nehme die

Vase vom Esstisch und betrachte die traurigen Blüten. Ich nehme sie mit in die Küche und bleibe wie angewurzelt stehen. Schmutzige Töpfe, Schneidebretter und offene Gewürzgläser, so weit das Auge reicht.

Mum muss der Schlag getroffen haben. Eine andere Erklärung für dieses Chaos ist nicht denkbar. Sie kam auch gar nicht angewatschelt, als ich die Wohnungstür geöffnet habe. In der Wohnung herrscht vollkommene Stille. Auch von Ordie keine Spur. Ich stelle die Vase auf verstreutem Kurkumapulver ab und renne in den Flur.

»Mum? Bist du zu Hause? Wo bist du?«

Es ist Sonntag – sie ist offenbar nicht mehr unter den Lebenden, denn woanders kann sie nicht sein. Sie würde nie sonntags arbeiten, die Zeit mit ihrer Familie ist ihr heilig.

Als ich ratlos im Flur stehe und mir vorstelle, dass Mum tot ist, wird mir bewusst, wie sehr mir diese Sonntage fehlen würden. Ich sehe in Shanthis Zimmer nach. Verlassen. Plötzlich habe ich Angst, dass ich beide verlieren könnte.

»Mum?«, rufe ich erneut durch die geschlossene Tür ihres Schlafzimmers. Aus den Ritzen des Türrahmens dringt Sandelholzduft, der aber zu schwach ist, um von brennenden Räucherstäbchen zu stammen. Nichts rührt sich.

»Bist du da drin?«

Ich drücke die Klinke herunter und gehe hinein. Es ist dunkel im Zimmer, weil die Vorhänge zugezogen sind, aber ich sehe sie im Bett liegen, bis zum Kinn unter der Bettdecke. Sie ist eindeutig noch am Leben, denn die Decke hebt und senkt sich – Mum hat immer schon mehr geschnauft als geatmet, da ihre Lunge bei ihrem Gewicht Schwerstarbeit leisten muss –, und ihre Augen sind offen.

»Mum? Was ist los? Alles in Ordnung mit dir? Bist du krank?« Ich ziehe die Vorhänge zurück, die Abendsonne fällt auf Mums Bett, und sie muss blinzeln. »Hast du Fieber?« Panisch befühle ich mit dem Handrücken ihre Stirn, so habe ich sie noch nie gesehen. Und wenn sie ernsthaft krank ist? Ich könnte mich ohrfeigen, dass ich – selbstsüchtig, wie ich bin – nicht Medizin studiert habe und Ärztin geworden bin, um ihr an ihrem Sterbebett beizustehen. Dann fällt mir ein, dass es ja noch andere Mediziner gibt. »Soll ich den Notarzt rufen?«

»Nicht nötig«, sagt Mum gequält, als sieche sie bereits dahin. »Zu spät.«

»Was meinst du? Was ist passiert? Was hast du denn?«

»Jede Hilfe kommt zu spät.« Mum sammelt ihre letzten Kräfte und setzt sich mühsam im Bett auf. Sie hat sich vollständig bekleidet hingelegt, sie trägt ihr Lieblings-Perserteppichkleid und riecht außerdem nach frisch angerösteten Gewürzen – also ist sie vor Kurzem noch in der Küche gewesen. Ihr Haar glänzt, und ihre Haut fühlt sich weder zu warm noch zu kalt an. Diese Frau ist topfit. Erleichtert setze ich mich zu ihr auf das Bett.

»Hör auf, in Rätseln zu sprechen, Mum«, sage ich, »und erzähl mir, was geschehen ist, dass du an einem Sonntag gleich nach dem Kochen ins Bett gehst, sodass die Laken nach Essen riechen?«

Das wirkt. Sie springt augenblicklich von der Matratze. »*Anay*«, klagt sie und bückt sich, um an dem Bettzeug zu schnuppern. »Du hast recht, Anjali. Die müssen in die Wäsche.«

»Und jetzt erzähl mir alles«, sage ich.

»Na ja, ich muss die Laken …«

»Ich meine nicht die Bettwäsche, Mum. Erzähl mir, was passiert ist. Warum benimmst du dich so eigenartig?«

Sie hält einen Moment inne und sinkt dann wieder auf das

Bett. Offenbar hat sie entschieden, dass es nun einerlei ist, die Laken sind sowieso schon kontaminiert.

Mir kommt ein Gedanke. »Ist etwas mit Shanthi? Geht es ihr gut? Ist es etwas Schlimmes?«

Mum nickt in Zeitlupe. »Ja, Anjali, es ist etwas mit deiner Schwester. Etwas Schlimmes.«

Ich spüre Panik in mir hochsteigen. »Was ist passiert? Um Himmels willen, sag endlich, was los ist!«

Jede andere Mutter auf dieser Welt hätte an diesem Punkt nachgegeben und alles erzählt. Aber meine Mum wäre nicht meine Mum, wenn ich nicht noch eine gute halbe Stunde bräuchte, um die ganze Geschichte zu erfahren. Und auch als ich alle Einzelheiten aus ihr herausgebracht habe, muss ich aus dem, was Mum sagt, erst einmal schlau werden.

Was ich glaube, herausgefunden zu haben, ist Folgendes.

Shanthi zieht mit ihrem Freund zusammen. Nur dass Shanthis Freund kein Mann ist.

ELF

Wie kam es dazu, dass sich in mir die Vorstellung festgesetzt hat, dass irgendwann *der Eine* kommt? Habe ich das aus Zeitschriften (*Wie Sie herausfinden, ob Er Mr Right ist: Die zehn wichtigsten Hinweise!*) oder Büchern oder Filmen oder Geschichten, die mir jemand erzählt hat? Oder von allem ein bisschen? Wahrscheinlich Letzteres. Ich denke, das passiert nicht nur in Bezug auf den Einen, sondern mit allen möglichen Ideen und Meinungen, die man im Laufe der Jahre entwickelt und bei denen man sich eines Tages wundert, wieso man sie immer für bare Münze genommen hat, wenn die Wahrheit … wenn das Leben doch so viel komplexer ist. Es gibt keine einfachen Antworten. Nicht alle Mädchen interessieren sich für Jungs, auch neurotische Mütter haben ihre vernünftigen Momente, auch die unabhängigsten modernen Frauen können sich rettungslos in Schlagzeuger verlieben, One-Night-Stands erweisen sich manchmal als nützliche Gymnastikübung, und Leute, die dich mit Burlesquetänzerinnen betrügen, müssen nicht zwangsläufig schlechte Menschen sein. Obwohl es nicht ganz verkehrt ist, für eine Weile dieser Meinung zu sein, und sei es nur, um ein paar kurze Affären zu haben und den Puls ein bisschen hochzutreiben.

Vor elf Jahren dachte ich, ich hätte den Einen getroffen. Es war Juli. Ich war kurz zuvor neunzehn geworden und stand vor einem Blumengeschäft. Es waren Semesterferien, und ich hatte genug Geld zusammengekratzt, um mir die Miete für zwei Monate in einer Wohngemeinschaft leisten zu können. Aber ich war es leid, in Kneipen zu jobben und ständig nach Pommesbude zu riechen. Ich fragte mich, ob ich das wohl in Kauf nehmen müsste, wenn ich von zu Hause ausziehen wollte.

Ich dachte also gerade über meine Zukunft nach, als ich die Sonnenblume sah. Sonnenblumen hatten für mich immer schon etwas Magisches. Die Inkas verehrten sie als Abbild des Sonnengottes. Im sechzehnten Jahrhundert wurden in Tempeln in den Anden goldene Sonnenblumenskulpturen entdeckt. Manchmal stelle ich mir vor, wie die Menschen jener alten Zivilisation ehrfürchtig beobachteten, wie diese Blumen sich bei Sonnenaufgang nach Osten wandten, und sich fragten, ob sie dem Stern der Erde in Richtung Westen folgen würden. Viele Pflanzen richten sich nach der Sonne aus, man nennt das Heliotropismus. Doch bei der Sonnenblume vollziehen nur die unfertigen Blüten die ganze Bewegung – wenn sie ausgewachsen sind, bleiben sie immer in eine Richtung gewandt. In aller Regel gen Osten.

An jenem Tag starrte ich wie gebannt auf diese eine Sonnenblume, die in einem Topf vor dem Schaufenster stand. An ihr hing ein Schild. VERKÄUFER/-IN GESUCHT. AUSKUNFT IM GESCHÄFT.

Ich betrat den Laden und war augenblicklich von den hohen Pflanzen mit ihren leuchtend gelben Köpfen umringt. Der ganze Verkaufsraum duftete nach Feldern in der Sommersonne. Auch auf der Ladentheke stand eine Sonnenblume. Daneben eine Frau mit Rastalocken, die sich gerade mit ihr abmühte.

»Dieses Mistding will einfach nicht stehen bleiben.« Die Frau drehte sich zu mir um, und die Dreadlocks tanzten ihr um die Schultern.

»Sie brauchen Hilfe?«

»Ein hoffnungsloser Fall. Meinen Freund hier richtet wohl nichts mehr auf.«

»Nein, ich meinte, Sie brauchen Hilfe im Laden?«

»Oh.« Die Frau sah mich an und nahm mich wohl erst in diesem Moment richtig wahr. Ich fragte mich, ob ich richtig angezogen war, und sah auf meine Jeans und Flip-Flops herunter. »Hast du Ahnung von diesen Schätzchen hier?« Sie hielt mir die schlaffe Topfblume und eine Packung Samen entgegen.

»Ich weiß, dass die Inkas sie verehrt haben«, antwortete ich.

»Und?«

»Ich weiß, dass eine Sonnenblume eigentlich aus vielen kleinen Blüten besteht. Es ist ein Kopf voller Blumen.«

»Und?«

»Ich weiß, dass Vogel 1979 eine mathematische Gleichung über das Muster ihres Blütenstandes aufgestellt hat.«

»Was?«

Nein, nein, das war ein Witz, das habe ich natürlich nicht gesagt, obwohl ich das Jahre später bei Wikipedia so gelesen habe.

»Aber was ist mit der Jahreszeit, in der sie wachsen, und wann man sie pflanzt und welche Erde sie brauchen und wie viel Sonnenlicht?«

»Oh«, sagte ich. »Sie meinen nützliches Wissen.« Ich blickte auf meine Füße hinunter. »Davon habe ich keine Ahnung.«

»Die kannst du nicht tragen, wenn du hier arbeitest.«

»Was?« Ich hob den Kopf.

»Flip-Flops.«

»Oh. Warum?«

»Weil es in Blumengeschäften immer eiskalt ist. Du wirst dir die Zehen abfrieren. Ich heiße Clara. Und du?«

»Anjali.«

»Kannst du am Dienstag anfangen?«

»Ich habe den Job?«

»Ja.«

»Wieso?«

»Weil mir deine Flip-Flops gefallen. *Havaianas*, stimmt's?«

Euphorisch stolperte ich aus dem Laden und lief prompt Jack in die Arme.

Das klingt, als wäre das mein großer Glückstag gewesen, an einem einzigen Morgen traten Jack und Clara in mein Leben. Tatsache ist, dass ich Jack bereits einige Tage zuvor kennengelernt hatte, als er mir die Wohnungstür der WG öffnete. Er zeigte mir das mit Gitarren und Surfboards vollgestopfte Wohnzimmer, die unordentliche Küche und das handtuchgroße Zimmer, das bald mir gehören würde. Wir setzten uns aufs Sofa und fingen an, uns zu unterhalten, obwohl ich später nicht mehr hätte sagen können, worüber wir sprachen. Ich erinnerte mich aber noch sehr genau an das berauschende Gefühl, das seine Worte in mir weckten. Und mir wurde bewusst, dass ich zum ersten Mal seit langer Zeit nicht an meine Schwester und die Situation zu Hause gedacht hatte.

»Und, willst du hier einziehen?«, fragte er am Schluss.

Ich fühlte ein sehnsüchtiges Ziehen in der Brust. Das gleiche Gefühl, das ich zwei Tage später hatte, als wir uns zufällig vor dem Blumenladen über den Weg liefen.

Wie eigenartig, dass man beim ersten Aufeinandertreffen

nicht ahnt, wie wichtig jemand eines Tages für einen werden kann. Damals war Jack einfach ein Mann, der mitten in einer Hitzewelle im Juli Gänsehaut bei mir auslöste. Ein künftiger Mitbewohner, auf den ich irgendwie stand, der meine Gefühle aber nicht notwendigerweise erwidern musste.

»Du trägst das klassische Grinsen eines Honigkuchenpferds im Gesicht«, stellte er fest.

»Ich habe gerade einen Job gefunden.«

»Wo?«

Mit dem Daumen deutete ich hinter mich auf das Blumengeschäft.

»Für den Sommer?«

»Mal sehen.« Ich war immer noch nicht sicher, ob ich zurück in die Uni wollte.

»Das klingt gut. Dann steht deinem Einzug bei uns nichts mehr im Wege?«

Das Zimmer würde erst einen Monat später frei werden, wenn der aktuelle Mitbewohner auf Reisen ging. Noch war nichts unterschrieben. Und Mum hatte noch keine Ahnung von meinen Plänen. Notfalls konnte ich später immer noch einen Rückzieher machen.

Ich nickte. »Das klappt auf jeden Fall.«

Neugierig sah er mich an. »Das ist das erste Mal, dass du von zu Hause ausziehst, stimmt's?«

»Stimmt.«

»Du hast gesehen, wie es bei uns aussieht. Es herrscht ziemliches Chaos.«

Ich dachte an Mums leicht schäbige, aber stets makellose Wohnung. Wie sie täglich die Zigarettenstummel meiner Schwester aufsammelte und unser Zimmer mit Raumspray bearbeitete, weswegen es dort ständig nach einer ekelhaften Mischung aus Tabak, Sandelholz und Vanille roch.

»Ich finde es perfekt.«

»Es ist auch immer ein Riesenakt, Andy zum Abwaschen zu bewegen.«

Mums orkanartige Putzanfälle waren häufiger geworden, und weil sie auch keine Gummihandschuhe mehr trug, waren ihre Hände ständig rissig und bluteten.

»Schon in Ordnung.«

»Und einer von uns macht immer bis spät in die Nacht Musik.«

»Versuchst du mir die Sache auszureden?«

Er lächelte, und auf jeder seiner Wangen bildete sich ein Grübchen. Seine Sommersprossen waren so fein wie Goldstaub und die Sonne hatte sein kastanienbraunes Haar etwas aufgehellt.

»Ich will nur vermeiden, dass du hinterher enttäuscht bist.«

Ich musste an Mum denken, wie sie allein am Esstisch saß. An meine Schwester, die unerreichbar mit offenen Augen auf den blassen, von Asche fleckigen Laken im Bett lag. Ich wusste damals nicht, dass sie zu dem Zeitpunkt, an dem das Zimmer frei wurde, schon seit zwei Wochen im Krankenhaus sein würde. Ich wollte nicht darüber nachdenken, wie es mit ihr weitergehen würde. Wenn ich diese Bilder verdrängen konnte, existierten sie auch nicht.

»Ich werde bestimmt nicht enttäuscht sein.«

So standen wir eine Weile da, die Sonnenblume wie eine Anstandsdame zwischen uns, und mir fiel einfach nichts mehr ein, worüber wir noch hätten reden können. Einige Augenblicke noch, und unsere Wege würden sich wieder trennen.

»Dann wohnen wir ja bald zusammen«, unterbrach er die Stille. »Wollen wir einen Schluck darauf trinken?«

Er lächelte wieder, und seine blauen Augen verschwanden in seinen Lachfältchen. In diesem Moment dachte ich: Er ist es, er ist der Eine.

Ein Jahr ist vergangen, seit Jack und ich uns getrennt haben, und der Laden erstrahlt in Gelb: Sonnenblumen, wohin man auch schaut. Dieses Jahr erscheinen sie mir schöner als alle, die ich je gesehen habe, weil sie mich ständig daran erinnern, wie ich Clara kennengelernt habe, und daran, dass ich mich nun von ihr verabschieden muss.

»Noch bin ich nicht weg«, sagt sie mir ununterbrochen. »Vorher haben wir noch massenhaft Dinge zu regeln. Du kannst erst depressiv werden, wenn ich im Flugzeug sitze, und auch dann hast du gar keine Zeit zum Heulen. Du kannst dir definitiv nicht leisten, dich hängen zu lassen.«

Es stimmt, das kann ich mir wirklich nicht leisten.

Ich kaufe nämlich den Laden.

Alles begann, als Ernie meine Wohnung verließ. Eine Idee, die ich allerdings erst nicht richtig beachtete, weil ich an nichts anderes denken konnte als an Ernies Hände und die Art, wie sie die Wicken hielten. Am Abend meines Geburtstags tauchte der Gedanke erneut auf und dann wieder, als ich am vermeintlichen Sterbebett meiner Mutter hockte und ihr ebenso geschocktes wie lebendiges Gesicht sah. Sie war außer sich vor Sorge um Shanthi, und ich dachte nur: Shanthi hat Mut. Sie versucht, aus ihren Erfahrungen zu lernen.

Du schaffst das, Anjali.

Das hätte mein Vater zu mir gesagt, da bin ich mir ganz sicher. Ich bin so froh, dass er mir in unseren eingebildeten Gesprächen immer den Rücken stärkt.

Ich liebe Blumen. Immer schon. Ich will, dass sich mein Leben auch weiterhin um Blumen dreht.

Ich schaffe das.

Es kann auch schiefgehen. Ich werde völlig pleite sein. Ohne Mum, die mir die Anzahlung geliehen hat, ginge es sowieso nicht. In einem im Secondhandladen günstig erstandenen Kostüm habe ich die Bank um einen Kredit gebeten. Ich kann immer noch nicht glauben, dass sie ihn mir bewilligt haben. Am liebsten würde ich auch Claras Wohnung über dem Laden mieten, aber das kann ich mir im Moment nicht leisten. Ich muss also fürs Erste wieder bei Mum einziehen. Doch ich habe nicht nur die Unterstützung meines verstorbenen Vaters. So unglaublich es klingt, ich habe auch Mum auf meiner Seite.

»Ich bin stolz auf dich, Anjali«, sagte sie letzte Woche, als ich gerade mit dem Rücken zu ihr stand.

Ich bin nicht vollständig sicher, ob sie das tatsächlich gesagt hat oder ob ich jetzt mit beiden Elternteilen eingebildete Unterhaltungen führe, auch wenn einer davon noch quicklebendig ist. Entgeistert fuhr ich herum: »Was hast du gerade gesagt?«

Aber sie wiederholte es nicht.

Es hat sich herausgestellt, dass sie all die Jahre Geld für Shanthis und meine Hochzeit zurückgelegt hat. Nachdem sie zu dem Schluss gekommen ist, dass ich zu alt bin, um noch jemanden zu finden, und Shanthi zu lesbisch zum Heiraten ist (von gleichgeschlechtlichen Ehen hat Mum noch nicht gehört), hat sie beschlossen, dass das Geld anderweitig verwendet werden soll. Auch Shanthi hat gesagt, dass sie mir mit dem Laden helfen will.

Vielleicht nehme ich mir zu viel vor und muss am Ende meine Siebensachen packen und Clara und dem Schlagzeuger hinterherreisen.

Nicht zu wissen, wie die Sache ausgeht, ist ziemlich aufregend. Eigentlich ganz spannend, zwischen zwei Welten zu sein.

Du schaffst das, Anjali, du schaffst das.

Sagt das jetzt mein toter Vater, kommt das von meiner Mutter, oder bin ich es selbst, die das sagt?

Das bin jetzt ich, das wird mein Leben sein. Morgens um vier aufstehen, zum Großmarkt fahren, Blumen ausliefern, für die richtige Temperatur und frisches Wasser sorgen, Blumen arrangieren, Internetbestellungen bearbeiten, Rechnungen zahlen, Bestandsaufnahme machen und all die Pläne, die ich für die Zukunft habe. Die Grußkarten, die Shanthi entwirft. Den ersten Hochzeiten, für die wir Blumen beigesteuert haben, sollen noch viele folgen, was noch mehr Arbeitsstunden für kostenlose Beratung und noch mehr Blasen an den Händen bedeutet. Für unsere letzte Hochzeit mussten wir über tausend Nelken zurechtschneiden.

Claras Lachen fehlt – unsere gemeinsamen Jahre hängen noch wie Geister zwischen den altmodischen Gartenrosen. Aber ich verbringe jetzt viel mehr Zeit mit meiner Schwester. Und Anna, unsere studentische Aushilfe, bringt mich auch immer zum Lachen. Im Moment lässt sie sich kaum blicken, sie hat zu viel mit ihrer Abschlussarbeit und all dem zu tun, doch wenn sie die Prüfungen hinter sich hat, wird sie bei mir arbeiten, bis sie weiß, wie es für sie weitergeht. Dann werde ich ihre Chefin sein. Bei so viel Verantwortung wird mir schon ein wenig mulmig.

»Atmen, atmen.« Clara schlägt mir auf den Rücken, als ich eines Nachmittags kurz davor bin zu hyperventilieren.

»Und wenn ich das nicht hinbekomme?« Ich gebe mir alle Mühe, ihr keine Heidenangst einzujagen, bevor sie mir die Schlüssel übergibt. Zum Glück fällt es mir als Teilzeitbuddhistin grundsätzlich schwer, Leuten eine Heidenangst einzujagen.

»Dann bist du am Arsch«, sagt sie vergnügt. »Aber du bekommst das schon hin.«

Mein Laptop steht aufgeklappt auf dem Tisch, das Display voller Zahlen, und ich frage mich, ob Ernie auch stolz auf mich wäre, wenn er hiervon wüsste. Aber ich versuche, so wenig wie möglich an ihn zu denken. Auch wenn sich ein zunehmend trostloses Gefühl in meinem Bauch ausbreitet, wenn ich mir vorstelle, dass ich ihn nie wiedersehen werde, macht mich der Gedanke glücklich, dass es ihm sicher gut geht. Ich konzentriere mich wieder auf den Bildschirm und die Kostenstellen.

»Whisky?«, fragt Clara in mein Stirnrunzeln hinein.

»Clara, ich muss das jetzt ein für alle Mal klarstellen: Ich hasse Whisky. Lieblingsdrink meines Vaters hin oder her.«

»Nicht einmal ein Schlückchen zur Einstimmung für heute Abend?«

Ich blicke in das Ozeangrün ihrer Augen.

»Okay, aber nur einen Schluck«, gebe ich nach.

Mum liest sich in Kunst ein. Die in der Bibliothek geliehenen Bücher liegen aufgeschlagen auf der Küchentheke, gefährlich nahe am Kurkumapulver.

»Der hier, dieser Hockey. Der malt für Kinder, oder?«

»Hockney. Nein, tut er nicht.«

»Aber warum sonst würde er so malen, Anjali? In diesen ganzen bunten Farben?«

»Ich glaube, es hat etwas mit sexueller Freiheit zu tun, Mum.«

»Was?«

Nein, um Himmels willen, das sage ich natürlich nicht, obwohl es mir beinahe herausgerutscht wäre.

Mum legt den Deckel auf den Reiskocher und dreht das

Buch zu mir. »Und was ist das hier, Anjali? Diese ganzen Kreise hier?«

Ich schiele zu Kandinsky hinüber und klappe das Buch zu. »Mum, mach dich nicht verrückt damit.«

»Aber sie wird jeden Moment hier sein.«

»Und du kannst dir das nicht alles auf die Schnelle einprägen. Außerdem ist sie Bildhauerin.«

»Diese Bücher waren schwer.«

Draußen sind Stimmen zu hören. Wir gehen zum Fenster und sehen gerade noch die Rücken von zwei Frauen, die durch die Haustür das Gebäude betreten.

Mum kann eigentlich nicht blass werden, aber sie gibt sich alle Mühe.

»Bleib ganz ruhig, Mum.«

»Ich muss noch etwas Raumspray verteilen.« Sie greift zur Spraydose.

»Nein, musst du nicht.«

»Was soll ich denn jetzt über Hockey sagen?«

»Hockney. Nichts, Mum. Sag einfach nichts. Hör lieber zu.«

»Ich soll zuhören?« Mum sieht mich erschrocken an.

Die Tür geht auf. Sie sind da.

Dicht gedrängt stehen wir zu viert in der Küche – die geliehenen Bücher sind rasch in den Schrank gestopft worden. Donna küsst mich auf die Wange. Ihr kurz geschnittenes, leuchtendes Haar, das mich an rote Ginsterblüten im Frühling erinnert, verströmt einen leichten Kokosduft.

»Ich wollte es dir eigentlich sagen«, murmelt sie mir ins Ohr.

Ich hatte einfach angenommen, dass Shanthi mit Ben zusammen ist, so wie ich jahrelang alles Mögliche über alles und jeden angenommen habe: meine Mutter, meinen Vater,

Clara, Ernie. Über psychische Erkrankungen, über meinen Platz in der Welt.

»Ich freue mich sehr für euch, wirklich.« Ich drücke ihre Hand und hoffe, dass sie mir glaubt. Ihre Finger sind lang und rau. Ich wüsste gern, wie viele Stunden sie an der Skulptur der Riesin gearbeitet hat. Shanthi sagt, dass ich sie auf der Ausstellung wiedersehen werde.

Ich beobachte, wie Mum Donna mustert: die bloßen Füße in den Sandalen, den goldenen Ring am Zeh, das Dornentattoo, das einen Knöchel umschließt. Die abgeschnittenen Hosenbeine, das Samtshirt. Bis sie am Hals anlangt, wo die schillernden Farben der Pfauenfeder leuchten. Der angespannte Zug um Mums Schläfen spricht Bände – sie ist beunruhigt. »Essen ist fertig.« Hektisch schiebt sie uns in Richtung Esszimmer.

Der gedeckte Tisch spiegelt ihr Innenleben wider, dort stehen so viele Servierschüsseln, dass kein Platz mehr für unsere Teller bleibt. Bei besonderen Anlässen hat sie es noch nie über sich gebracht, es sich am Tisch bequem zu machen. Und auch heute springt sie unablässig um den Tisch und befüllt die Teller neu, sobald wir auch nur einen Bissen zum Mund geführt haben, während wir übrigen drei versuchen, in den kurzen Intervallen dazwischen eine Unterhaltung in Gang zu bringen. Verstohlen blicke ich zu Shanthi. Sie trägt wie üblich Baggy-Jeans und T-Shirt, ihr struppiges Haar nachlässig zu einem Knoten hochgebunden. Doch anders als sonst strahlt sie eine besondere Ruhe aus. Als nach ungefähr einer halben Stunde die Kapazität unserer Mägen überschritten ist, fängt sie meinen Blick auf und sagt: »So, Mum, und jetzt setzt du dich mal hin.«

Sie steht auf, legt ihre kleinen Hände auf Mums Schultern und drückt sie sanft auf den freien Stuhl. Ich häufe ihr Linsen auf den Teller, Shanthi fügt Reis hinzu. Donna erhebt sich ebenfalls, geht zu Mum hinüber und löffelt Auberginen zu den Linsen. Die ungewohnte Aufmerksamkeit verwirrt Mum sichtlich.

»Ich muss noch rasch ...« Sie versucht aufzuspringen.

»Nein, musst du nicht«, sagt Shanthi.

Mum sieht erst mich, dann meine Schwester an und beginnt endlich zu essen. Unser Small Talk ist zum Erliegen gekommen, umso lauter ist nun die Stille, die nur vom Klappern des Bestecks unterbrochen wird. Immer wieder lässt Mum Messer und Gabel sinken und beäugt Donna misstrauisch. Schließlich öffnet sie den Mund, um etwas zu sagen, und ich wappne mich innerlich. Garantiert wird gleich das Wort »Hockey« fallen.

»Ihr Essen ist wirklich ganz ausgezeichnet, Manisha.« Donna war schneller.

Mum blinzelt. Ich glaube nicht, dass Jack sie jemals beim Vornamen genannt hat.

»Die Auberginen sind besonders gut«, fährt Donna unbeirrt fort. »Kochen Sie die nach Rezept oder ohne?«

Mum antwortet nicht sofort, sie ist unschlüssig, ob sie verbergen soll, dass die Frage sie freut. »Man muss sie gründlich salzen«, sagt sie schließlich. »Und ganz, ganz dünn schneiden. Anjali hält sich nie daran.«

»Stimmt«, gebe ich zu.

»Haben Sie ein gutes Messer?«, fragt Mum Donna.

»Nicht in der Küche. Aber das ist wohl das Geheimnis, oder?«

Und nun kommen sie so langsam in Schwung. Mit ihrer ruhigen, interessierten Stimme befragt Donna Mum zu jedem einzelnen Gericht auf dem Tisch und bringt sie dazu, davon zu erzählen, was sie in ihrer Kindheit gegessen hat, wie sie ihre Jugend in Sri Lanka verbracht hat und wie groß die Umstellung war, als sie in dieses Land kam und nirgendwo Tamarinden finden konnte.

»Inzwischen bekommt man hier mehr«, sagt Mum. »Neulich habe ich sogar eine Kokosnuss gesehen. Eine *King Coconut*.«

Donna zieht die Brauen in die Höhe.

»Aber das werden Sie alles selbst herausfinden. Wenn Sie nach Sri Lanka kommen.«

Donnas Augen beginnen zu strahlen.

Shanthi und ich überlassen die beiden sich selbst – Donna und Mum sitzen jetzt nebeneinander und haben die Köpfe zusammengesteckt – und gehen in die Küche, um den Abwasch zu erledigen. Shanthi spült, ich trockne ab. Eine Weile arbeiten wir wortlos und folgen unserem über Jahre entwickelten Rhythmus, nur das Plätschern des Wassers ist zu hören und das gelegentliche Quietschen des Geschirrtuchs auf Glas. Dann nehme ich meinen Mut zusammen.

»Ich kannte Donna schon«, beichte ich meiner Schwester. »Ich war schon mal in eurem Atelier.«

Shanthi dreht den Wasserhahn zu. »Das hat sie mir erzählt.«

»Es tut mir leid. Ich hätte nicht hinter deinem Rücken dorthin gehen sollen.«

Shanthi lässt klares Wasser über einen Teller laufen und reicht ihn mir. »Es hatte aber sein Gutes, weißt du. Ich hatte Donna gesagt, dass sie mich in Ruhe lassen soll. Nachdem du im Atelier warst, hat sie wieder Kontakt zu mir aufgenommen.«

Für einen Augenblick vergesse ich das Abtrocknen, Wasser tropft vom Teller auf das zerkratzte Linoleum. »Ich freue mich so für dich, Shanthi. Dass du so glücklich bist. Du bist doch glücklich, oder?«

Shanthi antwortet nicht gleich. Mit zitternder Hand greift sie nach einer Schüssel. Ich beginne zu verstehen, warum sie die Medikamente abgesetzt hat, und denke, dass es sicher nicht leicht ist, eine Beziehung aufrechtzuerhalten, wenn das, was eine Person ausmacht, im Dämmerschlaf liegt.

»Ich glaube schon«, sagt sie nach einer Weile. »Aber was ist schon Glück, Anjie? Ich weiß nur, dass es sich richtig anfühlt.«

Ich lasse das kurz sacken. »Ich beneide dich. Ich weiß nie, was sich richtig anfühlt.« Ich denke an Ernie, wie er an meinem Bett stand und sagte, dass er bleiben würde, wenn ich ihn darum bäte. An die Schatten in seinem Gesicht, als er schon an der Tür war. Ich kann immer noch die endgültige Stille hören, die zurückblieb, nachdem er fort war.

Ich nehme die letzte Schüssel, trockne sie ab und stelle sie an ihren Platz im Schrank.

»Weißt du, vielleicht musst du darauf auch noch keine Antwort haben.« Sie beugt sich zu mir und küsst mich auf die Wange. »Jedenfalls jetzt noch nicht.« Ohne die ewige Nikotinwolke, die sie so lange umgab, riecht sie wieder ganz wie früher – nach Rosenwasserseife, Farbe und etwas Neuem, einer Art Blütenaroma. Vielleicht etwas, das von Donna kommt.

Shanthi geht zurück ins Esszimmer. Ich nehme mir einen Lappen und wische die Arbeitsflächen ab. Von drüben dringen Gesprächsfetzen in die Küche, und ich muss daran denken, wie es war, als Jack meine Mutter kennenlernte. Sie war fest entschlossen gewesen, ihn nicht zu mögen, doch es gelang ihr nicht. Ich hatte gewusst, dass sie ihn sympathisch finden würde.

Als alles wieder spiegelblank ist, lehne ich mich an die Spüle, das Handy in der Hand.

… wenn du reden willst, bin ich für dich da.

Wenn ich an Jack denke, denke ich an so vieles: Gutes und Schlechtes. Die Abende, wenn wir ausgingen und Jack anderen Frauen nachsah. Die Art, wie er sich mit ihnen unterhielt, und wie es sich anfühlte, wenn sie lächelten – als hätte ich Steine in der Kehle. Wie er mir danach immer das Gefühl gab, dass ich mir das alles nur eingebildet hätte, dass ich einfach nur eifersüchtig sei. Aber ich bildete mir das nicht ein. Dem Saxofonisten jedoch habe ich auch von den guten Momenten erzählt. Dass Jack mir das Gefühl geben konnte, ich sei schön. Davon, wie wir manchmal dalagen, leicht einander zugewandt, mein Kopf auf seiner Brust, sodass ich das Lachen in seinem Körper hören konnte. Oder wenn wir uns wie Löffel ineinandergeschmiegt hatten und ich mit dem Finger das Muttermal unterhalb seines Schulterblatts nachfuhr. Wie sehr er sich bei den sonntäglichen Abendessen um Mum bemühte, wie oft er sie zu uns einlud, wie er unermüdlich Lionel-Ritchie-Songs übte und sie seiner Einladung nie folgte. Wie er eigentlich immer für mich da war. Auch das habe ich mir nicht eingebildet.

Ich denke an unseren Urlaub in Sri Lanka zurück. Wie wir unsere Rucksäcke und Schlafsäcke packten und Großbritannien voller Vorfreude verließen, die der Durchfall, den wir uns gleich zu Beginn unserer Reise im allerersten Guest House einfingen, rückstandslos mit sich forttrug. Nichts hilft besser gegen Übermut als eine ordentliche Darmverstimmung. Wir waren gereizt und müde und wussten nicht, wohin mit uns. Wir waren unfähig, ein freundliches Wort miteinander zu wechseln. Irgendwann hatte unser Innenleben sich wieder erholt, und wir konnten einen Mann überreden, uns auf der Ladefläche seines Jeeps mitzunehmen, um etwas verlorene Zeit wettzumachen.

An jenen Tag erinnere ich mich besonders gut: Ich hatte Kopfweh und noch leichtes Magengrummeln, außerdem verursachten die Schlaglöcher, durch die der Jeep sich quälte, mir zusätzlich Übelkeit. Die grelle Sonne stach mir in die Augen, und der Anblick der staubigen, maroden Straße, der rötlich braunen Erde und der spitzen Palmwedel war kaum zu ertragen. Wir hielten, um eine Pause einzulegen, und im Schatten der langen Äste eines Feigenbaums saß ein Einheimischer im Schneidersitz. Auf einer farbenfrohen Patchworkdecke vor ihm war eine kleine Elefantenherde aus Ebenholz ausgebreitet.

»Nein danke«, wies ich ihn ab, als er auf uns zukam. Ich fühlte mich zu angeschlagen für Verkaufsverhandlungen. Wortlos wandte sich der Mann ab und nahm wieder seinen Platz unter dem Feigenbaum ein. Er hatte wunderschöne Hände, lange, wohlgeformte Finger, mit denen er jeden seiner Elefanten liebevoll bearbeitete und seine starken Beine formte. Seine Stirn konzentriert in Falten gelegt, blickte er nur einmal kurz auf und sah in unsere staubigen Gesichter.

Wir gingen zum Jeep zurück, und als wir losfuhren, schaute ich noch einmal zu dem Mann hinüber, der seelenruhig weiterarbeitete. Ich dachte daran, zu wie vielen Begegnungen es zwischen Menschen kommt, wie unsere Wege sich an so unterschiedlichen Orten kreuzen können und an den Schnittpunkten Geschichten entstehen – wenn man nur richtig hinsieht.

»Die Elefanten waren sehr schön«, sagte Jack zu mir. Er kratzte sich an der rechten Braue. Wenn wir zusammen waren, hatte ich oft das Gefühl, dass wir den gleichen Gedanken hatten.

»Das waren sie wirklich«, sagte ich. Und lächelte.

»Hey, Kumpel.« Jack beugte sich vor und klopfte an das Heckfenster, das uns vom Fahrer trennte. »Könnten Sie einen Moment anhalten?«

Er nahm meine Hand, und wir sprangen vom Jeep und rannten zurück zu dem Mann unter dem Baum. Er war Tamile und hieß Eeshan. Seit Jahren saß er immer an demselben Fleck und schnitzte seine Figuren. Seine eleganten Finger waren voller Schwielen. Er hatte eine Frau und ein kleines Kind, eine Mutter, die ihm beigebracht hatte, wie man das spröde Holz bearbeitete. Sein Gesicht hatte einen verträumten Ausdruck – in seiner Fantasie dachte er sich Geschichten aus, während Touristen in allen Farben und Formen kamen und gingen. Er schnitze seine Elefanten für Frieden in seinem Land, das zu lange der Grausamkeit des Krieges ausgesetzt war, sagte er uns. Für ein Leben in Liebe und Sicherheit.

Jack bezahlte die Elefanten. »Sie sollen auch auf dich aufpassen«, sagte er zu mir.

Wir stiegen wieder auf die Ladefläche des Jeeps und winkten Eeshan zu, während der Wagen sich in Bewegung setzte. Doch Eeshan war bereits wieder in seine Arbeit vertieft – die nächste Geschichte ließ sicher nicht lange auf sich warten.

Jack und ich treffen uns im St Andrews Park, ganz in der Nähe des Ladens. Wir sitzen im Gras, so wie wir wohl schon hundertmal dagesessen haben: er im Schneidersitz, ich mit angezogenen Knien, während wir Studenten, Kinder und in den Bäumen umherflitzende Eichhörnchen beobachten. Meine Augen können sich nicht von den abgenutzten grünen Segeltuchschuhen lösen, die ich nicht kenne. Aus dem Augenwinkel sehe ich sein dunkles, kastanienbraunes Haar. Noch habe ich mich nicht getraut, ihn richtig anzusehen.

»Du hast die Elefanten mitgenommen«, sage ich nach einer Weile.

»Ich habe sie bezahlt.«

»Damit sie mich beschützen.«

»Ich hatte gehofft, dass du mich ihretwegen zurückrufst.«

»Tut mir leid.«

»Oder auf meine Nachrichten reagierst.«

»Tut mir leid.«

»Oder auf meine E-Mails.«

»Tut mir leid.«

»Warum hast du es nicht getan?«

»Ich konnte einfach nicht.«

»Aber ich bin es, dem es leidtut.« Ich kann fühlen, wie er die Augen schließt, sehe, ohne hinzusehen die kleinen Fältchen, die sich in Richtung seiner Schläfen ziehen. »Ich kann nicht glauben, was ich dir angetan habe. Ich wünschte, ich könnte es ungeschehen machen, Anj.«

Zwischen den Grashalmen strecken Gänseblümchen ihre Köpfe nach oben. Vor elf Jahren knüpfte er sie behutsam zu einer Kette zusammen und band sie um mein Fußgelenk. Bei jeder Berührung seiner Hände durchlief mich damals ein Schauer. Ich war erst vor Kurzem in die WG gezogen. An jenem Abend waren wir eher schweigsam, kochten uns Nudeln, gingen in der Küche geradezu auf Zehenspitzen umeinander herum und sahen dann fern – sonst diente das Fernsehen immer nur als Untermalung, weil wir uns viel lieber unterhielten. Ich war mir jedes Geräuschs seiner Kleidung, jeder Bewegung seines Schattens bewusst, und jedes Mal, wenn unsere Arme oder Beine sich wie zufällig streiften, was immer öfter der Fall zu sein schien, jagte ein neuer Schauer durch meinen Körper. »*Next Top Model?*«, fragte ich irgendwann grinsend in Richtung Fernbedienung, weil ich wusste, dass er protestieren würde. Als er jedoch nicht reagierte und ich mich überrascht zu ihm umsah, war ein Kuss die Antwort.

Ich lasse meinen Kopf ins Gras sinken. Vom Spielplatz her wehen die Rufe der Kinder zu uns herüber. Ich hätte es nie für möglich gehalten, dass aus diesem Kuss eine Beziehung werden sollte, die viele Jahre lang halten würde. Auch wenn die darauffolgenden Tage, die wir miteinander verbrachten, etwas Unwirkliches hatten. »Du hast mir sehr wehgetan, Jack. Aber ich bin darüber hinweg.«

Es fühlt sich eigenartig an, diese Worte zu sagen. Ich hätte nie gedacht, dass ich jemals darüber hinwegkomme. Aber im Laufe des vergangenen Jahres ist es mir tatsächlich gelungen, irgendwann in der Zeit zwischen Dahlien und Sonnenblumen.

»Was ist anders? Wieso hast du mir eine Nachricht geschickt?« Er dreht sich zu mir.

Ich zwinge mich, ihn anzusehen. Nach all der Zeit blicke ich in die Tiefe seiner Augen, sehe seine Sommersprossen, die an feinen Goldstaub erinnern.

»Ich weiß nicht genau«, sage ich. Ernies Gesicht geistert nach wie vor durch meine Gedanken.

»Du hast mir gefehlt.« Jack wirkt traurig, und doch lächelt er. Die Grübchen in seinen Wangen kommen zum Vorschein und wollen von mir wissen, ob er für mich immer noch der Eine sein könnte.

»Du mir auch«, antworte ich.

Als Jack klein war, kam seine Mutter nur gelegentlich zu Besuch. Seine Eltern hatten sich scheiden lassen, als er zwei Jahre alt war, und es lief darauf hinaus, dass er bei seinem Vater lebte. Manchmal vergingen Wochen, ohne dass sich seine Mutter blicken ließ. Dann tauchte sie plötzlich auf und brachte ein neues Fahrrad oder ein Radio mit – eines Tages, als er morgens aufgewacht war und es draußen überraschenderweise geschneit hatte, kam sie mit einem Schlitten vorbei. »Herrgott noch mal«, rief sein Dad einmal, nur ein einziges Mal, und stieß das Radio, oder was auch immer es gerade war, zur Seite. Jack verstand nicht, warum sein Vater so zornig reagierte und die Besuche von Jacks Mutter und ihre Geschenke dermaßen hasste.

Im Laufe der Zeit begann Jack ihn zu verstehen. Er verstand, was es bedeutete, wenn jemand jeden Tag hart arbeitete, um unsichtbare Dinge wie Heizung und Strom zu bezahlen und langweilige Sachen wie Handschuhe und eine Schuluniform zu kaufen. Irgendwann wurde ihm klar, wie es sich anfühlen musste, wenn man sich für die alltäglichen Dinge abrackerte und alle Anstrengungen dann mit einem Fahrrad, einem Radio oder einem Schlitten einfach weggewischt wurden.

Jack hatte nie den finsteren Blick seines Vaters vergessen, als er das schönste aller Geschenke bekam, eine silberne *Rotary*-Armbanduhr, und die Freude darüber sich augenblicklich in nichts auflöste, als wäre sie Sand, der aus dem Loch in der Tasche seines Schulblazers rieselte.

Später zertrat Jack diese Uhr und trampelte so lange auf ihr herum, bis sie vollständig zerstört war und nur noch aus winzigen Einzelteilen bestand.

Sind Beziehungen Geschenke?, fragt er. Wir sind in meine Wohnung gegangen – die einmal unsere gemeinsame Wohnung war. Obwohl es noch früher Nachmittag ist, haben wir eine Flasche Rotwein aufgemacht. Wir müssen beide unsere Nerven beruhigen. Er schenkt sich ein Glas ein und betrachtet es einen Moment lang. »Weißt du noch, dass du das

Wort ›Meniskus‹ so toll fandst?«, fragt er, und ich runzele die Stirn. Daran erinnere ich mich gar nicht mehr. »Du sagtest, dass wir mehr Wein trinken sollten, damit wir öfter vom ›Meniskus‹ sprechen können.«

Er redet darüber, wie sehr ich solche Sachen mochte – bestimmte Wörter, Gerüche, kleine Details in Geschichten wie Löcher in Blazertaschen. »Du bist dann für eine Weile immer ganz still geworden, und ich wusste, dass du in Gedanken in diese kleinen, simplen Dinge vertieft warst. Ich hätte dir tagelang dabei zusehen können, wie du Blumen bewundertest.«

Er zuckt zusammen und greift sich mit der Hand an die Stirn, als hätte ihn etwas Scharfes getroffen. »Alles, was mir wichtig ist, Anj, vermassele ich.«

Dann erklärt er, was er damals schon erklärte, dass Julia ihm nichts bedeutet hat. Dass ihm gleichgültig war, was sie tat, dass er sich für diese Burlesquegeschichte überhaupt nicht interessierte. Dass er nicht wusste, wie es angefangen hatte – ihm hatten ihre Tattoos gefallen, er hatte überlegt, sich auch eines stechen zu lassen, und dann war aus einer betrunkenen Nacht mehr geworden, und er weiß nicht, weshalb er die Sache nicht beendete.

Ich stelle mein Glas ab und sehe zu, wie der Meniskus zur Ruhe kommt. Ich lege meine Hand auf seine. »Wir müssen nicht darüber reden«, sage ich.

Im Lauf des vergangenen Jahres habe ich mir so oft ausgemalt, wie es wohl sein würde, wenn wir uns wiedersähen. Ich stellte mir alle möglichen Szenarien vor und wie sie ausgehen könnten. Wut und Tränen, Stolz und Bedauern. Mal traf ich ihn in Gedanken auf der Straße, während ich in Begleitung eines anderen war, mal sah ich ihn von Weitem mit

Julia oder einer Unbekannten (die aber ähnlich gut tanzen konnte). Oder wir begegneten uns und beschlossen, dass wir es noch einmal miteinander versuchen sollten. Vielleicht.

Ich sehe mich in der Wohnung um. Ausnahmsweise herrscht Ordnung, alle Schränke sind leer, fast alle meine Habseligkeiten in Kartons verpackt. Meine Besitztümer passen mittlerweile nicht mehr in einen Koffer – ich habe neue Bücher, einiges an Krimskrams, Ballast, der sich im Laufe der Zeit ansammelt. Jack zieht eines meiner Floristenhandbücher aus einem Karton. Es ist zerlesen und voller Eselsohren, Klebeband hält es zusammen. Er sieht sich ebenfalls um, als könnte er die Geister unserer gemeinsamen Vergangenheit erkennen, die sich in den dunklen Ecken herumdrücken.

Dann stellt auch er sein Glas ab und geht hinüber zum Küchenfenster. Der Garten wird mir fehlen. Ich wüsste gern, ob Jack gerade in alten Erinnerungen kramt: dass der Garten ein unwirtlicher Ort aus Unkraut und Beton war, als wir hier einzogen, und dass ich viele Stunden dort draußen mit Forke und Pflanzkelle bewaffnet verbracht habe, die Hände in viel zu großen Gartenhandschuhen. Er wunderte sich immer, dass ich freundlich zu Spinnen war, und lachte über meine Angst vor Marienkäfern (die hatte ich schon immer – ich kann nicht mitansehen, wie sie beim Losfliegen scheinbar entzweibrechen).

Er wirkt älter, nicht nur um das Jahr, das inzwischen vergangen ist, und ist schmaler geworden. Seine Haltung ist schlechter geworden – es scheint eine Ewigkeit her, dass ich ihm Kaffee brachte und sagte, dass er sich endlich einen besseren Bürostuhl kaufen solle. Wo er wohl jetzt arbeitet?

»Wo wohnst du?«, frage ich.

Er antwortet nicht. Stattdessen dreht er sich um – sein

Gesicht ist mir so vertraut und doch das eines vollkommen Unbekannten.

Dann kommt er quer durch das Zimmer auf mich zu und küsst mich.

Zuerst fühlt es sich an, als würde ich einen Fremden küssen, aber nach einer Weile scheint mein Körper ihn besser zu kennen als ich. Mein Kopf weiß instinktiv, wann er sich zur Seite neigen muss, meine Lippen kennen den richtigen Moment, um sich zu öffnen. Meine Zunge erinnert sich an seine, obwohl mich ihre Oberfläche und ihr Geschmack irritieren – ich schmecke Minze, Kaugummi vermutlich.

»Hast du aufgehört zu rauchen?«, frage ich, als wir uns voneinander lösen.

Er hebt die Hände. »Jemand hat mir mal gesagt, das sei ungesund.«

Er nimmt mich bei der Hand und führt mich zu meinem/unserem Schlafzimmer. Nur dass es sich weder wie meines noch wie unseres anfühlt. Dort steht nur ein ordentlich gemachtes Bett, einige wenige Toilettenartikel auf der Kommode, alles andere ist staubfrei und leer geräumt. Meine Vorhänge habe ich abgenommen und wieder die aufgehängt, die zur Wohnung gehören. Sie haben ein rot-goldenes Muster, und der Raum wirkt, als wäre er gefangen in einer anderen Zeit, an einem Ort, der aufgehört hat zu existieren.

Wir ziehen die Jeans aus, und er legt sich auf die Bettdecke. Jackförmige Vertiefungen entstehen in Kissen und Matratze. Einen Augenblick lang überlege ich, was Clara sagen würde, was meine Mutter sagen würde, was Shanthi sagen würde, aber dann schiebe ich einen Riegel davor – sie hätten wahrscheinlich eine ganze Menge zu sagen, aber das kann ich mir auch später noch anhören. Jack will mir das T-Shirt ausziehen, aber meine Hand hält ihn auf, und er lässt seine fallen.

Wir liegen halb angezogen, halb ausgezogen nebeneinander, und ich muss daran denken, wie ich mir ständig Sorgen wegen meines Körpers machte, all die Jahre, in denen wir zusammen waren. Dann denke ich an Ernie. Wie es sich anfühlte, hier neben ihm zu liegen, wie seine warmen Hände über meine Haut wanderten. Wie ich überhaupt keine Hemmungen hatte, mich ihm zu zeigen, die guten und nicht so guten Stellen meines Körpers.

Jack zieht mich an sich. Ich fühle seine Rippen, die härter gewordenen Muskeln seiner Oberschenkel (er spielt jetzt Basketball, sagt er) und sehe Spuren von blauen Flecken an seinen blassen Armen (er sei kein Naturtalent, gesteht er). Dann beginnt er wieder, mich zu küssen.

Als wir noch zusammen waren, haben wir irgendwann aufgehört, Kondome zu benutzen, und mir kommt es komisch vor, jetzt zu fragen, ob er eines hat. Er beugt sich zu seiner Jeans hinunter, und während er nach seiner Geldbörse fahndet, schiebt sich die Burlesquetänzerin wieder vor mein inneres Auge. Ihre langen, schlanken Beine schlingen sich um seine, die tätowierte Schlange entrollt sich und windet sich an ihrer Wade entlang. Sie erwischt mich völlig unvorbereitet – es ist lange her, dass sie mich ständig beschäftigt hat, und jetzt weigert sie sich, wieder zu gehen. Ihre langen, glänzenden Locken fallen auf mein Kissen.

Ich schließe die Augen und sehe Ernie. Wie er mich mit der ganzen Leidenschaft und Liebe und Zärtlichkeit ansah, die sein Wesen erfüllt. Er ist um die ganze Welt gereist, um herauszufinden, wohin er gehört. Er kam zu mir zurück. Und ich habe ihn weggeschickt.

Jack fischt das Kondom aus der Geldbörse.

Zum Thema »Untreue« gibt es haufenweise Ratschläge. Ganz am Anfang habe ich dauernd danach gegoogelt. Die

Antworten waren ganz unterschiedlich, je nachdem, wie ich meine Suche formulierte. Soll ich ihm verzeihen? *Auch der perfekte Mann kann einmal fremdgehen!*, versicherte mir Cosmopolitan UK. Soll ich ihn verlassen? *Zehn Gründe, warum du dringend die Flucht ergreifen solltest!*, kreischte Oprah. Ich habe keinen Schimmer, was ich tun soll. *You're a fucking coke-head slut, I hope you fucking die!*, antwortete mir Eminem.

Ich verbrachte viele Stunden auf allen möglichen Websites und musste irgendwann damit aufhören, weil sie voller schrecklich verzweifelter Menschen waren, die ihre Entscheidungen wieder und wieder durchkauten und sich fragten, ob sie einen Fehler gemacht hatten.

Als ich die Augen wieder öffne, sieht Jack mich an.

»Alles in Ordnung?«, fragt er.

Ich werde mich nicht damit quälen, ob ich Fehler gemacht habe oder nicht. Ich bin zwar eher eine Gelegenheitsbuddhistin, aber so viel habe ich verstanden, dass Buddha ein ziemlich anständiger Typ war, der all diesen verzweifelten Leuten sicher gesagt hätte, dass sie ihre Entscheidungen akzeptieren und aus ihnen lernen sollen. Dass sie weiter auf die Reise gehen sollen. Einen Weg finden, mit alldem zu leben, mit dem Glück und mit dem Leid, der Freude und dem Schmerz, Erfolg und Niederlage. Beide Betrüger gleich willkommen heißen. Obwohl ich jetzt wahrscheinlich bei diesem Gedicht von Kipling gelandet bin.

»Was denkst du gerade?«, fragt Jack.

Er hat sich auf seine Seite zurückgezogen und betrachtet mich mit gerunzelter Stirn.

»Tut mir leid, Jack. Ich kann das nicht.«

Einen Moment lang verharrt er vollkommen ruhig. Dann dreht er sich auf den Rücken und starrt zu den gelblichen Wirbeln an der Decke hoch.

Eine Weile sind wir beide still. Ich lege meinen Kopf auf seine Brust, und wir neigen uns leicht einander zu – meine alte Lieblingsposition. Als er anfängt zu sprechen, kann ich seine Worte durch seinen Körper hören.

»Ist es dieser andere?«, fragt er mich.

»Welcher andere?« Obwohl ich weiß, wen er meint.

»Der Mann, mit dem ich dich gesehen habe … im Laden.«

Ich denke an Heiligabend zurück, wie Ernie mich umarmte und meine Lippen seine berühren wollten. Ich denke an all die Gelegenheiten, die ich hatte, mit ihm zusammenzukommen.

»Er ist weggezogen.«

Wir verfallen wieder in Schweigen. Ich erwische mich dabei, dass ich mich acht Stunden zurück nach Vancouver zähle. Wo mag Ernie jetzt sein? Ich stelle mir vor, wie er an einem Schreibtisch in einem Büro mit Klimaanlage sitzt oder vielleicht mit einem Kollegen spazieren geht, ins Gespräch vertieft, während die Sonne auf ihren Rücken brennt und am Wegrand Iris blühen. Oder er ist gerade bei seinem Bruder und spielt ein Brettspiel mit den Kindern.

»Ich will dich nicht verlieren«, sagt Jack. »Das wollte ich nie.«

Ich lege meine Arme um ihn. Ich muss an unseren ersten Tag in dieser Wohnung denken, als wir so wie jetzt auf dem Bett lagen und auf Mum warteten. Wie muss es für Mum sein, niemanden zu haben, den sie im Arm halten kann? Ich denke an Dad, mit seinen blauen Augen und den langen Koteletten. Wie sehr ich es auch versuche – ich kann mich nicht an ihn erinnern. Ich kann mich auch nicht mehr an den Tag erinnern, an dem er starb. Ich erinnere mich nur an die Situation kurz danach, als Mum sich in ihrem Zimmer einschloss und meine Schwester an ihrem Platz auf dem

Teppich festgefroren war. Von diesem Moment an klaffte in unserem Leben immer eine Lücke.

Ich sehe zu, wie Jacks Brust sich beim Atmen hebt und senkt, mein Kopf folgt dem sachten Rhythmus. Wir beide haben zehn Jahre zusammengelebt. Wie wird es sein, die nächsten Jahre ohne ihn zu leben?

»Ich will dich auch nicht verlieren«, sage ich.

»Dann bleib bei mir.«

Aber man verliert die Menschen nicht. Egal, wie lange man sie nicht mehr gesehen hat, egal, wie kurz man sie gekannt hat. Man trägt immer ein Stück des anderen in sich.

Wir drehen uns zur Seite, ineinandergeschmiegt wie zwei Löffel, und ich berühre das Muttermal unter seinem Schulterblatt, erfreut, dass es unverändert ist. Ein Teil von mir möchte die Stimme in mir ignorieren und fragt sich, ob wir es nicht doch noch einmal miteinander versuchen sollten. Aber in genau diesem Augenblick öffnet der Drachen auf der Schulter der bildschönen Frau seinen Schlund und gibt mir zu verstehen – ein Ratschlag, der sich nur an mich richtet, nicht an all die anderen Suchenden, denn jeder hat sein eigenes Päckchen zu tragen –, dass ich mich nun auf einem neuen Weg befinde und abwarten solle, wohin er mich führt.

Ich dachte immer, Jack sei der Eine. Jetzt bin ich mir nicht mehr sicher, ob ich noch daran glaube, dass es den Einen gibt. Inzwischen denke ich, dass das Leben um einiges komplizierter ist. Das macht es nicht leichter – ständig ändere ich meine Meinung, und nie weiß ich so recht, ob es richtig ist, was ich gerade denke. Aber das ist im Augenblick der Stand meiner Erfahrungen.

Mum macht Gemüsetaschen. Sie wirbelt mit Teig und Gabel und Gemüsefüllung durch die Küche. Öl, Teigspritzer und Gemüsereste, wohin man sieht. In der Wohnung riecht es nach Gewürzen und Urin. Ordie ist jetzt inkontinent.

»Du armes Schätzchen.« Ich nehme sie auf den Arm und drücke meine Nase in das weiche Fell ihres kleinen Gesichts. Leise miauend protestiert sie. Sie mag es nicht mehr besonders, hochgenommen zu werden. Ich setze sie aufs Sofa und streichele ihr den knochigen Rücken.

Heute zieht Shanthi aus. Mum behauptet, an ihren feuchten Augen seien die Zwiebeln schuld. Der Flur ist mit Kartons vollgestellt, einige sind von Shanthi und einige von mir. Dauernd fällt uns irgendein Buddha um, was Mum zunehmend aufregt.

»Kinder, könnt ihr denn nicht aufpassen?«

»Hast du etwas dagegen, wenn ich den Wandschirm behalte?«, fragt Shanthi, als ich in unser Zimmer komme. Die Fenster sind geöffnet, und der *Benson-&-Hedges*-Geruch ist vollkommen verschwunden. Die Betten sind abgezogen, Schränke, Regale und Kommoden leer, und wo die beiden Bilder hingen, gähnen zwei leere Rechtecke an der hellgrünen Wand. Mum hat die Wände gestrichen, als Shanthi das erste Mal im Krankenhaus lag. Nichts im Zimmer deutet noch auf meine Schwester hin, obwohl sie so lange hier gewohnt hat. Ich denke daran, wie viel Zeit sie hier im Verborgenen verbracht und das Leben nur vom Spielfeldrand aus verfolgt hat.

»Vielleicht ist es langsam an der Zeit, ihn wegzuwerfen.« Meine Hand streicht über die Schlangen auf dem Wandschirm, und ich frage mich, wie das Leben meiner Schwester weitergehen wird, mit all diesen sich windenden, glänzenden Körpern um sich.

Shanthi sieht mich mit leuchtenden Augen an. »Ich kann mich einfach nicht von ihm trennen. Er erinnert mich immer an dich und mich, an unsere Kindheit und Jugend.«

Ich muss an ihr Gemälde für die Ausstellung denken – an die enorme Leinwand, die über und über von Schlangen bedeckt war, die so echt aussahen, als wären sie lebendig. Meine Augen beginnen zu brennen, als die Bilder unserer gemeinsamen Jahre in diesem Zimmer vor meinem geistigen Auge erscheinen. Ich sehe zwei kleine Mädchen in den gleichen karierten Schlafanzügen, zwei Teenager in unglaublich altmodischen sri-lankischen Nachthemden, zwei junge Erwachsene in Oversize-T-Shirts, und jede Nacht wartete ich darauf, dass meine Schwester an ihre Seite des Wandschirms klopfte, damit ich zurückklopfen konnte.

Ich starre auf die roten Kreise auf dem Teppich. »Du weißt, wie lieb ich dich habe, oder?«

Einen Augenblick lang befürchte ich, dass sie nicht antworten wird, aber dann spüre ich, wie ihre Hand sanft meine Schulter berührt. Sie spricht so leise, dass ich sie kaum verstehe. »Ich dich auch, kleine Schwester.«

Sie nimmt den Wandschirm und trägt ihn in den Flur. Es fehlt nur noch der alte goldgerahmte Spiegel, der in der Zimmerecke steht. Sie hebt ihn hoch, und ich sehe unser beider Spiegelbild. Ihr kleines Gesicht, die Schatten unter ihren Augen. Doch ihre Augen wirken klarer denn je, als hätte sie alles noch nie so deutlich wahrgenommen. Die winzigen Löcher in ihren Ohrläppchen. Mum hat uns Ohrlöcher stechen lassen, als wir noch ganz klein waren. Unsere Jugend haben wir mit den gleichen goldenen Sternen an den Ohrläppchen verbracht, die irgendwann verloren gegangen sind. Die kleine Narbe unter ihrer linken Braue, die sie sich geholt hat, als sie Dad entgegenlief.

Der Spiegel vibriert leicht in ihren zitternden Händen. Sie weigert sich immer noch, zum Arzt zu gehen. Die würden ihr nur sagen, was sie schon weiß, dass alles eine Frage der Abwägung von Risiko und Nutzen sei, meint sie.

Dann wende ich mich meinem Spiegelbild zu. Lange Zeit konnte ich mir nicht ins Gesicht schauen. Nun sehe ich mein wild wucherndes Haar, das dringend geschnitten werden muss. Da sind meine mandelförmigen Augen, die gleichen wie die meiner Schwester und meiner Mutter, um die ein dünner roter Rand liegt, der von mangelndem Schlaf zeugt. Die Form meines Mundes, von der ich immer gehofft habe, dass ich sie von Dad geerbt habe. An meiner rechten Schläfe habe ich auch eine winzige Narbe, aber Mum weiß nicht mehr, woher ich sie habe. *Du bist ständig durch die Gegend gerannt, ich konnte gar nicht mehr zählen, wie oft du gefallen bist. Die Ärzte dachten bestimmt, dass ich dich schlage, es ist ein Wunder, dass sie mich nicht ins Gefängnis gesteckt haben.*

»Hallihallo!« Donna steht in der offenen Wohnungstür.

Sie trägt Shorts, die den Blick auf einen eindrucksvollen Adler in Schwarz und Grün freigeben, der fast die ganze Rückseite ihrer rechten Wade bedeckt. Meine Theorie ist, dass sie ihre Tattoos vorsichtig nach und nach zeigt, mit Rücksicht auf Mums Blutdruck. Shanthi hat erzählt, dass Donna schon einige Monate im Atelier war, als sie sich dort eingemietet hat. Ihre Beziehung begann mit langen Gesprächen über Kunst. Sie saßen mit Kissen auf dem Boden des Ateliers und redeten, bis es draußen dunkel wurde, und waren immer noch völlig in ihre Unterhaltung vertieft, als das erste Licht der Morgendämmerung durchs Fenster fiel.

»Bist du bereit?«, erkundigt sich Donna bei Shanthi. Sie küsst die kleine Narbe unter ihrer Braue. Es ist eine zarte, liebevolle Geste, und ich bekomme einen Kloß im Hals.

»Ich bin bereit«, nickt Shanthi.

Mum kommt aus der Küche und wischt sich die Hände an einem Geschirrtuch ab. Sie kann die Tränen nicht verbergen. Dieses Mal sind die Zwiebeln wirklich unschuldig.

»Mach dir keine Sorgen, Mum«, sagt Shanthi. »Du weißt doch, ich wohne gleich um die Ecke.«

»Wir tauschen nur«, erinnere ich sie. »Jetzt musst du mich jeden Tag ertragen.«

»Meine kleinen Mädchen.« Mum schüttelt nur den Kopf, sie kann nicht weitersprechen.

»Ich trage schon mal ein paar Sachen runter zum Auto.« Donna küsst Mum auf die Wange. »Dann habt ihr noch einen Moment für euch.«

Weder Mum noch Shanthi noch ich haben ein besonderes Talent für rührselige Situationen. Wir sind viel besser darin, an einem mit Curry überladenen Tisch zu sitzen und uns gegenseitig die Auberginen zu reichen. Als Donna gegangen ist, wischt Mum sich die Tränen weg und gibt vor, nicht mehr zu weinen. »Einen Augenblick«, sagt sie und verschwindet im Wohnzimmer. Ich lehne den Spiegel an einen von Shanthis Kartons, und sie faltet den Wandschirm zusammen.

Mum kommt zurück, ein Foto in der Hand. Es ist das Bild, das wir damals im Schrank fanden. Ich und Shanthi und Dad, unten am Hafen. Mum hat es rahmen lassen. »Ich dachte, du würdest das vielleicht gern mitnehmen«, sagt sie zu Shanthi.

Meine Schwester hält das Foto in ihren Händen.

Wie gesagt, wir haben kein besonderes Talent für rührselige Momente, das liegt wohl in der Familie. Am besten lasse ich uns jetzt hier so im Flur stehen: mich, Mum, Shanthi und Dad.

EPILOG

In den frühen Morgenstunden spüre ich die Veränderungen in meinem neuen Leben am deutlichsten. Wenn ich die Blumen aus dem Lieferwagen lade (den ich Clara zu einem Spottpreis abkaufen durfte) und sie in den Laden schleppe, bleibe ich immer wieder stehen und betrachte die graue Straße, die noch mit dem Schlaf kämpft. Ich höre die Amseln auf der Regenrinne singen und winke dem Mann zu, der den Aufsteller vor dem Bioladen postiert. Ich lächele den immer noch betrunkenen Studenten zu, die nach Hause torkeln.

Ich erinnere mich an die vielen Tausend Male, die ich schon diese Straße entlanggegangen bin, angefangen als kleines Kind mit Mum und Shanthi bis heute.

Anstatt mich um die neuen Blumen zu kümmern, schlendere ich durch den Laden und rücke Blumentöpfe und Preisschilder zurecht. Irgendwie rechne ich immer noch damit, dass Clara jeden Moment mit einer Tasse Tee oder heißer Schokolade aus der Küchenecke kommt und mich fragt, ob es zu früh für einen Whisky sei.

Es ist Mitte September. Die Sonne erhebt sich allmählich vom Horizont, das stete Anschwellen von Motorengeräuschen leitet die Rushhour ein, die Menschen kommen aus ihren Häusern oder steigen aus Bussen.

Ich bleibe für einen Augenblick am Schaufenster stehen

und frage mich, wo Clara wohl in diesem Moment ist. Sie ist vor zwei Wochen abgereist, um zunächst einige Zeit bei einem Cousin in Australien zu verbringen. Ihr Flugzeug müsste inzwischen auf Bali gelandet sein. Vielleicht sucht sie sich gerade einen Bus oder ein Taxi, um auf direktem Weg zu dem Strand und dem Hostel zu fahren, in dem sie ein Zimmer reserviert hat. Vielleicht schlüpft sie gerade in eine weite Strandhose und eine Oversizebluse – ein richtiges Clara-Outfit. Vielleicht sucht sie sofort den Schlagzeuger auf, vielleicht schlägt sie auch erst eine Weile Räder im Sand und blickt zum Horizont. Ich weiß, dass sie sich ihrer Sache nicht sicher ist, aber ihre Handflächen werden hoffnungsvoll kribbeln.

Es ist kälter geworden. Morgens ist es jeden Tag ein wenig dunkler, die Tage werden kürzer. Die Zeit vergeht so schnell. Womöglich werde ich eines Tages aufwachen und feststellen, dass ich gar nicht mehr an ihn denke.

Die Arbeit ruft.

Auf dem Boden liegt etwas Glänzendes. Ich bücke mich und hebe einen von Mums goldenen Ringen auf. Bevor sie mir im Laden hilft, nimmt sie immer ihre Ringe ab. Und sie hilft oft. Irgendwann muss ich sie wohl einmal daran erinnern, dass ich hier seit elf Jahren arbeite und weiß, was ich tue, aber ehrlich gesagt, finde ich es ganz schön, wenn sie da ist. Außerdem eröffnet nächsten Monat Shanthis Ausstellung, sodass sie dann voll und ganz davon in Beschlag genommen sein wird, sich beim Vorbereiten der Ausstellungsräume nützlich zu machen. Ich lege den Ring in die Kasse und hefte ein Post-it daran, damit ich ihn nicht vergesse. Neben der Kasse liegt der Flyer mit den Abendkursen. Ich klappe ihn auf. Ich überlege, es noch einmal zu versuchen. Aber nicht, um mich ihm näher zu fühlen.

Oder vielleicht doch, um mich ihm näher zu fühlen.

Komm in die Gänge, Anjali.

Wir alle hören Stimmen, nicht wahr? Die Stimme in meinem Kopf wird zunehmend energischer und strenger, um die Tagträume zu verscheuchen, denen ich mich in letzter Zeit immer wieder hingebe. *Hast du nichts zu tun, was stehst du da so herum?*

Vielleicht aber wusste ich ganz tief in mir drin, dass es heute passieren würde.

»Und – wie fühlt es sich an, die Chefin zu sein?«

Jemand steht in der Tür. Ich halte meinen Blick starr auf den Flyer gerichtet. Ich will nicht den Kopf heben, für den Fall, dass ich mich irre und er es gar nicht ist. Doch es ist dieselbe tiefe Stimme, die den immer gleichen Kloß in meiner Kehle verursacht.

»Darf ich reinkommen?«

Dieses Mal ist keine Clara da, die mich rettet. Es bleibt mir nichts anderes übrig, als aufzusehen – es würde sonst doch zu seltsam wirken.

Ernie steht in Jeans und kurzärmeligem Hemd in der Tür, einen braunen Rucksack über die Schulter geworfen. Ich starre die gebogenen Wimpern an, die leicht ergrauten Bartstoppeln, die straffe Wölbung seiner Armmuskeln. Er trägt eine schwarze Beanie-Mütze, und ich kann mir auf einmal ziemlich gut vorstellen, wie er als kleiner Junge ausgesehen hat.

»Anjie, sag doch was.«

Anjie. Mein Herz rutscht mir gleich weg, es ist ganz weich.

»Ich dachte, du bist in Vancouver.« Es kostet mich unendlich viel Energie, diese Worte über die Lippen zu bringen.

»War ich auch.« Er steht jetzt vor der Ladentheke, genau mir gegenüber, und ich kralle mich an der Kasse fest.

»Du bist auf Urlaub hier?«

»Vielleicht.«

Ich presse meine kribbelnden Handflächen gegen das kühle Metall. »Woher weißt du, dass das Geschäft jetzt mir gehört?«

Er lächelt. Ich liebe dieses Lächeln. Ich liebe es, dass ich nicht anders kann, als gegen meinen Willen zurückzulächeln. Eine sehr praktische Gabe – das wollte ich ihm immer schon einmal sagen. Er sollte sie öfter einsetzen, vielleicht wäre es sogar eine Geschäftsidee.

»Clara hat angerufen.«

»Wann?«

»Letzte Woche.«

»Wie geht es ihr?«

»Anjie.« Wenn er meinen Namen noch einmal so sagt, werde ich anfangen, wie verrückt im Laden herumzurennen, und er wird es mit der Angst zu tun bekommen und zurück nach Kanada gehen. »Ich bin nicht hier, um über Clara zu reden. Jedenfalls nicht jetzt.«

»Möchtest du etwas trinken?« Ich flüchte in die Küchenecke und bin nicht sicher, ob das mit dem Blubbern in meinem Magen noch lange gut geht. »Pfefferminz ist aus – hast du Pfefferminz dabei?«

»Ich nehme gern einen Kaffee.«

»Kaffee?« Verblüfft drehe ich mich um. »Entkoffeiniert?«

»Mit Koffein.«

»Mit Milch?«

»Schwarz.«

»Schwarz, ganz normal mit Koffein?« Ungläubig starre ich ihn an.

»Schwarz, ganz normal mit Koffein.«

»Seit wann trinkst du Kaffee?«

»Ungefähr seit ich mit dem Meditieren aufgehört habe.«

Ich halte immer noch den Flyer in der Hand, für einen Sechswochenkurs in Meditation und Achtsamkeit. Ich werfe ihn über die Schulter.

»Wann hast du mit dem Meditieren aufgehört?«

»Als ich mit dem Warten angefangen habe.«

Das Herz schlägt mir bis zum Hals. Aber es könnten doch auch irgendwelche Prüfungen für Ingenieure sein, die er in Kanada ablegen musste und auf deren Ergebnisse er wartet. Oder ein Haus, in das er einziehen will.

»Anjie«, setzt er an.

»Nenn mich nicht so.«

»Verzeih.« Betreten sieht er mich an.

»Nein.« So langsam komme ich wieder zu mir. »Ich wollte das gar nicht laut sagen. Habe ich das laut gesagt? Ich habe überhaupt nichts dagegen, dass du mich so nennst. Ich liebe es, wenn du mich so nennst.«

Er muss lachen, und ich schaue in seine Augen, die im Morgenlicht tief goldbraun leuchten. Mir fällt ein, dass heute Mums freier Tag ist und es passieren kann, dass sie jeden Moment hier auftaucht. Ich glaube, ich hätte kein Problem damit, sie einander vorzustellen.

Eines meiner nächsten Projekte ist es, damit aufzuhören, andauernd an meine Mutter zu denken.

Er steht jetzt unmittelbar vor mir. Die Sommersonne über Vancouver hat seine Haut dunkler werden lassen. Ich kann das frisch gewaschene Hemd riechen, den Zitrusduft seines Aftershaves. Und ich nehme noch etwas anderes wahr, etwas, das mich an nie endende Sommertage vor vielen, vielen Jahren erinnert, in der Zeit vor meiner Erinnerung: daran, wie es sich anfühlt, sich in weit ausgestreckte Arme zu werfen.

»Worauf hast du denn gewartet?«, flüstere ich.

Auf einem Regalbrett hinter Ernie steht ein Weihnachtsstern. Es ist der einzige, den ich von letztem Weihnachten aufgehoben habe. Er hatte alle Blätter verloren, und ich habe ihn auf zehn, zwölf Zentimeter heruntergeschnitten. Im Frühling habe ich angefangen, ihn wieder mehr zu gießen. Mit stärker werdendem Sonnenlicht hat er neue Blätter entwickelt, die den Sommer über grün waren.

Bald kommt der Oktober. Wenn die Tage kürzer werden, wird die Pflanze zwölf Stunden Tageslicht brauchen. Und zwölf Stunden Dunkelheit.

Ich hoffe, dass sich bald die roten Hochblätter bilden, die sich wie Samt anfühlen. Vielleicht auch kleine gelbe Blüten.

Mein Blick fällt auf Ernies schwarze Beanie-Mütze, und einen Augenblick lang fühle ich mich wieder wie ein Kind. Ich muss lächeln und kreuze die Finger hinter dem Rücken.

[Bis die Tage]

Dank

Es war eine lange Reise. Allein hätte ich sie nicht bewältigen können – es gibt viele Menschen, denen ich zu danken habe.

Meiner wundervollen Agentin Diana Beaumont, die an mich geglaubt hat, und ihrer Assistentin Aneesa Mirza, die meinen Entwurf aus dem Stapel unverlangt eingesandter Manuskripte gezogen hat.

Meiner Autorenfamilie, ohne die ich schon über die ersten Stationen meiner Reise nicht hinausgekommen wäre. Danke an Victoria Finlay, Emma Geen, Susan Jordan, Sophie McGovern, Peter Reason, Jane Shemilt und Mimi Thebo für sieben Jahre voller Geschichten, Lachen und *Mountaintree*-Analogien. Danke auch an Hadiza El-Rufai und Vanessa Vaughan für das Lesen der ersten Entwürfe.

Sehr zu Dank verpflichtet bin ich Maddie West, Thalia Proctor und allen anderen bei *Sphere*, die es mir ermöglicht haben, diesen Traum zu verwirklichen. Ganz besonderer Dank gilt Manpreet Grewal. Es war mir eine Ehre, in den ersten Monaten mit ihr zusammenarbeiten zu dürfen, ich habe so viel von ihr gelernt.

Dank gebührt auch den Freunden, die mich stets ermutigt haben. Danke an Stephen Middleton, meinen besten Freund, für seine lebenslange Unterstützung. An Natalie Davis, der nichts von dem verborgen geblieben ist, was ich in meinem Leben je getan oder geschrieben habe, manchmal auch gegen ihren Willen. An Toni Wood für unzählige Ratschläge und Lydia Berry für ihre verlässlich positive Einstellung. An Nathan Filer, weil er immer an mich geglaubt hat.

Ich danke Sophie Lambert für ihre unbezahlbare Hilfe und Tessa Hadley, meine Master-Tutorin in Kreativem Schreiben, die mir eingeschärft hat, niemals aufzugeben.

Ich danke meinen Eltern für ihre praktische Unterstützung. Danke auch an die Mattingleys, Kate, Jonny und Lucy, für ihr Interesse. Ich danke Ray … der mir immer fehlen wird. Ich wünschte, du könntest miterleben, wie mein Buch veröffentlicht wird. Dank an Penny King für ihren Zuspruch und an Bud Atapattu, meinen großen Bruder, der seinen eigenen Träumen folgt und mich inspiriert.

Ich danke meinen wundervollen Töchtern, Eliza und Bibiana, die mir Glück schenken, wann immer ich es nötig habe.

Und schließlich danke ich Daniel Mattingley. Ich wüsste nicht, was ich ohne deine beständige Unterstützung, dein Verständnis, die Ruhe, die du ausstrahlst, und ohne deine Kochkünste tun würde. Ich danke dir, dass du dich mit mir auf diese Reise begeben hast, und für die Umwege, die wir zwischendurch unternommen haben.